徐卫红　主编

XINAN DIQU TESE SHUCAI
YINGYANG YU ZAIPEI JISHU

西南地区特色蔬菜
营养与栽培技术

化学工业出版社

·北京·

图书在版编目（CIP）数据

西南地区特色蔬菜营养与栽培技术/徐卫红主编 .
北京：化学工业出版社，2011.8
ISBN 978-7-122-11595-9

Ⅰ . 西… Ⅱ . 徐… Ⅲ . ①蔬菜-植物营养②蔬菜园
艺 Ⅳ . S63

中国版本图书馆 CIP 数据核字（2011）第 119414 号

责任编辑：邵桂林　张林爽　　　　装帧设计：史利平
责任校对：宋　玮

出版发行：化学工业出版社（北京市东城区青年湖南街 13 号　邮政编码 100011）
印　　刷：北京永鑫印刷有限责任公司
装　　订：三河市万龙印装有限公司
710mm×1000mm　1/16　印张 14¼　字数 307 千字　　2011 年 9 月北京第 1 版第 1 次印刷

购书咨询：010-64518888（传真：010-64519686）　　售后服务：010-64518899
网　　址：http://www.cip.com.cn
凡购买本书，如有缺损质量问题，本社销售中心负责调换。

本书编写人员

主　　编　　徐卫红

副 主 编　　刘吉振　王宏信　严宁珍

参编人员　　徐卫红　李文一　王宏信

　　　　　　刘吉振　王　彬　严宁珍

　　　　　　陈贵青　李仰锐　张晓景

　　　　　　王慧先　张海波　韩桂琪

PREFACE

前言

　　蔬菜是人们日常生活中不可缺少的主要副食品，经济的飞速发展，人民生活质量和生活水平的提高，对蔬菜产品的品种花色、质量、营养保健功能等质量标准有了新的要求。在众多的蔬菜品种中，一批特色蔬菜目前备受人们青睐，由于其口味独特，营养价值较高，经济效益可观等原因，其栽种面积不断增加，产地间竞争十分激烈，在其生产过程中，人们对科学种菜的要求也越来越迫切。因此，新技术、优良品种备受生产和消费者的欢迎。

　　本书以科学性、实用性、可操作性为编写出发点，选取了西南地区具有代表性的12种特色蔬菜品种，阐述了其栽培历史、现状与展望、育苗技术、各种蔬菜的新优品种、生物学特征、营养特性、栽培与施肥要点、病虫害防治以及贮藏与加工等现代实用技术。书中既展现特色蔬菜的传统品种及加工工艺，又有最新的研究成果和新的应用技术，在广泛搜集国内外有关资料基础上，撰写初稿，多次讨论后修改成书。在编写中注意由浅入深，程度适中，是一本易于推广使用的普及型农技图书。由于其内容丰富，特别是配有大量的黑白图，清晰直观，也可作为各层次科技人员及农林院校师生的参考用书及教材用书。

　　本书第一章、第三章由徐卫红撰写；第二章由李文一撰写；第四章由王宏信撰写；第五章由刘吉振撰写；第六章由王彬撰写；第七章由严宁珍撰写；第八章由陈贵青撰写；第九章由李仰锐撰写；第十章由张晓景撰写；第十一章由王慧先撰写；第十二章由张海波撰写；第十三章由韩桂琪撰写。特此一并表示感谢。

　　由于作者的水平有限，疏漏和不当之处在所难免，抛砖引玉，尚祈有关专家惠予指正。

编者
2011 年 5 月于重庆北碚

CONTENTS

目 录

第五章　辣椒 57

第六章　竹笋 81

第十三章　薤　　　　　　　　　　　　　　　200

第一章　概　述

第一节　西南地区自然地理概况

一、西南地区自然环境基本条件

西南地区是指西南三省一市，包括云南、贵州、四川和重庆，即中国综合自然地理区划中西南区所划定的范围（见图 1-1）。区内河流纵横，峡谷广布，地貌以高原和山地为主，还有广泛分布的喀斯特地貌、河谷地貌和盆地地貌等。地势起伏大，海拔 5000～6000m 的高峰众多，最高峰为贡嘎山，海拔 7556m；海拔最低点只有 76.4m。气候属亚热带季风气候，年温差小，年均温分布极不均匀；雨量丰富，平均约 1000～1300mm，少雨和多雨地区雨量相差可达 5 倍。复杂多样的地形地貌、气候水热条件及特殊的地质史，使得该区蕴含了丰富的生物物种资源。

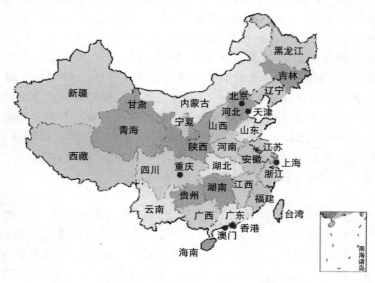

图 1-1　中国行政图及西南三省一市位置示意图

二、西南三省一市自然地理概况

1. 重庆市

重庆市位于青藏高原与长江中下游平原的过渡地带，中国经济发达的东部地区与

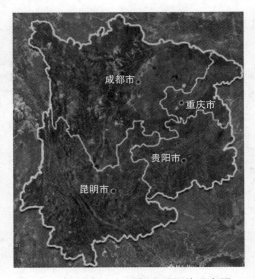

图 1-2　西南三省一市地形地貌示意图

资源富集的西部地区的结合部，长江上游三峡库区及四川盆地东南部（见图 1-2）。地貌类型多样，有中山、低山、高丘陵、中丘陵、低丘陵、缓丘陵、台地和平坝，以山地、丘陵为主。地势起伏大，东部、东南部和南部地势高，最高处大巴山的川鄂岭海拔 2796.8m；西部地势低，最低处巫山长江水面海拔 73.1m。地区分异明显，华蓥山以西为丘陵地貌；华蓥山至方斗山之间则为平行岭谷区；北部为大巴山区中山山地；东部、东南部和南部则属巫山、大娄山山区。区内喀斯特地貌大量分布，主要分布于东部和东南部。气候属亚热带季风性湿润气候，年平均气温 18℃左右，1 月平均气温 6～8℃，7 月平均气温 27～29℃，日照总时数 1000～1200h，冬暖夏热，无霜期长、雨量充沛、温润多阴、雨热同季，常年降雨量 1000～1400mm。

2. 四川省

四川省（简称川）地形复杂多样，平原、丘陵、山地和高原等地貌类型均有，以山地和高原为主（见图 1-2）。地貌东西差异大，大致可分为四川盆地和川西高原两大部分。西部为高原、山地，海拔多在 4000m 以上；东部为盆地、丘陵，海拔多在 1000～3000m 之间。东部四川盆地面积达 16.5 万平方千米，盆地中部海拔 400～800m，盆地四周为山地环绕；盆地中部又可分为成都平原、川中丘陵和川东平行岭谷三部分，三者以龙泉山和华蓥山为界。岷江、沱江、嘉陵江从北部山地向南流入长江。气候温暖湿润，冬暖夏热。地域气候差异较大，从南亚热带到寒温带的各种气候带都有。全省年平均气温 16.4℃。其中盆地区 14.4～18.5℃，川西南山地 11.6～21.3℃，川西北高原 1.1～13.5℃。大部分地区年降水量 900～1200mm，盆地区和川西南山地大部在 1000mm 以上。

3. 贵州省

贵州省（简称黔）地处云贵高原，高原山地居多，素有"八山一水一分田"之说。以山地、丘陵为主，北有大娄山，自西向东北斜贯北境，娄山关高 1444m；中南部苗岭横亘，主峰雷公山高 2178m；东北境有武陵山，由湘（为湖南省简称）蜿蜒入黔，主峰梵净山高 2572m；西部高耸乌蒙山，韭菜坪海拔 2900.6m，为贵州境内最高点。而黔东南州的黎平县水口河出省界处，海拔为 147.8m，为境内最低点。贵州岩溶地貌发育非常典型，岩溶分布范围广泛，形态类型多样（见图 1-2）。气候属亚热带湿润季风气候区。气温变化小，冬暖夏凉，气候宜人。1 月平均气温 3～6℃；7 月平均气温 22～25℃。降水较多，雨季明显，阴天多，日照少。气候呈多样性，"一山分四季，十里不同天"。

4. 云南省

云南省地形以山地高原为主。以元江谷地和云岭山脉南段的宽谷为界，云南可分东西两大地形区。东部为滇东、滇中高原，系云贵高原的组成部分，平均海拔在2000m左右，表现为起伏和缓的低山和浑圆丘陵，广泛分布着石灰岩地层，发育着各种类型的岩溶（喀斯特）地形（见图1-2）。西部为横断山脉纵谷区，其北部，高山峡谷相间，是青藏高原的南延部分，海拔一般在3000~4000m左右。其南部为横断山余脉，地势向南和西南缓降，河谷逐渐宽广，山地海拔一般不到3000m；在南部、西南部边境，地势渐趋和缓，山势较矮、宽谷盆地较多，一般海拔在800~1000m左右，是云南省主要的热带、亚热带地区。云南地处低纬度高原，地理位置特殊，地形地貌复杂，气候的区域差异和垂直变化十分明显，有北热带、南亚热带、中亚热带、北亚热带、南温带、中温带和高原气候等气候类型。大部分地区冬暖夏凉，四季如春。7月平均温度在19~22℃；1月平均温度6~8℃以上。

第二节　西南地区特色蔬菜发展概况

特色蔬菜是指那些富含人体必需的或对人体有益的蛋白质、矿物质、有机物、膳食纤维和微量元素等营养物质，具有特殊风味、特殊营养、特殊颜色、特殊功能、特殊形态和特殊环境要求的蔬菜。大致可以将特色蔬菜分为六类：（1）野生蔬菜；（2）现有蔬菜的产品器官特殊变异；（3）引进的特色蔬菜；（4）粮菜兼用型作物；（5）地方特有品种或种质资源；（6）特色食用菌。

我国是世界蔬菜第一生产大国和第一出口大国，蔬菜产业的发展方向决定我国蔬菜产业的国际地位。当前，随着人们物质生活水平的提高，对蔬菜的要求也越来越高，蔬菜的功能早已不只限于解决温饱或补充营养，而提升到健康饮食、品质生活的高度。常规的蔬菜品种已不能满足人们的生活需要，而对特色蔬菜的需求越来越大。因此，根据消费者需求，及时调整蔬菜产业结构，开发高附加值的特色蔬菜是提高产品市场竞争能力和经济效益的有效途径之一。多年来，特色蔬菜产品在国际市场一直供不应求，仅日本每年就需进口约5万吨以上，占我国特色蔬菜出口量的1/2。目前中国蔬菜出口的重点产品包括葱、韭、蒜、干木耳、蕨菜干、松茸、马铃薯、萝卜和胡萝卜；从出口来看，保鲜的葱、韭、蒜等葱蒜类蔬菜是中国出口最多的蔬菜产品，2004年出口160.5万吨，占蔬菜出口总量的32.8%，出口额也达5.4亿美元，占蔬菜出口总额的23.5%；脱水蔬菜如金针菜（黄花菜）、紫萁（薇菜干），冷冻蔬菜如竹笋、绿芦笋以及菜豆等豆类蔬菜也是中国出口的重要品种，2004年的出口额分别占中国蔬菜出口总额的17.4%、16.4%和14.4%。据海关统计资料显示，2000年我国特色蔬菜出口商品金额在1000万美元以上的种类依次是：新鲜或冷藏洋葱及青葱（4118万美元）、新鲜或冷藏芦笋（主要为绿芦笋，177.1万美元）、芦笋罐头（2435万美元）、薇菜干（3189万美元）、蕨菜干（1509万美元）。

一、西南地区发展特色蔬菜产业的优势

我国西南地区跨越温带和亚热带区域，而且地势极其复杂，崇山峻岭遍及各处，

气候资源、种质资源、人力资源特别丰富，具有发展特色蔬菜产业得天独厚的优势。具体分析，其优势主要体现在：（1）西南地区地势复杂，温度、光照、湿度变化大，森林资源丰富，生物资源极其丰富，有大量已开发和未开发的野生特色蔬菜资源；（2）环境条件的多样化，适合引进多种特色蔬菜进行生产；（3）高山资源丰富，利用高山反季节特色蔬菜生产，有利于南菜北运和出口创汇；（4）气候资源丰富，是天然的温室，能满足绝大多数特色蔬菜的生长条件，能充分发挥各地区在湿度、光照度、温度等方面的优势；（5）山区多、污染少，适合一些对环境有特色要求的蔬菜种类（如莼菜），适合出口型特色蔬菜的生产，以减少绿色壁垒的威胁；（6）西南农村剩余劳动力丰富，特别是山区，发展特色蔬菜产业，能有效利用劳动力资源，并能改善山区农民生活条件。

二、西南地区特色蔬菜的主要产品

1. 保鲜系列产品

如蒜薹、辣椒、青葱、青菜头等。近年来，西南地区的鲜菜产量不断增加，根据资料显示，2009 年重庆市蔬菜种植面积为 828.35 万亩，总产 1177.45 万吨，商品化率从"九五"末的 44.4% 提高到 2007 年的 53.7%，实现年蔬菜产值 98.8 亿元。西南特色蔬菜辣椒，仅重庆石柱土家族自治县辣椒种植面积就达 30 万亩[1]，鲜椒产量达到 20 万吨以上。西南特色蔬菜青菜头，仅重庆市涪陵区青菜头种植面积就达 58.7 万亩，产量 132 万吨以上。此外，云南大理的早蒜薹和独头蒜在国内享有盛名，主要出口东南亚地区，每年外销在万吨左右。

2. 罐头制品

西南地区蔬菜罐头中主要产品有竹笋、蕨菜、莼菜、蘸等。其中，清水竹笋罐头是西南地区蔬菜罐头出口的主要产品之一。竹笋罐头的主要进口国为日本以及世界各地的华人餐馆，是华人餐馆的主要配菜原料。日本的竹笋需要量极大，是我国水煮笋罐头的主要买方。水煮笋主要产区在四川、重庆、浙江、安徽、福建、江西等省。

3. 干制品（包括人工脱水和自然干制品）

干制特色蔬菜是我国历史悠久的传统产品。人工脱水和自然干制品蔬菜主要包括干辣椒、笋干、蕨菜干、黄花菜等。其中，干辣椒笋干、蕨菜干主要产区集中在云南、贵州、四川、重庆等西南地区以及湖南、湖北、广西等省区。近年来，干制品的产量不断增长，出口量自 20 世纪 90 年代以来，每年以 30% 的幅度递增，干制品产量约占世界出口总量的 2/3。2002 年蕨菜干的出口金额为 1509 万美元。目前，我国脱水蔬菜主要销往西欧、日本、美国、澳大利亚、韩国、新加坡和香港等地区。

4. 腌制品

西南地区蔬菜的出口主要产品是腌咸菜和盐（糖）渍菜，如榨菜、大头菜、芽菜、盐渍蕨菜等。其中具有独特加工工艺的重庆涪陵榨菜在国际市场有很强的竞争力，全年产销成品榨菜 30 万吨，榨菜产业总收入 31 亿元。腌制蔬菜是一种大众化的蔬菜制品。在亚洲，盐渍蔬菜几乎是每个家庭的必备品。据资料统计，仅日本每年从

---

[1] 1 亩≈667m²。

中国大陆进口近 20 万吨的盐渍蔬菜制品，金额约 2 亿美元，预计还会增加。主要品种有榨菜、萝卜干、干菜笋等。

第三节　特色蔬菜发展存在的问题和对策

一、特色蔬菜发展存在的问题

1. 特色蔬菜资源未充分利用

我国的特色野生蔬菜资源十分丰富，仅天然野生蔬菜就有 1000 多种，为栽培蔬菜种类的 10 倍。目前已开发利用的约 100 多种，占野菜种类的 10% 左右。资源调查统计资料表明，我国尚有 90% 的野菜种类和 97% 的蕴藏量有待开发。目前已开发利用的野生特色蔬菜仅限于常见的蕨菜、莼菜、竹笋、薇菜、香椿等少量的品种，90% 的有价值的资源未被开发利用。另一方面，受经济利益的驱动，人们对野生资源的毁灭性采收情况十分严重，使部分地域的一些野生资源数量下降，生态环境被严重破坏。

2. 生产、加工水平落后

我国的特色蔬菜加工起步较晚，但随着商品经济的发展和国内外市场需求的变化，近年来发展较快。我国特色蔬菜加工企业多以乡镇企业或私营企业为主要形式，其投资规模小，生产设备简陋，加工技术落后，有的甚至就是一些手工作坊；初级产品多，精深加工产品少，市场竞争能力弱。特色蔬菜的发展与发达国家相比，主要存在以下几个方面的差距。

（1）科研投入少，蔬菜功能食品的开发研制工作滞后。我国在农产品特别是蔬菜采后加工研究方面经费投入很少；在加工技术创新性方面，与发达国家的科技水平差距较大。发达国家在农产品采后的研究方面经费投入巨大。以美国为例，美国在农业总投入中，用于产前田间生产的费用仅占 30%，而 70% 的资金都用于产后加工环节，每年用于食品技术与新产品的研制经费达 10 亿美元。

（2）技术创新性不足，缺乏适应特色蔬菜加工业发展的技术支撑和储备。目前，我国蔬菜加工企业采用的工艺技术主要为常规技术，无论是企业还是科研单位普遍缺乏适应特色蔬菜加工业发展的技术支撑和储备，如真空冷凝干燥、膜分离、超临界流体萃取、微波、微胶囊技术等；技术创新能力低，特别是缺乏拥有自主知识产权的高新技术，是我国特色蔬菜产业落后于发达国家的根本原因。

（3）相关行业法规和质量控制体系不够完善。发达国家非常重视蔬菜的标准化工作，因为标准化是实现科学管理和现代化的基础；并已形成标准组合化、适用范围国际化、制定和实施现代化的特点。其食品生产企业在食品安全管理上普遍实行"良好生产操作规程（GMP）"，在食品安全控制上普遍实行"危害分析与关键控制点（HACCP）"质量管理和质量保证体系（ISO9000）。我国蔬菜产品加工企业中只有很少的出口企业开始采用 GMP 管理规程。在 HACCP 体系和 ISO9000 的建立和应用方面还很薄弱，而获得 ISO9000 体系认证即意味着获得国际市场通行证，其意义极大。

3. 缺乏对特色蔬菜特殊功效的研究利用

目前，我国在对特色蔬菜产品的开发上，主要注重其加工方法的研究、营养价值的开发，而对其生理活性物质、保健功能、药用价值的开发利用还远远不够，特色蔬菜的特殊功效还没有被完全挖掘出来。

4. 不重视特色蔬菜的品种选育

我国的特色蔬菜资源尤其是野生资源十分丰富，但掠夺式的开采严重破坏了生态平衡。因此，在合理利用野生自然资源的同时，必须开展特色蔬菜的引种栽培及驯化工作。国内缺乏开展特色蔬菜加工专用品种选育的研究工作，原料基地建设滞后，加工原料的质量得不到应有的保证，从而影响了产品质量，制约了该领域的发展。

二、对策

1. 特色蔬菜资源开发

我国各地名特蔬菜资源十分丰富，具有特有的气候、土壤及生产技术基础优势，可作为地方特产蔬菜进行集约生产，建立地方特色的蔬菜生产基地。以西南地区为例，重庆石柱辣椒、莼菜、涪陵榨菜，四川叙府芽菜、南充冬菜、内江大头菜、峨眉山竹笋、渠县黄花菜，贵州省遵义蕨菜、铜仁魔芋，云南开远甜藠头、大理蒜薹、砚山蕨菜等都是当地名特蔬菜，可充分利用。

西南地区特色蔬菜发展应结合西南地区特有的地域特色，合理有序进行特色蔬菜资源选择和开发。西南地区山区多，高山地区有其特殊的小气候，夏季凉爽、昼夜温差大，秋季比平原地区降温快而早。春季则升温慢而晚，适合反季节特色蔬菜种植，其环境受污染程度也低，适合对环境要求较高的特色蔬菜，如莼菜就需要在水质好、无污染的地方生长，而且往往山区有自己的地方特色蔬菜，有很大的经济开发价值。此外，西南地区气候温暖湿润，适合绝大多数植物生长。已开发和未开发的特色蔬菜资源相当丰富，据估计，大约有90%的野生蔬菜资源有待人们的开发。当前，在国际市场上，森林蔬菜的需求量迅速上升，仅日本一年就需要30万吨左右。因此，特色野生蔬菜的开发前景和销售前景都是非常大的。当前科研机构和院校将主要精力放在常规蔬菜种类的育种和分子生物学技术方面，从事野生资源驯化研究工作的科研能力还不够，需要进一步加强对野生蔬菜资源的调查，研究其生态习性、营养功能和食用价值，开发价值更高的特色蔬菜。生物资源开发还包括引进国外特色蔬菜种类，扩大种植种类的可选择性。

2. 充分挖掘特色蔬菜的特殊功效，注重开发特色

在注重蔬菜营养价值的同时，更注重其药用价值的研究、利用，用"药膳同源"的特色创造品牌，增强市场竞争能力。

3. 引进新的加工工艺，拓展产品种类

由于加工技术及生产条件等多种因素的影响，许多特色蔬菜产品存在着营养和药用物质破坏严重、色泽不真、口感不佳、保质期不长等质量问题，极大地制约了特色蔬菜的消费市场。因此，应增加科研投入，加强科技力量，尽快解决生产、加工过程中存在的问题，不断完善和提高加工工艺水平。同时，积极引进技术含量高、工艺先进的加工方法和设备，生产新型的特色蔬菜产品，如粉末特色菜、汁液特色菜、保健特色菜、美容特色菜、即食特色菜、冻干特色菜等。开展特色蔬菜的综合利用研究，采用高新技术，生产出附加值高的产品，如提取食用天然色素、香精、香料和高纯度、高营养的功能型化妆品等，提高其经济效益。

4. 重视品种选育和原料基地建设工作

改变原料品种与加工需要脱节的状况，做好专用品种的选育工作；重视原料基地的建设，建立自己的种植园或合同关系的种植园，使之成为自己专用的商品化、规模化的特色蔬菜生产、加工原料基地。

5. 建立、健全"危害分析与关键控制点（HACCP)"质量管理和质量保证体系

要把产品的质量放在首位，严格执行全程质量保证体系，用宁缺毋滥的经营理念，科学地管理生产、加工过程，确保产品质量。

6. 建立科研、生产、加工、销售、市场一体化的有机链接体，用规模效益占领市场

我国加入 WTO（世界贸易组织）后，面对竞争日趋激烈的市场，蔬菜产业必须走集约化经营之路，必须建立科研、生产、加工、销售、市场一体化的有机链接体，形成科研指导生产，产品占领市场，市场获得效益，效益促进科研的良性循环体系，从而推动特色蔬菜产业的繁荣和发展。

参考文献

[1] 江解增，曹碚生，成玉富. 新兴特色蔬菜的开发及其注意点. 长江蔬菜，2004，(2)：7-8.
[2] 刘朝贵，聂和平，邵坤. 对南方特色蔬菜产业发展的思考//南方蔬菜产业发展研讨会论文集. 2006：6-11.
[3] 农业部农民科技教育培训中心，中央农业广播电视学校. 南方特色蔬菜露地生产技术. 北京：中国农业科学技术出版社，2008.
[4] 徐家炳. 白菜甘蓝花菜芥菜类特菜栽培：名特蔬菜篇. 北京：中国农业出版社，2003.
[5] 张德纯，刘中英. 日本"肯定列表制"对我国蔬菜出口的影响. 中国蔬菜，2006，(5)：1-3.
[6] 张德纯，孙政才. 特色蔬菜100问. 北京：中国农业出版社，2009.
[7] 张真和，刘肃. 我国蔬菜产业的国际化比较. 中国蔬菜，2006，(3)：1-5.
[8] 周明，熊光权，叶丽秀. 我国特色蔬菜发展的现状及对策. 安徽农业科学，2004，32 (6)：1301-1302.

第二章　叶用芥菜

第一节　概　　述

　　叶用芥菜（*Brassica juncea Coss. var. foliosa Bailey*）在四川及西南地区普遍称为青菜，又称苦菜、春菜等，主要以叶片和肥厚的叶柄供食用。依其叶片形状的不同，又分成大叶芥、花叶芥、瘤芥菜、包心芥和分蘖芥五个类型。叶用芥菜虽仍喜冷凉、湿润的气候条件，但属芥菜中适应性最强的一类，当然变种和品种不同对环境条件的适应性不完全相同，一般大型包心的变种和品种对环境条件要求严格一些，而小型散叶或以幼苗供食者，则适应性更强一些。叶用芥菜与其他芥菜一样含有丰富的营养（表2-1），富含维生素，矿物质、磷、钙含量高过许多蔬菜，叶用芥菜除可以煮食、炒食外，加工成各种咸菜风味特别好。在四川、云南、贵州、重庆等省、市人民生活中占有重要地位。如南充的冬菜、宜宾的芽菜是四川的名特产，畅销全国。叶用芥菜原产于我国，在我国尤其是四川及南方省区栽培广泛。

表 2-1　叶芥每 100 克食用部分所含营养成分（李树德等，2010）

蔬菜名称	热量/kJ	水分/g	蛋白质/g	脂肪/g	膳食纤维/g	碳水化合物/g	灰分/g	胡萝卜素/mg	硫胺素/mg	核黄素/mg	尼克酸/mg	抗坏血酸/mg
叶用芥菜	100	91.5	2.0	0.4	1.6	3.1	1.4	310	0.03	0.11	0.5	31
大叶芥菜	59	94.6	1.8	0.4	1.2	0.8	1.2	1700	0.02	0.11	0.5	72

蔬菜名称	维生素 E/mg	钾/mg	钠/mg	钙/mg	镁/mg	铁/mg	锰/mg	锌/mg	铜/mg	磷/mg	硒/mg
叶用芥菜	0.74	281	30.5	230	24	3.2	0.42	0.70	0.08	47	0.70
大叶芥菜	0.64	224	29.0	28	18	1.0	0.70	0.41	0.10	36	0.53

第二节　生物学特性

一、植物学特性

1. 根

　　属直根系。在土壤结构良好和深耕情况下，直播者直根可达 30cm 以上，侧根、须根分布范围广，植株生长旺盛，抗旱能力较强；育苗移栽者，可发育成良好根系，一般在 5～10cm 层段根系较多，在 0～20cm 土层中分布着 90% 以上的侧根，其吸收能力不如直播者。

2. 茎

为短缩茎，在不明显的节上着生叶片及其腋芽。顶芽分生叶片数因变种、品种及生长量而不同，可从 10 余片至 40 余片。植株达一定大小，具有适合条件后，顶芽分化为花芽，抽生高大薹茎，营养状况良好时可 3 次分枝。

3. 叶

子叶与最初的两片叶均对生，形成十字形，以后真叶（本叶）互生，一般 5 片叶形成一叶环，着生方向因变种、品种不同，逆时针或顺时针。从所起作用看，第 1 叶环主要为长根和定棵提供营养，第 2 至第 4 叶环才为形成产量的功能叶，并迅速成为定型叶，开始形成产品器官。如分蘖芥开始分蘖，叶芥加速其叶柄或中肋的肥大，根芥的肉质根和茎芥的肉质茎开始形成并迅速膨大。叶形有椭圆形、卵形、倒卵形、披针形等；叶色有绿、浅绿、深绿、绿色间血丝状条纹或紫红色等；叶面平滑或皱缩，叶背及中肋上常有稀疏柔软的刺毛或蜡粉，叶缘锯齿状或波状、全缘或基部浅裂，或深裂，或全叶具有不同大小深浅的裂片；叶片中肋或叶柄扩大或呈扁平状，或伸长，或呈箭杆状，或形成不同形状的突起，或曲折包心结球。叶芥不同变种的叶部形态各有其特征。

4. 花

总状花序。花的形态具十字花科植物花的典型特征。花瓣一般黄色，但有白花变种。开花顺序是主花序先开，依次是第 1 分枝，再为第 2、3、4 分枝，同一分支花序是上部先开，下部后开，一个花序上的花朵是由下而上、由外到内开放。第 1、2 分枝花数约占全株花数的 80%，第 3 分枝及主花序仅占 20%。开花期一般为 20d 左右，依品种不同可为 15～25d。开花时间为 4～18 时，盛开和散粉时间为 10～16 时。薹芥变种的花茎肥嫩，分多薹型（侧薹发达）及单薹型，多薹型品种如四川小叶冲辣菜可陆续发出分枝花茎 7～9 个，单株重 0.8～1kg。

5. 果实及种子

叶用芥菜自交结实率高，品种之间可相互杂交结实，但芥菜与芸薹属（*Brassica*）其他的种如大白菜及甘蓝等，在自然情况下一般没有相互杂交结实现象。果实为长角果，每角果内有种子 10～20 粒。种子呈圆形或椭圆形，红褐或暗褐色，无病株的种子千粒重约 1g。与甘蓝和白菜相比，种皮色泽显著偏红，且偏小。发芽率正常的种子一般以种子发芽率达 80% 就算已通过休眠阶段，而分蘖芥雪里蕻采种后须经 87d 才能解除休眠。贺红、宴儒来（1993）试验，春秋留种者，潮州芥菜种子休眠期为 45d，草腰子茎瘤芥 35d；秋季留种者，潮州芥菜种子休期在 130d 以上，草腰子茎瘤芥为 109d。

二、生长和发育

叶用芥菜属低温长日照作物，一般作为两年生作物栽培，秋季播种，冬季或次春收食用器官，春季开花结实。但因芥菜对低温和日照长短的要求均不严格，早秋播种，当年就可抽薹、开花、结子，从而成为一年生作物。

1. 发芽出土期

播种后从种子萌动到两片子叶完全展开、刚发生真叶，在25℃左右，需5～6d。

2. 幼苗期

从真叶出现到第一叶环形成，适温有所下降，在22℃左右，需要20～30d，温度高生长快、苗期短，温度低则生长期延长，苗期也就延长。

3. 莲座期

从第一叶环形成到第二叶环出现即称莲座期。莲座期适宜的温度为15～20℃，需要2个月才能达到。

4. 产品器官形成期

通常在长出2～3个叶环后就进入形成产品器官的时期，如果是包心芥就开始结球，分蘖芥腋芽发生分蘖，以叶柄和中肋为食用器官的其叶柄和中肋快速伸长和增厚。这段时间适宜的温度为15～20℃，时间30～60d。

叶用芥菜不同的类型和品种对高温及低温的适应性不一样，分蘖芥耐高温和低温的能力均较强，包心芥则较差。其中包心芥中的哥劳大芥菜只有在10～15℃条件下才包心良好，而鸡心芥的适应性较强，在19℃以下的温度也能正常包心。散叶类型或幼苗供食的叶用芥对温度的适应性强，如雪里蕻、南风芥等生长期较短，可周年栽培，而一般食用部分肥大的类型和品种对高温的适应性较差。

不包心和无心蘖的叶芥品种无明显的莲座期；包心芥、分蘖芥进入产品器官形成期莲座叶基本不再增长。叶用芥经过冬季低温条件后（如果是秋播第二年才能收获），在第二年春天气温升高，日照加长的条件下就会抽薹开花。还有一些冬性较弱，春化对低温要求不严格，而对长日照较为敏感的品种，如在四川、重庆秋播较早，当年就能抽薹。另外，像三月青、鸡心芥菜等品种作春播，当年即能抽薹开花。而一般雪里蕻和四川的春不老品种由于冬性较强，不易抽薹开花。

宋明等曾对芥菜开花结实进行研究，认为芥菜抽薹开花温度并不是主要因素，主要原因是光照条件。作者曾采用10余个品种种子在25℃的恒温条件下（即并不是低温春化的条件）试验，采用连续光照（在培养室内进行，安装有较强光照的日光灯），在30～40d中，种子萌发形成的幼苗在有5～6片叶时就可以抽薹，并在进一步的光照条件下开花结籽。这也是为什么芥菜中好多品种在当年播种当年即抽薹开花的主要原因。

要获得优质高产的叶菜产品，一是要求形成能进行大量同化作用的叶片，二是要把产品器官的形成期安排在最适宜的温度条件下。

产品器官形成的日均温以10～15℃为最好，因此，恰当地掌握播种期是很重要的。

三、对环境条件的要求

叶芥喜冷凉、湿润的环境，但在生长初期对温度的适应性较强，温度较高能促进发芽出土及幼苗生长。在25℃左右的旬平均温度下，播后3d可发芽出土。在旬平均温度22℃左右的条件下形成5～6片叶的幼苗，约需1个月。主要食用器官形成以旬平均温度10～15℃为最适宜，但变种和品种不同，对温度的适应性不完全相间，一般以幼小植株供食或散叶形的变种和品种能适应较高温度，而食用部分特别肥大或包心结球的品种对较高温的适应性稍差。如分蘖芥及广东的南风芥、歪尾大芥菜对较高温度的适应性较强，而结球芥的哥劳大芥菜需 10~15℃ 的较低温度才有利于形成叶球和优良的品质，但鸡心芥品种即使在 19℃ 温度下还能结球良好。

叶芥越冬后，在次年春暖长日照条件下抽薹、开花、结实。一般品种并不必须接受低温，春播后当年即能抽薹。但品种不同，其冬性强弱仍有差别，如广东的三月青、鸡心芥冬性弱，而哥劳大芥菜、四川春不老和一般雪里蕻品种则冬性较强，较不易抽薹开花。

第三节　主要品种与营养特性

一、主要品种

（1）大叶芥（var. *rugosa* Bailey）　株高 55~80cm，开展度 70cm。叶片椭圆形、长椭圆形或倒卵圆形，长 55~80cm，宽 22~30cm，绿色或深绿色，叶面平滑，无刺毛，无蜡粉，叶缘细锯齿。叶柄长 2~5cm，宽 3.3~4.9cm，厚约 1.0cm，横断面呈弧形，叶柄长不到叶长的 1/10，中肋宽度小于或等于叶柄宽度。单株重 1.2~1.4kg。

大叶芥在全国有许多优良地方品种，也是加工菜的主要原料，被誉为四川省四大名菜之一的加工制品"冬菜"，其原料为大叶芥中的品种鸡叶子芥菜、二宽壳冬菜、箭杆青菜等；独山大叶芥则是贵州省独山、都匀"盐酸菜"的主要原料。此外，江西省的圆梗芥菜、红筋芥菜，福建的宽枇芥菜，广东省的三月青、南风芥、高脚芥，云南省的澄江苦菜、粉秆青菜等，都是作加工原料或鲜食的优良品种。

（2）叶芥（var. *foliosa* Bailey）　株高 60~75cm，开展度 60cm。叶片椭圆形、长椭圆形或倒卵圆形，长 50~74cm，宽 30~27cm。叶色浅绿或绿，叶面中皱，无刺毛，无蜡粉，叶片上部全缘，下部羽状全裂，裂片小而密。叶柄长 18~34cm，宽 2.2~3.0cm，横断面呈半圆形，叶柄长接近叶长的 2/5，中肋宽度小于叶柄宽度，单株重 1.5kg。

小叶芥在四川、云南、贵州等省有较丰富的品种资源，做加工菜原料及鲜食。被誉为四川省四大名菜之一的加工制品"宜宾芽菜"，其原料主要为小叶芥的品种二平桩（图 2-1）及二月青菜、四月青菜等。此外，重庆市的涪陵圆叶甜青菜、蓝筋青菜、垫江红筋青菜，四川省泸州市的白秆甜青菜和万源鸡血青菜，云南省的圆秆青菜等，均为可用于鲜食或加工的小叶芥优良品种。

（3）宽柄芥（var. *latipa* Li）　株高 50~70cm，开展度 100cm。叶片椭圆形、卵圆形或倒卵圆形，长 52~68cm，宽 30~43cm，中肋宽 13.5~17.0cm。叶片绿、深绿或黄绿色，叶面中皱或多皱，无刺毛或刺毛稀疏，被蜡粉，叶缘细锯齿，浅裂或深裂。叶柄长 3.2~5.5cm，宽 4.6~6.5cm，横断面呈扁弧形，叶柄长不到叶长的 1/10。单株鲜重 1.2~2.0kg。

此类芥菜在中国南方各地品种资源极为丰富，如四川省宜宾的宽帮青菜（图 2-2）、花叶宽帮青菜、宽帮皱叶青菜、白叶青菜，湖北省的面叶青菜，上海市的粉皮菜，江苏省黄芽芥菜，贵州省的皮皮青菜等，都是宽柄芥的优良品种。

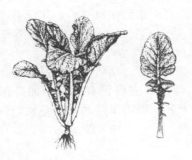 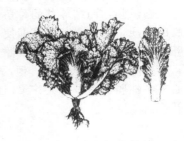

图 2-1 二平桩
(引自:《中国芥菜》, 1996)

图 2-2 宽帮青菜
(引自:《中国芥菜》, 1996)

(4) 叶瘤芥 (var. *strumata* Tsen et Lee) 株高 40~60cm, 开展度 89cm。叶片椭圆形或长椭圆形, 长 44~69cm, 宽 27~35cm。叶绿色或深绿色, 叶面中皱或多皱, 无刺毛或刺毛稀疏, 无蜡粉, 叶缘上部有细锯齿, 下部羽状浅裂或深裂, 或二回羽状浅裂, 中肋宽 5.5~9cm。叶柄长 5~8cm, 宽 3.5~5cm, 叶柄或中肋正面着生一个卵形或乳头状凸起肉瘤, 肉瘤纵径 4~6cm, 横径 4~5cm。单株鲜重 1.2~1.5kg。

叶瘤芥主要分布在长江流域的部分地区, 而以四川省品种较多, 如窄板奶奶菜、宽版奶奶菜、花叶奶奶菜及鹅嘴菜等。此外, 还有上海市的白叶弥陀芥 (图 2-3)、黑叶弥陀芥, 江苏省常州的弥陀芥, 湖北省的耳朵菜 (其突起似耳朵状, 为湖南"丰菜"的加工原料)。

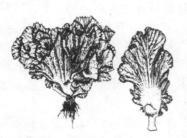 

图 2-3 白叶弥陀菜
(引自:《中国芥菜》, 1996)

图 2-4 叉叉叶香菜
(引自:《中国芥菜》, 1996)

(5) 长柄芥 (var. *longepetiolata* Yang et Chen) 株高 44~53cm, 开展度 70cm。叶绿色或浅绿色, 叶片阔卵圆形或扇形, 叶长 42~50cm, 宽 18~26cm, 叶缘细锯齿状, 深裂或全裂, 多褶皱, 两面无毛, 两侧略向内卷, 掌状网脉, 中肋裂变成 3~5 个分枝, 分枝上着生阔卵圆形或圆扇形裂片, 呈假复叶状。叶柄长 26~29cm, 宽 1.8~3.0cm, 厚 0.5~0.8cm, 横断面呈半圆形, 柄长无刺毛, 被蜡粉, 叶柄长为叶长的 3/5 左右。12 月下旬至次年 2 月中下旬分次劈叶采收。长柄芥目前仅在四川省泸州、南江和重庆市梁平、丰都、垫江等地栽培, 品种较少, 有垫江叉叉叶香菜 (图 2-4)、梭罗菜、烂叶子香菜、长梗香菜等, 均主要作鲜食。近年来, 重庆市推广很快, 因其较耐热, 植株较小, 生长期较短, 可提前播种, 提前上市, 排开供应, 且无苦味还带香味，作为鲜食，备受青睐。

（6）花叶芥（var. *multisecta* Bailey）　株高 30～58cm，开展度 80cm。叶片椭圆形或长椭圆形，长 74～81cm，宽 25～29cm，绿色或深绿色，叶缘深裂成细丝状，或全裂，或呈重叠的细羽丝状。叶柄长 7～9cm，宽 1.1～2.3cm，厚 1.1～1.3cm，横断面近圆形，叶柄长度为叶长的 1/5 左右，中肋宽度小于叶柄宽度。单株鲜重约 0.8kg。

花叶芥品种除上海金丝芥（图 2-5）外，还有甘肃省的花叶芥菜，江苏省的大樨芥、陕西省的腊辣菜等。

图 2-5　金丝芥
（引自：《中国芥菜》，1996）

图 2-6　凤尾青菜
（引自：《中国芥菜》，1996）

（7）凤尾芥（var. *linearifolia* Sun）　株高 63～68cm，开展度 89cm。叶片披针形或阔披针形，长 76～85cm，宽 12～14cm。叶色深绿，叶面微皱，无刺毛，无蜡粉，叶缘全缘或深裂。叶柄长 8～10cm，宽 3.2～4.1cm，横断面近圆形，叶柄长度约为叶长的 1/10，中肋宽度小于叶柄宽度。单株鲜重 1.3～1.5kg。

凤尾芥目前仅四川省的部分地区栽培，品种稀少，除四川省自贡市的凤尾青菜（图 2-6）外，迄今发现的另有四川省西昌市的阉鸡尾辣菜，均零星栽培供鲜食。

（8）白花芥（var. *leucanthus* Chen et Yang）　株高 65～70cm，开展度 90cm。叶浅绿色，长椭圆形，长 74～81cm，宽 25～29cm。叶缘波状，叶面中等皱缩，两面无刺毛。叶柄长 27～33cm，宽 2.6～3.7cm，厚 1.1～1.4cm，横断面呈半圆形，柄上无刺毛，被蜡粉，叶柄长度接近叶长的 2/5 左右，中肋宽度小于叶柄宽度。花白色。单株鲜重 1.0～2.0kg。在四川省泸州 9 月上中旬播种，次年 2 月中旬至 3 月上中旬分次劈叶采收。

白花芥品种很稀少，仅四川省泸县发现白花青菜（图 2-7）和白秆青菜，后者花乳白色，植株更高大，均为零星分布。

（9）卷心芥（var. *involuta* Yang et Chen）　株高 36～50cm，开展度 70cm。叶绿色、浅绿或紫色，椭圆形或阔卵圆形，长 45～60cm，宽 30～38cm。叶缘具锯齿或浅裂，叶面中皱或或多皱，两面均有稀疏的刺毛，被蜡粉。中肋特别厚 1.2～1.5cm，横断面呈扁弧形，柄上刺毛稀疏，被蜡粉。叶柄和中肋抱合，心叶外露，呈卷心状态。单株鲜重 1.0～1.2kg。

图 2-7　白花青菜

（引自：《中国芥菜》，1996）

图 2-8　抱鸡婆青菜

（引自：《中国芥菜》，1996）

　　四川省、重庆市有很多卷心芥的优良品种，如普通栽培的抱鸡婆青菜（图 2-8）及成都市的砂锅青菜、自贡市的香炉菜、包包青菜，重庆市的罐罐菜、万县的米汤青菜等，均具产量高、品质佳、鲜食和加工兼宜等优良特性。

　　（10）结球芥（var. *capitata* Hort ex Li）　株高 30～35cm，开展度 50cm。叶阔卵形，长 34～55cm，宽 30～52cm，叶缘全缘或具细锯齿，叶面微皱，无蜡粉及刺毛。叶柄长、宽 5～7cm，横断面呈扁弧形，中肋宽 12～15cm，为叶柄宽的 2 倍以上，心叶叠抱成球形，叶球高 14～20cm，横径 16～19cm，单株鲜重 0.7～1.0kg。

　　（11）分蘖芥（var. *multiceps* Tsen et Lee）　株高 30～35cm，开展度 58cm。叶片多，叶形多样，以披针形、倒披针形或倒卵形为主，叶色浅绿、绿或深绿，叶面平滑，无刺毛，被蜡粉，叶缘呈不规则锯齿或浅裂、中裂、深裂，叶片长 30～40cm，宽 5.5～9.0cm。叶柄长 2～4cm，宽 1.0～1.3cm，厚约 0.6cm，横断面近圆形，叶柄长为叶长的 1/10 左右。单株短缩茎上的侧芽在营养生长期萌发 15～30 个分枝而形成大的叶丛。单株鲜重 1.0～2kg。

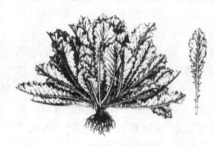

图 2-9　九头鸟雪里蕻

（引自：《中国芥菜》，1996）

　　分蘖芥在长江中下游地区及北方各省普遍栽培，品种资源极为丰富。主栽品种有江苏省的九头鸟雪里蕻（图 2-9）、银丝雪里蕻，上海市的黄叶雪里蕻、黑叶雪里蕻，浙江省的细叶雪里蕻、青种千头芥，江西省的细花叶雪菜，湖南省的大叶排、细叶排、鸡爪排，四川省成都市的一笼鸡等。

二、营养特性

　　叶用芥菜对氮、钾的需求量较大，施肥应以氮肥为主，但也应适当增施磷、钾肥，以提高抗病力，增加产量。在低氮的条件下，施钾对产量形成影响不显著，而且由于氮钾供应不协调反而有减产趋势，因此需要针对品种生长特点和培养介质的养分含量状况合理配合氮、钾，方可发挥氮、钾元素的各种生理功能促进生长，提高产量。不宜过多施用氮肥，否则会造成光合效率下降，从而影响产量（见表 2-2）。另外，喷施 Ca、Fe、Zn 元素能增加植株的产量，应用适当浓度的微量肥料，可以有效地提高产量和品质，提升蔬菜的保健和商品价值，但 Zn 肥和 Ca 肥的施用不利于植株对 Fe 的吸收。芥菜生长发育进程要经历营养生长和生殖生长两个阶段。生长初期为叶片生长期，从生长初期到中期的营养十分重要，进入生长中期后，当养分的吸收和干物质生长量达到最高值时，即从叶部向根部输送营养。

表 2-2　不同处理对苏州青地上部及根系鲜重的影响（杨利玲，2009）

处理	地上部鲜重/g	根系鲜重/g	处理	地上部鲜重/g	根系鲜重/g
完全	116.42b	5.89a	氮过剩	29.20d	1.85b
缺氮	6.29e	2.03b	磷过剩	131.21a	7.23a
缺磷	14.53e	1.72b	钾过剩	129.12ab	5.92a
缺钾	102.37c	6.89a			

注：小写字母表示在 0.05 水平差异显著性。

第四节　栽　培　季　节

中国南北各地均以秋播为主。北方于霜冻前收获，长江流域及西南地区于冬季或次年春收获。在华南可利用不同品种的适应性和对供食部分的不同要求排开播种，周年供应。在北方也可于阳畦育苗，断霜后定植露地，于晚春收获。

在决定栽培季节时应考虑以下因素：在长江以南地区，凡特别适于在冷凉气候条件下栽培的变种和品种，应于 9 月上旬播种，12 月前收获，如广州的鸡心芥和哥苈大芥菜等；对高温适应性较强的分蘖芥及长柄芥可于早秋 8 月播种，如浙江的黄叶雪里蕻和重庆垫江叉叉叶香菜等；大型叶芥且不易抽薹的大叶芥、小叶芥作加工原料者及黑叶雪里蕻等可于 9 月下旬播种，次年 3 月收获。凡易感病毒病的变种或品种宜适当晚播，相反宜适当早播；凡以小植株供食，且适应性较强者，可于 2～9 月排开播种，播后 30～60d 收获，如广州的南凤芥、三月芥等；凡冷凉的地区或者山区可提前播种，温暖地区或者作为晚稻后作的可推迟播种。在长江以北地区，一般应晚于大白菜的播种期，于 8 月下旬播种，霜冻前收获。

第五节　栽　培　技　术

一、播种及育苗

一般都进行育苗移栽，但以小植株供食的品种多行直播。华北地区为减少移植延误时间，也有行直播的；南方为减少病毒病的为害，也可推迟播种期采用直播法。

苗床地宜距离蔬菜生产基地较远，特别是宜选离十字花科蔬菜生产地较远的地方，以减轻蚜虫传播病毒的机会。土壤宜选保水、保肥的壤土。沙土升温快，失水快，不符合叶芥喜稳定湿润土壤的要求，且易导致病毒病的发展。

苗床土耕翻后，应充分暴晒，并以堆肥、磷肥、草木灰和农家液态有机肥为基肥，使土壤疏松，养分充足，以利幼苗生长。叶芥种子细小，播前须充分细碎土壤，作宽1.3m、高15cm的畦，浇足底水。

每公顷苗床播种量以7.5kg为宜。早秋播种由于气候炎热或有阵雨，易影响出苗和幼苗生长，故播种量可适当增加；晚播者由于气候温和，成苗率高，可适当减量。苗床地所育之苗能供15～20倍的本土栽培，播后覆细土，厚约0.5cm。早播者宜盖草保湿，且有防止雨水使表土板结作用，利于出苗，但当开始出苗时必须及时除去覆盖。出现第1片真叶时进行第1次间苗，2～3片真叶时进行第2次间苗，留苗距15cm并施稀薄农家有机液肥。苗期应特别注意彻底防蚜，以减轻病毒病。

二、定植

四川省产粮地区叶芥的前作多为玉米、甘薯，或栽于秋玉米行间，或套种于小麦行间，或后期套早玉米。菜田前作多为瓜类、辣椒等。在病毒病严重地区，不宜作十字花科蔬菜的后作。栽种叶芥的地块宜远离萝卜、白菜等蔬菜作物，以减少传染病毒病的机会。

定植的行、株距因品种而异，一般早熟种或植株较小者行距为33～40cm，株距25～33cm；中、晚熟品种或植株较大者行距为40～46cm，株距25～33cm。雪里蕻一般株、行距为25cm×33cm。叶芥定植后发根缓慢，定植后成活快、慢与幼苗是否健壮及定植技术有关，定植时要尽可能少伤根，不使根扭曲、悬空，务必使根系在土层中舒展以利生长。定植后及时浇定根水。

三、田间管理

1. 施肥、灌溉

长江秋、冬季阴雨天气较多，故除定植较早的在秋旱时适当浇水外，一般不需灌溉，但要注意排水，但在干旱地区栽培要注意浇水。叶芥以叶部供食，施肥应以氮肥为主，但也应适当配合磷、钾肥，以增进抗性，增加产量，特别对以肥大中肋及叶柄为主要产品的叶芥更应使用磷、钾肥。一般除基肥施堆肥$1.5×10^4$kg/hm²、过磷酸钙300～450kg/hm²、草木灰1500～2200kg/hm²外，生长期中还应追肥3～4次，从定植成活后开始至产品器官肥大前施2～3次，由淡到浓，约施腐熟有机肥$6×10^4$kg/hm²、尿素300～400kg/hm²。施肥前进行中耕除草，追肥以氮肥为主，但适当配以磷、钾肥，可以使植株生长更健壮，增强抗病性和提高产量与质量，尤其对以肥大的中肋及叶柄为主要产品的品种更应注意配施磷、钾肥。在开始分蘖时进行追肥，15h后再施肥一次，一般早秋栽培准备在冬前采收的，由于前期气温较高、生长快，应及早追肥，以免造成脱肥现象，南方晚秋播种的越冬芥菜，幼苗期用肥要轻，否则易受冻害，在入冬前于行间施厩肥，起保暖和提高植株抗寒力的作用，开春后气温回升，及时追肥，促进叶丛生长，避免提早抽薹。在植株生长旺期，追施尿素一两次，每公顷150kg左右，或腐熟人粪尿7.5～11.25t。追肥后及时灌水，促进肥料的充分吸收。加工用的芥菜，在采收前15d左右停止追肥并控制水分，避免产品器官含水过多，不耐贮运。

　　早秋栽培的叶芥，因前期气温较高、生长快，应及时施肥，特别对早熟品种旱期不能施肥；白露前后播种的叶芥，重追肥宜在10月下旬至11月上旬之间进行；寒冷地区冬季不宜施肥，否则植株柔嫩，易受冻害；晚熟品种于春暖后应及时施肥灌水，以防植株衰弱而提早抽薹。

　　2. 常见病虫害防治

　　（1）芥菜霜霉病

　　① 危害症状　叶片正反两面生近圆形黄绿色病斑，后变多角形黄色病斑，湿度大时病斑背面长白色霉层，严重时叶片焦枯。

　　② 发生条件　由寄生霜霉侵染致病。日夜温差大，露点时间长，形成低温高湿生态环境，容易诱发此病。

　　③ 防治方法　多在临发病时采取药剂防治，喷洒58％甲霜灵锰锌可湿性粉剂500倍液，或64％杀毒矾可湿性粉剂500倍液，75％百菌清可湿性粉剂600倍液，及72.2％普力克水剂800倍液等。

　　（2）芥菜黑斑病

　　① 危害症状　叶片病斑淡褐色至褐色，圆形或近圆形，周围有黄色晕圈。潮湿病斑生黑色霉层，干燥时病斑易破裂、穿孔。病斑连片时病叶焦枯至死。

　　② 发生条件　致病菌为芸薹链格孢，病菌在病残体上、种子及冬贮菜上越冬，借助风雨传播。发生适温17℃左右，芥菜生长后期雨水较勤易发病。

　　③ 防治方法　除芥菜霜霉病药剂可兼治外，还可喷洒40％大富可湿性粉剂500倍液，或40％克菌丹可湿性粉剂400倍液等。

　　（3）芥菜软腐病

　　① 危害症状　近地表的根茎部，初生水浸状不规则形病斑，病斑扩大时引起病部腐烂，溢出黏液，腐烂处发臭。

　　② 发生条件　致病菌为胡萝卜软腐欧文菌胡萝卜软腐致病型。病菌生长最适温度27～30℃，土壤带菌传播，伤口侵入。整地不细、平畦栽培、虫害多、湿度大等均发病重。

　　③ 防治方法　避免盲目早播，实行垄作和高畦栽培；播前耕晒土壤20d，并施足腐熟农家肥。发病时喷洒72％农用链霉素4000倍液，或14％络氨铜水剂300倍液等。

　　（4）芥菜黑腐病

　　① 危害症状　主要危害叶片、叶球和球茎。苗期和成株期均可染病。幼苗受害，子叶初始产生水渍状斑，逐渐变褐枯萎或蔓延至真叶，使叶片的叶脉呈长短不等的小条斑。叶片染病，叶缘出现黄色病变，呈"V"字形病斑，发展后叶脉变黑，叶缘出现黑色腐烂，边缘出现黄色晕圈。

　　② 发生规律　此病以种子和随病株残余组织遗留在田间越冬，播种带菌种子，带菌种皮依附在子叶上；从叶子边缘的水孔侵入，传导至维管束，使出苗后病害在苗床中即可造成危害。成株期染病，借昆虫及雨水反溅，从叶片水孔和伤口侵入，并在薄壁细胞内繁殖，随后进入叶维管束组织内扩展，使叶片染病，再由维管束传导至茎

维管束组织，扩展形成系统侵染。留种株病原菌还通过果柄维管束进入种脐到达种菜，附着在种子上，使种子表皮带菌，这是病原细菌向新菜区远距离扩散传播的重要途径。

③ 防治方法 a. 留种与种子处理。选无病株留种或种子进行消毒。从无病留种株上采收种子，选用无病种子。引进的商品种子在播种前要做好种子处理，可用浓度为 200mg/L 农用链霉素浸种 20 分钟，然后冲洗干净，晾干播种，以压低种子带菌量，减少初侵染。b. 茬口轮作。重发病田块，提倡与非十字花科作物实行 2～3 年轮作，以减少田间病菌来源。c. 防治传病害虫。在小菜蛾、菜青虫、甜菜夜蛾、斜纹夜蛾、蚜虫、猿叶甲、黄曲条跳甲等害虫盛发前及时防治，防止虫伤及害虫传播病害。d. 加强田间栽培管理。高畦栽培，雨后及时开沟排水，防止田间积水，合理施肥，促使植株生长健壮，提高植株抗病能力。e. 清洁田园。收获后清除病残体，并带出田外深埋或烧毁，深翻土壤，加速病残体的腐烂分解，减少再侵染菌源。f. 化学防治。在发病初期开始喷药，每隔 7～10d 喷 1 次，连续喷 2～3 次。药剂可选 20%噻菌铜悬浮剂 400～500 倍液，或 73%霜霉威水剂 800～1000 倍液，或新植霉素 100 万单位 5000 倍液，或 72%农用链霉素可湿性粉剂 500 倍液等喷雾。

鉴于叶用芥菜的病害主要为病毒病，而病毒病又主要是通过蚜虫的为害而传播。因此，在叶用芥菜的育苗期和定植后一定要彻底防治蚜虫。在栽培上可以实行水旱轮作，并且不与其他十字花科类蔬菜连作或混作，可与葱蒜类蔬菜间作。增施磷钾肥料、增强植株抗性，对减轻病毒病的为害也有一定的效果。同时在品种使用上可以选用抗病能力较强的品种栽培也是一个很重要的途径。在冬季低温干燥时实行小水勤灌也是一条很有效的措施。叶用芥菜定植时正是秋季，要注意黄条跳甲的为害，用氨水、敌敌畏、乐果均可防治。

第六节 采收、贮藏与加工

一、采收

早秋播种的叶芥，一般在 12 月前后收获。晚秋播的晚熟种在次年 2～4 月收获，其收获期应适合鲜食或加工要求。以幼小植株供鲜食者，约在播种后 30～60d 采收；以成熟产品供食者，应在产品器官充分肥大、成熟后收获；加工的叶芥依加工菜的种类不同而各有其收获期标准。如生产贵州"盐酸菜"的原料大叶芥，应于短缩茎、花薹肥大、粗壮、脆嫩和叶柄充分肥大时收获；生产四川宜宾"芽菜"的原料小叶芥，应于叶柄和中肋充分肥大而花薹未抽出前收获；结球芥在叶球充分紧实时收获；雪里蕻以幼嫩植株供食者，在定植后约 40d 即可收获，而次年春收获的雪里蕻，于开始抽薹、分蘖高 15cm 左右时收获。有些叶柄较窄的叶芥实行剥叶采收，即当叶有 5～6 片充分长大、叶缘发黄时开始剥叶，每次 2～3 片。

二、贮藏

芥菜是较耐贮藏的绿叶菜，冰点以上的低温和高湿是其理想的贮藏条件。适宜贮温为 0℃，相对湿度在 95％ 以上可贮 30～40d。芥菜以加工为主，加工原料必须新鲜，故不作长期贮藏。只是在收获季节货源相对集中时作临时吞吐性的短贮。可在通风良好的阴凉处或棚下暂存，有条件的暂存入冷库更好，切忌码大垛堆放。

加工芥菜采取就地生产就地加工，有利于减少损耗、降低成本。如货源需短途调运，多采用汽车或人力、畜力大板车公路运输，但均需装筐，既方便装卸，又能减少机械伤。铁路调运要预冷至 0～2℃，应用保温车。

三、加工

腌制芥菜软包装加工技术，主要设备有大木桶、真空封口机、杀菌锅、蒸煮袋（PC/CPP），操作流程如下：

原料→晾晒→腌制→漂洗→切段→拌料→装袋→封口→杀菌→冷切→干燥→成品装箱

（1）原料　选晴天收获生长健壮、生育期适中的大叶芥菜成株，削去菜头，剔除病株、病叶、烂叶和老黄叶。

（2）晾晒　将芥菜晾晒在太阳下至半蔫状态。

（3）腌制　先在木桶底部撒一层盐，把芥菜按顺序排成层状，再撒一层盐，踩紧，至略有水汁出来。层与层之间按每 50kg 鲜芥菜配 1.5～2kg 食盐，腌满整桶后用重物压严压实。

（4）漂洗　新腌的芥菜至少在 2 个月后才可捞出用净水洗去盐分，同时剔除坏菜。

（5）切段　将洗净的芥菜撕成丝状，然后切成 0.5cm 或稍短些的段。

（6）拌料　将芥菜与微量的辣椒、味精、食盐充分拌匀。

（7）装袋　按规定重量将料装好，一般为 125～150g/袋。

（8）封口　用真空包装机封口，封口条件为真空度 0.08～0.09mPa。

（9）杀菌　由于装袋芥菜在加热时会膨胀，为防止破袋，要采用反压式杀菌。在 121℃温度下杀菌 10～20min。

（10）干燥　成品采用热风烘干或手工擦干，避免破袋和微生物繁殖。

参考文献 --

[1] 艾绍英，柯玉诗，姚建武等．氮钾营养对大青菜产量、品质和生理指标的影响．华南农业大学学报，2001，22（2）：11-14.

[2] 胡亚军，郝明德，杜健等．喷施 Ca、Fe、Zn 元素对小青菜吸收特性的影响．陕西农业科学，2007，（1）：30-32，105.

[3] 刘佩瑛．中国芥菜．北京：中国农业出版社，1996.

[4] 刘宜生．蔬菜生产技术大全．北京：中国农业出版社，2001.

[5] 吕中华，黄任中，王兴汉．特产蔬菜栽培与病虫害防治技术．北京：中国农业出版社，2004.

[6] 宋明．叶菜类蔬菜栽培新技术．成都：四川科学技术出版社，2000.

[7] 苏崇森．现代实用蔬菜生产新技术．北京：中国农业出版社，2003.

[8] 徐家炳．白菜甘蓝花菜芥菜栽培．北京：中国农业出版社，2006.

[9] 杨利玲．氮、磷、钾失调对"苏州青"青菜生长的影响．北方园艺，2009，(10)：71-73.

[10] 张振贤．蔬菜栽培学．北京：中国农业大学出版社，2003.

[11] 张振贤，程智慧．高级蔬菜生理学．北京：中国农业大学出版社，2008.

[12] 朱佩瑾．出口蔬菜标准化生产技术．上海：上海科学技术出版社，2010.

[13] 中国化肥信息网．芥菜的需肥特性和施肥技术要点．2006，06.

[14] 中国农业科学院蔬菜花卉研究所．中国蔬菜栽培学．第二版．北京：中国农业出版社，2010.

第三章 茎用芥菜

第一节 概　　述

茎用芥菜（*Brassica juncea* Coss. var. *tumida* Tsen et L.）又名青菜芥、茎瘤芥、芥菜头、茎芥菜等，以膨大的茎供食，加工产品称为榨菜。茎用芥菜栽培历史悠久，明代《本草纲目》记载："四月食之谓之夏芥，芥心嫩芽谓之芥蓝，沧食脆美"。茎用芥菜营养丰富，每100g食用部分含蛋白质1.6g、脂肪0.2g、碳水化合物2.9g，含钙34mg、磷34mg、铁0.8mg及维生素。

榨菜是我国特产，原产四川，全国有多个省（直辖市）种植，其中主产区四川、重庆、浙江等地的产量占总产量的90%以上。茎芥与根芥、叶芥都属于芸薹属芥菜种（*Brassica jumcea*），是芥菜类蔬菜中最重要的一类，其加工产品历史悠久，驰名中外，销售量远远大于其他类型芥菜的加工产品。它包括茎瘤芥、抱子芥和笋子芥三个变种。茎瘤芥既可鲜食，也可加工，以加工为主；抱子芥以鲜食为主，加工为辅；笋子芥一般用作鲜食。茎瘤芥在重庆涪陵不仅是农业上的支柱产业，而茎瘤芥加工业也是工业的支柱之一。

第二节　生物学特性

一、植物学特性

1. 根

主侧根分明，属直根系。根系发达，吸收力强。30d苗龄的幼苗主根长9～12cm，侧根4～6cm。直播者主根入土较深，在土壤结构良好和深耕情况下，主根入土可达25～30cm，侧根、须根分布范围大，植株生长茂盛。移栽者主根较短，侧、须根较发达。

2. 茎

茎直立，主茎膨大为肉质茎，上有不整齐的瘤状突起。有不明显的节，着生叶片，并具腋芽，顶端的顶芽分生叶片数可从十余片至四十余片。中后期植株顶芽分化为花芽。茎瘤芥的形态可分为缩短茎及膨大茎两段。

3. 叶

着生在短缩茎上，一般5片叶形成一叶环。第一叶环前的约7片叶统称为基生叶，以后继续发生的第二叶环至第四叶环为开花结实期主要的功能叶。叶面呈平滑或皱缩状，叶背及中肋上常有稀疏柔软的刺毛和蜡粉，叶缘锯齿状或波状，全缘或基部浅裂或深裂，或全叶具有不同大小深浅的裂片，叶片中肋或叶柄有的扩大成扁平状，有的伸长，也有伸长成箭杆状的。形状有椭圆、卵圆、倒卵圆和披针形等几种。叶色有绿、紫红等颜色。

4. 花

为总状花序，花器由花萼、花冠、雄蕊、雌蕊和蜜腺等部分组成。花冠由 4 个花瓣组成，花朵盛开时，花瓣完全分离平展呈"十"字状，黄或鲜黄色，也有白色变种。花与甘蓝相似，较甘蓝花小。

5. 果实和种子

果实为长角果，果身长约 3～4cm，嫩角果绿色，成熟后转黄，每角果内约有种子 10～20 粒。芥菜种子呈圆形或椭圆形，色泽有红褐、暗褐等，正常无病株的种子千粒重 1g 左右。主要植株形态见图 3-1。

图 3-1　茎用芥菜的肉质茎和叶
（引自：《中国芥菜》，1996）
1—根；2—肉质茎（瘤状茎）；3—叶片

二、生长和发育

茎用芥菜的生育周期分为以下 4 个阶段。

1. 发芽出土期

当种子吸收本身重量 80%～90% 的水分之后，在适宜的温度条件下开始萌动。水分充足、旬平均气温 25℃ 左右，3d 出苗。随着秋播播种期的延迟，温度降低，出苗所需时间也增加。

2. 幼苗期

出苗后长出 5 片真叶，完成一个叶环后，幼苗期即结束。也可以把第一片真叶出现到茎部开始膨大这一阶段统称为幼苗期。此期依地区不同、播种期不同、时间长短差别较大。重庆涪陵地区苗期约 60～70d，而浙江地区苗期长达 130d。苗期对湿度适应范围较广，较耐热和耐寒。出土后至第一叶环形成期生长适温为 20～25℃，第二叶环形成叶丛的生长适温为 15～20℃。

3. 瘤茎膨大期

从茎部开始膨大至瘤茎充分成熟并开始现蕾的阶段为瘤茎膨大期，约 100d。此期温度必须下降到 15℃ 以下，瘤茎才能开始膨大。瘤茎膨大最适旬均温为 8～13.6℃。肥大的肉质茎不耐 0℃ 以下低温。

4. 开花结实期

瘤茎成熟后开始现蕾，现蕾后 5～8d 开始抽薹，抽薹后 20～28d 开始开花，从第一批花朵开放到种子成熟为开花结实期。开花结实对低温的要求不严格。如延长日照时间，可以加速生育进程，缩短生育周期。

三、对环境条件的要求

茎用芥菜喜冷凉湿润气候条件，不耐霜冻，也不耐炎热和干旱，生长适温为 10～25℃。植株长到一定大小时在较低温度（7～16℃）和较短日照（10～12h）条件下，肉质茎开始膨大。在温度低、日照少，特别是昼夜温差大的条件下，有利于养分转运贮藏形成肥大的肉质瘤茎。瘤茎生长对水分总量要求不高，但比较严格，因它的根系不很发达，既要求排水良好，又要经常保持湿润。水分过少，不但影响生长，降低产量，且瘤茎纤维增多，筋多皮厚，不适加工；水分过多，植株柔弱徒长，软腐病加重。适宜黏壤土栽培，对肥水条件要求不高。

茎用芥菜对土壤的适应性比较强，以肥沃、疏松、有机质含量高、通气状况良好、排水良好、灌溉方便、前一年未种过十字花科蔬菜的壤土为好，水稻田虽然有机质含量不太高，土壤也不太疏松，但病原物比较少，因此，茎瘤芥的主产区大多选择水稻田种植。

第三节　主要品种与营养特性

一、主要品种

茎用芥菜有茎瘤芥、抱子芥、笋子芥三个变种，共同特征是茎部膨大呈肉质，以肥大的肉质茎或茎上肥大侧芽为产品。

1. 茎瘤芥

茎瘤芥也叫榨菜，青菜头。它的主要特点是茎膨大成瘤状，茎上叶基外侧有明显的瘤状突起3～5个。该肉质基称为瘤茎，是主要的产品器官。瘤茎上的突起物叫肉瘤，肉瘤间的缝隙称间沟，以茎瘤芥作原料加工菜是世界三大著名腌菜之一的"榨菜"，由于其质地脆嫩，风味鲜香，营养丰富，在国内外享有很高的声誉，为中国的重要出口蔬菜之一。它不仅销往东南亚各国，在欧美国家也有较大的销售量。

茎瘤芥原产重庆（原川东），在重庆和四川各地均有栽培，尤以重庆长江沿岸的江北、长寿、涪陵、丰都、万县等地栽培最为集中。浙江省从20世纪30年代从重庆引种茎瘤芥，经长期选择培育，形成了一大批适应当地环境条件的另一生态型品种类群。根据瘤茎和肉瘤的形状，茎瘤芥可分为4个基本类型：①纺锤形，瘤茎纵径13～16cm，横径10～13cm，两头小，中间大，如重庆的蔺市草腰子，细匙草腰子等；②近圆球形，瘤茎纵径10～12cm，横径9～13cm，纵横径基本接近，如四川的小花叶和枇杷叶等；③扁圆球形，肉瘤大而钝圆，间沟很浅，瘤茎纵径8～12cm，横径12～15cm，横径/纵径大于1，如重庆的柿饼芥；④羊角菜形，肉瘤尖或长而弯曲，似羊角，只宜鲜食，不宜加工，如四川的皱叶羊角菜，矮禾棱青菜等。

茎瘤芥常用的品种有如下几种。

（1）早熟品种

① 蔺市草腰子（图3-2）　由西南农业大学、重庆市农科院、涪陵农科所联合选育品种。现在在涪陵、长寿、万县等地大面积推广栽培。该品种株型较紧凑，株高45～50cm，开展度55～60cm。叶倒卵型，绿色，叶面微皱，叶缘细锯齿状，最大叶长53cm，宽25～30cm，叶柄长30～50cm，上生2～3对小裂片；瘤茎纺锤形，纵径12.3cm，横径10.8cm，皮色浅绿，肉瘤较大而钝圆，间沟较浅，鲜重300g左右。瘤茎质地致密，品质好，含水量较低，为93.5%，脱水速度快，加工成菜率高。早

播易先期抽薹，且抗病毒能力弱，因此只宜在常年发病轻的粮区种植。在涪陵一般于9月15日至秋分（9月下旬）播种，第二年2月中旬收获。每公顷产肉质瘤茎30000kg左右。从定植到收获120d。

图 3-2　蔺市草腰子
（引自：《中国芥菜》，1996）

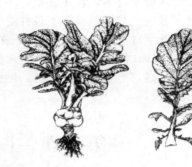

图 3-3　三转子
（引自：《中国芥菜》，1996）

② 三转子（图 3-3）　重庆市涪陵区地方品种。株高66～70cm，开展度65～70cm。叶长椭圆形，深绿色，大头琴状裂叶，头部边缘波状，叶面中等皱缩，最大叶长69cm，宽31cm，3～5对裂片，裂片部分占叶长的近1/2，叶柄长4.0～6.0cm；瘤茎扁圆球形，纵径10.3cm，横径12.2cm，表皮绿色，肉瘤较大而钝圆，间沟较深，鲜重250～300g，耐肥，耐病毒病，加工适应性与蔺市草腰子接近。在涪陵一般于9月上旬播种，第二年2月上旬收获。每公顷产肉质瘤茎25000kg左右。

③ 三层楼（图 3-4）　重庆市涪陵区地方品种。株高50～55cm，开展度55～60cm，叶倒卵形，浅绿色，叶面微皱，叶缘细锯齿状，最大叶长55cm，宽28cm，叶柄长3.0～4.0cm，裂片3～4对，瘤茎纺锤形，纵径13.3cm，横径11.1cm，皮色浅绿，肉瘤小而圆，间沟较深，鲜重250g左右。耐瘠薄，适应性强，瘤茎皮薄筋少，易脱水，品质较好，加工成菜率稍次于蔺市草腰子，是加工菜的良好品种。在涪陵一般于9月中旬播种，第二年2月中旬收获。每公顷产肉质瘤茎22500～25000kg。

图 3-4　三层楼
（引自：《中国芥菜》，1996）

图 3-5　柿饼菜
（引自：《中国芥菜》，1996）

（2）中熟品种

① 柿饼菜（图 3-5）　重庆市涪陵区地方品种。株高60～65cm，开展度65～

70cm。叶片较大，深绿色，阔卵圆形，成熟后叶上端自然向外披垂，最大叶长70cm，宽31cm，叶柄长3.0cm，裂片1～2对，叶面微皱，叶缘细锯齿状；瘤茎扁圆形，上下扁平，纵径9.5cm，横径13.2cm，皮色浅绿，肉瘤大而钝圆，间沟浅，鲜重300～350g。耐肥，较耐病毒病，抽薹较晚，丰产性好，瘤茎形状美观，皮较厚，含水量较高，脱水速度慢，宜鲜食，也可加工。在涪陵一般于8月下旬至9月上旬播种，第二年2月中、下旬收获。每公顷产肉质瘤茎25000～30000kg。

②涪丰14（图3-6）　重庆市涪陵农科所从柿饼菜中通过选择育种育成的品种。1992年通过四川省农作物品种审定委员会审定，现在涪陵、丰都大面积栽培，株高55～60cm，开展度65～70cm。叶倒卵形，深绿色，叶面微皱，叶缘细锯齿状，裂片52对，叶柄长2.5～3.5cm，中肋上无蜡粉，刺稀疏，瘤茎扁圆形，纵径9.0～10.0cm，横径12～13cm，皮色浅绿，肉瘤大而钝圆，间沟浅，鲜重350g左右；它与柿饼菜的主要区别在于较后者更耐病毒病，皮薄、瘤茎含水量较低，脱水速度较快，加工成菜率和成品品质接近蔺市草腰子，播种弹性大，在涪陵8月中旬至9月中旬均可播种，第二年1月下旬至2月中下旬收获，一般每公顷产34500kg左右。

图 3-6　涪丰14
（引自：《中国芥菜》，1996）

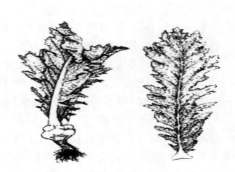

图 3-7　半碎叶
（引自：《中国芥菜》，1996）

（3）晚熟品种

①涪杂一号　重庆市涪陵农科所利用雄性不育系选育的杂交品种。株高49～53cm，开展度55～61cm，叶长椭圆形，绿色，瘤茎上每一叶基外侧着生肉瘤3个。耐病性优于蔺市草腰子，品质和加工性与蔺市草腰子相当。目前适宜在重庆地区种植。一般于9月上旬播种，第二年3月份收获。一般每公顷瘤茎产量39750kg左右。

②半碎叶（图3-7）　浙江海宁县地方品种，是目前海宁、桐乡、余姚等地的主栽品种，株高约50cm，开展度55～60cm。叶长椭圆形，绿色，瘤茎上每一叶基外侧着生肉瘤3个，肉瘤钝圆，间沟浅，加工形状好，茎瘤鲜重400g，净菜率45.9%，加工成菜率33.3%。耐病性优于蔺市草腰子，品质和加工性与蔺市草腰子相当。目前适宜在重庆地区种植。一般于9月上旬播种，第二年3月份收获。每公顷瘤茎产量39750kg左右。

③武汉花叶春菜　湖北省武汉市郊区地方品种。植株开张。株高50～80cm。叶深绿色，倒卵形，具深缺刻，叶面微皱，刺毛稀少，茎部深纵沟；叶柄及茎均为淡绿

色，嫩茎粗壮肥大；皮厚，蜡粉重，单株重 1～1.2kg。肉质茎重 150～200g，大的可达 500g。茎肉脆嫩，味鲜，品质较好，供炒食，叶供腌制。在湖北省武汉市于 10 月上旬播种育苗，11 月定植，苗龄 40d 左右。深沟高畦栽培，畦宽 2m，行距 35cm，株距 33cm，第二年 4 月中下旬收获。从定植到收获 160d 左右。较耐寒，耐肥，抗病力强，为茎、叶兼用类型。每公顷产量 90000kg，其中肉质茎 30000kg 左右。

此外，茎用芥菜栽培品种还包括鹅公包、立耳朵、绣球菜、白大叶、潞酒壶以及浙江省的全碎叶、半大叶、琵琶叶、断凹细叶、葡萄种、浙桐 1 号等品种。

2. 抱子芥

又称儿芥，儿菜，娃娃菜。它的特点是茎上侧芽肥大肉质。主要以肥大的肉质茎及其侧芽供食用。肉质茎和侧芽的含水量很高，质地柔嫩，用它连同肥厚的叶柄一起可加工泡菜，但不太适宜加工成半干态的腌制品。不过近年也有将肉质侧芽脱水加工成腌制品的。儿菜主要分布在重庆、川中、川南、川北一带。根据肉质侧芽的形状和大小，可将儿菜分为两个基本类型：（1）胖芽型，植株上密生肥大肉质侧芽 15～20个，侧芽呈不正的圆锥形，纵径 10～15cm，横径 5～7cm，纵横径比值 2.5 以下，单个侧芽平均重 50g 以上，如四川大儿菜、妹儿菜等；（2）瘦芽型，植株密生肥大肉质侧芽 25～30 个，侧芽呈不正的纺锤形，纵径 11～14cm，横径 3～4cm，纵/横径比值 3.5 以上，单个侧芽平均重 3.5g 以下，如四川的下儿菜，抱子青菜等。

目前抱子芥常用的品种有如下几种。

（1）大儿菜（图 3-8）　四川省南充市地方品种。株高 52～57cm，开展度 63～68cm。叶长椭圆形，绿色叶面微皱，无刺毛，无蜡粉，叶缘细锯齿状，最大叶长 53cm，宽 28cm，叶柄长 5.0cm；肉质侧芽长扁圆形，每株 18～20 个，鲜重约 900g，最大侧芽长 13cm，宽约 6.2cm，厚 4.1cm，肉质茎短圆锥形，纵径 20cm，横径 8.0cm，鲜重 600g。全株鲜肉质茎及侧芽群合计约重 1500g。耐肥、耐寒，肉质侧芽柔嫩多汁、味微甜，无苦味，皮厚，易空心，只宜鲜食。在四川南充地区 8 月下旬至 9 月上旬播种，第二年 2 月下旬至 3 月上、中旬收获，每公顷约产 75000kg。

图 3-8　大儿菜
（引自：《中国芥菜》，1996）

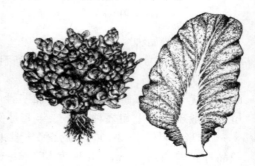

图 3-9　抱儿菜
（引自：《中国芥菜》，1996）

（2）抱儿菜（图 3-9）　四川省南充地区地方品种。株高 62～67cm，开展度 74～79cm。叶卵圆形，浅绿色，叶面微皱，刺毛较多，无蜡粉，叶缘浅波状，最大叶长 57cm，宽 30cm，叶柄长 2.5～3.0cm；肉质侧芽长扁圆形，每株 26～29 个，鲜重 1100g。最大侧芽长 13cm，宽 4.3cm，厚 2.9cm，肉质主茎棍棒状，纵径 25cm，横径 9.0cm，鲜重 750g。全株肉质茎及侧芽群合计鲜重 1500g 左右。在南充地区 8 月下旬至 9 月上旬播种。2 月中、下旬收获，每公顷产量 67500～75000kg。

（3）南充儿菜　四川省南充市地方品种。株高 60～65cm，开展度 65～70cm。叶长卵圆形，短缩主茎重 1kg 左右，茎上腋芽发育成 20 个左右儿芽，儿芽平均重 150g左右，单株重 2.5～4.0kg。在重庆及四川一般于 9 月播种育苗，10～11 月上旬定植，第二年 1～4 月份收获，生育期 150d 左右。每公顷产量 75000kg 以上。

（4）临江儿菜　重庆市地方品种。叶片深绿色，长椭圆形，商品菜呈塔形，侧芽22 个左右，其中 8～15 个发育成肥大的儿菜，长扁圆形，浅绿白色，顶端圆。成熟时不发红，商品性好，短缩茎重 600～1000g。腋芽平均重 80～100g。在重庆及四川，一般于 8 月底至 9 月上旬播种，9 月底至 10 月上旬定植，第二年 1 月至 4 月收获，株行距（50～55)cm×60cm，生长期 165d。不宜在病毒病较重的菜区种植。

此外，抱子芥栽培品种还有渠县角儿菜，仪县的紫缨子儿菜、花叶儿菜，阆中县的抱鸡婆儿菜。近年来，重庆大足县的川农一号儿菜，产量高、品质好、皮薄、肉质细嫩，现已推广至云南、贵州及长江流域各省。

3. 笋子芥

又叫棒菜、笋子青菜、芥菜头、青菜等。它的特点是茎膨大呈棒状，茎上无明显的突起物，形似莴笋。笋子芥在西南地区及长江流域栽培较为普遍，但以四川盆地的肉质茎膨大得最充分，也是主要的食用器官；在宜昌及长江中下游地区则多为茎叶兼用型品种。笋子芥肉质茎含水量特别高，质地柔嫩，皮较厚，主要作鲜食用，少量用于加工泡菜。栽培品种有青甲菜薹、竹壳子棒菜、白甲菜头、四川自贡的齐头黄菜薹、黄骨头菜薹，四川泸州市的稀节飞棒菜、密节子棒菜，成都市的大狮头、二狮头，天全县的白叶笋包菜，湖北省宜昌、武汉等地的春菜，江西吉安、上饶一带的早熟芥菜头、中熟芥菜头等。

笋子芥主要品种有如下几种。

（1）竹壳子榨菜（图 3-10）　四川省成都市地方品种，株高 72cm，开展度 76～84cm。叶长椭圆形，绿色，叶面微皱，叶缘浅缺似细锯齿，最大叶长 58cm，宽19cm，叶柄长 2.5cm。肉质茎长棒状，纵径 24cm，横径 4.0cm，表皮浅绿色，鲜重450～500g。在成都近郊 8 月中下旬播种，第二年 2 月下旬至 3 月上旬收获。每公顷产肉质茎 37500～45000kg。

图 3-10　竹壳子榨菜　　　　　　　　　图 3-11　迟芥菜头

（引自：《中国芥菜》，1996）　　　　　　（引自：《中国芥菜》，1996）

（2）白甲菜头　四川省自贡市地方品种。株高65～70cm，开展度67～72cm。叶倒卵形、绿色，最大叶长65cm、宽40cm，叶面微皱无刺毛，少被蜡粉，叶缘细锯齿状，叶柄长6.0cm。肉质茎长棒状，上有棱，纵径30cm，横径约4.0cm，皮色浅绿，鲜重400g左右，熟食略带甜味。在自贡市郊8月下旬至9月上旬播种，第二年2月上、中旬收获。每公顷肉质茎产量45000kg左右。

（3）迟芥菜头（图3-11）　又名猪脚包菜头，江西省吉安市地方品种，株型高大，株高80～100cm，开展度65～67cm。叶长倒卵圆形，长85cm，宽38cm，绿色，叶面皱褶，有光泽，叶缘粗锯齿状，叶柄长5.0cm，较扁平。肉质茎棒状，上有棱，纵径36cm，横径8.0cm，表皮浅绿色，鲜重750～1200g。耐肥、耐寒，肉质茎肥嫩、汁多、味甜，品质好。在吉安市近郊8月下旬至9月上旬播种，12月下旬至第二年2月上旬收获。每公顷肉质茎产量37500～45000kg。

（4）青甲菜青　四川省地方品种。株型紧凑，心叶紧束，肉质茎长棒状，淡绿色，外皮薄，肉质白而脆嫩，平均单株肉质茎鲜重800～1000g，商品性好，耐病毒病能力较差。在重庆地区，7月底至8月上、中旬播种，8月底至9月上中旬定植，株距40～45cm，行距50cm，11月至第二年1月收获，生育期150d。

（5）武汉板叶青菜　又叫枇杷叶早青菜，湖北省武汉市郊区地方品种，株高70～80cm，开展度60cm左右。叶片倒卵圆形，绿色，叶缘微皱，基部有浅缺刻，叶面微皱，中脉淡绿色。肉质茎长棒状，表皮浅绿色，肉淡绿色，茎高40cm左右，茎粗6cm左右，单株1kg。在湖北省郧县于9月上旬播种，10月上旬定植，株距27cm，行距40cm，第二年4月收获。

二、营养特性

1. 氮磷钾养分的需求特点

茎用芥菜的生物学产量高，吸收的养分也多。据取样测定，每生产500kg新鲜榨菜，需要吸收N 2.74kg，P_2O_5 0.72kg，K_2O 2.68kg，其养分吸收比例为1∶0.26∶0.98。可见茎芥对钾素吸收量与氮素基本相当，而对磷的需求量较少。

茎用芥菜植株各部位氮磷钾的含量不同，以茎瘤的含量最大，叶片中的含量次之，根部含量最少。不同生育期吸收氮磷钾养分的量和比例也有差别（见表3-1）。吸收高峰在茎瘤膨大初期，其次是茎瘤膨大盛期。

表 3-1　茎用芥菜各生育期植株养分含量（周建民，1993）

生育期	N			P_2O_5			K_2O		
	kg/亩	占总量/%	积累/%	kg/亩	占总量/%	积累/%	kg/亩	占总量/%	积累/%
苗期	0.67	3.4	3.4	0.13	2.4	2.4	0.51	2.5	2.5
苗期—越冬期	2.55	12.8	16.2	0.56	10.2	12.6	2.10	10.3	12.8
茎瘤膨大初期	10.65	63.5	69.7	2.66	48.3	60.9	10.54	52.1	64.0
茎瘤膨大期	6.03	30.3	100	2.15	39.1	100	7.15	35.1	100
合计	19.90			5.50			20.3		

注：施肥N 30kg/亩、P_2O_5 7.5kg/亩、K_2O 15kg/亩。

2. 干物质积累特征及氮磷钾的吸收规律

茎瘤芥在苗床期仅积累0.64g/株干物质，占营养生长期积累总量的1.18%。在大田生长期内，茎瘤芥在13叶龄以前干物质积累很慢，占总积累量的12.82%，在13到18叶龄期间，积累量占87.10%，说明大量的干物质积累是在13～18叶龄期间完成的（图3-12）。

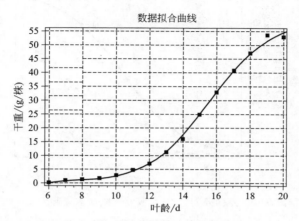

图 3-12　茎瘤芥干物质积累曲线（李昌满，2006）

用 Logistic 生长曲线方程进行拟合，拟合方程达极显著水平（见表3-2），说明干物质积累是先慢后快，再逐渐降低的过程。进一步对其拟合方程分析，得到旺盛生长始期和旺盛生长末期2个拐点，为13.3和17.9。表明茎瘤芥的物质积累旺盛期基本在13～18叶龄，在栽培时间上，为栽后90～125d，这与茎瘤芥的瘤茎快速膨大时期一致。

表 3-2　茎瘤芥干物质积累和对氮磷钾（N、P、K）的吸收拟合参数（李昌满，2006）

干物质和养分	r	拟合方程
N	0.9999＊＊	$Y=3120.8943/[1+e(6.4185-0.481708t)]$
P	0.9987＊＊	$Y=335.4113/[1+e(8.7708-0.569531t)]$
K	0.9975＊＊	$Y=2212.5560/[1+e(8.4965-0.538000t)]$
干物质	0.9990＊＊	$Y=59.1328/[1+e(8.9250-0.573157t)]$

注：表中 t 为叶龄，Y 为各肥料的吸收量（mg/株），r 为相关系数；＊＊表示各方程显著性检验达极显著水平。

茎瘤芥在不同生育期对养分的吸收不是均衡发展的。一般而言，茎瘤芥旺盛生长期在13～18叶龄；在旺盛生长期前（6～12叶），氮、磷和钾的吸收量较小，此期各养分吸收量占其总吸收量的比例为：氮36%、磷14%和钾16%左右；在旺盛生长期（13～18叶），各养分吸收量较大，此期各养分吸收量占其总吸收量的比例为：氮59%，磷70%和钾73%左右；在瘤茎膨大后期对3种肥料的吸收量较小。说明茎瘤芥对氮、磷和钾的吸收是一个先慢后快，再逐渐减慢的过程（图3-13）。氮磷钾养分的吸收量用 Logistic 曲线方程进行拟合，得到氮、磷和钾的吸收曲线方程（见表3-2），各方程显著性检验达极显著水平，各方程能很好地反映杂交茎瘤芥对氮磷钾养分的吸收规律。进一步分析杂交茎瘤芥氮、磷和钾的吸收曲线（见图3-13），可得到氮磷钾的旺盛吸收始期和末期（T_1 和 T_2）、最大吸收速率（V_{max}）、旺盛吸收期吸收量

（GTn）等特征值（见表 3-3）。

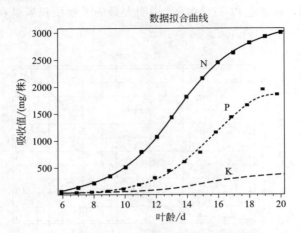

图 3-13　茎瘤芥 N、P、K 吸收曲线（李昌满，2006）

表 3-3　氮磷钾养分的吸收特征（李昌满，2006）

肥料	旺盛吸收期		持续期/叶龄	最大吸收速率 (V_{max})	旺盛吸收量 (GTn)	旺盛吸收期吸收量占大田吸收量/%
	T_1	T_2				
N	10.6	16.1	5.5	375.84	2067.12	68.9
P	13.1	17.7	4.6	47.76	291.70	70.3
K	13.3	18.2	4.9	297.59	1458.19	72.7

　　从图 3-13 可看出，茎瘤芥对磷、钾的旺盛吸收期基本上在 13～18 叶龄，与旺盛生长期一致。氮肥的旺盛吸收期偏早，与旺盛生长期相比，旺盛吸收始期和末期各提前 2 个叶龄单位。旺盛吸收期对氮、磷和钾的吸收量占大田营养生长阶段吸收总量的比例均较高，氮占 68.9%、磷 70.3%、钾 72.7%，各肥料在旺盛吸收期吸收速率和吸收量有较大差异。

3. 茎瘤芥对中、微量元素的吸收

　　茎瘤芥对 Ca 的吸收量较高，Ca 对茎瘤芥的产量和品质有较大影响。紫色土不同土组栽培的蔺市草腰子其吸收能力也不一样，上下沙溪庙组区的瘤茎 Ca 含量为 0.284%，而遂宁组区则 Ca 含量为 0.319%。当土壤干旱，土壤溶液浓度增高，Ca 盐浓度也增大，就会迫使根系吸收 Ca 量减少。

　　芥菜含硫葡萄糖苷，需要吸收相当多的 S。硫葡萄糖苷对菜用芥菜，特别是供作加工原料的芥菜很重要，因为加工芥菜的辛辣香味及榨菜香气均由硫葡萄糖苷酶解后所产生的异硫酸酯类等一组特征香气成分所形成。李正积等测定涪陵上下沙溪庙组为母岩的土壤区，茎瘤芥膨大茎吸收 S 量为 0.744%，遂宁组区则吸收 S 量为 0.935%，茎膨大期含量大幅度增高，这种动态变化规律反映了随着瘤茎的长大，细胞物质的迅速增加，蛋白质的迅速增加，蛋白质和氨基酸的合成急需 S 的掺入，并起一系列生理代谢作用。

　　瘤茎对 Mg 的吸收量与 P 和 Ca 的吸收量关系较密切，但其动态因土壤不同而有差异。如在紫色土遂宁组土壤种植的瘤茎，吸收 Mg 量高，对应出现吸 P 高、Ca 低，Mg 与 Ca 的吸收比常为 1：2 左右；但在紫色土上下沙溪庙组土壤，当吸收 Mg 量降低时，出现吸 P 高，吸 Ca 低现象。沙质酸性土壤上栽植茎瘤芥，当瘤茎膨大时，可能出现 Mg 不足现象。

Zn 在川东紫色土土壤含量与其岩石相近，普遍小于 100mg/kg。植物体中 P/Zn 值小于 400 时为正常，大于 400 时表现缺 Zn。遂宁组土区栽培的瘤茎，此值为 325，而上下沙溪庙组上的瘤茎为 714，可见，上下沙溪庙组土壤上栽培的菜头由于吸 Zn 不够，更容易出现植物缺 Zn 症。

4. 肥料效应

(1) 不同土壤的肥料效应　在四川茎瘤芥涪陵主产区栽植较多的灰棕紫泥、红棕紫泥、除黄泥及矿子黄泥土上设置 CK、N、NP、NR、PK 和 NPK 等施肥处理，统计各级产量的分布频率，发现茎瘤芥在红棕紫泥和灰棕紫泥上不仅基础产量较高，且施肥后获得高产的频率增加最大。涪陵产区土壤普遍缺 N，大部缺 P，局部缺 K。肥料效应顺序为 N＞P＞K。

(2) 肥料组合对菜头产量的效应　在一定的施氮范围内榨菜产量随施氮量增加而增加。亩施 N 20～40kg 时，比无氮区增产 802～1090kg，增 37.1%～50.4%。其中亩施 N 30～35kg 时，增产幅度最大（见表 3-4）。施磷的作用在于促进了根和茎瘤的生长发育，适量施磷，产量随施磷量的增加而增加，但用量过高，导致产量增加率降低（见表 3-5）。施钾可以使榨菜增产一成左右（见表 3-6）。钾肥的增产作用在于增强叶片光合能力，加速光合产物的运输，降低空心率，提高茎瘤的紧实度，从而增加茎瘤的单个重。

表 3-4　氮肥不同用量试验（周建民，1993）

氮肥用量(N)/(kg/亩)	小区平均产量/kg	折亩产/kg	比对照增产/(kg/亩)	增产率/%
0	43.3	2163	—	—
20	59.3	2965	802	37.1
25	62.5	3123	960	44.4
30	68.8	3190	1017	47.1
35	65.1	3258	1090	50.4
40	59.7	2985	822	38.0

表 3-5　磷肥对茎瘤产量的影响（李昌满等，2008）

磷肥用量(P_2O_5,kg/hm²)	小区产量/(kg/区)	差异显著性		折合单产/(kg/hm²)	增产率/%
		5%	1%		
0	37.14	d	C	27850.5	—
45	39.03	c	AB	29275.5	5.1
90	40.27	a	A	30199.5	8.4
135	40.13	ab	A	30100.5	9.1
180	39.17	bc	AB	29374.5	5.5
225	37.2	d	AC	28324.5	1.7

表 3-6   不同钾肥用量对茎瘤产量和病害的影响（周建民，1993）

钾肥用量 （K₂O)/(kg/亩)	小区平均 产量/kg	折亩产/kg	比对照增产 /(kg/亩)	增产率/%	病毒病	
					发病率	病情指数
0	52.4	2494	—	—	13.3	11.1
10	65.1	2504	110	4.4	9.6	5.9
12.5	67.4	2696	202	8.1	5.0	3.4
15.0	68.8	2790	296	11.9	5.9	3.5
17.5	69.9	2796	302	12.1	6.0	3.4
20.0	71.1	2844	350	14.0	4.5	3.3

采用回归最优设计研究 N、P、K 三种肥料对涪陵的主要品种永安小叶及蔺市草腰子菜头生长量的影响。其结果为：三种肥料的效应均为 N＞K＞P，两个品种菜头生长量肥料组合寻优结果相近生长量差异很大，永安小叶比蔺市草腰子约大 50%。蔺市草腰子，N、P、K 肥分别比空白对照增产 66.9%、17.89%、30.84%；NPK 配合肥的综合效应比对照增产 88.8%；菜头最大生长量 0.34kg/个时的肥料组合为 N 25.74kg/亩，P₂O₅ 5.22kg/亩，K₂O 8.46kg/亩。永安小叶，N、P、K 肥分别比对照增产 173.6%、33.16%、99.18%；NPK 配合肥的综合效应比对照增产 352.38%；菜头最大生长量 0.51kg/个时的肥料组合为 N 27.81kg/亩，P₂O₅ 5.12kg/亩，K₂O 8.81kg/亩。

（3）肥料组合对菜头品质的效应   适量施氮可增加茎瘤氨基酸总量、必需氨基酸的含量，同时提高鲜味氨基酸和甜味氨基酸的含量，从而改善了榨菜的营养价值和风味（见表 3-7）。适量施磷对提高茎瘤必需氨基酸含量有一定的作用（见表 3-8）。

表 3-7   不同氮肥用量对茎瘤氨基酸含量的影响（周建民，1993）

氮肥用量 （N)/(kg/亩)	必需氨基酸/%	甜味氨基酸/%	鲜味氨基酸/%	苦味氨基酸/%	氨基酸总量/%
0	3.64	3.08	6.67	2.76	14.43
15	4.72	4.42	11.00	3.46	24.44
30	5.29	5.26	14.53	4.02	27.00

表 3-8   不同磷肥用量对茎瘤氨基酸含量的影响

磷肥用量 （P₂O₅)/(kg/亩)	必需氨基酸/%	甜味氨基酸/%	鲜味氨基酸/%	苦味氨基酸/%	氨基酸总量/%
0	5.06	4.65	11.94	3.73	22.94
2.5	5.17	4.76	14.64	4.01	26.28
7.5	5.91	5.32	12.15	4.01	24.88
12.5	5.98	5.75	13.91	4.15	27.57

据测定表明，施钾比不施钾空心率降低 9%～16%，还能增强植株抗病力（见表 3-6）。施钾不能增加茎瘤氨基酸总量和必需氨基酸含量，但能降低苦味氨基酸含量（见表 3-9）。钾肥的用量以每亩 K₂O 12.5～15kg 为宜。

表 3-9　不同钾肥对茎瘤氨基酸含量的影响（周建民，1993）

钾肥用量 （K_2O）/(kg/亩)	必需氨基酸/%	甜味氨基酸/%	鲜味氨基酸/%	苦味氨基酸/%	氨基酸总量/%
0	6.25	5.23	12.08	4.30	25.86
5	5.61	4.71	13.40	4.01	35.38
15	5.60	5.26	11.70	4.06	24.26
25	5.55	5.19	12.16	3.98	24.01

采用单变增量法，对降低菜皮百分率，提高蛋白质、氨基酸含量的肥料组合寻优结果，提出了在涪陵主菜区主要种植土壤条件下降低菜皮百分率，提高菜头蛋白质和氨基酸含量的肥料组合为 N 24.75kg/亩，P_2O_5 6.60kg/亩，K_2O 6.15kg/亩，菜皮百分率为 4.4%，比对照低 24.66%；菜头蛋白质含量较高的肥料组合为 N 22.32kg/亩，P_2O_5 5.02kg/亩，K_2O 6.81kg/亩，菜头蛋白质含量为 11.34%，比对照增加 7.90%；菜头氨基酸含量较高的肥料组合为 N 28.22kg/亩，P_2O_5 5.15kg/亩，K_2O 7.43kg/亩，菜头氨基酸含量为 18.75%，比对照增加 20.73%；获得优质菜头的肥料组合为 N 22.32~28.22kg/亩，P_2O_5 5.02~6.60kg/亩，K_2O 6.35~7.43kg/亩。此肥料组合可使菜头的菜皮百分率为 4.27%~4.70%，比对照降低 19.50%~26.88%；蛋白质含量为 10.93%~11.78%，比对照增加 4.00%~12.08%；氨基酸含量为 18.19%~18.92%，比对照增加 17.13%~31.83%。

第四节　栽培季节和栽培制度

一、栽培季节

1. 茎瘤芥

茎瘤芥在 10~25℃适温范围内，叶和瘤茎都可以得到良好生长。其间出土至第一叶环形成期生长适温为 20~25℃，第二叶环形成叶丛的生长适温为 15~20℃，瘤茎形成必须在 15℃以下，以 8~13℃为适宜。前期温度过高病毒病严重，后期低温造成生长停滞或受冻害。若温度虽仍为 10~25℃，则前期叶部生长不好，后期瘤茎不能形成。在四川及长江上游的涪陵等地区，冬季温暖，极少冻害，在 9 月份播种，于次春收获，肉质茎主要膨大期在 2 月中、下旬。

2. 抱子芥

抱子芥苗期耐热力稍强于茎瘤芥，且生长期长，播种期可稍提前，四川东部以 8 月 23 日至 9 月 8 日为宜。山地较早，平坝较晚；远郊粮区较早，近郊菜区较晚；当年干热气候不退较晚，当年秋凉早退较早。播种偏早，病毒病及软腐病加重；播种偏晚，生长量不够，产量降低。

3. 笋子芥

笋子芥较茎瘤芥和抱子芥早熟，苗期抗热力较强，一般宜较早播，生产上多在 8 月初播种。但因仍有病毒病的困扰，早播也只能适度提早，且必须彻底治蚜，加强苗期水肥管理，并适当遮阳等。

二、栽培制度

茎用芥菜栽培一般采取轮作和间作。在重庆和四川茎用芥菜主产区，茎用芥菜多与水稻连作，每年一种只种一季水稻，水稻收获后，正是闲季，利用这一闲季种芥菜，既改善了水稻土，又利用了水旱轮作，减少了芥菜病害的发生，也增加了农民的收入。此外，旱地栽培时，芥前作多为红苕或种玉米。经济作物区前作多为棉花，少数为烟草。蔬菜作物区前后作均是瓜、茄、豆类。

茎用芥菜亦可与小麦或胡豆间作，即在两行小麦或两行胡豆之间套种3至4行茎芥。茎芥收后种玉米，小麦收后栽红苕；玉米收获较早，种上胡豆，红苕收获较迟，再种茎芥。间作作物之间能起到互补的作用。如胡豆的根瘤为茎瘤提供了一定的氮素营养，胡豆和小麦能在一定程度上直接或间接地起到减轻病虫侵害茎芥的作用。而茎芥的栽培能增进土壤肥力，为粮食作物提供了较好的土壤条件。

第五节　栽 培 技 术

一、育苗

茎用芥菜一般都是采用育苗移栽，以便育苗期集中统一管理，培育壮苗节约用种量。育苗地宜选择土层深厚、肥沃、疏松的沙壤土，要求远离病毒源作（如萝卜、白菜、甘蓝等十字花科作物），以减少蚜虫传播。播种前半个月将苗床地施足基肥，每亩施粪肥 2000～3000kg，过磷酸钙 25～30kg，氯化钾 15～20kg 或草木灰 150～200kg，然后深翻土壤。

播种时，由于芥菜的种子很小，苗床土壤应整得很细，否则空隙太大，种子容易掉到土壤深层，难以出苗。播种密度为每亩苗床播种 50g。笋子芥一般播种比较早，正值高温干旱季节，播种密度可适当大一点。9月中旬以后播种的，可少播一点，因为后期播种一般不会出现因高温而死苗的现象。如果出苗正常，50g 种子可供1334m^2（2亩）大田栽植。播种后立即洒水覆土。早秋播的应盖草保温或搭荫棚（用草帘或遮阳网）。出苗后揭去紧贴苗床的覆盖物。如果是草帘荫棚，出苗后，每天上午9时～下午5时盖，其他时间揭去。如果是遮阳网荫棚，则可一直用它遮阳，直至移栽。早秋播的应注意早、晚浇水。苗期追肥一次，每亩用腐熟粪尿 1500～2000kg，尿素 3～4kg 提苗。

二、定植

茎用芥菜的苗龄一般为 25～30d 时就可以移栽，晚秋播种的 40d，以 5～6 片真叶为标准确定移栽时期。株行距因品种而异，一般来说早熟品种和植株开展度小的品种的行距为 30～35cm，株距 27～30cm。晚熟品种和植株开展度大的品种，行距为40～60cm，株距为 40～50cm，从类型来看，抱子芥的株行距最大。定植前，把晒垄的土壤整细耙平、开厢，水稻田必须做成深沟高畦，以便及时排水，一般每畦（厢）种 4～6 行，畦高约 20cm，山坡地可以开平厢或不开厢。

在播种较早、定植气温比较高时，应选阴天或每天下午 4 时以后移栽。起苗前浇透水，以便起苗时尽可能多带一些土。定植时左手拿苗，右手用栽锄将穴中的泥土挖开，以使幼苗的根不弯曲，不受伤，然后覆土，把根全部盖住，稍压并立即灌定根水。

三、田间管理

田间管理包括中耕除草、松土、肥水管理。大部分茎用芥菜播种比较晚，10 月份才移栽。它的生长期大部分时间是晚秋和立冬。这段时间，水分蒸发量不大，而且又是阴雨天气多，对这些茎用芥菜，水分管理的重点是排水。对播种较早的，如有些笋子芥品种在 8 月上旬播种，9 月上旬就移栽了，生长前期的气温还比较高，水分蒸发量大，雨水又少。因此，水分管理的原则是前期以灌水为主，后期以排水为主。总的原则是做到旱能灌，涝能排。大雨和大水灌溉后，土壤容易板结，等土壤干后及时松土。

水分管理可与追肥结合进行，茎用芥菜生长期长，需肥多，一般追肥 3 次，第一次追肥于栽后半月左右进行，这时已成活，每亩施粪肥 1500～2000kg，尿素 4～5kg。第二次追肥于定植后 40～50d，茎开始膨大时追施，每亩追施粪肥 2500～3000kg，尿素 10～12kg，过磷酸钙 15～18kg，第三次追肥于茎迅速膨大期进行，一般在定植后 70～80d，每亩施粪肥 2000～2500kg，配合叶面喷施 0.3%～0.4%磷酸二氢钾，以促进肉质茎膨大。总的追肥原则是前期轻施，中期重施，后期较轻并看苗施肥。

鲜食和加工原料的收获标准不一样，作为加工原料，要求水分含量尽可能低，生理成熟度要高，以提高产量，但又不能含有太多的筋，最好是没有筋，以提高成菜率。为了做到这一点，在栽培上应进行较大的改革，加大种植密度，后期浇水或不浇水，适当早收，使每个肉质茎比较小，但筋很少或没有，通过单位面积的个数来提高产量。作为鲜食的茎用芥菜，对水分的要求没有加工原料那么严格，但个头要大，以增强商品性。因此，在栽培管理措施上也有所不同，鲜食的可适当地稀植，水分可适当多一些。

四、病虫害防治

茎用芥菜主要病害是病毒病、根肿病和种株开花期的软腐病、根肿病，见根芥菜防治方法。

1. 病毒病

茎用芥菜病毒病的主导毒源是芜菁花叶病毒（TuMV），其次是黄瓜花叶病毒（CMV）。病毒病的主要症状是皱缩，花叶，植株矮缩。发病初期心叶叶脉褪绿透明，从叶基渐至全叶，随之叶片呈浓绿淡绿相嵌，进而皱缩或病株半边歪缩。病叶叶背中肋及支脉上常有木栓坏死条斑，其上有横行裂口，坏死斑有时发生至叶柄及肉质茎上。植株生长受阻，根黑腐烂，须根极少，植株质脆易断。发病早者茎不能正常膨大，发病晚者虽能膨大，但产量及品质下降。此病种株表现为花茎扭曲。角果丛生，花梗部分或全部不能舒展，薹、茎、叶皱缩，花叶、种子少，秕而不实，重者全株严重矮缩，角果成团似帚状，早期死亡。

病毒可在芥菜植株上越冬，也可在菠菜和田边杂草上越冬。在自然条件下，病毒主要通过蚜虫传播。

防治方法如下。

① 适当晚播   秋播芥菜，早播病重是由于最易感病的幼苗阶段与翅蚜迁飞盛期相遇，增加了感病机遇造成的。早期发病对产量的损失特别严重。播种太晚，虽可以减轻病害，但后期温度低，不利于幼苗生长，因此产量低。茎瘤芥播种期与病毒病和产量的关系见表 3-10。各地应根据当地的气候条件，适当晚播。

表 3-10   茎瘤芥播种期与病毒病和产量的关系（刘佩英，1996）

播种期（日/月）	发病率/%	病情指数	平均单株重/kg		产量/（kg/亩）	
			茎	叶	茎	叶
7/9	46.16	43.12	0.695	0.375	1579.5	1008.0
23/9	25.36	22.11	0.575	0.550	1475.0	1440.0
8/10	10.58	8.89	0.345	0.270	1220.0	834.0
23/10	3.37	4.81	0.235	0.325	763.5	1030.5
7/11	0.10	0.72	0.025	—	88.5	487.0

注：产量为净菜头产量。

② 选用抗病耐病品种   茎瘤芥感染病毒病比其他类型的芥菜更为严重，品种选育上除高产优质外还应注意其抗病性。四川的三转子、63-001、涪丰 14 及永安小叶等品种耐病性较强，适宜在重病区推广。不同品种对病毒病的抗病力是有差别的，宜根据不同地区进行选择（表 3-11）。

表 3-11   四川主栽茎瘤芥品种对病毒病抗性比较（刘佩英，1996）

品 种	发病率/%	病情指数	抗病程度
红缨子	6.0	3.0	强
三转子	12.0	7.2	较强
露酒壶	17.0	9.3	中
草腰子	18.0	13.6	中
三层楼	35.0	23.7	弱
鹅公苞	71.2	—	弱
63-001	34.0	26.5	强
蔺市草腰子	10.7	39.0	弱

③ 异地育苗，培育壮苗   近郊蔬菜基地毒源作物种类多，面积大，易引起重病，选远郊粮区或较高坡地育苗，由于远离毒源作物，因此可育出无病苗。

④ 防治传毒媒介   蚜虫是病毒的主要传播者。防治蚜虫的药剂有：40%乐果乳剂 2000 倍稀释液，25%硅硫磷 1000 倍稀释液，25%铁沙掌 1500～2500 倍稀释液，50%避蚜雾，90%万灵 3000 倍稀释液，20%绿杂 1500～2500 倍稀释液，1%蚜克 500 倍稀释液，10%吡虫啉可湿性粉剂等。

⑤ 化学药剂直接防治病毒病   可用病毒必克 500 倍稀释液或病毒 K500 倍稀释液

防治。

2. 软腐病

芥菜软腐病是由欧氏杆菌属的细菌侵染所致，通过雨水、灌溉水、肥料和昆虫进行传播。茎用芥菜软腐病主要发生于第二年春节。病原菌主要侵害肉质茎。肉质茎开始受害时，先呈水浸状，逐渐腐烂，腐烂组织呈褐色，有臭味。

防治方法如下。

采用深沟高畦栽培技术，及时清洁田园，减少土壤病残体残留时，发现病株及时除去并用生石灰消毒；实行与非十字花科作物轮作。

菜青虫、小菜蛾和跳甲等都是传播软腐病菌的媒介，发现这些虫害的应及时防治。可用农用链霉素 200mg/L 或新植霉素 2000mg/L 浇根或喷洒。

3. 主要虫害

茎用芥菜主要虫害有蚜虫、菜青虫和小菜蛾。播种较早的所受的虫害比播种较晚的更严重，虫害的防治方法见叶芥菜的虫害防治方法。

第六节　采收、贮藏与加工

一、采收

1. 适宜采收期

茎用芥菜在植株抽薹时要及时收割。以拨开 2～3 片心叶可见花蕾时为最佳采收期。西南地区茎用芥菜（茎瘤芥），一般在"雨水"前采收，即次年的 2 月中旬前后采收，最迟也要在 2 月末采收完。采收过迟，外皮老、纤维多、空心率高，严重影响品质。

2. 采收方法

一般选在晴天收割，连菜齐泥割平，然后用小刀削去根、叶，剥除叶柄及根部老筋，并去泥、去杂、去长头、去病株菜头。

二、贮藏

主要用于鲜食的茎用芥菜。目前多采用以下两种方式贮藏。

1. 控温贮藏法

该法是在冷库中靠机械制冷系统的作用，将库内的热量传送到库外，使室内的温度降低，并控制在 0～4℃来延长茎芥菜的贮藏寿命。具体做法是：将茎芥菜收获后，去掉根和叶，直接放在箩筐内。如果冷库中有货架，则把装有茎芥的箩筐放在货架上；笋子芥也可直接放在货架上。如果冷库内没有货架。要注意留出通风道和过道，以便及时检查，剔除腐烂的茎芥。该法的优点是不受任何环境条件的影响，温度、湿度和空气的流通都可以人工调节。缺点是成本高，一般的单位个人都不具备这样的条件，即使有，也未必有较好的经济效益。

2. 气调贮藏

该法是通过调节贮藏室内的气体成分，降低呼吸作用所需的氧分压（浓度）从而降低呼吸作用而延长贮藏寿命的方法。

具体做法是：用塑料薄膜做成密封罩子或袋子，将收获茎芥整理（去掉根和叶）后，放在其中，用工业上用的普通氮气或石油液化气厂制成的氮气充入贮藏有茎芥的密闭袋或罩中，以降低氧分压，在罩（袋）内放消石灰吸收二氧化碳，用抽气泵或低压风机排换罩（袋）内的气体。每天用气体分析仪测定其内的氧和二氧化碳含量，将氧分压保持在 $2\%\sim3\%$，二氧化碳保持在 $0\sim3\%$ 即可。

三、加工

茎用芥菜的加工比贮藏更重要，尤其是茎瘤芥，绝大部分都是用来加工，只有少数用作鲜食。但笋子芥以鲜食为主，可以考虑贮藏一定时间，调节市场供应。

茎芥加工主要以茎瘤芥的部分品种作原料，少数儿芥也可作原料加工成加工品。茎瘤芥的加工品叫榨菜，在加工过程中普遍将盐腌菜块用压榨法压出一部分卤水，因此叫榨菜，茎芥也可泡渍成泡菜。

榨菜加工因脱水方法不同而异，可分为川式榨菜和浙式榨菜，川式榨菜的代表是重庆市的涪陵榨菜（因重庆原是四川省的一部分）。下面主要介绍渝式榨菜或涪陵榨菜加工方法。

涪陵榨菜以晾晒法脱去部分水分，称风脱水，然后盐腌是其工艺特点。其加工方法如下。

1. 原料（青菜头）处理

选用组织细嫩，皮薄，粗纤维少，突起物圆钝，凹沟浅而小，叶圆球或椭圆形，单个重 150g 以上，含水量低于 94%，可溶性固形物含量 5% 以上，无病虫害，无空心，无抽薹的青菜头。能满足这些要求的品种有三转子，蔺市草腰子，永安小叶，涪丰 14，小花叶，枇杷叶，鹅公苞及涪杂一号等。羊角菜突起物尖，凹沟深；猪脑壳菜皱纹多，皮厚；笋子芥及儿芥，水分重，均不大适宜。

即将抽薹时，及时采收。采收较早，品质虽好，但单位面积产量低；采收太晚，瘤茎多空心，含水量增高，可溶性固形物相对降低，成品率和成品品质都下降。

采收后，除去菜叶，菜根，两头见白。然后用剥菜刀将每个瘤茎（菜头）基部的粗皮老筋剥去，但不伤及上部的青皮（嫩皮）。菜头重 $250\sim300$g 的可切开或不切开，$300\sim500$g 切成两块，500g 以上者切成三块，切块时要求切得大小一致，老嫩兼备，青白齐全，呈圆形或椭圆形，以保证晒后干湿均匀，成品比较整齐美观，小菜头丝用刀从基部到顶端直划一刀深及菜心，以破坏生长点，加快脱水速度。

2. 脱水

采用晾晒法脱水，可以使菜体组织柔软，盐腌搓揉不破碎，保持完整，水分流失少，相对可溶性固形物含量高，用盐量减少。晾晒架由檀木、脊绳和牵藤搭成。选择山脊或河谷，风力大，地势平坦宽敞处，顺风搭成"××"形长龙，两侧搭菜晾晒。将剥好划好的菜块，用长约 2m 的竹丝或聚丙烯丝按大小分别穿串。穿菜时从切块两侧穿过，称"排块穿菜法"，竹丝青面应与切块平行以免竹丝折断，两端回穿牢固不滑脱，每串菜块重 $4\sim5$kg。将穿好的菜串搭在菜架两侧，切面向外，青面向内，上下交错，稀密一致，不得挤压，任其自然风吹日晒脱水，所以叫风脱水。

晾晒脱水受自然气候影响甚大。在阴晴天自然风力 2～3 级，大致经过 7～8d 可达适当的脱水程度。脱水合格的干菜块，用手捏之，周围柔软无硬心，表面皱缩不干枯，无黑斑烂点，无黑黄空心，无发硬生芽及棉花包等。鲜菜块失重 55%～65%，含水量由鲜菜的 93%～95% 下降到 90% 左右，可溶性固形物由原来的 4.5%～5.5% 上升到 10%～11%。

如果脱水过度，则菜块表面皱缩过度，难于恢复饱满，菜心出现棉花包软绵不脆，反而影响品质。如果脱水不够，菜块含水量高达 92%～93%，则盐腌时用盐量多，卤水多，菜块中可溶性固形物流失也多，成湿大菜块，严重影响品质。涪陵的经验证明，每生产 100kg 榨菜，消耗食盐 16.5kg，消耗原料为早期菜 280kg，中期菜 320kg，后期菜 350kg。

自然风脱水，受自然气候影响很大。如果遇到短时下雨或大雾，只要气温低，风力大对菜块品质尚无大碍。如果时雨时晴或晴天无风，则菜块易抽薹，空心；如果日照强且时间长，菜块表面干成硬壳，而内部的坚硬不软，或久雨不晴，气温较高，菜块容易腐烂。发现个别轻微腐烂应及时除去以免蔓延，否则 1～2d 内可引起架上菜块大部分腐烂。

凡发现大量发硬、腐烂时，菜块虽未达到下架的程度，也应立即下架入池，进行食盐脱水挽救。可按 100kg 菜块用盐 2kg，逐层撒盐，适当压紧。腌制 24h 后起池上囤，囤压 12h，再按常规方法掩制，但产品的品质会差一些。

盐腌下架菜块应立即抽尽竹丝，叫"抹串"。池建于地平面下，长、宽和深均约为 3.3m，也有长宽各为 4m，深为 2m 或 3m 的长方形。池底及四壁用耐酸（碱）水泥涂抹厚约 5～10cm，以防渗漏。大致生产 500t 榨菜需上述规格的菜池 12 个，其中 10 个用于腌菜，2 个用贮存卤水。两种规格的菜池可容纳约 25t 菜。

3. 第一次腌制

先将干菜块称重分别入池，3.3m 见方的菜池每层可铺菜块 750～1000kg，厚约 40～50cm，每 100kg 菜块用盐 3.5～4kg，均匀撒在菜块上，用踩池机反复压紧揉搓，使盐接触菜块溶化，以见有菜汁外渗为宜。可预留 10% 的食盐作盖面盐。装菜量以平地面为准。装满池后加盖面盐覆盖，以免菜块暴露空气中，并保持紧密。早晚追踩一次。经 72h 后，盐全部溶化，并有大量菜水渗出，约为菜块原重 20% 时起池。起池时利用渗出的卤水，用淘洗起池机边淘洗，边上囤，边压紧（囤高约 1m）。上囤又可以起到将上下菜块翻转，调剂干湿的作用。经囤压 24h 即成半熟菜块。池内的卤水及囤压出的卤水，富含盐分及菜块的可溶性物质，搜集贮存于卤水池中以待作菜酱油。

4. 第二次腌制

将第一次腌制上囤完毕的半熟菜块按第一次腌制的方法进行第二次腌制，只是用盐量和每层的菜量有所差别。每层下菜 600～800kg。每 100kg 半熟菜加盐 8.5～9kg，拌均压紧，早晚追踩，约经 7d，盐全部溶化，有约为原半熟菜块 8%～10% 菜水渗出，即淘洗起池上囤，囤压 24h 成为毛熟菜块。

腌制过程中，应经常检查腌制池内的温度变化及有无气泡产生。一般情况，第一次腌制用盐比例较少，若气温高，踩压不紧，环境卫生差，易发生"烧池"，引进菜块变质酸败。其表现为温度升高，pH 值大幅度下降，并有大量气泡放出。出现烧池后应立即起池上囤，囤中明水转入第二次加盐腌制补救。第二次腌制如果修剪老筋来不及，可再补加食盐作盖面盐，并追踩切实压紧，即可适当延长第二次腌制池时间。

5. 修剪除筋

整形分级和淘洗，将经两次腌制的毛熟菜块，进行修剪，整形分级后，转入第三次加盐腌制，存放后熟转味。其具体方法是：先用剪刀仔细地剪尽菜块上的老皮、叶柄基部虚边、黑斑烂点、抽去老筋，然后整形分级、将长形、不规则形菜块修剪成圆形或椭圆形，按大、中、小块及碎菜分级。最后用澄清的"卤水"，将分级菜块充分淘洗干净，再上囤，囤压 24h，沥干明水，存放后熟。淘洗时，切忌用普通水或变质卤水，以免冲淡菜块含盐量或带入不良气味，染污杂菌过多，不利于存放后熟。

6. 存放后熟

榨菜的色、香、味是存放后熟过程中完成的。一般情况下，榨菜后熟至少需要 2 个月，时间延长，品质更好，榨菜完成后熟的标志是色泽蜡黄；生味消失，清香味生成；鲜味显而浓（氨基酸生成率 40％以上）。存放后熟分坛装贮存后熟和大池贮存后熟两种方式。下面分别加以介绍。

（1）坛装贮存后熟　榨菜坛系陶土烧制而成，两面上釉，大的每个可装 35～40kg，小的装 2.5～5.0kg。坛子要求完好无缝隙。检验方法是将空坛倒置于水中使其淹没，视其有无气泡放出。若无气泡逸出则表示完好无缝或沙眼。否则，必有沙眼或缝隙，可用水泥或碗泥涂敷干后使用。装菜之前，用清水洗净，再用酒精擦抹杀菌。等酒精蒸发干后即可装菜。如果将来作为整块菜出售，则需拌料装坛。如果要做成方便榨菜（小包装），则白块菜装坛。

① 拌料装坛　加盐量因菜块大小不同而不同，大菜块（毛熟菜块）每 100kg 加盐 6.0kg，中菜块加盐 5.5kg，小菜块加盐 5.0kg，碎菜加盐 4.0kg，其他佐料按一样的标准加入，每 100kg 毛熟菜块或碎菜，加辣椒末 1.1kg，花椒（整粒）0.03kg，混入香料末 0.12kg，充分拌和均匀后装坛。因要加入食盐，所以又叫第三次腌制。

辣椒以二金条品种为好，因糯肉质厚，色鲜红。去梗、去籽，碾成细末。混合香料组成：八角 45％，山奈 15％，朴桂 8％，白芷 3％，砂头 4％，干姜 15％，甘草 5％，白胡椒 5％，混合碾细成末。

装坛时先在地面挖一坛窝，将空坛置窝内，深及菜坛 3/4 处，用稻草填塞坛窝周围空隙处，以稳定坛子，便于操作。每个大菜坛宜分 5 次装菜，分层压紧，不留空隙。装满后在坛口菜面上撒一层红盐 0.06kg（红盐配制比例为食盐 100kg，辣椒末 2.5kg）。在红盐面上覆盖薄膜一层隔离，再用干萝卜叶扎紧坛口封严，即可贮存后熟转味。

② 白块菜装坛　100kg 毛熟菜块加盐 4～6kg（不加辣椒末、香料末及花椒），拌和均匀装坛封严，贮存后熟，作为小包装方便榨菜的原料。白菜块装坛一般将菜块分成片或丝，对原料大小，形态要求不严，装坛方法同拌料装坛。装坛后宜放于阴凉干燥的室内贮存，一日后开坛，取出萝卜叶检查坛口菜是否下沉"松膀"、生霉起漩或酸败。

（2）大池贮存后熟　大池可与腌菜池合用，但建造质量要求更高，可设置在地平面下，深 1.5m，长、宽各 3～4m，用高标号耐酸碱盐水泥建造。池底及四周 10～15cm，以防渗漏。池面高出地平面 20～30cm，以防止地上生物进入。池底稍倾斜并设置集水池，以便清洗时取出污水。

大池贮存是 20 世纪 80 年代中期发展起来的一种半成品菜贮存后熟方法。贮存的菜用来加工成方便榨菜。方法是：将淘洗囤后的毛熟菜块，检测含盐量，计算出再加盐量，使其总含量达到 17%～18%，拌和均匀，分层入池切实压紧，食盐溶化，菜水渗出，淹没菜块。装满池后，上撒盖面盐少许，用薄膜覆盖，四周紧贴池壁，并用重物压紧或用干盐压紧，便可长期保存，并后熟转味。

贮存期中应经常检查菜水是否淹没菜块。有无气泡产生及池温升高现象。如果菜水不能淹没则表明池渗漏，应取出菜，另池贮存或补漏后贮存。如果有气泡产生或池温高于室温，说明有微生物大量繁殖，应补加食盐。

大池贮存由于含盐量高，蛋白酶等酶活性受到抑制，后熟转味较慢，约需 5～6 月，才具有榨菜风味，时间延长，品质会更好。

参考文献

[1] 韩世栋．蔬菜生产技术．北京：中国农业出版社，2006.

[2] 李昌满，张燕．杂交茎瘤芥需肥规律研究．长江蔬菜，2006，(10)：36-38.

[3] 李昌满．杂交茎瘤芥干物质积累和氮磷钾吸收特性研究．西南农业大学学报，2006，28 (4)：598-600.

[4] 李昌满，王贵学．钾肥对茎瘤芥产量和品质的效应．重庆大学学报：自然科学版，2007，30 (2)：111-114，119.

[5] 李昌满，许明惠，许秀蓉．磷肥对茎瘤芥产量和品质的影响．西南师范大学学报：自然科学版，2008，33 (5)：104-107.

[6] 刘佩英．中国芥菜．北京：中国农业出版社，1996.

[7] 宋元林．34 种根茎类名特蔬菜栽培技术．北京：中国农业出版社，2003.

[8] 徐家炳．白菜甘蓝花菜芥菜类特菜栽培：名特蔬菜篇．北京：中国农业出版社，2003.

[9] 王旭秭，范永红，刘义华等．播期和密度对茎瘤芥主要经济性状的影响．西南园艺，2006，34 (4)：17-20.

[10] 中国农业科学院蔬菜花卉研究所．中国蔬菜栽培学．第 2 版．北京：中国农业出版社，2010.

[11] 周建民，董爱平，俞国桢．榨菜需肥规律研究．土壤肥料，1993，(5)：30-32.

[12] 邹学校．中国蔬菜实用新技术大全：南方蔬菜卷．北京：北京科技出版社，2004.

第四章 根用芥菜

第一节 概　述

根用芥菜（*Brassica juncea* Coss. var. *megrrhiza* Tsen et L.）别名大头菜、疙瘩菜、大头芥，以肉质根供食用，是十字花科芸薹属芥菜种中以肉质根为产品的一个变种，为一、二年生草本植物。根芥菜可食用部分 100g 含水分 89.5g、蛋白质 1.2g、脂肪 0.1g、碳水化合物 6.1g、粗纤维 2.1g、钙 39mg、磷 37mg、铁 1.0mg、抗坏血酸 44mg，还含有其他维生素。例如较为丰富的维生素 A、维生素 C、铁和钾，经常食用芥菜，可辅助治疗由于缺乏维生素 A 所引起的疾病以及防御癌症。

由于根芥所含硫代葡萄糖水解形成具挥发性的芥子油［硫氰酸烯丙脂（C_3H_5CNS）］，具有特殊的辛辣味，但新鲜大头菜辣味较重，不宜鲜食，其叶片柔软，也可以煮食或腌制，和叶用芥菜相似。经加工而成的咸菜头、酱菜，质脆味香，增进食欲。大头菜的加工产品有腌制和酱制两种，云南大头菜以酱制为主，四川则多腌制大头菜。

根用芥菜在我国南北各地都有栽培，而以云南和四川内江、成都大头菜最负盛名，长江流域的浙江绍兴、吴兴、宁波、慈溪和黄岩，江苏的镇江、常州、如皋、上海、徐淮地区，安徽及淮北一带栽培较多，分布面广。

第二节　生物学特性

一、植物学特性

根芥系两年生。株高 30～70cm。叶浅绿、绿、深绿或酱红色，长椭圆形或大头羽状浅裂或深裂，叶长 30～45cm，宽 15～20cm，叶柄长 6～15cm，宽约 0.8～1.0cm，厚约 0.9cm；叶面平滑，无刺毛，蜡粉少，叶缘细锯齿。肉质根圆球、圆柱、圆锥形；长约15cm，横径约5～10cm，入土1/2 或者1/3，表皮地下部白色，地上部浅绿色，表面光滑，肉白色，单根鲜重 0.45～0.60kg。

1. 根

根用芥菜的肉质根可分为下列三个部分。

（1）根头部　根头部由幼苗的上胚轴发育而成，为缩短的茎部，当肉质根开始膨大后，除短缩茎中央有一大叶丛外，其四周的腋芽有的品种发育成小叶丛，腋芽常发育成奶状突起。云南大头菜及襄樊狮子头大头菜品种最常见，称之为叶苞，数目或多或少，一般约 13 个，此叶苞的大小和多少与营养条件有密切关系，叶苞愈大愈多，肉质根就愈大，品质愈好。根头部露出地面，未熟时为绿色，成熟后为黄色。

（2）根颈部　根颈部由幼苗的下胚轴发育而成，此部没有叶和侧根，为根芥肉质根的主要膨大部分，未入土部分皮色浅绿，部分埋土中，呈灰白色。

（3）真根部　真根部为幼苗的真根部发育而成，入土，上有侧根 2 行，直播者有侧根 4～5 根，移栽者侧根多而小。根芥的内部呈白色，结构从外到内为周皮层、韧皮部、形成层、木质部，食用部分主要为次生木质部的薄壁细胞。根芥的膨大肉质根含大量硫葡萄糖苷，辛辣味极浓，不宜鲜食，但泡制加工成大头菜后味极鲜美。

2. 茎

根芥菜的茎直立，为短缩茎，有不明显的节，着生叶片，并具腋芽，顶端的顶芽分生叶片数因类型、品种及栽培条件所影响的生长量大小而不同，可从十余片至四十余片。中后期植株达一定大小，具备条件后，顶芽分化为花芽。一般类型茎不膨大，保持短缩形态，直到开花结实时抽出高大薹茎。薹茎长 150cm 以上，其节间从下至上依次增长，茎呈棱形，叶痕短窄。茎上着生薹茎叶，每个叶腋间的腋芽逐渐伸长形成一次分枝，一次分枝上的腋芽抽生二次分枝，二次分枝上的腋芽抽生三次分枝。分枝的多少除与水肥条件、种植密度有关外，播种期早迟等影响营养器官生长量大小也会影响薹茎的分枝。

3. 叶

根芥的子叶呈肾脏形，出苗张开后，色泽由黄转绿，叶面积逐渐扩大进行光合作用。继而发生两片对生的真叶，与子叶形成十字形，以后的真叶互生在茎上，一般 5 片叶形成一叶环，其着生方向因类型、品种不同，有逆时针也有顺时针的。第一叶环前的约 7 片叶统称为基生叶，以后继续发生的第二叶环至第四叶环为主要的功能叶，其叶面积增长迅速，长成品种定型叶，为产品器官的形成和发育提供同化物质，并即开始形成产品器官，根芥的肉质根及茎芥的肉质茎也开始形成并迅速膨大。

4. 花和果实

根芥的花系总状花序，花器由花萼、花冠、雄蕊、雌蕊和蜜腺等部分组成。花萼 4 片，完全分离，蕾期呈绿色，花期由绿渐转黄绿色。花冠由 4 个花瓣组成，蕾期及始花期各花瓣互相旋叠，花朵盛开时，花瓣完全分离平展呈十字状，其色为黄或鲜黄色，也有白色变种。雄蕊由六个小蕊组成，四长两短，称四强雄蕊。雌蕊单生，子房上位，有 4 个蜜腺。

开花期的长短，各品种间差异较大，最短者仅 15～17d，一般为 20d 左右，最长者 25d 以上。盛花期一般为 10d 左右。同一品种，由于播种期的推迟，开花期的气温逐渐升高，花期有缩短的趋势。另外，开花期的水肥条件良好，花期增长；反之，花期缩短。

根芥自交结实率高，各变种、品种之间可彼此互相杂交结实。芥菜果实为长角果。由果喙、果身和果柄三部分组成。果喙长 0.4～1cm，果身长约 3～4cm，果柄长 1.2～2.5cm。嫩角果绿色，成熟后转黄，每角果内约有种子 10～20 粒，长角果于种子间略收缩，而稍作念珠状，果瓣有强棱。

芥菜种子呈圆形或椭圆形，色泽有红褐、暗褐等，正常无病株的种子千粒重 1g 左右，与甘蓝及白菜相比，种皮色泽显著偏红，种子偏小。种子色泽与收获期早迟有关，收获较早者，种子偏红，收获过迟者，种子偏暗褐色。

二、生长发育

根芥菜播种后在旬均温 26℃ 左右 2d 即出苗，子叶展开后，发生两片基生叶，25d 左右发生 5 片真叶。由于中柱组织的生长向外产生压力，致使初生皮层破裂，称为破肚或破白，为根部开始膨大的象征，此时期为幼苗期，以旬均温 20～25℃ 为适宜；而后叶片旺盛生长和发新叶，形成叶丛，此期初生皮层逐渐脱落，根部迅速增大，早、中熟品种根部膨大期持续约 80d，而晚熟品种在 100d 以上。最适于叶片生长的旬均温为 15～20℃，最适于肉质根膨大的旬均温为 10～18℃。在肉质根膨大期中，温度逐渐降低，昼夜温差较大，有利于光合产物的制造和积累，是丰产的主要因素。根芥不耐寒，不能忍耐长时期的冰冻温度。

根芥在肉质根迅速膨大时，苗端已开始花芽分化，只因秋冬温度逐渐下降，日照日益缩短而处于半休眠状态。次年温度升高，日照加长，即抽薹开花结实。如当年秋冬季气温偏高，不利于肉质膨大，就常发生先期抽薹现象。萌动的种子即能感受低温，完成春化阶段。春播根芥当年也能抽薹开花结果。

三、生长发育所需的环境条件

1. 温度

根用芥菜耐寒力较强，在我国南方多数地区都能安全越冬。根用芥菜幼苗生长适温为 20～26℃，叶片生长适宜温度为 15～20℃，肉质根膨大的最适温度为 13～15℃，平均气温在 13～18℃ 最为适宜。在高温下，肉质根膨大缓慢，甚至不膨大并有可能发生未熟抽薹现象。但温度过低，肉质根膨大也很缓慢。叶遇霜后易受冻害。因此，在播种期的安排上，应注意使肉质根的膨大生长在霜期之前完成。

2. 光照

根用芥菜要求充足的光照，在光照不足的地方栽培，或者种植过密营养面积过小，植株得不到充足的光照，会影响肉质根的充分膨大，影响产量和品质。但日照长短对根用芥菜的生长发育没有明显的影响。

3. 水分

根芥菜的根系较发达，在生长前期要求较高的土壤湿度和空气湿度，在生长后期肉质根开始膨大后，仍需保持一定的土壤湿度，尤其是肉质根膨大至拳头大时，植株生长速度加快，需水量较多，应适当灌溉。

4. 土壤及营养

根用芥菜对土壤的要求不严格，但以土层深厚、富含有机质的壤土为好。只要有一定灌溉条件，山坡地也可种植。土壤的酸碱度以 pH 值 6～7 为宜。大头菜对肥料的要求以氮肥最多，钾肥次之，磷肥再次之。在肉质根生长盛期，对钾肥的吸收量较大，此时应及时追施钾肥，或在前期施入草木灰作基肥。

第三节　主要品种与营养特性

芥菜在中国栽培的历史悠久，中国历代古书中均有芥菜的记载。从最早的《诗经》、《左传》、《礼记》、《说苑》到《四民月令》、《齐民要术》、《救荒草本》、《农政全书》等，除记载芥菜作为调味品、蔬菜食用外，后期的古书还描述有栽培季节、栽培方式、收获时期、简单的植物学性状。但所有这些记载都表明未进行过植物学分类的研究，也无定名和分类。直到 20 世纪 30 年代，中国的园艺工作者如毛宗良、曾勉、李曙轩、孙逢吉等才开始对起源于我国的芸薹属作物白菜、芥菜进行定名和分类的研究。孙逢吉（1942，1946）在研究了中国西南地区作为油料用的芸薹属作物后，将芥菜分为六个变种，同时，他还将根芥列为单独的种（*B. napiformis* Bailey），并在其下划分了 3 个变种同时予以定名，即 *B. nap.* var. *dentata* Sun（遵义枇杷叶大头菜）、*B. nap.* var. *lyrata* Sun（裂叶大头菜）、*B. nap.* var. *contiloba* Sun（鸡啄叶大头菜）。吴耕民（1957）在他主编的"中国蔬菜栽培学"中，将芥菜分为大叶芥种（*B. juncea* Coss）和小叶芥种（*B. ceruna* Forbes et Hemsl），其中大叶芥种包括了 *B. juncea* var. *napiformis* Paill et Bois（大头芥）、*B. juncea* var. *tsatsai* Mao（榨菜）2 个变种。

一、主要品种

1. 按肉质根形状分类

根用芥菜的肉质根，植物学上实际是上部 1/5～1/4 为茎，绿色，其上的节和芽能生成小叶丛；下部为根，灰白色，常生有侧根。直根入土部分约为 1/3～3/5 不等。按肉质根的形状，根用芥菜可分为 3 个基本类型：①圆锥形　肉质根长 12～17cm，粗 9～10cm，上大下小，类似圆锥状。如四川的白缨子大头菜、合川大头菜和江苏的小五缨大头菜等品种。②圆柱形　肉质根长 16～18cm，粗 7～9cm，上下大小基本接近。如四川的小叶大头菜、荷包大头菜和广东的粗苗等品种。③近圆球形　肉质根长 9～11cm，粗 8～12cm，纵横径基本接近。如四川的兴文大头菜、马边大头菜和广东的细苗等品种。

（1）圆锥类型

① 济南辣疙瘩　产于济南郊区。叶大直立，浓绿色。肉质根圆锥形，一般重 0.6kg，大的 1kg 以上，地上部分绿色，地下部分灰色，皮厚，肉坚实。适于腌制酱菜。

② 板叶大头菜　产于浙江慈溪一带。叶大，浓绿色，无深缺刻。肉质根为短圆锥形，地上部分为绿色、地下部分为灰白色，肉质根重 0.5kg 左右，肉质坚实。适于腌制。

③ 油菜叶　昆明郊区古老的地方品种。叶大，长椭圆形，色深绿，叶缘有锯齿状缺刻，叶上有细刺。耐寒，冬性较强，抽薹迟，可适当早播。肉质根圆锥形；膨大较慢，产量高，含水量低，加工品质佳。

④ 狮子头　湖北襄樊农家品种。植株高。叶片较少。肉质根先端圆形，尾端细尖，近似圆锥形，根部疙瘩较多。中间平凹。产量高，品质好。

⑤ 缺叶大头菜　四川省内江市地方品种，在该市近郊已栽培 30 余年（图 4-1）。株高 49～53cm，开展度 72～78cm。叶长椭圆形，最大叶长 61cm，宽 16cm，深绿色，叶面平滑，无刺毛，蜡粉少，大头羽状分裂，头部叶缘重锯齿、叶柄长 17cm。肉质根圆锥形，纵径 15cm，横径 9.0cm，入土约 3.0cm，皮色浅绿，地下部皮灰白、表面较光滑，单根鲜重 450～520g。在内江市近郊 8 月下旬至 9 月上旬播种，次年 1 月中、下旬收获，亩产肉质根 2500kg 左右。

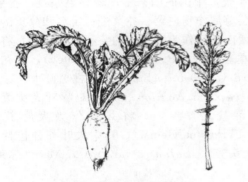

图 4-1　缺叶大头菜形态图

图 4-2　大五缨大头菜形态图

⑥ 大五缨大头菜　江苏省淮安市地方品种；在淮安等地已栽培多年（图 4-2）。株高 35cm 左右，开展度 35～40cm。叶长椭圆形，最大叶长 33cm，宽 12cm，深绿色，叶面微皱，叶缘具浅缺刻，肉质根圆锥形，纵径 12cm，横径 10cm，入土约 3.0cm，皮色浅绿，地下部皮色灰白，表面光滑，单根鲜重 350g 左右；耐寒，耐病毒病；肉质根质地嫩脆，芥辣味浓，皮较薄。在淮安近郊 8 月中、下旬播种，11 月中、下旬收获，亩产肉质根 2300kg 左右。

（2）圆筒类型

① 大花叶　产于湖北来凤县，湖北省主栽品种。叶缺刻深，皱褶多。肉质根圆筒形、生长期长，组织坚密，含水量少，适于腌制。

② 小花叶大头菜　云南省昆明市地方品种，在昆明市郊已栽培多年，开远、建水一带亦普遍栽培（图 4-3）。株高 38～40cm，开展度 45～48cm。叶椭圆形，最大叶长 38cm，宽 13cm。绿色，叶缘全裂；肉质根短圆柱形，纵径 10.5cm，横径 8.0cm，单根鲜重 350～400g，入土 3.5cm，皮色浅绿，地下部皮色灰白。表面粗糙易裂口。在昆明市郊 8 月下旬至 9 月上旬播种，次年 2 月上、中旬收获，亩产肉质根 2100kg 左右。

③ 红缨子　四川内江地方品种。叶片及中肋现红色，叶柄微红。肉质根圆柱形，颇光滑，易肥大，品质佳。

④ 马尾丝　四川省内江品种。植株半直立，叶长椭圆形，叶缘有钝锯齿，叶色紫、中间有少量绿色，叶脉紫色、血丝状。肉质根介于圆柱形与纺锤形之间，重 500 克以上。抗病毒力较强。肉质根大小均匀，适于加工。

⑤ 成都大头菜　四川成都东郊丘陵区栽培较多。叶片较小，深绿，有缺裂，花叶型。肉质根圆柱形，皮微白，成熟时根头部略有突起，抽薹迟，不空心。品质佳，产量高。

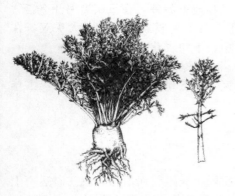

图 4-3 小花叶大头菜形态图

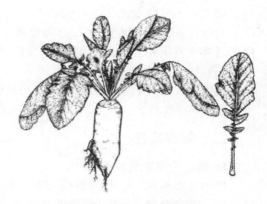

图 4-4 小叶大头菜形态图

⑥ 成都萝卜叶 叶似枇杷叶，绿色，叶缘有不规则缺刻，叶面粗糙、有短茸毛，叶柄、叶脉浅绿色。肉质根长圆柱形，入土部分黄白色，地上部分浅绿色，表皮粗糙有裂纹，肉色白，纤维少，品质好。

⑦ 小叶大头菜 重庆市大足县地方品种，在该县近郊粮作区已栽培 40 余年（图 4-4）。株高 30～35cm，开展度 42～48cm。叶椭圆形，最大叶长 34cm，宽 10cm，绿色，叶面平滑，无刺毛，蜡粉少；叶片上部边缘具细锯齿，下部羽状全裂，裂片 3～4 对，叶柄长 7.0cm；肉质根圆柱形，纵径 1.6cm，横径 8.0cm，入土约 5.0cm，皮色浅绿，地下部皮色灰白，表面光滑，单根鲜重 450～500g，叶丛较小，经济产量高；耐肥，耐寒；肉质根质地致密，含水量低、芥辣味浓，品质好。在大足县近郊 8月下旬至 9 月上旬播种，次年 1 月上、中旬收获，亩产肉质根 2000～2500kg。

作为加工原料的根用芥菜主栽品种和优良品种很多，如上面提到的缺叶大头菜，以及马尾丝大头菜、马脚杆大头菜等均为加工品"内江大头菜"的原料主栽品种；加工品"成都大头菜"则主要以荷包大头菜、青叶大头菜等品种为原料；津市凤尾菜的腌渍加工品亦称"津市凤尾菜"，为湖南省的出口土特产品；狮子头芥菜则是湖北省特产"襄樊大头菜"的主要原料品种。此外，江苏省南部太湖流域的小五缨大头菜、大五缨大头菜，是宜兴、吴县、吴江等地生产"五香大头菜"、"老卤大头菜"的原料主栽品种；云南昆明市郊的花叶大头菜、托口菜，开远、建水一带的油叫大头菜，其加工品即是久负盛名的"云南大头菜"，因其加工方法的不同，又分为"黄芥"和"黑芥"。

2. 根据生长发育期分类

根据生长发育期，可以把根用芥菜分为早、中、晚熟三类。

（1）早熟品种

① 油菜叶，昆明地方种，在重庆地区 8 月下旬播种，9 月至 10 月上旬定植。②大五缨大头菜，在淮安地区近郊 8 月中、下旬播种，9 月中、下旬定植，11 月中、下旬收获。③狮子头，立秋前后（8 月上、中旬）播种育苗。11 月下旬至 12 月上旬收获。

（2）中熟品种

①荷叶大头菜，成都地方品种，在成都地区，9 月上中旬播种，10 月上中旬定

植，第二年 1 月收获。②小叶大头菜，重庆市大足县地方品种，在重庆 8 月下旬至 9 月上旬播种，9 月上旬至 10 月上旬定植，第二年 1 月上旬收获。③缺叶大头菜，在内江近郊 8 月下旬至 9 月上旬播种，第二年 1 月中、下旬收获。

（3）晚熟品种

花叶大头菜，云南昆明地方种，在昆明市郊区 8 月下旬至 9 月上旬播种，第二年 2 月上、中旬收获。

二、营养特性

1. 鲜、干重变化规律

根用芥菜植株（包括肉质根及叶，下同）鲜重随生长进程而增加，收获时达一生最大值。其中苗龄 1～25d 鲜重增长量最小，仅占总鲜重的 0.86%，苗龄 41～55d 鲜重增长最快，占总鲜重的 46.26%。肉质根鲜重也随生长进程而增加，其中以苗龄 41～55d 增长最快，占其鲜重的 43.36%。叶的鲜重出苗后不断增加，苗龄 55d 即达一生最大值，其中以苗龄 41～55d 增长最快，占其最大值的 56.25%；此后叶片鲜重有所下降，收获时相当于最大鲜重的 93.75%（表 4-1）。根芥肉质根及叶的干重增长量与其鲜重增长量虽相差很大，但不同生长时期干重与鲜重的相对增长率相差不大。因此，植株、肉质根及叶干重与鲜重的增长趋势基本一致。

表 4-1　根芥鲜重增长动态（张淑霞，1998）

苗龄/d	肉质根		叶		植株	
	g/株	占总鲜重的比例/%	g/株	占总鲜重的比例/%	g/株	占总鲜重的比例/%
1～25	0.85	0.16	4.69	3.91	5.54	0.86
26～40	36.15	6.76	47.81	39.84	83.96	12.97
41～55	232.00	43.36	67.50	56.25	299.50	46.25
56～70	141.00	26.36	−5.50	−4.58	135.50	20.92
71～85	125.00	23.36	−2.20	−1.67	123.00	19.00
一生	535.00	100.00	112.50	93.75	647.50	100.00

2. 不同生长期养分吸收及其比例

根芥一生需要大量的水分，移植后应经常保持土壤湿润，一般看天气情况而适当淋水，如果天气干旱，每天淋水 1 次。肉质根膨大前要适当控水，使直根向下深扎，膨大后保持土壤湿润，肉质根形成后期要控制水分，一般在收获前 7d 停止灌水，使组织充实，提高加工品质。大头菜生长期长，生长前期要勤施、薄施肥，肉质根膨大期要多施肥。移植后 5d 可用 1% 复合肥水追肥 1 次，以后每隔 7d 左右追肥 1 次。肉质根始膨大，要重施肥 1～2 次，并增施钾肥，每亩施复合肥 20～25kg，氯化钾15kg，在行距间将肥料施入后培土。每次施肥前先中耕除草，施肥后及时淋水促进肥料溶解，以利于作物吸收。生长期中培土 1～2 次，以免根部升露影响品质。

根用芥菜植株鲜重、干重以苗龄 41～55d 增长最快；每生产 1000kg 肉质根植株需吸收 N 1.68kg，P_2O_5 1.07kg，K_2O 1.96kg，S 0.31kg（其比例为 1.00∶0.64∶1.16∶0.18）；植株吸收 4 种养分强度最大的时期均在苗龄 41～55d；植株吸收的养分主要贮存在肉质根内（表 4-2）。

表 4-2 根芥不同时期不同养分吸收量及比例（张淑霞，1998）

苗龄/d	养分吸收量				养分吸收比例			
	$N/(mg/株)$	$P_2O_5/(mg/株)$	$K_2O/(mg/株)$	$S/(mg/株)$	N	P_2O_5	K_2O	S
1～25	9.24	5.61	18.38	2.49	1.00	0.61	1.99	0.27
26～40	191.48	89.37	276.41	42.28	1.00	0.47	1.44	0.22
41～55	477.85	250.13	554.82	77.44	1.00	0.52	1.16	0.16
56～70	87.83	145.2	190.56	25.69	1.00	1.65	2.17	0.29
71～85	134.26	83.02	8.17	15.59	1.00	0.62	0.06	0.12
一生	900.66	573.33	1048.34	163.49	1.00	0.64	1.16	0.18

根用芥菜肉质根产量在 $44586.9kg/hm^2$ 条件下，平均每生产 1000kg 肉质根植株需吸收 N 1.68kg，P_2O_5 1.07kg，K_2O 1.96kg，S 0.31kg。植株对 N，P_2O_5，K_2O，S 吸收强度最大的时期在苗龄 41～55d，分别占各自总吸收量的 53.06%，43.63%，52.92%，47.37%。苗龄 1～55d 植株吸收 $K_2O>N>P_2O_5>S$，比例为 （1.16～1.99）∶1.00∶（0.47～0.61）∶（0.16～0.27）；苗龄 56～70d，植株吸收 $K_2O>P_2O_5>N>S$，比例为 2.17∶1.65∶1.00∶0.29；苗龄 71～85d，植株吸收 $N>P_2O_5>S>K_2O$，比例为 1.00∶0.62∶0.12∶0.06。苗龄 1～40d，植株吸收的养分主要分配在叶内，占该期各种养分吸收量的 59.02%～73.02%；苗龄达 55d 时肉质根对各种养分的吸收积累量赶上并超过叶，收获时植株吸收的养分主要贮存在肉质根中，占各自总吸收量的 70.85%～83.19%。

3. 不同生长时期体内养分含量

根用芥菜不同生长时期各种养分在各器官中的百分含量不同。

（1）肉质根中含 N 量以苗龄 40d 最高，此后逐渐下降；叶中含 N 量以苗龄 55d 最高，而且各时期叶中含 N 量均高于肉质根。

（2）P_2O_5 在各器官中含量变化较小，其中肉质根中 P_2O_5 的含量（1.154%～1.357%）高于叶片（1.009%～1.143%）。

（3）K_2O 在肉质根中的含量随生长进程而下降，叶中 K_2O 的含量以苗龄 40d 最高，之后迅速下降。

（4）S 在肉质根中的含量亦随生长进程而下降，叶中 S 的含量以苗龄 40d 最高；不同生长时期叶中含 S 量均高于肉质根（表 4-3）。

表 4-3 根芥不同时期体内养分含量（张淑霞，1998）

苗龄/d	N/%		P_2O_5/%		K_2O/%		S/%	
	肉质根	叶	肉质根	叶	肉质根	叶	肉质根	叶
25	1.639	1.939	1.154	1.143	4.235	3.649	0.476	0.513
40	2.154	2.771	1.357	1.118	3.637	3.799	0.421	0.652
55	1.806	3.282	1.204	1.098	2.949	2.733	0.353	0.536
70	1.701	2.087	1.172	1.051	2.486	2.231	0.298	0.504
85	1.687	1.908	1.120	1.009	2.045	1.858	0.272	0.499

第四节　栽培季节和栽培制度

一、栽培季节

根用芥菜生长的温度范围为 6～20℃，可以根据各地的气候条件掌握播种期。华北地区一般在 7 月下旬至 8 月初播种，多行直播，10 月底收获。而长江流域以南地区冬季温暖、生长季节长，可适当推迟播种，且多行育苗移栽。

二、栽培制度

大头菜前作一般是瓜类、毛豆、鲜玉米与茄果类作物，也可以与棉花间作，最好不要与十字花科作物或当年种过芥菜的土地连作，要隔年种植。也可以与粮地和水稻进行粮菜轮作。

第五节　栽 培 技 术

一、播种和育苗

根用芥菜可以育苗移栽，也可直播。实行直播的用种量增加，且土地占用时间延长，但减少了育苗环节，节约了劳力，而且直播的肉质根发生分叉少，形状整齐。直播匀出的幼苗，也可移栽到其他地方。育苗移栽发生分叉较多，但集中管理较为方便，且可充分利用土地。为了减少肉质根分叉，可采取带土移栽或早移栽的方法进行定植。

1. 直播

（1）播种时期　就同一品种而言，根用芥菜直播时间应比苗床育苗的播种时间延迟 10d 左右，一般于 8 月下旬到 9 月上、中旬播种。如果播种过早，易感染病毒病，并易先期抽薹；播种太晚，因其营养生长不够而产量低，品质差。

（2）播种方法　根用芥菜的直播多采用开穴点播的方法进行，开穴深度一般为 2～3cm，每穴播种 5～6 粒，播后覆盖细土或加有草木灰的细渣肥，并浇透水后再覆盖。每亩播种量约为 100g。

（3）播种密度　要根据芥菜品种的株形大小和植株的开展度来确定播种密度。一般株形较小开展度不大的品种株行距 40cm×50cm，每亩 3000 株；株形高大开展度也大的品种株行距 50cm×55cm，每亩 2400 株左右。

（4）根用芥菜直播后一般 3～5d 后即可出苗，幼苗长到 2 叶 1 心时要及时进行间苗，每穴留 3 株；再长 10～15d 进行定苗，除去病弱苗，每穴只留 1 株健壮苗。定苗时要注意将多余的壮苗用来补植缺穴。

2. 育苗

（1）苗床准备　苗床地以选择土壤肥沃、土质疏松、背风向阳、能排能灌、病虫害较少的田块为佳。亩施腐熟粪水 2000kg、过磷酸钙 40～50kg、适量草木灰作底肥，翻耕耙细，厢面 1.1m 宽，厢沟深 20cm，浇足底水备用。

（2）播种时期　育苗的播种期要比直播的提前 10d 左右。我国南方地区育苗播种时间一般在 8 月下旬到 9 月中旬，苗期约 40d。定植期在 9 月下旬至 10 月中旬。

（3）精细播种　每亩大田需苗床 66.7m²，用种量 25～30g。用少量干净河沙与催过芽的种子混匀，均匀撒在苗床上，再用多菌灵或辛硫磷 800 倍液喷洒 1 次消毒，盖上薄层细土或用稻草覆盖。

（4）苗床管理　出苗后及时除去覆盖物。真叶 2～3 片时、3～4 片时分别匀苗一次。去掉细脚苗及有病虫的苗，苗距 6cm。匀苗后施以稀薄的液肥。遇上大雨天应用小棚膜遮盖防雨水冲刷。幼苗出土后用 1000 倍的甲基托布津液喷洒 1 次防猝倒病。出真叶后按苗距 4cm 见方间苗，拔掉病苗、弱苗，做到苗齐苗壮。匀苗后，每亩用腐熟清粪水 1500～2000kg、尿素 5kg、草木灰 300kg 追肥。以后视秧苗长势追肥 1～2 次。苗期病害主要有猝倒病、病毒病，可用甲基托布津、病毒 A 等药剂防治。虫害主要有蚜虫、叶甲、猿叶虫等，可选用功夫、吡虫啉、敌敌畏等药剂防治。

（5）定植　育苗移栽的时期一般在苗龄 30d，约 5 片真叶时定植，此时已能见到稍膨大的肉质根。在定植之前，应做好土地整理和施底肥等工作。一般情况下，每亩的土地施农家肥 1500～2500kg，过磷酸钙 25kg，草木灰 150kg。肥料撒施于土面后，立即深翻土壤，深度要求 40～50cm。为了排水和加厚耕作层，以作高畦（垄）为宜，但在山地及排水良好的土壤也可作平畦。畦宽与排水条件和栽培习惯有关，一般畦宽为 2～3m。根据品种开展度大小不同，行距可为 37～47cm，株距 33～40cm。一般每亩栽 3000～3500 株。定植时将幼苗直根垂直于定植穴中央，埋土不要超过短缩茎处，使根不扭曲，不受损伤，将来肉质根生长整齐，侧根少。

二、田间管理

1. 摘心

根用芥菜的抽薹、开花一般不需要经过低温阶段。如果播种较早，常在年前抽薹，影响肉质根的产量及品质，因此应尽早摘除花薹心。摘心应注意避免伤口积水。通常用锋利的小刀尽可能地靠近基部把花薹割掉，使断面略呈斜面，防止积水腐烂。如花茎已长得很高了，就不能用刀割，只能用手把花蕾抹掉。因为此时的花茎已经中空，割断后雨露易进入，导致腐烂。

2. 肥水管理

大头菜种植一般选择土层深厚，富含有机质的壤土或黏壤土。在前作收获后，一般施入农家肥或堆肥 $(2.25～3) \times 10^4$ kg，同时加入过磷酸钙 300～375kg，硫酸钾 120～150kg，或草木灰 750kg 作底肥，与土壤充分拌匀。

在整个生长期的施肥原则是先轻后重，先淡后浓，同时结合施肥，根据土壤的干旱情况及时补充水分。灌溉应实行小水勤灌，切忌大水漫灌。整个生长期一般追肥 3 次，第一次追肥于定植成活或直播定苗后进行，每亩施稀薄人畜粪加尿素 5kg，以促使形成强大的叶簇。第二次追肥于叶片和肉质根迅速生长时进行，每亩用较浓的人畜粪加尿素 15kg，此次追肥时间，西南地区约为 10 月下旬。第三次追肥应根据幼苗的长势施肥，一般较第二次施的量少，如果大头菜的长势很旺，可不再施肥。3 次追肥共用人畜粪 4000～5000kg。

3. 大头菜病虫害防治

（1）大头菜常见虫害的种类及防治方法　在芥菜的生产中，常见的虫害主要有蚜虫、菜粉蝶（菜青虫）、菜蛾、菜螟、甘蓝夜蛾、斜纹夜蛾、黄条跳甲等。为了确保高产、稳产，必须加强田间管理和病虫害的防治工作。

① 蚜虫

【为害症状】蚜虫以刺吸式口器吸食植物汁液，植物受到刺吸后，被吸食部位形成褐色斑点，叶片老缩、变形，植株矮小而生长不良。对留种株为害花梗、花蕾、嫩茎和嫩荚，使花梗扭曲畸形，花蕾、嫩芽枯黄死亡。蚜虫是病毒病的主要传播媒介，对黄色和橙色有强烈的趋向性，忌银灰色。因此，可用蚜虫的这一特点进行诱导和避蚜，从而减轻其危害。

【与环境的关系】在适宜的温度范围内，蚜虫的发育速度随温度的上升而加快，成虫寿命逐渐缩短，而繁殖力随温度的升高而增加。所以一年中，早春温度低，蚜虫量增长较慢；春末初夏温度升高，虫量大增；入夏温度过高，抑制了虫量的增加；秋天温度降低，蚜虫已大量繁殖，晚秋虫量下降，产卵越冬。所以，蚜虫大量危害的季节在春末初夏和秋季，保护地内除冬季最冷的季节外，均可发生危害，时间长，虫口多。

【农业防治】田间发现有受害的叶片应随时摘除并深埋。利用银灰膜驱蚜，为避免有翅蚜迁入菜田传毒，采用银灰色地膜覆盖种植；也可在菜田于播种或定植前间隔铺设银灰膜条避蚜。在保护地使用防紫外线膜，可减少蚜虫繁殖；收获后及时清洁田园，以减少蚜虫来源。

【药剂防治】　常用药剂如下。

Ⅰ. 50％避蚜雾或抗蚜威可湿性粉剂，每亩用 10g，对水 30～50kg 喷雾。

Ⅱ. 20％氰戊菊酯乳油 3000～4000 倍液。

Ⅲ. 40％乐果乳剂 1000 倍液和消抗液混用效果更好。

Ⅳ. 50％马拉硫磷乳油 1000～1500 倍液。

Ⅴ. 20％速灭菊酯乳油，每亩 10～25g，兑水喷雾。

采用上述杀虫剂交替喷施效果较好。

② 菜蛾

【为害症状】初龄幼虫仅能取食叶肉，留下表皮，在叶片上形成一个个透明的斑。3～4 龄幼虫食量增加，使叶片形成孔洞和缺刻，严重时全叶被吃成网状。在苗期集中为害心叶，在留种株为害嫩茎、幼荚和籽粒，影响结实。

【与环境的关系】菜蛾在 10～40℃ 的温度范围内均可生育繁殖，适温为 20～30℃，温暖干燥的条件有利于发生。春、秋两季温度适宜，是菜蛾大量发生的季节。

【农业防治】生产上要合理布局，避免与十字花科作物连茬。蔬菜采收后及时清除残株落叶，深翻深耙，以消灭大量虫源。在保护地休闲时，消灭杂草，清洁田园，减少早春 1 龄幼虫的食物。

【物理防治】小菜蛾有趋光性，在成虫发生期设置一盏黑光灯或设置频振式杀虫灯，诱杀小菜蛾。

【生物防治】采用细菌杀虫剂如 Bt 乳剂对水 500～1000 倍，每毫升含 1 亿个孢子，可使小菜蛾幼虫大量感病死亡。

【药剂防治】用下列药剂进行喷雾。

Ⅰ. 5%农梦特乳油 2000 倍液。

Ⅱ. 5%抑太宝乳油 2000 倍液。

Ⅲ. 5%卡死克乳油 2000 倍液。

③ 菜螟

【为害症状】幼虫是钻蛀性害虫,吐丝结网取食幼苗期心叶及叶片,受害苗因生长点被害而停止生长或萎蔫死亡,造成缺苗断垄。3 龄后幼虫钻蛀茎髓和根部,形成隧道,受害株枯死或叶片腐烂,伤口易使软腐病菌侵入,导致发病。

【与环境的关系】菜螟喜高温低湿的环境,幼虫生长发育的适温 24℃左右,相对湿度 67%,华北地区 8～9 月为幼虫盛发期,危害严重。

【农业防治】冬天耕翻整地,消灭部分虫源;调整播种期,使菜苗 3～5 叶时与菜螟盛发期错开;适当浇水,增加田间湿度,既可抑制害虫,又可促进植株生长。

【药剂防治】用下列药剂进行喷雾。

Ⅰ. 40%的绿菜宝乳油 1000 倍液。

Ⅱ. 5%抑太宝乳油 2000 倍液。

Ⅲ. 5%卡死克乳油 2000 倍液。

(2) 大头菜常见病害及防治方法　影响大头菜生长最严重的病害是黑(腐)病和软腐病。

① 黑腐病　主要危害叶片。发病初期可选用 50%扑海因可湿性粉剂 1000 倍液,或 50%速克灵可湿性粉剂 1500 倍液喷雾,每隔 7d 喷 1 次,连喷 2～3 次。病毒病通常全株发病,叶片出现淡绿相间花叶,有时发生畸形,植株萎缩停止生长。此病可通过汁液传毒,亦可由蚜虫传毒。防治上要及时防治蚜虫。发病初期喷洒 20%病毒 A 可湿性粉剂 500 倍液,或 40%病毒必克可湿性粉剂 500 倍液,隔 5～7d 喷 1 次,连续防治 3～4 次。

② 软腐病　主要危害根茎。宜在发病初期选用 72%农用链霉素可湿性粉剂 4000 倍液,或 50%代森铵水剂 1000 倍液,隔 10d 喷雾或灌根 1 次,连施药 2～3 次。

第六节　采收、贮藏与加工

一、采收

大头菜自播种到肉质根收获,依品种和各地气候情况而定,一般肉质根已充分膨大至花薹即将出现之前采收。成熟的标志为:基叶已枯黄,根头部由绿色转为黄色。采收时用锄将根用芥菜挖起,再用利刀削去茎叶和侧根,即可运往市场或加工厂出售。东北和西北地区 10 月上、中旬收获上市;华北以及淮河以北地区 10 月下旬至 11 月中旬收获上市;长江以南地区于第二年 1 月收获。

二、贮藏与加工

大头菜较耐贮运,在适宜条件下,可贮藏 1～3 个月,贮藏期间可陆续供应市场。

1. 贮藏

根用芥菜贮藏适宜温度为0℃，适宜相对湿度为90%～95%。北方地区多采用埋藏和窖藏方法贮藏。

（1）埋藏　大头菜埋藏首先要挖宽1m左右，深0.6～1.5m的沟（因气温不同沟深不一样，一般在浆土层以下稍深处），然后将大头菜码在沟底，码堆时大头菜根部朝上，一个挨一个排紧，摆放一层后用干净、湿润的细土覆盖一薄层（一般用沟底土覆盖），上面再摆一层大头菜，再覆盖一层细土，最后用细土覆盖、整平、压实。一周后在上面浇水一次，浇水量可根据土壤性质、土壤湿度、贮藏品种而定，浇水用干净水，不应用污水。如果地下水位高，不应浇水而应排水。为了防止热伤或冻害，在初期，覆盖土层一定要薄，使沟内大头菜热量易排出；后期，因外界气温下降，要适当覆盖一些土或盖草袋等，沟内温度保持在1～3℃。

（2）窖藏　大头菜窖藏前要进行预贮，待外界气温降至1～2℃时，再将大头菜入窖，在窖内摆放有码堆和散堆两种，堆的高度在1～1.5m，每隔1m可在堆或垛中设置10cm左右的通风筒，堆与堆或垛与垛之间要留出一定的空隙，以利于散热和通风。为了防止大头菜糠心，窖底要铺8～10cm细沙，然后，一层大头菜一层细沙交替进行。大头菜入窖约1个月后可以翻倒1次，上下置换，并挑出有病伤等不能贮藏的大头菜。根据实际情况，也可不翻倒。在贮藏期间控制窖内温度为1～2℃，相对湿度90%～95%。

（3）气调保鲜　气调保鲜大头菜可以贮藏到翌年5月，还能使大头菜保持鲜嫩状态。首先将大头菜在贮藏前晾晒1d，然后装入筐内码成方形垛，每垛48筐，在筐外置聚乙烯塑料帐密封，采用自然降氧法进行贮藏。氧气控制在2%～5%，二氧化碳在5%以下。库内温度在1±0.5℃，库温不应波动太大，防止出现凝结水而引起腐烂。

2. 加工

根用芥菜的加工产品主要有五香大头菜、紫香大头菜、龙须大头菜和玫瑰大头菜等。所有加工产品必须预先经过腌渍，然后加工成各种产品。

（1）腌渍　根用芥菜的特点是水分较少、组织紧密，肉质坚硬。腌渍方法如下。

① 选料　用作腌渍的芥菜要求肉质根最好重200g以上，1500g以上的要切为两半，便于腌渍。以无霉烂、无老筋、不空心、不木心、肉质脆嫩的肉质根为上品。

② 原料整理　剔除根须和泥土，便于盐分的渗透，促使早熟。

③ 操作方法　食盐要用细盐，以使盐分较快溶解渗入菜内，若盐分溶解过久，肉质根堆积在缸内容易发热霉烂变质。腌渍时先在缸底撒上一层垫底食盐，然后放一层肉质根，洒一层盐水，再撒一层食盐，如此逐层地放菜、喷盐水、撒盐，装满缸后再撒一层盖面盐，撒食盐时下层少撒，上层多撒，盖面盐更要倍增。撒食盐要匀，务使每个肉质根上都沾上盐。装满缸的标准是要超出缸口一层，因为过1～2d后盐分渗入菜内，菜汁渗出、菜身皱缩、体积缩小，原来超出缸口的一层刚好下沉到缸口的水平线以下。此时可以加压石头，使菜身被菜汁所浸没。如果菜汁卤水不能浸过菜面3～7cm，则应加入盐水，注满缸口，务使菜身不露出水面。约经1个月即可腌熟。腌渍时要经常检查，保护环境卫生，勿使雨水漏入。发现容器渗漏，要及时取出另换

容器。菜身与空气相隔绝，可以耐久贮存。

④ 用盐比例　每100kg新鲜的根用芥菜放盐15kg左右，贮存一年不会变质。如果贮存时间只需半年以内者，可以适当少放盐，每100kg新鲜的根用芥菜放盐12kg即可。

（2）各种大头菜的制法　五香大头菜是将已腌渍成熟的咸胚大头菜削皮去须根，切成大小一致的菱形块状，每块重量一般不要超过150g，晒干后以50g左右为宜。

咸胚大头菜放在日光下晒至七八成干，每100kg咸胚晒成干胚30～35kg为合格。干燥后投入五香卤液中浸渍5～7d，取出晒干，再浸渍5～7d，又晒干。经过二晒两浸，使菜身内外都呈黑色，即成。

五香卤液的配料及调制方法如下。

① 配料比例　大头菜干胚100kg，酱油（浓色的）25kg，酱色8kg（分两次投入），糖精20g，鲜汁15kg，安息香酸钠（或称苯甲酸钠）20g，茴香300g，桂皮500g，花椒500g。如无鲜汁，可改用味精溶液代替。

② 调制方法　先将茴香、桂皮、花椒用水10kg煮煎成5kg溶液，筛滤去渣，将净液拌入酱油中混合，并加入酱色、糖精、安息香酸钠、鲜汁等搅拌均匀，加热到60～80℃，使之充分溶化冷却后，再投入大头菜的干胚浸渍。第一次浸渍时只放酱色4kg，其余4kg留待第二次放入。

③ 操作方法　干胚下缸浸卤，务使卤液过菜面，并加缸盖，防止污物落入缸内。每日揭缸检查，进行上下翻拌1～2次，便于卤水全面渗透入菜。隔5～7d取出翻晒，翻晒后复浸时更能吸收卤汁，增加鲜味和酱色。

④ 复浸　经过初浸取出晒干后，仍用原缸原卤浸渍，并要添加酱色4kg。酱色的作用是使菜身里外变成酱黑色。经过三晒两浸，才可使菜身达到里外透心，色泽均匀。在最后一次翻晒时，不要晒得太干，以免外表出现白霜状。

⑤ 装坛贮存　经过两浸三晒，干燥后装坛。装坛时先用卤液或白酒少许喷洒于菜上，使它均匀回潮成柔软状态，再装入坛内。装时要塞紧，勿留空隙，装满后密封坛口，不使透气。经过15～20d后，即可食用。

紫香大头菜、佛手大头菜、龙须大头菜、玫瑰大头菜的制法大致相同，主要区别是切块的形状和卤液的配料不同。现将这些菜的制法分述如下。

① 紫香大头菜　一般是将咸胚大头菜切成橘瓣状，每瓣皮面宽2～2.5cm、长8～9cm。

② 佛手大头菜　切成佛手形，每片厚约1cm、宽5cm。

③ 龙须大头菜　在大头菜适收期选择晴天将大头菜连根拔起，放在土中晾晒1～3d。用刀将菜缨去尽，保留须根，去除黑心、空心、起骨的大头菜进行科学腌制。根据消费层次的不同，腌制不同质量、不同等级的龙须大头菜，投入不同的消费市场。一般采用就地取材，选择种植地块附近或土层深厚地段，根据大头菜数量，以1亩晾大头菜1t为例，可打一直径2m、深2m的圆形坑即可就地腌制。若供给高消费层的腌制大头菜，要选完整无缺、无漏眼的大肚小口坛腌制。如选择在土壤中腌制的，将圆形坑打好后，用生石灰2～3kg撒施进行消毒处理，5～7d后，选用无毒无破烂的薄膜长5～6m、宽4m，垫于坑内待用。将收获的大头菜用竹丝在大头菜大根

根部穿好，在土边用树搭架，将大头菜晾蔫至熟透。一定要晾熟到透，如果大头菜内有硬心，腌制后大头菜会变酸，不但会影响大头菜质量，还会影响附近腌制大头菜的质量。将晾熟大头菜洗净，直接放入垫好薄膜的腌制坑内腌制，掌握按每 100kg 大头菜用 14～15kg 无碘食用盐或泡菜盐，先将每 100kg 大头菜用 10～12kg 盐和匀，以 20cm 厚的一层大头菜撒一层盐，穿上洗净、消毒后的胶鞋压紧压实。面上食盐要比底层盐多一半，因食盐化水后是往下流，然后用薄膜封严实，再加两层薄膜四周压严，上面至少用 30cm 的土压实（注意腌制大头菜放置最上层距土面至少 30cm）。在起菜前，禁止将封严的薄膜弄穿，确保腌制品质量、风味、色泽，以便增加农民收入。在腌制后至少 1 个月，等大头菜中亚硝酸盐大部分分解后，根据市场行情随时起坛销售。如果采用大肚小口坛腌制，可采用两种方法：一种是将每 100kg 大头菜，用 14～15kg 无碘食盐或泡菜盐和匀，留少量盐放在坛口进行腌制；另一种是一层大头菜一层食盐，也要在坛口增加盐量。将腌好的大头菜坛放置 12～15d 后，再倒坛。在倒坛前用谷草编草圈或用无毒薄膜装适量泥土将坛口压严，防止大头菜直接与地接触，产生霉烂。在倒坛后半月以上，待亚硝酸盐分解后，根据市场行情随时起坛销售。

通过以上两种方法腌制的大头菜，只要不去翻动，无破烂、不酸变，一般可放置 1～3 年，并且放置时间越久，大头菜的色、香、味会更佳。

④ 玫瑰大头菜　切成玫瑰花瓣状，并按每 100kg 加入 10g 玫瑰香精的比例配制。

所用的卤液与五香大头菜不同，即不用茴香、桂皮、花椒等香料，但酱油、酱色、糖精、鲜汁或味精溶液、安息香酸钠则与五香大头菜的卤液配料相同。也有的按每 100kg 干胚加添甘草 1～1.5kg 作配料。

大头菜装坛以后的成熟期限，可根据切块的大小灵活掌握。如五香大头菜由于是菱形，菜块较大，所以成熟期也较长，装坛以后要 15～20d 才可食用。但龙须大头菜是一种细丝条状，菜体小，成熟快，装坛后 7～8d 即可食用。

参考文献

[1] 陈活起，李海先，刘伟斌等．稻田冬种板地大头菜栽培技术．农业与技术，2007，27（5）：127-128.

[2] 林冠伯．芥菜．重庆：科学技术文献出版社重庆分社，1990.

[3] 罗鹏举，贺中娟．大头菜高产栽培技术．长江蔬菜，2006，（5）：20.

[4] 山东农业大学主编．蔬菜栽培学各论．北京：农业出版社，1987.

[5] 沈卫月，刘瑾．海盐大头菜的生产与加工技术．上海农业科技，2008，（5）：77-78.

[6] 王淑敏主编．植物营养与施肥．北京：农业出版社，1991.

[7] 杨哗钳．无公害大头菜生产加工技术要点．四川农业科技，2005，（6）：37-38.

[8] 张淑霞．根用芥菜鲜、干重变化及需肥规律的研究．河北农业技术师范学院学报，1998，12（1）：18-21.

[9] 张发萍．优质大头菜高产栽培技术．四川农业科技，2008，（8）：41.

[10] 中国农业科学院蔬菜研究所主编．中国蔬菜栽培学．北京：农业出版社，1987.

[11] 周建元，耿月明．襄阳大头菜无公害栽培技术．中国种业，2007，（11）：83-84.

第五章 辣椒

第一节　概　述

辣椒（*Capsicum frutescens* L.）是茄科辣椒属中能结辣味或甜味果实的一年生或多年生草本植物，别名海椒（蜀）、辣子（陕）、辣角（黔）、番椒等。辣椒原产中南美洲热带地区，墨西哥栽培甚盛。1593～1598年传入中国、日本，目前已遍及世界各国。辣椒以嫩果或老熟果供食。地处冷凉的国家，以栽培甜椒为主；地处热带、亚热带的国家，以栽培辣椒为主，其中，自北非经阿拉伯、中亚至东南亚各国及中国西北、西南、华南各省盛行栽培辛辣味强的辣椒。

辣椒是中国人民喜食的鲜菜和调味品，特别是西南的四川、贵州、云南，西北甘肃、陕西，华中的湖南、江西等地的人们尤为爱好，每餐必备。辣椒的果皮及胎座组织中，含有辣椒素（$C_{18}H_{27}NO_3$）及维生素A、C等多种营养物质，并有芬芳的辛辣味（表5-1）。辣椒有促进食欲，帮助消化及医药等效用。青熟果实可炒食、制作泡菜，老熟红果可盐腌制酱，或干燥后成干辣椒及制成辣椒粉。中国产的干辣椒及辣椒粉远销新加坡、菲律宾、日本、美国等国家。

表 5-1　辣椒的营养成分（每100g食用部分）（邹学校等，2006）

成　分	品种			成　分	品种		
	辣　椒	青辣椒	红辣椒		辣　椒	青辣椒	红辣椒
水分/g	92.1	93.9	91.5	灰分/g	0.6	0.4	0.6
蛋白质/g	1.6	0.9	1.3	钙/mg	12.0	11.0	13.0
脂肪/g	0.2	0.2	0.4	磷/mg	40.0	27.0	36.0
碳水化合物/g	4.5	3.8	5.3	铁/mg	0.8	0.7	0.8
热量/kJ	108.8	87.9	125.9	胡萝卜素/mg	0.73	0.36	1.60
粗纤维/g	0.7	0.8	0.9				

第二节　生物学特性

一、植物学特性

辣椒在温带地区为一年生蔬菜，在亚热带及热带地区可以越冬，成为多年生植物（图5-1）。

图 5-1 辣椒

1. 根

辣椒的根系没有番茄和茄子的发达，根量少，入土浅，根系多分布在 30cm 的土层内。主根不发达。根系再生能力弱于番茄、茄子。茎基部不易发生不定根，不耐旱，不耐涝。

2. 茎

茎直立，基部木质化，较坚韧，茎高 30～150cm，因品种不同而有差异。主茎顶芽分化为花芽后，以双叉或三叉分枝继续生长。辣椒的分枝结果习性很有规律，可分无限分枝与有限分枝两种类型。

（1）无限分枝型　主茎长到一定叶数后顶芽分化为花芽，其上位 2～3 个侧芽抽生出 2～3 个侧枝，花（果）着生在分杈处，抽生侧枝的顶部着花后又抽生侧枝，如此连续不断，呈无限分枝型。绝大多数栽培品种都属于无限分枝型。无限分枝型辣椒品种，主茎基部各节叶腋均可抽生侧枝，但开花结果较晚，应及时摘除以减少养分消耗。

（2）有限分枝型　植株较低矮，主茎长到一定叶数后顶芽分化出簇生的花芽，其下部的数个腋芽抽生出一级侧枝，一级侧枝顶芽也分化为簇生的花芽，一级侧枝上还可抽生二级侧枝，二级侧枝顶部也着生簇生花芽，以后植株不再分枝，各种簇生椒都属于此种类型。

3. 叶

单叶、互生，全缘，卵圆形或长卵圆形。有少数品种叶面密生绒毛。一般北方栽培的辣椒绿色较浅，南方较深。

4. 花

辣椒花小，白色或紫白花，为完全花，单生或簇生，无限分枝型品种的花多为单生，有限分枝型品种的花多为簇生（2～7 朵）。生长正常时辣椒的花药与雌蕊的柱头等长或稍长，营养不良时，易出现短花柱花，短花柱花因授粉不良易出现落花。辣椒属常异交蔬菜作物，天然杂交率约为 25％～30％，甜椒为 10％。

5. 果实及种子

果实的形状大小因品种、类型不同而差异显著。单果果实为浆果，小果形辣椒多为 2 心室，圆形或灯笼形椒多为 3～4 心室。无限分枝型品种的果实多为下垂生长，有限分枝型品种果实多朝上生长。辣椒果实和大小差别很大，通常有扁圆形、圆形、灯笼形、近方形、线形、长圆锥形、短圆锥形、长羊角形、短羊角形、樱桃形等形状。大果形甜椒品种不含辣椒素，小果形品种辣椒素含量高，辛辣味浓。种子主要着生在胎座上，少数种子着生种室隔膜上。种子短肾形，略带光泽，色淡如黄白色。种皮较厚实，故发芽不及茄子，种子千粒重 6～9g。

二、生长和发育

1. 发芽期

从种子萌动到子叶展开、真叶显露的一段时期。在温、湿度适宜，通气良好的条件下，从播种到现真叶需 10～15d。发芽期属异养阶段，选择饱满的种子及防止"戴帽"出土有利于培育壮苗。

2. 幼苗期

从第 1 片真叶展开到现蕾为幼苗期。辣椒在 3～4 片真叶时开始花芽分化，较大的昼夜温差、短日照、充足的土壤养分和适宜的湿度有利于花芽分化进程。花芽分化前为基本营养阶段，从花芽分化开始进入营养生长与生殖生长的同步生长阶段。在生产上，分苗要在花芽分化前完成。幼苗期的长短因苗期的温度和品种熟性的不同而有很大的差异。在适宜温度下，幼苗期为 30～40d。目前中国辣椒基本上是在低温寒冷、弱光寡照的逆境条件下育苗，幼苗生长缓慢，苗期长达 120～150d。幼苗期末期的形态大致是：苗高 14～20cm，茎粗 0.3～0.4cm，叶片数 10～13 枚，单株根系鲜重 1.5～2.2g，生长点还孕育了多枚叶片和花芽。

3. 开花坐果期

从辣椒开花至第 1 个果（门椒）坐稳为开花坐果期。开花坐果期是以营养生长为主过渡到以生殖生长为主的转折期。既要防止门椒坐住时叶面积偏小造成"坠秧"，也要防止生长过旺造成植株徒长形成"疯秧"。在生产上常在初花期采取"控"的措施促进根系生长，而门椒坐稳后采取"促"的措施，实现现营养生长与生殖生长的并重生长。

4. 结果期

从门椒坐住到收获结束拉秧为结果期。结果期的特点是秧果同步生长，需要采取加大肥水的管理措施，促进营养生长和生殖生长的平衡，以延长结果期。结果期长短因品种和栽培方式而异，短的 50d 左右，长的达 150d 以上。

三、对环境条件的要求

1. 温度

辣椒属于喜温蔬菜。种子发芽适温 25～30℃，需要 4～5d，低于 15℃时难以发芽。种子萌发后，在 25℃时生长迅速，但极纤弱，需降低温度至 20℃左右，保持幼苗缓慢健壮生长。幼苗期适温白天 23～27℃，夜温 15～20℃。初花期植株开花授粉的适宜温度为 20～25℃，低于 15℃时难以授粉受精，易引起落花、落果；高于 35℃，花器官发育不全或柱头干枯不能受精而落花，果实发育和转色需求温度 25℃以上。不同品种对温度的要求也有很大差异，大果型品种往往比小果型品种更不耐高温。

2. 光照

辣椒对光照的要求因生育期而不同。种子在黑暗条件下容易萌芽，而幼苗生长时期则需要良好的光照条件。辣椒的光饱和点约为 $600\mu mol/(m^2 \cdot s)$，过强的光照不但不能提高同化速率，而且会因强光伴随高温而导致落花、落果，因此，夏季栽培辣椒常与玉米间作，适当遮阴以获得高产。中国南方的茄果类育苗期多在 11 月至翌年 3 月，光照强度常常没有达到辣椒的光饱和点。在弱光下，幼苗节间伸长，含水量增加，叶薄色淡，适应性差；在强光下，幼苗节间短粗，叶厚色深，适应性强。辣椒为中光性植物，只要温度适宜，营养条件良好，不论光照时间的长短，都能进行花芽分化和开花。但在较短的日照条件下，开花较早些。当植株具有 1～4 片成长的真叶时，即可通过光周期的反应。

3. 水分

辣椒是茄果类蔬菜中较耐旱的植物，尤其是小果型辣椒品种比大果型的甜椒更为耐旱。种子发芽需要吸收水分，但因种皮较厚，所以吸水较慢，在催芽前，如先浸种8～12h，可促进发芽；幼苗期需水不多；初花期需水量增加；特别是果实膨大期，需要充足的水分，如果水分供应不足，果实膨大速度慢，果面皱缩、弯曲、色泽暗淡，甚至降低产量和质量。在幼苗期，如空气湿度过大，容易引起病害；初花期湿度过大会造成落花；盛果期空气过于干燥对于授粉受精不利，也会造成落花落果。

4. 空气

辣椒根系对土壤含 O_2 要求较高，如果土壤通气不良，就会影响根系呼吸，限制根系对水分与矿质养分的吸收。因此，应选择通气良好的土壤，实行高垄栽培和浅栽，并注意夏季雨后及时排水。

5. 土壤

辣椒对土壤要求不严，在沙土、壤土、黏土等不同土质上都能生长。但以透水透气性好的沙壤土为好。辣椒对土壤酸碱反应敏感，在中性或弱酸性土壤上生长良好，适宜 pH 5.6～6.8。夏季在黏重、排水不良的土壤上栽培，雨后植株容易发生死亡现象。

第三节　营养特性

一、主要品种

国际植物遗传资源委员会（IBPGR）于 1983 年确认辣椒包括 5 个种，即：(1) 一年生辣椒（C. annuum L.），包括各种栽培甜椒和辣椒的大部分品种，是目前栽培最广泛、生产上最重要的一个种。这个种的特征是花冠乳白色，花药蓝色或紫色，萼片小，色淡，1 节有一个花梗。(2) 浆果状辣椒（C. baccatum），主要在南美洲栽培，此种与一年生辣椒的区别在于其花冠上有黄色、棕褐色或棕色斑点，并有显著的萼芽。(3) 分枝辣椒（C. frutescens L.），即小米椒，作为野生或半驯化植物，广泛分布于美洲热带低洼地区，东南亚也有分布，其特征为花冠乳白色至白色，略带绿色或黄色，花药为蓝色，有些节具有 2 个或多个花梗。(4) 中国辣椒（C. chinense Jacquin），为亚马逊河流域最常见的栽培种，广泛分布于美洲热带地区，这个种类似于木本辣椒，萼下具有缢痕是唯一的区分特征。（5）绒毛辣椒（*C. pubescens* Rui & Pavon），广泛种植于安第斯山区，在美洲中部和墨西哥部分地区也有栽培，是一种独特形态的栽培种，种子浅黑色，多皱纹。

一年生辣椒（*C. annuum* L.）栽培类型及品种很丰富，因此，Bailey 又把一年生辣椒分为 5 个变种：灯笼椒（var. *grossum* Bailey），又称甜椒；长辣椒（var. *longum* Bailey），也称牛角椒；圆锥椒（var. *conoides* Bailey），也称朝天椒；樱桃椒（var. *cerasiforme* Bailey）；簇生椒（var. *fasciculatum* Bailey）。依据辣椒幼嫩果实的颜色，可分为浅绿色、深绿色、白色、酱紫色等类型；依据辣椒果实生理成熟时的颜色可分为红色、橙黄色、紫色等类型。

我国辣椒品种资源丰富，各地都有一些优良的地方品种，由于辣椒变种之间、变种内不同品种间均可相互杂交，生产上培育了很多优良的辣（甜）椒一代杂交种。西南地区栽培面积较大的鲜食辣椒有改良早丰、湘研 15 号、湘研 19 号、苏椒 5 号、渝椒 12 号、早春辣椒、兴蔬 5 号、汴椒 1 号、洛椒 98A、种都 4 号、渝椒 5 号，加工型辣椒有墨香椒、湘辣 4 号、艳椒 132、红椒 589、湘干椒 1 号、辣丰 3 号、川椒 3 号、艳椒 417、艳椒 726、成都二金条、二金条新一号、艳椒 425、朝天 148、世农朝天椒。

1. 改良早丰

重庆市农业科学研究所配组的杂交品种。株高 54cm，开展度 63cm×63cm。叶长卵圆形，绿色，主茎 8~9 节着生第一果。果单生向下，果长灯笼形，嫩熟果浅绿色，果面微皱有浅棱，果顶凹陷。商品果纵径 8.8cm，果肉厚 0.2cm，单果重 35g。短锥椒变种，早熟，从定植至采收约 50d。商品性好，抗逆性强，适应性广，具有较强的抗病毒病和日灼病能力。抗寒，耐热性好，丰产稳产性好。果肉质脆，味微辣带甜，汁中，品质佳。

2. 湘研 15 号

湖南省蔬菜研究所育成的辣味型中熟一代杂交种。植株生长势中等，分枝力强。株高 50cm，株展 58cm。果实长牛角形，色浅绿，果长 17cm，果宽 3.5cm，果肉厚 0.3cm，单果重 35g。肉质细软，辣而不烈。耐热、耐旱，抗病性突出，为国内少有的适应性极强的品种。采收早，且能越夏结果，可秋后采收，采收期长达 170d，是露地采收期最长的辣椒品种。

3. 湘研 19 号

湖南省蔬菜研究所于 1999 年选育的一代杂种。株型紧凑，节间密，植株较矮，株高 48cm，开展度 58cm，分枝多，节间密，叶色深绿。第一花着生节位 10~12 节。果实长牛角形，纵径 16.8cm，横径 3.2m，肉厚 0.29cm，2 或 3 心室，果肩微凸，果顶钝尖；果长，光滑无皱，果直，商品成熟果深绿色，生物学成熟果鲜红色，平均单果重 33g，果皮中等厚，空腔小，适于贮运，肉软质脆，味辣，风味好，品质佳，早熟，从定植到采收 48d 左右，前期果实从开花到采收约 22d。坐果率高，果实生长快，早期产量高且稳定，较耐寒、耐热。

4. 苏椒 5 号

江苏省农科院蔬菜所选育而成的微辣型杂交一代品种。株高 50~60cm，开展度 50~55cm，果实长灯笼形，浅绿色，果面稍有皱，有光泽。果长 9~10cm，果肩宽

4～4.5cm。单果重 25～35g，维生素 C 含量 72.38mg/100g 鲜重。较耐低温，耐疫病，耐黄瓜花叶病毒，抗烟草花叶病毒。该品种果实发育快，连续结果能力强，早期产量高。

5. 汴椒 1 号

开封市红绿辣椒研究所育成的一代杂交种。该品系株高 50cm，株幅 55cm，始花节位第 8～11 节，叶片深绿。中早熟，果实为粗牛角形，长 14～16cm，粗 4～5cm，单果重 80g 左右，肉厚品质好。易坐果，结果集中，青熟果深绿色，老熟果鲜红色，辣味适中。高抗病毒病，耐黄瓜花叶病毒，果实商品性好，耐贮藏运输。

6. 洛椒 98A

洛阳市辣椒研究所于 1998 年育成的大果型辣椒品种。其坐果节位为 8～9 节，但节间缩短，株型紧凑，坐果早而集中，较耐低温和弱光，早期产量明显提高。果长 15～18cm，肩径 4.5～6cm，肉厚 0.3～0.35cm，单果重 80～100g，大果达 150～180g。

7. 种都 4 号

早熟，果面光亮，特长大果呈粗牛角形，抗病毒病。果长可达 18cm，粗可达 5cm，单果重可达 110g，果色绿。该品种果面光亮，果长大肉厚，丰产性高，上市早，成熟后辣椒呈鲜大红色。适宜早春、晚秋、露地、保护地栽培。

8. 渝椒 5 号

重庆市农科所、重庆市蔬菜研究中心选育的中熟杂一代。株型紧凑，生长势强。株高 50～55cm，开展度 50～60cm；第一始花节位为 10～12 节。商品性好，耐贮运，果实长牛角形，果长 20～25cm，横径 3.5～4.0cm。单果重 40～60g。嫩果浅绿色，老熟果深红色，转色快、均匀。味微辣带甜，脆嫩，口味好。抗逆性强，中抗疫病和炭疽病，耐低温，耐热力强。坐果率高，结果期长。

9. 辛辣 8 号

青果嫩绿，鲜食脆嫩、香辣，红果鲜艳，椒条顺直，果实线形多皱，挂果能力特强。上下果整齐，果长 20～25cm，最长可达 30cm 左右，横径 1.5～1.8cm，适宜鲜食、加工和干椒生产。特抗病、耐雨水、耐高温、易种植。

10. 墨香椒

早熟杂一代尖椒。果皮墨绿色，辣味较浓，果长约 15cm，果宽 1.3cm，果面光滑，肉厚，特耐储运，平均单果重约 10g。辣椒素含量与二金条相当，辣红素 71.66％，特别适于辣红素提取加工。抗病性强，特别耐热，连续挂果能力强，可干鲜两用。

11. 湘辣 4 号

湖南省蔬菜研究所于 1998 年育成的胞质雄性不育一代杂种。植株生长势中等，株型开展，分枝好，叶片小，叶色浓绿；果实羊角形，果长 17～20cm，果宽约 1.8cm；青果绿色，老熟果深红色，果实肩部略皱，前后期果实一致性好，单果重 20g 左右，味辣；耐湿热，坐果性好，综合抗性强。该品种为中熟线椒品种，从定植至采收青椒约 48d，至采收红椒约 65d，抗病性强。

12. 艳椒 132

重庆市农业科学院蔬菜花卉所选育的中熟杂一代。生长势较强，株型较开展。平均单株挂果 43.5 个，平均单果重 19.7g。果实为长牛角形，青椒绿色，红椒大红色。平均果长 19.2cm、果宽 2.0cm、果肉厚 0.23cm。从定植到鲜红椒采收时间一般为 98～108d。适宜作酱制加工。辣椒素含量 0.016%，辣红素含量 353.8mg/kg，干物质含量 13.7%，脂肪含量 5.5%。高抗病毒病，抗炭疽病。

13. 湘干椒 1 号

湖南杂一代品种。植株生长势较强，株高 65cm，开展度 88cm×75cm。挂果能力强，果实细羊角形，老熟果深红色，果实纵径 16cm，横径 1.3cm，肉厚 0.13cm，单果重 11g，单株结果数在 80 个左右，单株产鲜椒 800g 左右。易干制，干制后果形直，少皱，半透明，深红色，籽少，味辣，有辛香气味。较抗病毒病、白绢病、疫病等。

14. 辣丰 3 号

深圳生产的杂交一代种。中早熟，植株生长势旺，分枝多，节间较密；连续坐果能力强，节节有果，株高一般 55～65cm，株幅 50～60cm，商品性好，种植容易，适应性广，抗病，不易死苗。

15. 川椒 3 号

四川省杂交种。早中熟，株型开张，株高 55cm，株幅 60cm，果长 22cm，果肩宽 3.5cm，果面光滑，果形顺直，果皮黄绿色，粗羊角形，单果重 50g，味微辣。果大肉厚耐运输。

16. 二金条

四川省地方品种。为早熟辛辣型干椒品种，果实长线条形，果肉较厚，果皮薄，辣椒素（178～376mg/100g）及芳香类物质含量高，嫩果绿色光亮，成熟果鲜红色。宜干制，制酱，制辣椒粉，抗炭疽病的能力较强。

17. 二金条新一号

成都市蔬菜研究所于 1979 年，在地方品种"二金条"生产群体中，采用株系选育方法，选育而成的品种。

18. 艳椒 425

重庆市农科院育成的辣椒杂一代品种。中熟、抗病、耐高温。果实单生、朝天、小羊角形。果长约 7cm，粗 1.2cm，单果重 6.5g。单株挂果 110 个左右。品种辣味重，为干椒和泡椒的理想品种。

19. 朝天 148

重庆市农业科学研究所选育杂一代品种。辛辣朝天类型，中熟种。圆锥形果，红椒大红色。果长 5.0cm，宽 2.6cm，单果重 5g，单株挂果 85 个，辣椒素含量较高，为 1.32%，辣红素含量 31.67mg/kg，果实硬度好，适于泡制、干制，中抗炭疽病、抗病毒病。

20. 世农朝天椒

韩国进口一代杂交种子。辣味较强，口感好，产量高，株形紧凑，节间短，坐果率高，果形优美，商品性好，小果形，簇生，果实生长整齐一致，适于集中采收。

二、营养特性

1. 氮磷钾养分的需求特点

辣椒对氮、磷、钾三要素均有较高的要求。幼苗期植株细小，需求氮肥较少，但需适当的磷、钾肥，以满足根系生长的需要。花芽分化期受氮、磷、钾施用量的影响极为明显，施用量高的，花芽分化时期要早些，数量多些。初（开）花期忌氮肥过多，否则会引起徒长，导致落花落果。辣椒的辛辣味受氮素影响明显，多施氮肥辛辣味降低，供干制辣椒，应当控制氮肥，增加磷、钾肥比例。单施氮肥或磷肥及单施氮、钾或磷、钾肥，都会延迟花芽分化期。盛果期需要大量的氮、磷、钾肥。在生产上，氮、磷、钾肥应配合施用，每生产 1000kg 产品，要吸收 N $3.5 \sim 5.4$kg，P_2O_5 $0.8 \sim 1.3$kg，K_2O $5.5 \sim 7.2$kg，三者之间的比例为 $1 : 0.2 : 1.4$。根据中科院南京土壤研究所研究，水稻、小麦吸收的养分约有 2/3 来自土壤，1/3 来自肥料，而辣椒对肥料的依赖性比粮食作物大得多，3/5 的 N、P 和 2/3 的 K 来自肥料，只有 2/5 的 N、P 和 1/3 的 K 来自土壤。

N、P、K 3 种养分曲线都呈抛物线形（图 5-2、图 5-3、图 5-4），说明任一养分都存在最大施肥量，超过这个临界点将导致产量下降。通过一元二次单因素效应方程的计算，氮肥最高产量（干重）为 288.24kg/亩，最大施肥量 N 为 15.05kg/亩；磷肥最高产量为 291.06kg/亩，最大施肥量 P_2O_5，为 6.29kg/亩；钾肥最高产量为 284.17kg/亩，最大施肥量 K_2O 为 16.66kg/亩。缺钾区产量最低，其次是缺氮区，再次是缺磷区，模型与实际相吻合。

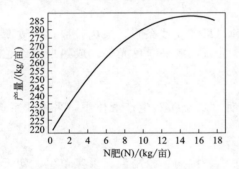

图 5-2　N 肥肥料效应曲线图
（夏兴勇等，2009）

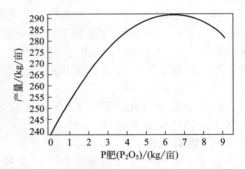

图 5-3　P 肥肥料效应曲线图
（夏兴勇等，2009）

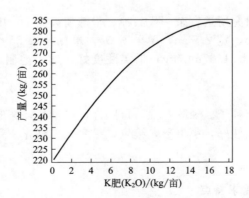

图 5-4　K 肥肥料效应曲线图（夏兴勇等，2009）

2. 干物质积累特征及氮磷钾的吸收规律

从出苗到现蕾由于植株根少，叶小，干物质积累较慢，因而需要的养分也少，约占吸收总量的 5%；从现蕾到初花植株生长加快，营养体迅速扩大，干物质积累量也逐渐增加，对养分的吸收量增多，约占吸收总量的 11%；从初花至盛花结果是辣椒营养生长和生殖生长旺盛时期，也是吸收养分和氮素最多的时期，约占吸收总量的 34%；盛花至成熟期，植株的营养生长较弱，这时对磷钾的需要量最多，约占吸收总量的 50%，在成熟果收摘后为了及时促进枝叶生长发育，这时又需较大数量的氮素肥。

3. 氮磷钾不同用量对品质的影响

（1）对含糖量的影响　氮磷钾三因子中，在其中的两个因子不变的情况下，可溶性总糖含量随另一个因子施用量的增加而增加，但到一定程度反而下降（图 5-5）。并且不同施肥水平之间可溶性总糖含量差异显著。通常情况下，高量施用氮肥会降低蔬菜中的糖分含量。主要是因为氮素水平高时，氮与有机酸合成氨基酸和蛋白质，对由糖转化而来的有机酸的需要量增多，糖消耗大而积累量减少。磷、钾肥的施用在一定范围内也可以提高蔬菜产品中的糖分含量，用量过高时同样会降低果实中含糖量。

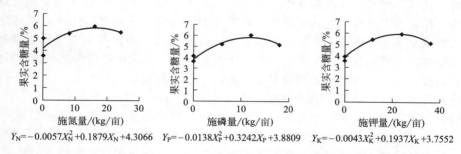

$Y_N=-0.0057X_N^2+0.1879X_N+4.3066$　　$Y_P=-0.0138X_P^2+0.3242X_P+3.8809$　　$Y_K=-0.0043X_K^2+0.1937X_K+3.7552$

图 5-5　不同施肥处理对辣椒果实中含糖量的影响（董俊霞和魏成熙，2009）

（2）对维生素 C 含量影响　很多研究已经证实了适量施用氮磷钾肥能提高蔬菜产品中的维生素 C 含量，但用量过高通常会降低维生素 C 的含量（图 5-6）。钾肥对作物品质影响的研究资料为数极少，特别是大田蔬菜。

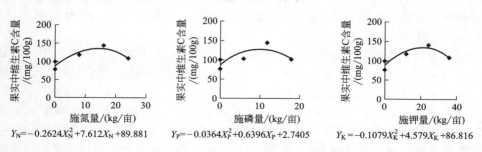

$Y_N=-0.2624X_N^2+7.612X_N+89.881$　　$Y_P=-0.0364X_P^2+0.6396X_P+2.7405$　　$Y_K=-0.1079X_K^2+4.579X_K+86.816$

图 5-6　不同施肥处理对辣椒果实中维生素 C 的影响（董俊霞和魏成熙，2009）

4. 对中、微量元素的吸收

需钙、需镁量大。钙是构成植物细胞壁的重要元素，能促进细胞壁发育、增厚，减少体内营养物质外渗，抑制病菌侵染，从而提高抗病能力。钙还能消除体内过多的有机酸危害，也是多种酶的活化剂。镁是叶绿素的核心成分，没有镁，作物也就失去绿色。对缺硼敏感。硼参与碳水化合物的运转和代谢，硼能刺激花粉的萌发和花粉管的伸长，对促受精过程有特殊作用。缺硼易引起落花、落果，严重时植株生长畸形。

5. 营养元素亏缺与对策

（1）缺氮　症状：辣椒植株生长不良，植株矮小，下部老叶先变黄；缺氮初期根系生长良好，后期停止生长，逐渐变为褐色而死；花蕾脱落增多，坐果少，果实小。对策：①追施氮肥，在缺氮初期可随水追施速效氮肥，施用硫酸铵 6～12kg/亩；②根外追肥，喷施 0.2%～0.3% 的尿素；③合理施用有机肥，有机肥一定要充分腐熟，在翻压绿肥时追施 3～6kg/亩硫酸铵。

（2）缺磷　症状：在苗期多发生，缺磷时辣椒植株下部叶片的叶脉发红，叶缘向上、向内卷曲，植株矮小，幼苗根系生长差，植株僵化，花芽分化受抑制，严重时不能正常结实。对策：①增施磷肥，注重基肥中磷肥的施用，一般在施用有机肥3000～4000kg/亩的情况下，混施 5～6kg 磷酸钙；②根外追肥，喷施磷酸二氢钾 0.2%～0.3%。

（3）缺钾　症状：先出现在中下部老叶，叶尖尖端变黄，有较大的不规则斑点，叶边缘干枯，有的叶缘与叶脉间有斑纹，叶片皱缩，植株下部老叶出现黄褐色斑点，继而发展成枯黄，光合作用受阻，植株矮小，分枝稀疏，结果期果实不能正常发育，果小质量差，后期植株明显早衰。对策：①及时追肥，化学钾肥多为速效钾，故施用钾后作物反应快，缺钾症状能很快得以矫正，一般在初期随水追施 10～15kg/亩硫酸钾；②根外追肥，症状初期喷施磷酸二氢钾 0.2%～0.3%。

（4）缺钙　症状：多发生在植株幼嫩及代谢旺盛的部位，缺钙后叶脉间黄化，茎生长点畸形或坏死，植株停止生长或萎缩；果实出现脐腐病；根尖坏死，根毛畸形。对策：①合理施肥，增施过磷酸钙，适当减少铵态氮肥的施用量；②根外追肥，在着果后用 0.1% 的硝酸钙、0.1% 氯化钙、或 0.1% 过磷酸钙根外追肥。

（5）缺镁　症状：首先出现在中下部叶片上，辣椒缺镁时，叶片为灰绿色，叶脉及其附近为绿色，叶脉间黄化，基部叶片常脱落，植株矮小，坐果少。对策：①基施镁肥，10～15kg/亩硫酸镁，在酸性土壤上施用白云石烧制的含镁石灰，既可以中和土壤酸性，又提高土壤镁含量；②根外追肥，用 1%～2% 的硫酸镁叶面喷施，7～10d 次，连用 2～3 次。

（6）缺硫　症状：与缺氮相似，但缺硫主要发生在植株的上部叶片，表现为幼叶黄绿色，叶柄不能正常生长。对策：①基施硫肥，3.4～4kg/亩硫酸铵；②根外追肥，叶面喷施 0.5%～2.0% 硫酸铵。

（7）缺硼　症状：与缺钙相似，但不引起脐腐病，辣椒植株生长畸形或变黑坏死，叶片皱缩，卷曲，凹陷，老叶叶尖黄化，逐渐向叶缘扩展，主脉红褐色，叶易脆，植株矮小，基部分枝发达，呈丛枝状，落花严重。对策：①基施硼肥，基施硼砂 4～8kg/亩；②根外追肥，叶面喷施 0.2% 硼砂；③及时浇水，土壤干旱时及时浇水，可提高土壤硼的有效性，减少缺硼的发生。

（8）缺锰　症状：首先表现在上部叶片，新生叶片脉间失绿黄化，将叶片对光观察时更为明显，黄绿色界限不清晰，近叶柄处为深棕色，老叶出现小黄斑，以后变褐。对策：①基施锰肥，施用 1kg/亩硫酸锰；②根外追肥，叶面喷施 0.1%～0.2% 的硫酸锰；③改善栽培条件，努力增加温度和光照，土壤干旱时及时浇水；④施用生理酸性肥，如硫酸铵、硫酸钾等肥料施入土壤后，可酸化土壤，提高土壤锰的有效性。

（9）缺铜　症状：首先出现在嫩叶上，表现为叶片变小，叶缘上卷，呈杯状，叶色深绿，严重时叶片畸形、坏死，花粉的育性降低，不能形成果实。对策：①基施铜肥，施用 1.3～2kg/亩硫酸铜，肥效可持续 3～5 年；②根外追肥，在田间已出现缺铜症状或有机质含量高的土壤上，可用叶面喷铜的方法进行矫正，施用浓度为 0.1%～0.4% 的硫酸铜溶液，为避免药害，最好加入 0.15%～0.25% 的熟石灰；③控制铵态氮肥的过量施用。

（10）缺锌　症状：首先出现在上部叶片，表现为叶片发生异常，有不规则失绿，小叶丛生状，新叶出现黄斑，并向全叶扩展，易感染病毒病，节间缩短，植株矮小，生长受抑制，产量降低。对策：①基施锌肥，施用 1kg/亩硫酸锌（$ZnSO_4 \cdot 7H_2O$），肥效可持续 1～2 年；②根外追肥，可叶面喷施 0.2%～0.3% 的硫酸锌；③磷肥不能施用过多，地膜覆盖，提高地温，增强根系对锌的吸收能力。

（11）缺钼　症状：首先出现在中下部叶片上，表现为叶黄绿色，幼苗黄化，严重时焦枯坏死。对策：①基施钼肥，施用 0.27～0.34kg/亩钼酸铵，由于磷能促进钼的吸收，与磷肥混施，效果更佳；②根外追肥，常用方法为 0.005%～0.01% 的钼酸铵溶液叶面喷施；③施用石灰，在酸性土壤上施用石灰，可增加土壤中钼的有效性。

（12）缺铁　症状：首先出现在幼叶上，表现为新生叶长出后白绿色，植株原长出的小叶开始变为杏黄色，随着叶片的生长，叶片尖端仍保持绿色，靠近叶柄处逐渐变为黄绿色或绿黄和绿色相间的花斑，即网状失绿，白化严重的叶片变厚、变脆，边缘略向上卷曲；缺铁严重时，叶片上出现坏死斑点，最后导致叶片脱落；根系变粗、变硬，几乎不能长新根。对策：①基施铁肥，由于铁肥（硫酸亚铁）不稳定性，加之缺铁多发生在石灰性土壤上，故铁肥基肥肥效很低，为提高铁肥效果，可将硫酸亚铁等铁肥与有机肥混合，用条施或穴施等方法集中施用；②根外追肥，由于亚铁在喷到叶面上后很快被空气氧化，且铁在植物体内移动性小，故在采用叶面喷施铁肥时，应多次喷施才有效，方法为 0.5%～1.0% 的硫酸亚铁与 0.1% 的尿素混合喷施；③控制浇水，在石灰性土壤上适当减少浇水，可提高铁的有效性。

第四节　栽培季节和栽培制度

一、栽培季节

辣椒是中国的主要蔬菜，全国各地均有栽培。由于各地的地理纬度不同，所以适宜的栽培季节有很大差异。

华南地区和云南省的南部，辣椒一年四季都能栽培，但最适栽培时期为夏植和秋植。春季栽培于上年 10～11 月播种育苗，苗期 80～90d，1～2 月定植，4～6 月采收；夏季栽培播种在 1 月下旬至 4 月上旬，苗龄 60d，定植期为 3 月中旬至 6 月上旬，采收期 5～9 月；秋植的播种期在 7～9 月，苗龄 30～40d，定植期为 7～10 月，采收期为 10 月～翌年 1 月。夏、秋两季辣椒避开了高温和寒冷天气，在露地条件下能正常生长，因此产量较高。

四川、云南、贵州、湖北、湖南、江西、陕西和重庆等省、直辖市，是我国最大的辣椒产区和辣椒消费区。露地栽培一般在上年 11～12 月播种，4 月定植，5 月下旬至 10 月中旬采收，收获期可达 6 个月。7、8 月的高温对辣椒的生长发育有一定的影响，但只要栽培管理措施得当，仍能正常开花结果。

在东北、内蒙古、新疆、青海、西藏等蔬菜单作区，辣椒播种期一般在 2 月下旬至 3 月上旬，定植期 5 月中下旬，收获期为 7～9 月。在一些以干制为栽培目的地区，可适当晚植，使其顶部果实能够在相近时期红熟。

在华北蔬菜双作区，露地栽培分春提前和秋延后两个茬口，春提前栽培多在阳畦、塑料大棚中育苗，终霜后定植，夏季供应市场，播种期一般在 1 月份，定植期在 4 月下旬至 5 月上旬；秋延后则在 4 月上旬至 5 月下旬露地播种育苗，6 月中旬至 7 月上旬待露地春菜收获后或麦收后定植，8 月上旬至 10 月下旬供应市场，也有地区从春季至秋季一年进行一大季露地栽培。

此外，为了克服我国南方部分地区 7～9 月份的高温、干旱、台风、暴雨的影响，在长江流域、华南地区可发展高山露地辣椒栽培技术。因为在海拔 800～1200m 的山区，平均气温比平原低 3～6℃，昼夜温差大，降雨量多，有利于辣椒的生长发育。一般在 3 月下旬至 4 月上旬播种，5 月下旬至 6 月上旬定植，7 月下旬至 10 月采收。

二、栽培制度

辣椒喜生茬，忌重茬连作，要求选择 3 年以上没有种过茄科蔬菜的地块种植。因为同科作物病虫害相近，连作会使病虫害更猖獗；同科作物根系吸收土壤营养元素大致相同，连作会造成土壤中一些元素缺乏，而另一些元素积累过多；同科作物分泌物大同小异，连作会影响根系有益微生物的共生体系，间接影响作物生长。所以，轮作有利于辣椒高产。

在常年的菜地上种辣椒宜选用前作为葱、蒜、豆类、蔬菜的地块，因葱蒜可杀菌，豆类可培肥地力。为了充分利用土地资源，提高单位面积的经济效益，我国菜农创造了多种间套种方式，如辣椒-小麦套种、辣椒-春玉米套种、西瓜-晚辣椒套种、蕌头-辣椒-结球甘蓝套种、辣椒-甘蔗套种、辣椒与水稻轮作等。提倡辣椒与粮食作物轮作，尤其水旱轮作效果良好。水旱轮作的改土、防病作用：常年连作水稻，在长期淹水条件下，土壤板结，通透性差，土壤中心带还原性有害物质累积，而长期种菜的旱地由于水分蒸发，土壤中各种盐分沿毛细管上升，聚集于土壤耕作层，不利于根系生长和对养分的吸收；又由于大量施肥，尤其是大量施化肥使土壤酸化，土壤结构也会被破坏。实行水旱轮作，通过干湿交替、深耕晒地，利于土壤团粒结构的形成，改善土壤的理化性状；另外，种一茬水稻，田里淹水 3 个月以上，可以把危害辣椒的害虫及多种病害的病原菌大多数都消灭掉，从而减轻发病，尤其是对辣椒白绢病、青枯病的预防效果好。辣椒与水稻轮作对水稻也有利：一是种植辣椒施肥较多，剩余的肥料正好供水稻吸收和利用；二是水稻的二化螟、三化螟、大螟隐藏于禾苑的幼虫及蛹在轮作辣椒或其他蔬菜后被翻耕深埋，加上使用地膜覆盖，其生存条件被破坏，大部分将被消灭，危害水稻的病害，其病原菌也会在轮作辣椒或其他蔬菜，通过田园清洁、去除杂草、翻耕晒地而被消灭一部分，从而大大减轻水稻的病虫害。

第五节　栽　培　技　术

一、育苗

1. 育苗地的选择

应选择地势高、避风向阳、排灌方便、避免与茄科作物连茬的地块做育苗地。苗床棚地要求前茬 2～3 年未种过茄果类、瓜果类以及烟草等作物。夏秋将育苗棚土翻挖，盖上薄膜，经太阳烤晒，高温消毒，入秋后揭去薄膜，盖上棚膜防雨淋，施适量石灰整平后备用。育苗床土宜用未种过菜的大田土壤，加入适量的已充分腐熟的有机肥，土壤和有机肥的比例一般为 6：4。如肥力不足，也可加少量的速效肥，如 0.1%～0.2% 的过磷酸钙或三元复合肥。加入适量的石灰，可降低土壤酸度，增加土壤中的钙质。对于黏性土壤，可加 10%～20% 的粗沙、蛭石或珍珠岩。

2. 营养土消毒

（1）用福尔马林消毒　用 100 倍的福尔马林喷洒苗床，拌匀后堆成堆，用塑料薄膜覆盖闷 2～3d，然后揭开薄膜，经 7～14d，土壤中的药气散尽后使用。福尔马林消毒可防治猝倒病和菌核病。

（2）用代森铵消毒　用 50% 代森铵水剂，加水稀释 200～400 倍，浇灌在床土上，每平方米床土浇药液 2～4kg，可防立枯病。配制好的营养土可直接铺于畦上。

3. 药剂浸种

为防治辣椒炭疽病和细菌性斑点病，可先用清水预浸种 5～6h，再浸入 1% 硫酸铜溶液 5min，为中和酸性，可将种子放在 1% 石灰水中浸沾一下，或将浸过的种子先阴干再拌草木灰。用 150 倍福尔马林液浸种 15min 也有良好的效果。防治病毒病则应先用清水预浸种 5～6h，再浸入 10% 磷酸三钠溶液和 0.1% 平平加溶液 15min 抑制病毒侵染。

4. 催芽

浸种后种子洗涤，晾干，装入布袋，置于 25～30℃ 处催芽。浸种时每天用温水清洗、翻动，5～6d 后 50% 以上露白，即可播种。

5. 播种

每亩播 100～120g，需播种床 2～3m²，播种期按当地定植向前推 80～90d。播前整平床土，浇透水，水渗后撒一薄层床土。晴天上午或中午均匀播种，播后覆盖掺细沙的床土 0.5cm，幼苗拱土时再覆 0.5～0.8cm 床土，以防一次覆土过厚出苗困难或覆土过薄出芽后易抽干而影响出苗。播后及时用塑料薄膜将苗床封严，以保持适宜的苗床温度和湿度，促进顺利出苗。

6. 苗床管理

（1）温度　苗前不放风，土温保持 28～30℃，促进快发芽。辣椒齐苗后适当放风，降低棚内温度，防止幼苗徒长。保持白天 20～25℃、夜间 10～15℃、地面 20℃，可促进幼苗健壮，播得较早的苗，苗齐后尽量控制其生长速度。苗齐后应增加光照，促进幼苗的光合作用，并适当通风。分苗昼温为 28～30℃、夜温为 20℃左右，3d 后即可缓苗。缓苗后温度可降至 20℃左右。

（2）水分　育幼苗的土壤湿度宜偏小。当幼苗 2～3 片真叶时，如土壤干旱可用喷壶喷水。4～5 叶时如干旱可将沟灌满水，使水慢慢渗到畦内土壤里，要灌透以减少灌水次数。

（3）疏苗　当幼苗 1～2 片真叶时要疏苗，去弱留壮，拔除杂草，防止拥挤。株距 3～4cm，每畦留苗 17000 株左右，可栽 1333m² 大田。

（4）炼苗　在定植前 15d，在小拱棚顶部破口放风炼苗，使幼苗逐步适应外部环境，提高移栽成活率。

二、定植

1. 选地、整地

辣椒对土壤的适应性较强，红壤土、稻田土、河岸沙壤土都宜种植，但要求地势高燥、土层深厚、排灌良好、土质疏松肥沃。切忌与茄科作物连作，最好采用水旱轮作。种植辣椒的地最好冬季深耕，耕后任其日晒，以改良土壤的结构，消灭部分病虫源，减轻病虫的危害。定植前结合施基肥，然后整地作畦。土壤比较干爽时方可整地作畦，切忌湿土整地，以免土壤板结成块。酸性土壤，整地时可结合施用石灰，一般亩施 100kg 左右。辣椒栽培一般采用深沟、高畦、窄畦，以便于排水灌溉。按南北向开沟，沟距一般为 80～100cm。开好沟后，在畦中间开浅沟，施入基肥，待定植。基肥以农家肥为主，可用厩肥、人粪尿、鸡粪、禽畜毛等堆沤肥。每亩一般施用农家肥 4000kg 左右、过磷酸钙 50kg、硫酸钾 15kg。施肥结束后，用土覆盖好，防止肥料挥发损失。

2. 定植

提早定植有利于延长发棵期、早封垄和提高前期产量。但辣椒喜温怕霜冻，定植过早，尚未断霜易受冻害；定植过晚，炎夏来临前发棵期缩短，且大龄苗定植后缓苗慢，不能及早封垄，落花落蕾严重，明显影响早期产量和中后期产量。定植期主要决定于露地的温度状况，原则上应在晚霜过后，10cm 深处的土温稳定在 15℃左右即可。要选择寒流过后的"冷尾暖头"的晴朗天气定植，露地栽培最忌雨天栽苗。具体栽植密度因品种、土壤条件、肥水管理而异，一般每畦栽 2 行，行距 33～45cm，株距 30～45cm。同时，应根据当地种植习惯，采用单株或双株种植。不同品种种植密度有所不同，一般每亩种植 3500～5000 株，早、中熟品种其株型、株幅小，定植密度可适当加大，晚熟品种株型较大，株幅大，定植密度应适当缩小。移植过程中起苗要尽量少伤根、多带土，轻拿轻放。栽植深度同秧苗原入土深度一致。营养杯育苗的，将其倒转过来，杯底朝上，轻轻拍打杯底，苗坨会自然落出。育苗盘育苗的，可用手捏紧幼苗茎基部，即可带出苗坨。用小锄头挖开或用手挖开定植穴，把苗坨放于穴中，用土封严。定植后立即浇定根水，水量要足，使土壤充分湿润。夏、秋季定植后1个星期内，中午最好用遮阳网或稻草等其他覆盖物遮挡部分阳光，防止晒伤秧苗，并可减轻病毒病的发生。

三、田间管理

1. 查苗、补苗

辣椒定植后，由于水、肥、农药、病虫害等可能引起死苗、缺苗，应及时查苗，发现缺苗，宜在晴天下午进行补苗。

2. 水分管理

辣椒定植后，要经常浇水，保持土壤湿润。生产实践中，应根据天气情况灵活掌握浇水次数和浇水量。天气晴朗，温度高，蒸发量大，要增加浇水次数和浇水量，以保证土壤湿润。低温季节，加上阴天，如果土壤湿润，可少浇水或不浇水，以保证地温不下降，直到表土稍干时再浇水。辣椒根系生长要求土壤通透性好。因此，在多雨季节要做好田间排水、防涝工作。田间积水会使根系窒息，影响根系正常的生长和养分的吸收，轻者造成根系吸收能力降低，导致植株体内水分失调，引起落叶、落花和落果；重则造成植株萎蔫、沤根和死株。西南部分地区7月初开始进入高温干旱季节，浇水远远满足不了植株生长的需要，并且浇水越多菜地越板结，影响土壤的通透性。连续高温干旱时间长，应进行沟灌。沟灌宜在下午或早上天气比较凉时进行。要灌跑马水，急灌、急排。进水要快，土壤湿透后，立即排干，灌水时间不能过长。水不能溢过畦面，以低于畦面6～10cm为宜，否则会引起根系窒息和诱发病害。

3. 追肥

辣椒生育期很长，为了保证生育期有充足的养分，除了施足基肥外，还要根据辣椒的生长情况进行合理的追肥。不同生育期对养分的需求也不同。养分的吸收主要集中在结果期。一般，早熟品种开花结果早，营养生长弱不利于高产，应加强早期追肥，增施氮肥。保证植株幼苗期适当地徒长，有利于提高产量；晚熟品种，营养生长旺盛，生殖生长迟，应控制早期追肥，减少氮肥施用量，增加磷、钾肥用量，防止徒长，促进开花结果。

（1）土壤追肥　追肥应氮、磷、钾三要素配合施用，分期进行。追肥的原则是：轻施苗肥，稳施花肥，重施果肥。施肥要结合淋水进行。一般在施完肥后立即淋水，不但可以冲洗干净叶片，以免烧叶，还可淋湿土壤，有利于根系吸收养分。①生长初期。追肥以磷肥、氮肥为主，以促进幼苗发根、植株生长和花芽分化。该时期，根系小而弱，尚未伸展开，难以吸收到基肥。一般在定植后7～10d，缓苗结束后，进行第1次追肥。追肥可用腐熟的稀粪水淋蔸，或每亩用6kg复合肥＋3kg尿素溶于水，稀释成0.5％的水溶液淋蔸。②生殖生长初期。从第1朵花开放至第1次采收，是辣椒由营养生长为主过渡到生殖生长与营养生长并进的转折时期。该时期植株易因徒长而落花。管理上要控制施用氮肥，增施磷、钾肥，追肥要"稳"。追肥以施磷、钾肥为主。并要根据植株生长情况进行。生长势较差、叶片较黄的田块可追施腐熟的稀粪水，或用0.5％的氮磷钾三元复合肥水淋蔸（每亩用复合肥5～10kg），以促进开花与结果。追肥可以结合中耕进行。③结果初期。此期植株不但进行营养生长，不断分化出新的枝叶，还进行旺盛的生殖生长，开花坐果量大。植株需要充足的养分供应，应及时补充。一般每亩施用三元复合肥 25～30kg＋尿素 10kg。方法是在行间埋施，施完后用土盖严，以防受热挥发，降低肥效。追肥可结合培土进行。④盛果期。一般每隔 10～15d 追肥 1 次，追肥可用腐熟的粪水或用复合肥加尿素进行，具体施用量根据植株生长情况而定。

　　（2）根外追肥　追肥过程中结合根外施肥效果较为显著。植株生长前期根系较弱，或后期植株趋向衰老、根系吸收能力弱，或土壤中缺乏某些微量元素时，根外追肥的效果很好。根外追肥叶片能迅速吸收，肥料利用率高。根外追肥要严格控制肥料浓度，以防烧伤叶片，产生肥害，影响生长。苗期植株叶片较柔软，浓度要偏低些；成株期后可适当高些；气温高时浓度要低一些。根外追肥宜在阴天或晴天上午露水干后及下午喷施。根外追肥可用氮磷钾三元复合肥或磷酸二氢钾或尿素的 0.5％水溶液喷雾。根据植株生长情况决定叶面追肥的次数。初花期至盛花期，用 0.2％的硼砂水溶液或 0.1％的硼酸水溶液喷施 2～3 次，可加速花器官的发育，提高结实率。开花期至初果期，用植物动力 2003 或高美施 1000 倍液喷施 2～3 次，可促进植株健壮生长，增强抗病性，提高结实率。

　　4. 中耕、培土和整枝

　　（1）中耕　一般在辣椒定植后 10d 进行第 1 次中耕。辣椒缓苗后，如果天气晴朗无雨，中耕前 2～3d 停止浇水，并开始蹲苗。中耕要在土壤比较干燥时进行。中耕要浅，靠近根系处宜浅，尽量少伤根，距离植株远处可稍深。中耕过深伤根严重，易诱发青枯病。中耕结合除草进行，既可疏松土壤，提高土壤通气性和土壤温度，促进根系的生长发育，还可避免追肥的肥料流失。蹲苗是通过适当控制水分，促进根系向纵深发展，使植株形成强大的根系，有利于以后开花结果，提高产量。蹲苗时间的长短可根据辣椒品种和当地的气候条件而定。一般早熟品种蹲苗要轻，蹲苗时间要短；晚熟品种蹲苗可稍重一些，时间可长一些。空气相对湿度较高时，蹲苗时间可长一些；反之，蹲苗时间不能太长。一般在门果长达 2～3cm 时结束蹲苗。蹲苗结束后要及时施促花肥，并结合浇水，增加土壤和空气的湿度，以促进开花坐果。

　　（2）培土　一般在植株封行前进行最后一次中耕，并进行培土，加厚根际土层，降低根系周围的地温，有利于根系生长发育，防止倒伏；同时有利于提高行间通风透光性，降低湿度；减少病虫害的发生。结合培土可以追施花生麸、禽畜粪等农家肥，或追施复合肥。培土后应及时浇水，以促进根系对养分的吸收。辣椒封行后，杂草大大减少，可以用人工拔除。

　　（3）整枝　在第 1 个果坐果后，及时将分杈以下的侧枝全部摘除，以免夺取主枝营养，影响果实发育。并及时摘除下部的枯、黄、老叶，以利于通风透光。

四、病虫害防治

　　1. 主要病害防治

　　（1）辣椒病毒病　在全国各地均有发生，且危害程度日趋严重，是辣椒生产的重要病害之一。引起辣椒病毒病的病毒有多种，但主要有黄瓜花叶病毒和烟草花叶病毒。烟草花叶病毒可以在烟草制品、干燥的病株残体、种子表面及土壤中的病残组织中越冬。黄瓜花叶病毒则多在其他寄主中越冬。黄瓜花叶病毒和烟草花叶病毒均可通过蚜虫传播，但烟草花叶病毒主要靠接触及伤口传播，黄瓜花叶病毒则主要由蚜虫传播。病害发生与气温关系密切，遇到高温干旱天气，易促进蚜虫传毒而导致病毒流行。此外，连作地、肥力差的地块发病重。辣椒病毒病常见症状有四种：花叶、黄化、坏死和畸形。①花叶是辣椒植株上出现最早、最普遍的症状，主要表现为病叶出现浓绿和淡绿相间的斑驳；根据严重程度不同，花叶又分为轻花叶和重花叶。轻花叶叶片基本平整，重花叶叶片上有泡状斑、皱缩，叶面常常凹凸不平。②黄化常常表现在心叶、嫩叶明显变黄，有时整株或局部也有较多黄叶，出现落叶现象。③坏死是指病株部分组织变褐坏死，出现条斑、顶枯、坏死斑驳及环斑等，引起大量落叶、落花、落果。④畸形即病株变形，如叶片呈线条状，或植株矮小，分枝极多呈丛枝状、不结果或少结果。防治方法：①选种抗病、耐病品种；②清洁田园，避免重茬，可与葱蒜类、十字花科和豆类轮作；③实行种子消毒，采用10％磷酸三钠溶液浸种20～30min后清水漂洗干净催芽播种；④灭蚜防病，在蚜虫发生期间，喷洒73％克螨特乳油2000倍液，或21％灭杀毙乳油6000倍液，或2.5％溴氰菊酯乳油3000倍液，或2.5％功夫乳油4000倍液；⑤发病初期喷20％病毒A可湿性粉剂500倍液，或1.5％植病灵乳剂800倍液，或5％病毒菌克水剂700倍液；发病较重时喷0.1％的医用高锰酸钾水溶液（不能与任何杀菌剂、杀虫剂、生长激素混用）。

（2）辣椒疫病　病原：*Phytophora capsici*。是辣椒栽培中最重要的土传病害，在全国各地露地和保护地栽培的辣椒上普遍发生。该病在苗期，茎基部产生暗绿色腐烂，小苗倒伏，成株期叶片受害，病斑近圆形、暗绿色，没有明显边缘，环境湿热扩展很快，使整个叶片腐烂；茎和果实发病，形成暗绿色至暗褐色腐烂，发展很快，往往整个果实腐烂，腐烂处长1层薄薄白霉。该病的致病菌如真菌中鞭毛菌亚门疫霉属辣椒疫霉菌，以卵孢子和厚垣孢子在土壤里和病株残体上越冬，或随种子带菌。翌年环境条件适宜时，越冬的卵孢子和厚垣孢子萌发管侵入寄主，并在病株上产生孢子囊和游动孢子，孢子囊和游动孢子随气流、雨水和灌溉水传播，进行再侵染，以致使该病流行。据观察，高温、高湿、土壤积水，或干旱时大水漫灌，以及多年连茬地块，普遍发病，且危害严重。防治方法：①合理轮作，前茬收获后及时清理田园，集中处理残枝落叶，采用与水稻、玉米、豆类、十字花科蔬菜、葱蒜类蔬菜3年以上轮作；②平整土地，防止田间积水，南方采用高畦覆盖地膜栽培，北方地区要改良灌溉技术，尽量避免植株基部接触水，提倡软管滴灌法；③选用抗病、耐病品种；④发现中心病株后，可用72.2％霜霉威水剂500倍液局部浇灌，药液量2～3kg/m²；或用25％甲霜灵可湿性粉剂500倍液，或64％的杀毒矾可湿性粉剂500倍液，或58％甲霜灵锰锌可湿性粉剂400～500倍液，或40％甲霜铜可湿性粉剂500倍液等喷雾。注意在无雨的下午进行施药。

（3）辣椒疮痂病　病原：*Xanthomonas campestris* pv. *vesicaroria*。又名细菌性斑点病，主要危害叶片、茎蔓、果实；叶片染病后初期出现许多圆形或不规则状的黑绿色至黄褐色斑点，有时出现轮纹，叶背面稍隆起，水泡状，正面稍有内凹；茎蔓染病后病斑呈不规则条斑或斑块；果实染病后出现圆形或长圆形墨绿色病斑，直径0.5cm左右，边缘略隆起，表面粗糙，引起烂果。防治措施：①实行轮作，与非茄科蔬菜轮作 2～3 年；②在无病新土育苗，以防种子带病菌；③种子消毒，用 50℃温水浸种 30min，或 0.1%硫酸铜溶液浸种 5min；④高畦种植，避免积水，做到下雨地里不积水；⑤发病初期，喷农用链霉素 200～250mg/kg 或 20%龙克菌悬浮剂 500～700 倍液，隔 7～8d 喷 1 次，连续喷 2～3 次。

（4）辣椒炭疽病　病原：*Colletotrichum coccodes* 和 *C. capsici*。辣椒的重要病害。辣椒炭疽病主要危害果实，也可危害叶片和茎枝。被害椒果轻则出现圆形或椭圆形稍凹陷的褐色果斑，斑面出现轮纹状排列的小黑点，湿度大时转呈朱红色小点，均为本病病征（病菌分孢盘及分生孢子）；重则引致果腐，致果实呈褐色、黑褐色腐烂，腐烂部密生小黑点或朱红色小点（病征），不能食用。病果在田间或在贮运期间皆可发生，后者有时产生的危害更为严重，常引起更大损失。茎枝染病，枝段变灰褐色至灰白色枯死，其上密生小黑点病征，病枝段上部的叶片枯萎。叶斑圆形至不定形，边缘褐色，稍隆起，中部灰褐至灰白色，斑面轮纹明显或不明显，病叶易脱落。防治方法：①从无病果留种，减少初侵染菌源。若种子有带菌可能，可用 50%多菌灵可湿性粉剂 500 倍液浸种 1min，冲洗干净后催芽播种。②清除病残体，收后播前翻晒土壤；施足优质有机底肥；高畦深沟种植，便于浇灌和排水降低畦面湿度；适当增施磷钾肥；田间发现病果随即摘除带出田外销毁。③发病初期，用 80%炭疽福美可湿性粉剂 600～800 倍液，或 50%多菌灵可湿性粉剂 500 倍液，或 70%甲基托布津可湿性粉剂 800～1000 倍液，或 10%世高水分散性颗粒剂 800～1000 倍（瑞士诺华公司新产品），隔 7～10d 喷 1 次，连续喷 2～3 次。

（5）辣椒叶枯病　病原：*Stemphyliym solani*。又名灰斑病。主要危害叶片。多先从下部叶片发病，初时叶片上产生褐色小斑点，迅速扩展成圆形或不规则形病斑，病斑 2～10mm 大小不等，中间灰白色，边缘深褐色，有同心轮纹，后期有时从病斑中央坏死处穿孔。病叶严重时许多病斑相连造成落叶。防治方法：①种子消毒，加强苗床管理，培育无病壮苗；②重病地与非茄科蔬菜进行 2～3 年轮作；③适当控制灌水，灌水后中耕松土，雨后及时排除田间积水，防止湿气滞留；④做好田间卫生，收获后彻底清除病残体，深翻土壤；⑤药剂防治可用 50%多霉灵 800 倍液，或 50%甲霜铜 600 倍液，或 40%灭病威 500 倍液，或 68%倍得利 600 倍液，或 80%大生 1000 倍液，或 64%杀毒矾 500 倍液。

（6）辣椒灰霉病　病原：*Botrytis cinerea* Pers.。该病是由真菌引起的。危害幼苗、叶片、茎枝、花器和果实。幼苗发病时子叶先端变黄，后扩展到幼茎，茎缢缩变细。叶片发病时病部腐烂，长出灰色霉状物。茎部发病时出现水浸状不规则病斑，后变灰白色或褐色，病斑绕茎一周，上部枝叶萎蔫枯死，病部表面生灰白色霉状物。花器发病时花瓣呈褐色，水浸状，上密生灰色霉层。果实发病在幼果上顶部或蒂部附近形成褐色水浸状病斑。灰霉病的最大特点是在病部生成灰色霉层。防治方法：①床内要保持较高的温度和良好的通风条件，发病期应尽量控制浇水，降低床内湿度；②彻底清除中心病株并喷药消毒；③发病前和发病初期喷 40%施灰乐悬浮剂 800～1000 倍液喷雾 1～2 次。

（7）青枯病　该病危害初期仅个别枝条的叶片或 1 张叶片的局部呈现萎蔫，后扩展到全株。叶片初呈淡绿色，后变褐枯死。病茎外表症状不明显，纵剖茎部木质部变褐，髓部腐烂空心，横切面保湿后可见乳白色液溢出，有别于枯萎病。该病为土传病害，在高温多湿的条件下极易发生。防治方法：①实行水旱轮作；②深沟高畦种植；③定植后用氧氯化铜 800～1000 倍液淋根部和喷洒植株等；④发病初期喷或淋 200 国际单位硫酸链霉素，或用 77％可杀得 500 倍液与硫酸链霉素 4000 倍液交替灌根，每株 250g，隔 7～10d 一次，连用 2～3 次。

2. 主要虫害防治

（1）蚜虫 蚜虫以成虫和若虫群居于叶背、花梗或嫩茎上，吸食辣椒汁液，分泌蜜露。被害叶片变黄，卷缩。嫩茎、花梗被害呈弯曲畸形，影响开花结实，植株生长受到抑制，甚至枯萎死亡。蚜虫还可传播多种病毒病，加重病毒病发生。防治方法：①清洁田园，清除田间及其附近的杂草，减少虫源；②银灰色薄膜覆盖栽培，利用蚜虫对银灰色有负趋性的特点，达到避蚜防病的目的；③黄色诱虫，利用蚜虫对黄色有趋性的特点，在田间设置黄色诱虫板，诱杀有翅蚜，黄色板大小 1m×0.2m，黄色部分涂上机油，插于辣椒行间，高出植株 60cm，每亩放 30 块；④药剂防治，在初发阶段，用 10％高效大功臣可湿性粉剂 1000 倍液，或 50％抗蚜威可湿性粉剂 1000 倍液，或 10％多来宝乳剂 1000 倍液，或 10％虫螨灵 3000 倍液，或 50.5％农地乐 1500 倍液，或 47％乐斯本乳剂 1000 倍液等，交替使用，每隔 7～10d 一次，连续 2～3 次。

（2）红蜘蛛 若虫和成虫在寄主的叶背面吸取汁液，受害叶初现灰白色，严重时变褐色，造成叶片脱落、植株早衰、果实发育慢、缩短结果期、影响产量。初发时先在田边点片发生，逐步向田中央扩散，直至全田。喜高温干旱环境，故干旱年份易重发，田间杂草多，往往发生重。防治方法：①栽培中选用无螨秧苗，选用早熟品种，避开害螨发生高峰；②清除田间杂草；③药剂防治，15％哒四螨可湿性粉剂，或 5％蓟马螨清乳油，或 3％蓟螨无踪乳油，或 40％金螨蛆乳油，或 3％蚜螨齐杀可湿性粉剂进行喷雾防治。

（3）烟青虫 俗称钻心虫，以幼虫蛀食寄主的蕾、花、果实为主，造成落蕾落花、落果或虫果腐烂。如不防治，蛀果率达 30％，高的可达 80％。有时也能危害嫩叶和嫩茎，食成孔洞。防治方法：①冬季翻耕灭蛹；②及时摘除虫蛀果，消灭果内幼虫，防止转果为害；③栽烟诱集越冬代成虫产卵，集中消灭；④黑光灯、杨柳树枝把诱杀成虫；⑤药剂防治，0.6％菜宝乳油，或 1％维它灭乳油等喷施。

（4）茶黄螨 辣椒被害后叶背面呈油渍状，渐变黄褐色，叶缘向下弯曲，叶片呈现纵卷，幼茎变黄褐色，受害严重的植株矮小，丛枝，落花落果，形成秃尖，果柄及果尖变黄褐色，失去光泽，果实生长停滞变硬。防治方法：①轮作，辣椒等茄类、黄瓜、马铃薯、豇豆、菜豆的茶黄螨寄主地实行轮作，间隔 2～3 年，实行水旱轮作；②开沟排水，排除田间渍水，降低田间湿度；③适时用药防治，茶黄螨生活周期短，繁殖力极强，应特别注意早期防治，第 1 次用药时间在 5 月中旬，注意检查，当有虫株率 10％，卷叶株率达 2％时，或者在初花期喷施。以后每隔 10～15d 喷 1 次，连续防治 3 次，可控制危害，1.8％虫螨克 4000 倍液，或 15％哒螨酮 3000 倍液，或 73％克螨特 2000 倍，20％三唑锡 2500 倍液等均有很好的防效。

（5）西花蓟马 又名苜蓿蓟马。是我国危险性外来入侵生物，2003 年春夏在北京局部地区暴发成灾，每朵辣椒花上有成、若虫百多头，为害严重。成虫在叶、花、果实的薄壁组织中产卵，幼虫孵化后取食植物组织，造成叶面褪色，受害处有齿痕或有白色组织包围的黑色小伤疤，有的还造成畸形。西花蓟马还可传带番茄斑萎病毒（TSWV）和烟草环斑病毒（TSV），造成整个温室辣椒或番茄染上病毒病，造成植株生长停滞，矮小枯萎。防治方法：①严格检疫，并查明在我国的分布现状，防止其扩散；②在西花蓟马大规模扩散之前，采取相应的隔离措施；③用蓝色板（黄板也有较好效果）诱捕成虫和监测虫情；④抓住花期药剂防治，如 3.2％甲氨阿维氯微乳剂 5000 倍液，或 50％敌氟腈乳油 500 倍液，或 5％菜香园悬浮剂 600 倍液，鱼藤精 800 倍液，99.1％敌死虫乳油 300 倍液，10％吡虫啉可湿性粉剂 1000 倍液，或 17.5％蚜螨净可湿性粉剂 1000 倍液，25％毗辛乳油 1500 倍液，或 4.5％高效氯氰微乳剂 2500 倍液，2.5％多杀菌素悬浮剂 1200 倍液，使用氯氰菊酯的，采收前 3d 停止用药。

第六节　采收、贮藏与加工

一、采收

辣椒是无限花序作物，在适宜的温光和充足的肥水条件下，能不断开花结果，适时采摘有利提高辣椒产量。采收过迟不利植株将养分往上部转送，影响上一层果实的膨大，但也不能采收过嫩，过嫩的话，因果实的果肉太薄，色泽不光亮，影响果实的商品性，产量降低。青椒采摘的标准是：果实表面的皱褶减少，果皮色泽转深，光洁发亮。从开花到成熟时间约 25～30d。红椒也不宜过熟，转红带紫色就摘，过熟水分丧失较多，品质和产量也相应降低，不耐贮运。从成熟到转红时间约 25～30d。采摘时间应在早晚进行，中午因水分蒸发较多，果柄易脱落，容易伤树，摘时不可左右翻动，摇动植株。

二、贮藏

1. 采前处理

首先应选择耐贮藏、运输的品种。一般水分含量高、皮薄、空腔大的品种不耐贮运；肉厚、皮厚、蜡质含量高、水分含量中等、空腔小的品种耐贮运。确定品种后，栽培过程中应注意多施有机肥，不要多施氮肥；注意浇水量，采摘前 3d 内不宜大水灌溉；减少田间果实发病率和烂果率，采前 10d 左右喷一次广谱杀菌剂；根据采收后的用途、运输的距离、贮藏加工条件而适时采收，红色的辣椒果实只适于就地销售和短距离运输加工，紫红色果适于长途贩运和短暂贮藏，绿色果适于长期贮藏和长途运输。最后一次采收宜在霜冻前进行，采收要用剪刀或刀片割断果柄，减少手摘造成的机械损伤。操作时轻拿轻放，避免损伤。

2. 采后预处理

采后必须立即进行预贮、愈伤、杀菌处理。预贮的措施主要是预冷，在产地采收后立即进行，可摊置室内，利用自然空气对流，也可强制通风对流。杀灭病菌的措施是涂抹保鲜防腐剂，主要药剂有 2,4-D（0.01％～0.025％）、托布津（0.05％～

0.1％)、多菌灵（0.025％～0.05％），以上药剂最好在采收后及时喷洒果实，3d 内喷洒效果显著。

3. 选择、包装

在包装前应根据大小、品质、形状、色泽进行分级分装，再一次剔除预贮后产生的腐果、伤果、病虫果和质量不合格的果实。辣椒果实宜用纸箱包装，并且包装以每箱 15～20kg 为宜，过多辣椒承受不住压力，过少浪费有效空间和增加贮运成本。

4. 装卸运输

为减少振动幅度和摩擦，应在装筐和装车时，增加衬垫缓冲物，每筐装载量不宜过多，每筐 15～20kg，上层与下层之间要设支撑物，防止上层的筐直接压在下层的辣椒上。如果运输距离远，有条件的话，可采用空调车运输。

5. 贮藏环境条件

辣椒贮藏的环境温度为 6～9℃，低于 6℃易受冷害。冷害果实表面呈水浸状软烂或出现脱色圆形水烂斑点；相对湿度以 85％～95％为宜；辣椒在成熟过程中有乙烯产生，控制适当的环境条件抑制乙烯的产生就能抑制后熟过程，所以贮藏环境要有较好的通风条件。辣椒含有丰富的营养物质，贮藏环境中病菌会造成果实腐烂，在贮藏前，贮藏场所要彻底清扫，尤其是贮藏过蔬菜或水果的老库房，要进行药剂消毒。消毒多用熏蒸法，也可用化学杀菌剂喷雾。可用 5％的来苏尔水或 2.9％的福尔马林熏蒸，也可用硫黄粉熏蒸，硫黄粉用量为每立方米 5～10g。贮藏环境中还要搞好灭鼠防鼠工作，防止老鼠破坏。

6. 贮藏方法

（1）窖藏　收获早的辣椒可以先预贮，收获晚的可直接入窖贮藏。辣椒在窖内可散堆，窖底垫沙，堆高以 30～40cm 为宜，上面用湿草袋（或蒲包）覆盖；也可用筐装贮藏，筐装辣椒可以堆码，贮量较大，垛面用湿蒲包覆盖。贮藏间要注意管理好窖温，掌握前期降温、中后期保温的原则。前期白天应关闭窖口和通风口，夜间打开通风口或排风扇强制通风；中期昼夜均应关闭通风口，以保温为主，必要时可在晴天中午少量通风，但严防冻害；后期外界气温较低，可用空气加湿器适当加湿。贮藏期间要勤检查，挑出不宜贮藏的果实供应市场。

（2）气调贮藏　冷库气调贮藏宜采用快速降氧法，辣椒装筐堆垛，每垛 300～500kg，用塑料薄膜帐封闭。帐内氧气浓度保持在 3％～6％范围内，二氧化碳控制在 6％以下。也可以用塑料小包装贮藏辣椒，用 1000mm×700mm、厚 0.08mm 的聚乙烯袋，装辣椒 12kg 左右，扎口后放在窖口菜架上贮藏，贮藏过程中如袋壁水珠较多，2～3d 开袋换气一次，若袋壁水珠不多，4～5d 换气一次，每次 30min。贮藏放风和贮藏夜间通风换气一道进行。硅窗袋贮藏辣椒效果也较好，用 800mm×1000mm 保鲜袋镶嵌 100mm×100mm 硅胶，每袋贮 7kg 左右的辣椒，贮 45d 好果率可达 45％，商品率 85％。但在实际应用中应注意硅橡胶气窗面积大小，要根据辣椒品种、成熟度、呼吸强度、贮藏数量、贮藏温度以及硅橡胶本身的透气量等因素决定。

（3）沟藏法　贮藏前在地势干燥的地方挖一条东西延长的沟，沟宽 1m，长不限，深 1～2m，沟底铺一层沙子或垫一层秸秆。采收的辣椒经短期预贮后，轻轻摆放在沟里，可装筐放到沟里，也可一层辣椒一层细沙贮藏，每层厚度不超过 50cm。沟上盖草帘，贮藏期间严防漏水，每隔 15d 左右检查倒动一次，挑出烂果。沟藏法可贮 2 个月。

（4）控温控湿贮藏法　采用此法，关键是在一定温度范围内掌握好室内湿度。先是控温，辣椒生长要求的平均温度为 25℃，入贮时最低温度为 8℃，一般应将室温控制在 8～10℃。再是控好贮存库的湿度，如库内空气太干，可在地上洒一些水，使用筐的相对湿度要保持 90％左右，每日根据薄席的干湿程度更换外围席子。夏季贮存每 5～7d 加工一次，秋季贮存每 10～15d 加工一次，加工时应将红椒和次椒挑出，陆续供应市场。每次加工要更换包装并消毒席子。用控温控湿法贮存辣椒要着重注意掌握湿度，因为湿度掌握不好，会严重影响质量，并造成腐烂，垫筐的席子不可太湿，否则会造成水烂。

三、加工

1. 加工保藏原理

加工保藏要根据败坏的原因，采取相应的保藏措施。总的原则是：减少物理因素和化学因素的影响；消灭有害微生物，或者造成不适于微生物活动的环境条件；加工品制作后与外界隔绝，不再与空气、水分以及微生物接触。传统的初、次级辣椒加工品包括辣椒粉、辣椒干、辣椒酱、泡椒、辣椒油等，是人们喜爱的日常生活必备用品，这些产品能够消化很多的鲜辣椒及干辣椒，市场占有份额很大，产值巨大。

（1）脱水干燥保藏　水分是微生物生长繁殖和各种生化反应的必要条件，将果品原料中的水分脱除一部分，可以造成一种干燥缺水条件，从而防止微生物的危害和各种生化反应进行，使产品得以长期保存。辣椒干制品的含水量一般在 15％～20％，此时微生物处于被迫休眠状态。一旦含水量提高。则又重新活动，酶恢复活性，各种生化反应开始进行，从而发生败坏。因此，干制品需要密封保存，以防止吸湿返潮。

（2）利用高渗透压溶液保藏　加入较多的食盐或糖，形成较大的渗透压，以抑制微生物活动。酶也可因脱水而失去活性。如腌辣椒、辣椒脯。

（3）发酵保藏　利用有益微生物发酵的代谢产物来压抑微生物，使产品得以长期保存，防止吸湿返潮。

（4）杀菌密封保藏　首先将果蔬原料上的微生物杀死，并破坏酶活性；然后密封保存。以隔绝空气和微生物。辣椒罐头就是这种保藏方法的典型代表。

（5）速冻保藏　将辣椒叶在 $-30\sim-25℃$ 或更低的温度下迅速冷冻，$-18\sim-15℃$ 下贮存，微生物大部分被冻死，少量残存者也因温度很低而处于被迫休眠状态，代谢基本停止。另外，未冻结部分的渗透压很高，水分和养分都难以利用，同时，酶的活性被抑制。代谢基本停止，使产品可以长期保藏。

（6）化学药剂辅助保藏　在上述加工保藏方法的基础上，在有些产品中添加防腐剂或抗氧化剂，可增强保藏性或增进产品的品质。常用的防腐剂有苯甲酸及其盐、山梨酸（花酸）及其盐、二氧化碳及亚硫酸盐、双乙酸钠等，常用的抗氧化剂有抗坏血酸或异维生素 C、二氧化碳和亚硫酸盐、有机酸、食盐等。

2. 加工方法

（1）泡菜辣椒　以新鲜的青辣椒或红辣椒为原料，清理杂质后洗净，整只辣椒或将辣椒剁碎，加入适量食盐、调味品（花椒、茴香、胡椒、生姜、香料、白酒、黄酒等）、氯化钙和适量水，装入泡菜坛子密封，进行乳化发酵。在20～25℃温度下，7d左右即可制成熟食品。其中，适当浓度的食盐、微生物生产的乳酸和多种具有防腐作用的调味品及香料起保藏作用，并能增进制品的风味。工艺要点：①泡菜以脆为贵，一定要加氯化钙保脆；②坛子要洗净并用开水消毒且要装满。尽量少留空隙，保证坛子的密封状态，以防好气性微生物活动；③忌油，油漂在上面，被好气性微生物分解会产生臭味。

（2）辣椒酱类　辣椒酱类以新鲜的红辣椒为主要原料，清理杂质后洗净，剁碎或绞碎，或再磨浆，加入适量食盐、调味品（花椒粉、茴香粉、胡椒粉、生姜、香料、豆瓣酱、芝麻等，或再加入适量食糖、柠檬酸等风味成分），入缸、搅拌均匀，每天搅拌1次，7～15d即可。工艺要点：①配料要合适，保证适口性，可以参考他人的经验或自行试验；②缸和原料要洗净，腌制过程中应注意遮盖，以免污染；③保证腌制时间，各种风味的汇合、协调需要一定时间，也需要一定程度的乳化发酵来增进风味。另外，还可以用辣椒粉为原料制作辣椒酱。上述腌辣椒、泡菜辣椒、辣椒酱还可以做成罐头。

（3）辣椒脯类　辣椒脯类以新鲜辣椒为原料，去籽后渗入适量的糖，再经过烘烤而成。利用高浓度糖产生的渗透压起保藏作用，色泽红亮鲜艳，半透明，口味甜香微辣，还可以将辣椒用碱液去皮后再糖制（琥珀辣椒），由于去掉了角质层，因此口感好。工艺要点：①原料一定要用亚硫酸盐护色并用氯化钙硬化，以保证色泽鲜艳和质地有韧劲；②渗糖量要足，烘烤后制品含糖量在60％以上，以保证外观饱满并使产品有保藏性；③烘烤温度不超过65℃，以防糖分焦化而影响色泽和风味。

（4）辣椒精　辣椒精以干辣椒粉为原料，利用辣椒色素和辣椒碱溶于有机溶剂的性质，用高浓度酒精为浸体剂将其提出，并将纤维、蛋白质、碳水化合物、无机盐等成分分离，再把提取液中的酒精蒸馏出去（回收循环利用）。使得调色、调味成分被浓缩。产品呈暗红色浓稠液体，可作为调味品食用。工艺要点：①酒精要达到食品级以上和95％以上纯度，以保证产品质量安全和浸提效果；②浸提时间在48h以上，以保证提取率；③浸提液要精细过滤，以减少杂质；④浓缩后期要控制温度，以免焦化。

（5）辣椒油　辣椒油以干辣椒皮为原料，适当粉碎，浸入加热的食用油中一定时间，使辣椒中的色素和辣椒碱溶入油内，得到色红、味辣的油。可作为调味品或烹调油。工艺要点：①辣椒要去掉蒂把和籽，以免不必要的沾油；②油温不可太高，以免破坏色素和辣味。

（6）辣椒脆片　以新鲜红辣椒为原料，渗入适量的糖和食盐（或再适量柠檬酸），再经过低温真空油炸脱水。产品酥脆可口，香甜微辣。工艺要点：①食盐用量不宜太大，以免影响风味。糖、盐溶液中含糖15％、食盐2.5％；②真空油炸时真空度不能低于0.08MPa，油温控制在80℃；③脱油要尽量彻底，以免影响风味和口感，尽量在未破除真空状态下趁热离心脱油；④产品要密封包装，以免吸湿返潮而影响口感。

（7）辣椒籽油　辣椒籽油从干辣椒籽中提取辣椒油可采用压榨法、有机溶剂萃取法和超临界CO_2流体萃取法。①压榨法用普通榨油机榨取。辣椒籽中粗纤维含量高达 26%，压榨法出油率低。②有机溶剂萃取法。在用有机溶剂提取时，辣椒碱混在油中，降低了油品的质量。一般可采取碱溶法除辣，辣素溶于 NaOH 的水溶液，而油脂不溶，除辣效果明显，但必须控制好温度及 NaOH 的浓度，否则，油脂将部分皂化而降低出油率。③超临界 CO_2 流体萃取法。临界流体萃取法是一种新型的分离技术，其工艺简单，能耗低，萃取溶剂无毒，易回收，所得产品具有极高的纯度。由于超临界流体 CO_2 具有不可燃性、无毒、化学安定性好、廉价易得等优点。因此选用 CO_2 作为超临界流体萃取溶液最理想。

参考文献

[1] 董俊霞，魏成熙．氮磷钾施用量对辣椒产量及品质的影响．山地农业生物学报，2009，28（5）：399-403.

[2] 高树涛，黄玲，赵凯等．磷肥不同用量对辣椒品质的影响．山东农业科学，2009，1：82-83.

[3] 郭家珍，王德槟，陶安忠．辣椒品种与高产栽培．北京：中国农业科技出版社，1992.

[4] 韩世栋．蔬菜生产技术．中国农业出版社，2006.

[5] 贾朝英．现代农业科技．辣椒加工保藏原理与加工方法，2009，13：352，356.

[6] 椒类品种委员会．椒类品种专集．北京：中国农业出版社，2003.

[7] 李式军主编．蔬菜生产的茬口安排．北京：中国农业出版社，1998.

[8] 李新峥，蒋燕．蔬菜栽培学．北京：中国农业出版社，2006.

[9] 刘宜生．蔬菜生产技术大全．北京：中国农业出版社，2000.

[10] 吕长山，王金玲，于广建等．氮肥对辣椒果实品质及产量的影响．东北农业大学学报，2005，36（4）：448-450.

[11] 商鸿生，王凤蔡．新编辣椒病虫害防治．北京：金盾出版社，2000.

[12] 夏兴勇，彭诗云，朱芳宇等．辣椒氮、磷、钾施肥效应模型初探．辣椒杂志，2009，4：30-35，37.

[13] 张继仁，周群初，杨玉珍．辣椒果实生长过程中营养成分的变化．湖南农业科学，1989，（3）：44-45.

[14] 赵尊练，严小良．中国线辣椒产业发展的思路与对策．中国农学通报，2003，19（5）：176-179.

[15] 中国农业科学院蔬菜花卉研究所主编．中国蔬菜栽培学：第二版．北京：中国农业出版社，2010.

[16] 邹学校．中国蔬菜实用新技术大全：南方蔬菜卷．北京：北京科技出版社，2004.

[17] 邹学校，熊再辉，刘志敏．辣椒高效栽培技术．长沙：湖南科学技术，2006.

第六章 竹 笋

第一节 概 述

竹笋为禾本科植物毛竹（*Phyllostachys pubescens* Mazel）等多种竹的幼苗，别名笋，是可作蔬菜食用的竹的初生、嫩肥、短壮的芽或鞭（图 6-1）。竹起源于中国，类型众多，适应性很强，主要生长于湖南、湖北、江西、浙江等省。竹笋在中国自古被当作"菜中珍品"，可烧菜、做汤，还可加工成笋干、玉兰片及罐头等，其味清香鲜美。每 100g 鲜竹笋含干物质 9.79g、蛋白质 3.28g、碳水化合物 4.47g、纤维素 0.9g、脂肪 0.13g、钙 22mg、磷 56mg、铁 0.1mg。中医认为竹笋味甘、微寒，无毒，具有清热化痰、益气和胃、治消渴、利水道、利膈爽胃等功效。竹笋含脂肪、淀粉很少，属天然低脂、低热量的保健蔬菜。

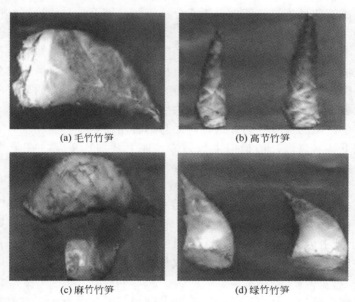

(a) 毛竹竹笋　　(b) 高节竹笋

(c) 麻竹竹笋　　(d) 绿竹竹笋

图 6-1　竹笋

竹笋味香质脆，是我国的传统佳肴，食用和栽培历史极为悠久。《诗经》是西周初年至春秋时期的诗歌汇集，其中有"加豆之实，笋菹鱼醢"、"其籁伊何，惟笋及蒲"等诗句，表明了人民食用竹笋有二千五百年至三千年的历史。随着历史的发展，竹笋不仅自产自用，而且逐步变成了商品。西汉司马迁在《史记·货殖传》中提到

"渭川千亩竹……此其人皆与千户侯等"，当然也包括竹笋的价值在内。

第二节 生物学特性

一、植物学特性

竹是多年生的常绿植物，以母竹移栽繁殖为主。植株地上部有竿、枝叶、花、果和种子等器官；地下部有地下茎和根。依生态习性，竹有单轴型的散生竹和合轴型的丛生竹，也有介于二者之间的混合竹。

1. 根

散生竹的根生于地下竿基节的四周，称为竹根，为铅丝状须根，垂直向下生长，不产生侧根，有固定植株的功能，根端有纤维状根毛，是吸收器官。丛生竹的须根着生在地下茎（竹鞭）的节上，鞭节的四周均能发生，称为鞭根，分布广，新陈代谢能力强，是竹子生长过程中重要的吸收器官。

2. 茎和枝

竹有地上茎和地下茎。地上茎为竿茎，直立，圆锥形，有节，节间中空。竹节上有箨环与竿环，2 环间着生芽；发育形成竹枝。每节生 2 枝，大小有别。大的为主枝，小的为次生枝，枝条中空有节，每节生小枝，小枝上生叶。地下茎由竿基、竿柄和竹鞭等组成。竿基是竹竿基部入土的部分；竿柄是竿下端与竹鞭连结的部分，节密生，有 10 多节，光滑，坚硬不生根，竿柄通过竹鞭连接竹和笋芽；竹鞭是与竿柄相连的强大的地下主茎，具节，节上可分生新的竹鞭，节上还可生鞭根或形成笋芽。竹鞭在土中呈波浪形起伏伸展，先端部分称鞭梢，由坚硬鞭箨包裹着，其尖端有强大的穿透力；鞭梢肉质柔嫩，可食用，称为鞭笋，其余的称鞭身。新竹鞭每年发生，使地下竹鞭越积越多，因此，老竹林应及时除去生长势弱的老鞭。

竹笋为初生、嫩肥、短壮的芽或鞭，是竹的食用器官。

散生竹地下茎（竹鞭）的横向生长力强，地上茎形成单竿，在笋用竹中最为多见，主要有刚竹属的毛竹、早竹、哺鸡竹等。

丛生竹地下茎几乎没有横向伸长的竹鞭，新生地上茎均在母体基部的节间上产生，形成的众多植株合抱在一起。与散生竹相比，丛生竹由竿基、竿柄组成地下茎。母竹竿茎的节间宽窄不一，在宽一侧可形成 6～8 个分蘖节，易产生笋芽，称"笋目"。笋目由下到上分别称头目、2 目、3 目……尾目。笋芽先横向生长形成竿柄，然后向上生长形成竿基，出土后形成笋，再成竹。

3. 叶

竹叶着生在小枝上，互生成 2 行。竹叶分叶鞘与叶片 2 部分。在叶鞘与叶片间的内侧边缘有舌状突起称叶舌，叶鞘顶部 2 侧有耳状物称叶耳。叶片呈狭披针形，长 7.5～16cm、宽 1～2cm，先端渐尖，基部钝形，叶柄长约 0.5cm，边缘一侧较平滑，另一侧具小锯齿而粗糙；平行脉，次脉 6～8 对，小横脉甚显著；叶面深绿色，无毛，背面色较淡，基部具微毛；质薄而较脆。

一般竹的叶片每年脱落 1 次，而毛竹在新竹形成新叶 1 年后脱落 1 次，第二年发生的竹叶则过 2 年脱落一次，以后形成的叶片都是要经过 2 年才脱落 1 次。通常把竹叶脱落的周期叫度或届，是计算竹龄的依据。

4. 花与果实

竹子性成熟后即开花结果，然后枯亡。总状花序，花由鳞被、雄蕊和雌蕊组成。颖果。种子也可以作繁殖材料。

二、竹笋的生长发育

竹类植物主要由地下茎、竹笋、竹竿、枝条、竹叶等组成。一片竹林或一个竹丛，尽管地上分生许多竹竿，而在地下则互相连接，起源于同一或少数"竹树"，地下茎即是"竹树"的主茎，竹竿是"竹树"的分枝。

根据竹类地下茎的分生繁殖特点和形态特征，可以分为散生竹、丛生竹、混生竹三大类型。

1. 散生竹地下茎的生长

竹鞭在地下纵横蔓延是通过鞭梢的生长来实现的，鞭梢是竹鞭的先端部分，为坚硬的鞭箨所包被，尖削如楔，具有强大的穿透力，其内部组织鲜嫩，即为鞭笋。鞭笋和竹笋均自从箨腋形成的芽原基逐渐发展成为侧芽，由侧芽萌发而成，当侧芽处于休眠状态时，很难从外形和内部构造确定其为鞭芽或笋芽。直至出现明显的生长，就易于识别。笋芽粗短而尖锐弯曲向上，鞭芽细长而横向水平生长，但在自然界中，两种生长方式可以交替改变。鞭梢经人为的或客观的因素促使折断后，鞭上侧芽即会萌发，然后侧芽的顶端分生组织，经过细胞分裂分化而产生鞭节、侧芽、鞭箨、鞭根原始体和居间分生组织，居间分生组织又分裂分化和加大而增长竹鞭的节茎长度和粗度。鞭梢生长主要取决于鞭梢各节间的延伸活动，在顶端分生组织的下部，由 14～16 个正在延伸的节间组织延伸区段（中、小型散生竹的鞭梢延伸区段略短，节数组成也少一些），自后而前按慢—快—慢的规律进行延伸活动，后部的节间不断老化成熟而停止生长，由顶端分生组织形成新的节间，增添到延伸区段上部，参与延伸活动，不断向前推进。

笋用竹的鞭梢生长方向，在坡地里以纵向分布为多，横向生长较少，而且以上坡方向生长较多。鞭梢生长速度在一年间也按慢—快—慢的节律进行。当早春土壤温度回升到 5℃ 时，即开始生长活动，5 月以后随温度的增高，降雨量的增大，生长延伸日益加快，7 月份达到了生长高峰，一般一昼夜能生长 3cm，以后逐渐缓慢，到 11 月中、下旬停止生长。如鞭梢未受伤冻，来年初春又会继续生长。大小年分明的竹林，大年出笋多，鞭梢生长要迟一些，在新竹抽枝展叶后才开始，8～9 月生长量最大，而后逐渐减少，冬季进入休眠，但其总生长量小；小年出笋少或不出笋，鞭梢 4 月份就开始萌动生长，鞭梢生长量大，比大年生长增加可达 4～5 倍。故有"大年发笋，小年长鞭"之说。大小年不明显的竹林（花年竹林和中、小型竹林），每年春季出笋长竹，夏秋季长鞭，鞭笋生长量年份变化差别不大。

毛竹的竹鞭一般分布在地表下 15～40cm 范围内，但和土壤深度、经营活动关系很大。有少数土层厚、肥分足的地方，鞭深达 1m。中、小型散生竹入土较浅，一般在 10～25cm。但总的趋势是，在肥沃土地中竹鞭分布较深，而贫瘠土壤中分布较浅。

竹鞭在生长过程中，土壤条件，特别是质地、肥力、水分等对生长影响很大。在疏松肥润的土壤中，鞭梢生长快，起伏扭曲小，侧芽饱满，鞭根粗长；在土壤板结、石砾过多、干燥贫瘠的土壤里，则完全相反。随着竹鞭入土深度增加，发笋量有增加的趋势，竹笋的长度和重量都有所增加，但后期萌发的竹笋，因营养不足，又普遍变小。

鞭梢生长的顶端优势很强，对侧芽有压制作用，使之处于休眠状态，但在生长过程中经常发生折断现象，如冬季鞭梢停止生长后，一般都萎缩断掉，在生长中有抵触硬物而折断，有伸长进低洼积水之地而腐烂，也有受伤或挖鞭笋而中断。但在折断以后侧芽很快成为新鞭，这些新鞭称杈鞭，杈鞭的位置和数量，又与竹鞭的健壮程度和土壤条件有密切关系。笋用竹林的竹鞭断鞭多，杈鞭多，鞭体粗壮，节间较长，侧芽饱满，在疏松肥沃的土壤中，成二侧多杈生长。

新生竹鞭呈淡黄色，组织幼嫩，养分和水分含量很高，除梢外一般不抽鞭，也不发笋。一年生后，鞭箨腐烂，鞭色渐深，由黄色转为黄铜色，鞭体组织逐渐成熟，侧芽发育完全，鞭根分枝多而生长旺盛，形成强大的竹鞭系统，进入竹鞭壮龄期，毛竹鞭的壮龄时期为 3～6 年生，中、小型竹的竹鞭为 2～4 年生，壮龄竹鞭的抽鞭发笋力强，幼竹和壮龄竹都着生在壮龄鞭上，随着鞭龄的增加，鞭色变为褐色至深褐色，鞭体水分和养分含量锐减，侧芽逐渐失去萌发能力，这样的竹鞭已向老龄时期过渡。

当鞭梢向前推进，后面节间居间分生组织活动停止后，节间根原始体向外辐射状伸长。形成根芽，长成鞭根，在其成熟区分生出一级支根，形成鞭根系。三四级支根为生理活跃根系，也可更新，但鞭根不复更新。

2. 丛生竹的地下茎生长

一般丛生竹没有长距离横走地下的竹鞭，竹蔸部分就是地下茎，只有竹根，没有鞭根，且因竹种不同形状也不一样。基部一小段称竿柄，群众叫"鸡头龙眼"，是母竹与子竹连接的部分；中段是分蘖体又叫竿基，顶端接生竹竿。

丛生竹的抽鞭发笋是由同一器官完成的。竿基分蘖体的大型芽在春末夏初开始萌发，先在土壤中或紧贴地面作不同距离的横向生长，然后梢端弯曲向上，膨胀肥大形成竹笋出土生长。丛生竹从芽到鞭、从鞭到笋、再从笋到竹的整个生长过程，也是首先经过芽的顶端分生组织的分裂分化，形成节和节间分生组织，再由各节间居间分生组织的细胞分裂分化、伸长、加大和老化成熟等几个阶段完成节间生长，其生长活动的规律与散生竹基本相同。

3. 竹笋的生长

毛竹笋是夏末秋初壮龄竹鞭上的部分肥壮侧芽开始萌发分化而为笋芽，笋芽顶端分生组织经过细胞分裂增殖，进一步分化形成节、节隔、笋箨、侧芽和居间分生组织，并逐步膨大，与竹鞭成 $20°～50°$ 的角度向外伸长，同时笋尖弯曲向上。到了初冬，笋体肥大，笋箨呈黄色，称为冬笋。冬季低温时期，竹笋处于休眠状态。到了春季温度回升时又继续生长出土，称为春笋。中、小型散生竹的笋芽萌动分化比较迟，一般都在秋末冬初或次年初春，所以竹笋在土中生长时间较短。早竹笋比毛竹笋出土早，哺鸡竹笋出土约与毛竹笋同期，这些竹种在冬季或早春已具有竹笋雏形，至于比毛竹笋出土晚的刚竹、淡竹等，大部分竹笋是在当年春季发育起来的。

竹笋出土后不再增加新节，竹笋生长从基部开始，先是笋箨生长，继而是居间分生组织逐节细胞分裂伸长，推动竹笋向上移动，穿出土层，长出地面。尽管笋尖露头，笋体仍在途中，此时笋体膨大生长较为显著，基部各节陆续生根，高生长非常缓慢，一般每天长 1～2cm。随时间的持续，竹笋的基部各节的拉长生长基本停止，成为新母竹的竿基，周围的竹根大量抽发，根系逐渐形成，竹笋的节间生长活动从地下推移到地上，生长速度逐渐加快，一般每天可伸长 10 多厘米，此期间或稍前几天是竹笋采收时节。

丛生竹一般在立夏、小满间笋目开始活动，而后逐渐出土。一般大暑前后达高峰，麻竹出笋进入盛期。绿竹以小暑前后出土最多，至白露以后又逐渐稀少，到了霜降基本结束，遇上暖和冬季笋期持续时间还要长些。从开始出土到出笋结束，可以分为三个时期，即出笋初期、盛期和末期。丛生竹竹笋出土以后，竹笋出土生长与散生竹有相同的基本规律，初期高生长极为缓慢，每天生长量只有几毫米，最大不超过 2cm，初期高生长约需 20d，然后，竹笋生长进入上升期，高生长逐渐加快，每昼夜可达 10cm 左右，此阶段竹笋成熟都可采割，不然竹笋变老，纤维增多，品质不良。

4. 竹竿、竹叶的生长

竹笋采收完毕后，竹林中留着一部分准备培养成新母竹的竹笋，这些竹笋基部竹根继续伸长大量分生支根。高生长旺盛而稳定，在生长高峰时，毛竹一昼夜生长量可达 100cm 左右，其他中、小型竹种的最大生长量各有差别，但都超不过毛竹。竹子的高生长是各节间生长的结果，而各节的节间伸长活动并非同时开始，是从下而上，按慢—快—慢的节律逐步推移，并由一定数量正在伸长的节间构成竹竿幼体高生长的延伸区段，毛竹幼竿的延伸区段长，多达 14～15 节，而中、小型竹的延伸区段短，仅 6～10 节。当区段下部的节间处于伸长快要结束时，中部节间的延伸处于旺盛期，而上部节间则尚处于刚刚开始延伸时期，随着下部节间伸长的依次停止，上部不断有新的节间开始生长，加入到延伸区段，从而使延伸区段逐节向上推移，竹竿高生长也随之增加。过了生长高峰，生长速度逐渐变慢，基部笋箨依次干缩、脱落，上部开始抽枝，除梢部尚被笋箨包被外，中下部节间均在光的影响下，产生叶绿素而开始光合作用。随后高生长显著下降，最终停止。同时，竹根系形成，枝条自下而上迅速展开，待全竹枝条长齐后，几乎同时展叶。在高生长过程中，随着节间的伸长，高度的增加，竹竿的直径相应加粗，竿壁也相应增厚，各生长高度及最终定形时的节间直径和竿壁厚度均呈自下而上递减。竹株高生长只需在一个生长季完成，所历时间因竹种不同而异，短者 20～30d，长者 40～50d，一般出笋早的竹种比出笋收割的竹种要长；中、小型竹种历时较毛竹要短。即使同一竹种，早出土的比晚出土的历时要长，产生这种现象的原因，在于温度条件的差异，出土早温度低，且日温差变化大，不利于竹笋生长之故。新竹形成后，竹竿的高度、粗度和体积不再发生明显的变化，但竹竿内部继续进行充实生长和不断老化成熟。在成竹生长过程中，经历幼龄、壮龄、中龄、老龄四个阶段，经过这四个阶段的时间随竹种而异，毛竹约 9～10 年，小竹为 6 年生以上。

丛生竹的整个高生长过程，与散生竹具有相同的基本规律，但高生长速度比散生竹要慢，初期每天生长量仅几毫米，最大不超过 2cm，而后逐步加快，到达生长高峰期，每天生长达 10cm 以上，最大不超过 30～40cm。当高峰期过后，生长速度趋于缓慢，但延续较长，高生长历时约有 80～90 余天，有的要达 100d 以上。由于丛生竹高生长历时长，迟出土的新竹在寒冬来临时还未抽枝，即转入越冬阶段，要待来年温度回升时，从梢部自上而下抽枝放叶，到立夏至小满时才基本结束，成为能够独立生活的竹株。丛生竹竹竿侧芽内有一个肥大主芽和若干副芽，主芽发育完全，萌发生长成为竹竿各节的主枝，副芽比较弱小，依次分布于主芽两侧，为枝箨包被保护，在主芽抽枝后，也陆续萌发，形成竹节上的次主枝和簇状丛生的小枝。随着竹龄的增加，同化器官和吸收系统逐渐完善，生理活动逐渐增强，有机物营养物质逐渐积累。2 年生的发笋能力最旺，3 年生次之，4 年生不再发笋。而竹竿组织也相应地老化充实，干重增加。5 年生以后，竹子叶量减少，根系渐疏，生理活动渐弱，材质逐渐下降，开始进入老化枯死阶段。

竹子抽枝后，很快就放叶。放叶的顺序，以毛竹一个竹株来说，随着自下而上的抽枝，展叶也依此规律而进行，当下面的叶子已全部展开，上面枝条的叶子还正在伸长和分化。丛生竹却相反，由于竹梢生长顶端优势极强，下部侧芽常受到抑制，延续数年后抽枝展叶。以一片叶子的生长过程而言，基本经历是：叶芽分化期——由枝顶或其侧芽上分化出叶原基，再分裂分化形成叶片、叶柄和叶鞘的原始体；伸长、生长时期——已分化的叶原始体细胞体积增大，竹叶的长、宽、厚及形状显著变化，叶内各组织逐渐分化形成，开始部分光合作用；功能期——叶完全展开，开始进行正常的光合作用，此期持续时间最长；衰老期——细胞内原生质逐渐破坏，叶片开始枯死脱落。具体来说，3～4 月叶芽分化；至 4～5 月，逐步发展成为黄绿色的针状叶；5～7月，逐渐扩展成全叶，由淡绿色转变为深绿；8 月后进入育笋阶段；翌年 4～5 月出笋后叶色由深绿变为黄绿；出笋后在 6～9 月，逐渐恢复生长，叶色又变深绿；第二年叶子逐渐老化，叶色又变黄绿，3～4 月，叶色再变成橘黄色而脱落。二度以上竹叶经历以上 8 个生长阶段，需二年才换一次叶。一度竹、小竹竹叶和丛生竹竹叶，每年都进行着换叶、脱落等各个阶段。

三、对生态环境的要求

1. 温度

竹类要求温暖、湿润的环境条件。年均温度要求 12～22℃，其中毛竹要求年均温 14～20℃，盛夏平均温度在 30℃ 以下，寒冬平均温度在 4℃ 以上的温度条件。而丛生竹要求年均温 18～20℃ 以上，1 月平均温度 8～10℃，0℃ 左右即受冻害。

早竹类要求的温度与毛竹相近，但部分早竹在温度不到 10℃ 就可出笋，而毛竹需 10℃ 以上。哺鸡竹出笋温度要求 15℃ 左右，其中红哺鸡竹要比乌哺鸡竹出笋早一些。丛生竹出笋需要温度更高，一般要到 6 月以后才能出笋。因此，每年的平均温度不同，出笋的季节也会有差异。一般春季转暖快，则笋期提前。

2. 水分

竹的枝叶繁茂，水分蒸腾量大，而鞭根入土较浅，不耐干旱，要求湿润的环境。毛竹、早竹类分布在年降水量 1000～2000mm 地带，而麻竹、绿竹需要年降水量

1400mm 以上。竹的地下竹鞭和根系发达，不耐浸水，要求地下水位低的地方才能生长良好。

3. 土壤营养

竹需要土层深 50cm 以上，质地疏松，肥沃，pH4.5～7 的土壤。凡是土层薄、石砾多、土质过黏都不适宜竹的生长而影响产笋量。多施有机质含量高的肥料，特别是早竹类要求肥沃的土壤。

第三节　营养特性

一、主要品种

1. 系统分类

作蔬菜食用的竹笋必须是组织柔嫩，无苦味或其他异味，或虽带有苦涩味，经加工除去苦涩味就能食用的竹类。中国是世界上竹类资源最丰富的国家之一，有竹种40 多属 500 种以上，但可食用竹只有 200 多种，品质优良的笋用竹仅有 30 多种，广泛栽培的有以下几个属。

（1）刚竹属（*Phllostachys*）　又称毛竹属，主要有毛竹（*P. pubescens* Mazel）、淡竹（*P. nigra* var. henonis Stapf ex. Rendle），分布于长江流域；早竹（*P. praecox* Chu et Chao）、石竹（*P. nuda* McClure）、白哺鸡竹（*P. dulcis* McClure）、乌哺鸡竹（*P. vivax McClure*），分布于浙江、江苏；水竹（P. *congesta* Rendle），分布于长江以南各省；刚竹（*P. bambusoides* Sieb. et Zucc），分布于长江流域及山东、河南、陕西。

（2）慈竹属（*Sinocalamus*）　主要有麻竹（*S. latiflorus* McClure），分布于广东、广西、福建、台湾、贵州、云南；绿竹（*S. oldhami* McClure），分布于广东、广西、福建、台湾、浙江；大头典竹（*S. beecheyanus* var. *pubescens* Li）分布于广东、广西。

（3）刺竹属（*Bambusa*）　主要有刺竹（*B. stenostachya* Hack），分布于广东、广西、福建、台湾；车角竹（*B. sinospinosa* McClure），分布于广东、广西、四川、贵州。

（4）苦竹属（*Plenioblastus*）　主要有慧竹（*P. hindsii* Nakai），分布于广东沿海各地。

2. 代表类型

（1）毛竹笋　毛竹壮龄竹鞭上分化形成的侧芽，在夏末秋初一部分肥大形成笋芽，是竹竿的雏形，在适宜的环境条件下，生长发育成由节、隔及顶端生长组织构成的笋肉，外部节上着生坚硬的竹箨，为保护层。分化早的笋芽经过秋、初冬的生长形成长 10～30cm、粗 6～10cm 的黄色笋体。可在冬季或早春挖开土层采收，称为冬笋。经冬季休眠后，春暖时又继续生长出土，这时采收的笋称春笋或毛笋。毛笋以"清明"至"谷雨"间为多，采收过晚则组织老化，品质变差；若继续生长则形成新竹。毛竹的地下竹鞭 5～6 月后开始发鞭，7～8 月可采收食幼嫩的鞭头，称鞭笋。

（2）早生笋　早竹类中有雷竹和哺鸡竹以及淡竹、刚竹等散生竹，笋芽形成比毛竹迟且小得多。早竹类在秋末冬初形成笋芽，淡竹、刚竹在春季形成笋芽，因此不收冬笋，等芽出土后收春笋。雷竹等最早熟的品种，通过秋、冬季保温覆盖，也可在冬季采收"春笋"。

（3）丛生竹笋　麻竹、绿竹和甜竹是在壮龄竹竿基的笋目上形成笋芽，一般在5月中旬后才从笋目中开始萌动，7～8月高温季出笋，同时笋期很长，可延迟到11月。绿竹、甜竹比麻竹出笋早1个节气。

二、营养特性

1. 生长发育变化规律

竹笋（幼竹）的高生长也与其他植物一样，依时序表现出"慢—快—慢"的节律，即呈S形曲线。只是高生长期的时间相对较短，因而，生长速度的变化显得十分急促。竹笋成竹数量曲线与出笋量曲线接近平行，即日出笋量少，成竹也少，日出笋量多，成竹数也多，日出笋量的高峰期出现在整个笋期的中期（图6-2），高节竹的高峰期在出笋后第7d，离出笋结束期6d，刚好在整个笋期的中期。当然，由于气候等因子的影响，高峰期可能推迟或提前，但变动不会太大。

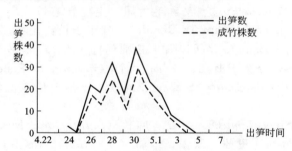

图6-2　高节竹出笋时间与出笋株数及成竹数的关系图（黄伯惠，1993）

2. 养分吸收特点

影响笋芽分化的因素，一方面决定于笋芽发育的质量，另一方面决定于水分条件和营养条件，包括矿质营养及同化物质的合成与积累。出笋期，竹笋对养分的吸收速度和强度均大大增加。蒋式洪等（2000）研究结果显示，红竹笋笋体含N、P、K量平均为叶N的2.2～10.8倍。其中笋K含量特别高，其次是P，再次是N。说明此时竹笋的生长对P、K需要量比较多。因此，合理增施氮磷钾肥，尤其是适量增施磷钾肥可提高竹笋产量。此外，适量增施氮磷钾肥还能改善竹笋的品质（表6-1）。笋体游离氨基酸含量与笋体P、K、B含量呈显著或接近显著正相关，相关系数分别为0.8907*、0.8638、0.8577；还原糖含量与P、B、K含量呈显著和极显著正相关，分别为0.8942*、0.9348*、0.9741**；多酚类含量与笋体P、B含量间达显著正相关，分别是0.8948*、0.9010*；与N、K间关系接近显著正相关，分别是0.8272、0.8751；蛋白质含量与笋体N之间呈极显著正相关为0.9550**，与笋K之间接近显著正相关为0.8408。

表 6-1　施肥对红竹笋品质的影响（每 100g 鲜笋重）（蒋式洪等，2000）

	处理	可溶性固形物/g	游离氨基酸/g	还原糖/g	多酚类/mg	维生素 C/mg
				1998 年		
1	CK	4.5	1.113	0.861	80.5	5.99
2	N	5.4	1.423	0.861	104.6	6.13
3	NPK	6.0	1.547	1.000	96.6	5.27
4	NPKB	6.0	1.629	1.117	104.6	6.13
				1999 年		
1	CK	5.6	1.182	1.755	80.5	8.28
2	N	6.0	1.458	2.004	91.2	8.78
3	NPK	6.4	1.530	2.113	107.3	7.63
4	NPKB	6.4	1.576	2.167	112.7	7.88

竹笋营养丰富，味鲜美，一直被视为无公害蔬菜而受到青睐。但近年来，为了追求高产高效，有些笋用竹林栽培集约化程度越来越高，肥料特别是氮肥投入量日益增加，其中，雷竹（*Phyllostachys praecox*）是较为突出的竹种。随着土壤养分增加，竹笋硝酸盐含量显著增加（表 6-2）。

表 6-2　雷竹笋硝酸盐含量与土壤养分的相关系数

项目	竹笋全氮含量	土壤有机碳	土壤全氮	土壤水解氮	土壤有效磷	土壤速效钾
竹笋全氮含量	1	0.1958	0.1138	0.1556	0.0972	−0.2018
竹笋硝酸盐含量	0.0660	0.1693	0.1879	0.1782	0.02531	0.0870

目前采用重施肥和冬季覆盖增温措施的高效雷竹林竹笋硝酸盐含量平均为 745.24mg/kg，超过 WHO/FAO 食品卫生标准达 68.57%，根据竹笋煮、炒熟后硝酸盐损 70% 计算，有 11.43% 雷竹笋属于严重污染。

第四节　栽培季节和栽培制度

竹笋以营养繁殖为主，常有母株移栽、压条育苗和侧枝扦插等多种繁殖方法。长江流域毛竹适宜的移栽时期为 11 月至翌年的 2 月，以 1 月前为好；较寒冷的地区可在春季移栽；侧枝扦插以 7 月偶枝基部生出气生根为宜。作为笋用林的中、小型散生竹，一般是春季出笋，笋期晚于毛竹笋。但也有少数竹种例外，分布在云、贵、川高山地区的金佛山方竹，则在夏秋季节（8～9 月）出笋；浙江省的雷竹，除春笋外，秋季也有少量竹笋出土，哺鸡竹除春笋外，在夏秋季节还可挖取鞭笋食用。

建立一年四季产笋的笋用林，是竹笋生产中的一项新技术，它具有省工、成本低、经济效益高等特点。实现四季产笋，除抓好一般技术环节外，还应注意优良竹种的选择与搭配。

选择笋用竹种的原则：①根据竹的生长特性和经营习惯；②早熟、中熟和晚熟品种搭配；③产笋期长和产笋期短的品种相结合。

下面介绍江浙一带气候条件下的搭配情况。雷竹 3 月上旬～4 月底产笋；早竹 3

月下旬～4月底；高节竹、哺鸡竹、毛竹4月上旬～5月下旬；淡竹4月底～5月底；红竹、刚竹（龙丝竹）、金什、湘妃竹（斑竹）5月上旬～6月上旬；角竹、桂竹、青竹、五月季竹5月上旬～6月底；方竹、实心箭竹、玉山竹7月上旬～9月底；绿竹、麻竹7月下旬～8月下旬；毛竹鞭笋7月中旬～9月底；冬笋（包括毛竹、雷竹）10月～翌年2月底。

第五节　栽培技术

竹笋栽培技术流程为：育苗繁殖（摘心矮化）→整地作畦→栽植→新植园管理（灌水、追肥、松土、防病虫）→成龄竹园管理（松土、除草、追肥、灌水、选留母竹、更新钩梢、防病虫）→采收。

一、繁殖技术

竹以营养繁殖为主，有母竹移植、竹竿压条、竹蔸移植、移鞭、枝条扦插等方法，也可用种子实生繁殖。生产上一般以营养繁殖为主，散生竹用母竹移植法，丛生竹用分竹或竹竿压条法。

1. 母竹移植法

易成活，成林早，但繁殖系数低，费时费工。长江中下游以南地区，自11月至翌年2月均可移栽，也可在5月下旬至6月初种植；长江以北于春节和盛夏前1个月移植。一般应避开最冷或最热的季节。移植前应在栽培区选择土层深厚、微酸性、地下水位低、排灌方便的缓坡地或平地，种前1～2个月深耕去石砾、杂树、杂草，平整并施入有机肥。新植毛竹园每公顷栽300～375株，选择胸径3～6cm的一年生或者当年生母竹。挖母竹时不能扭伤竿柄部位，同时留笋芽芽尖朝竿柄方向的"来鞭"30～50cm，留笋芽芽尖方向离竿柄之后的"去鞭"60～100cm。为防止风害和减少水分蒸发，去竹梢头，留五六盘竹枝，在切口上包上竹箨，以防雨水淋入后腐烂。按行距开长1.5m、宽1m、深约0.5m的定植穴，穴内先施入充分腐熟的有机肥，上铺高出土面3～5cm的松土。定植后遇干旱季节应筑一蓄水沟，连续浇水3～4d，1周后填平土层。栽后使竹鞭在地下有30cm的深度，下雨又不会积水的程度，然后打好木桩固定母竹，以防风害。

新植早竹的移植方法与毛竹基本相同，5月下旬或翌年早春选胸径2～3cm母竹，留"来鞭"10cm，"去鞭"30～50cm的当年新竹移栽，每公顷栽750～1200株，有机肥施入量可比毛竹增加30%～35%。

2. 压条繁殖法

主要用于丛生竹的繁殖。2～4月当竹内营养液流开始活动时，选择一二生，枝条上隐芽饱满的健康竹作压条，从竹竿基部向外侧开1条宽、深各15～20cm的水平直沟，长度与压条相等，沟底均匀施入腐熟栏肥。在竹竿基部背面砍深度为竹竿直径2/3左右的缺口，将竹竿沿直沟缓缓压倒，在20节左右削去竹梢并剪出枝叶，只保留最后1节枝叶，以利养分、水分和氧气的输送。在竹竿上覆2～5cm熟土，后1节枝叶露出土面。浇水后在竹竿上覆草，以后常浇水保湿。约经3个月，各隐芽可长笋和生根，加强栽培管理，促进竹苗健壮生长。次年春挖起枝条，逐节锯断成独立的竹苗可供种植。

二、新植竹园管理

毛竹母竹定植后如遇干旱应灌水，或铺施栏肥或草保湿。成活后及时除草施肥，促进发鞭。第一年能采笋的，每株留1或2株新竹，松土、施肥、防病虫；第二年采笋时均匀分布留2或3株新竹，3年后使立竹量笋用林达3000~3750株/hm²，兼用林达5250株/hm²以上。

早竹林的管理与毛竹林相近，3年后使立竹量达9000~11250株/hm²，成林后达12000~15000株/hm²。丛生竹的建园应保持立竹量600~750丛/hm²。

新竹林种植前1~2年，由于产竹量稀少，可套种绿肥或者种植西瓜、毛豆等蔬菜作物，既可熟化土壤，又可以减少杂草的滋生。但在竹竿四周50cm的范围内不能间作，以防影响竹子自身的生长。新竹林的施肥应薄肥勤施，使新竹健壮生长，早成竹园。

三、成龄竹园管理

1. 松土与除草

郁闭前的新竹园易滋生杂草，成林的竹园有老竹采伐时留下的竹蔸，有浮生的老竹鞭，均影响竹林生长。所以松土可除去杂草、竹蔸、老竹鞭，减少其与笋竹争夺养分，又可熟化土壤、改善土壤通气。松土可以1年2次。第一次在新竹枝叶展开后梅雨季节来临前进行，第二次在立秋后进行。第一次松土宜深，除去残存的竹蔸与老鞭，除去多年生杂草的根系；第二次松土宜浅，尽量少伤鞭以免影响笋芽的形成。1年1次的宜8月进行，同时松土时应离竹基30cm，以防伤害竹根。松土后应把土面整平。

2. 施肥

竹林中出笋多的年份为大年，出笋少的年份为小年。由于大年笋多成竹多，在幼竹生长期消耗母体养分也多，故影响竹叶的生长和地下茎发鞭，使第二年竹笋明显减少，这种隔年交替的现象称大小年现象。大小年产生的主要原因是营养在竹子生长与产品间的分配协调问题。生产上可通过合理肥水管理和适时植株调整，促进营养生长，每年秋季使枝、叶、鞭中有足够的养分积累；在大年多疏笋，少育竹，多砍老竹；小年少留笋，多养竹，少砍老竹，以避免大小年现象。

每生产100kg鲜笋，从土壤中吸收氮0.5~0.7kg、磷0.1~0.15kg、钾0.2~0.25kg。春、夏宜施化肥，秋、冬宜施畜禽粪等有机肥。新竹林还可套种豆科作物绿肥。目标产量9000~12000kg/hm²的成龄竹园，推荐施纯氮、磷、钾分别为320kg/hm²、180kg/hm²、195kg/hm²。施肥方法依土壤性质和气候条件而决定。

3. 灌溉和排水

中国南方降雨量大，但不均匀。遇夏季、秋季干旱时，应及时灌水促进笋芽萌发；遇台风、梅雨时应及时排水，以防烂鞭和笋芽枯亡。水分控制是否均匀，对产量影响较大。

4. 母竹的选留、更新和钩梢

新竹林营造以后，逐年增加选留均匀分布的壮笋成竹，选留期应在旺笋期。每年留竹量，毛竹 300～600 株/hm²，高产林 750～900 株/hm²，一般不能少于 225 株/hm²；早竹留 1200～1500 株/hm²。留笋时可适当多留，在生长过程中每年淘汰生长受阻的植株，并砍伐与新竹数量相同的老竹。早竹应砍伐三、四年生老竹，其选留数量依竹林生长情况而定。

笋用林由于管理精细，土地肥沃疏松，枝叶茂盛挡风面大，抗风能力相对较弱，生产上应对新竹林钩梢。钩梢可抑制竹子的顶端生长优势，有利于发鞭和笋芽的形成，又可防止季风、台风和大雪的危害。为了保持有适宜的同化面积，毛竹一般应保留 15～17 档竹枝。早竹可减少一些。钩梢时间在 10～11 月为宜。

5. 病虫害防治

随着笋用竹林经营集约度的提高和覆盖促成栽培技术的推广，原先常发性、顽固性、多发性的病虫害的危害程度日趋加剧，如煤污病、竹竿锈病、竹丛枝病和竹瘿小蜂等，在竹区发生十分普遍而严重。竹类主要虫害有竹螟、竹蝗、竹斑蛾、笋夜蛾、笋蝇、竹象虫等，前 3 种虫食竹叶，后 3 种危害竹笋。生产上应采用综合防治措施防治病虫。

（1）竹丛枝病

【症状特点】 发病初期，仅个别枝条发病，病枝细小衰弱，叶形变小，节数增多，小枝顶端长出几片小新叶后小枝上长出无数侧枝，严重时侧枝密集成丛，形成扫帚或雀巢状。病枝上叶片变成鳞片状，节间缩短。病竹从个别枝条发展到全部枝条，致使整株枯死。4～5 月病枝端新梢部产生白色米粒状物，8 月份消失。9～10 月间出现第二次丛枝，又可产生白色米粒状物，但远不及春梢上普遍。

【防治措施】 ①加强竹林抚育管理，合理砍伐，保持竹林适当密度，及时松土、施肥，以促进竹林生长旺盛，减少病害发生。②严格检查，发现母竹中有患病植株及时清除；竹林中一旦有丛枝病株，立即剪除病枝烧毁。③重病竹林，必须砍除全林，就地烧毁。秋天重新加大密度造林，小竹类约 3～4 年内即可恢复林相。④每年 3～4 月，用粉锈宁粉剂 500 倍液，每亩用 200mL，进行喷雾，每周 1 次，连喷 3 次。

（2）竹煤污病

【病症特点】 该病主要症状是在竹枝和叶上形成黑色霉层，如同煤烟。起初在竹叶或小枝上先出现蜜汁点滴，逐渐成圆形或不规则形、黑色丝绒状煤点，后蔓延扩大，致使竹叶正反面、叶鞘及小枝上均布满黑色厚厚的煤层。严重时枝叶黏结，竹叶发黄、脱落。煤污层的枝叶上，常见蚜虫和蚧虫的为害，且发现有天敌（如瓢虫等）存在。

【防治措施】 ①治病先治虫是一个根本措施。当蚧虫、蚜虫的若虫活动时，用松脂合剂 20 倍液，0.3 波美度石硫合剂喷雾防治。②合理砍伐、留养竹子，使竹林通风透光，降低湿度，可减少病害的发生。

（3）竹竿锈病

【症状特点】 病斑多发生在竹竿的下部或基部、小枝杈上，尤其是近地表竿基竹节两侧，严重时可蔓延至竹竿的上部或枝条上。5～6 月份病部产生黄褐色或暗褐色、圆点状或宽条状粉质的垫状物，即为病菌的夏孢子堆。夏孢子堆脱落后，病部呈黑褐色，病组织内病菌继续向病斑边缘蔓延扩展，出现黄斑。在 11 月至翌年春，此黄斑呈点状或宽条状、锈色、革质垫状物，即为病菌的冬孢子堆。冬孢子堆脱落后，病部也呈黑色。老病斑年复一年扩大蔓延直至竹株枯死，枯死植株竹腔内时有积水。

【防治措施】①竹林中或在引种母种时发现有发病植株，应及早清除，进行烧毁，以免蔓延。②加强竹林抚育管理，合理砍伐，保护竹林合理密度及通风透光，可减少病害发生。③4 月之前，人工刮除病斑及其周围部分竹青或用刮除病斑后再涂药的方法防治，注意不跳刀，不遗留，涂药选用粉锈宁粉剂：柴油为 1∶1 的比例配制，药剂要求边配边涂。④5 月下旬至 6 月上旬（即竹子发枝展叶期）用 0.5 波美度石硫合剂或 1‰敌锈钠水溶液喷洒病竹，每隔 7～10d 喷 1 次，连续 3 次可取得较好的效果。

（4）竹广肩小蜂

【形态特征】成虫，体黑色而有光泽，着生白色短绒毛；触角 11 节，黑色；翅痣明显；卵，乳白色，长卵圆形，一端略钝，一端略尖；幼虫，体乳白色，口器黑褐色；蛹，初化蛹时白色，近羽化时呈黑色。

【生活史与习性】1 年 1 代，以蛹在寄主虫瘿内越冬。4 月中下旬开始羽化，6 月上旬羽化结束。成虫喜栖向阳背风的地方，飞翔力弱，白天围绕着竹株飞舞栖息，无风晴天成群飞翔于竹冠上部求偶交尾，交尾后的雌虫于竹嫩梢上产卵，每处产卵 1 粒，卵经 2～3d 孵化，幼虫附于小枝的竹管间吸取汁液而生长发育。随着幼虫的长大，受害组织逐渐膨大，俗称"驼仔"，"驼仔"比平常竹节大 4～5 倍。幼虫从 6 月上旬开始为害至 9 月下旬，9 月上旬后陆续化蛹过冬。受害竹叶多而密厚，枝叶下垂，形似生长茂盛，实则生长受到极大影响。受害后期竹节膨大形成虫瘿，枝叶渐黄而枯落，部分竹株枯死。新竹受害最重，2～3 年老竹亦能受害，严重时能够影响竹林出笋。

【防治措施】①加强抚育管理，竹林中发现有个别虫瘿枝条，立即剪除。②成虫羽化盛期（5 月上、中旬），用 80%敌敌畏乳油 1000～1500 倍液，或 50%杀螟丹可溶性粉剂 1000～1500 倍液喷雾防治。

（5）一字竹笋象

【形态特征】成虫，体棱形，管状喙长，雌虫细长光滑，雄虫粗短有突起。雌虫初羽化乳白或淡黄色，后赤褐色。头黑色，两侧各生漆黑色椭圆形复眼，触角黑色。前胸背板有一字形黑斑，翅中各有两个黑斑；卵，长椭圆形，白色，不透明，后渐成乳白色；幼虫，老熟幼虫米黄色，头赤褐色，口器黑色，体多皱褶；蛹，体淡黄色。

【生活史与习性】小竹林 1 年 1 代，大小年分明的毛竹林 2 年 1 代，以成虫在土层中越冬，翌年 4 月底到 5 月初，越冬成虫出土活动，即可上笋啮食笋肉，将笋咬成很多小孔。将卵产在事先咬成的卵穴中，卵经 3～5d 孵化，幼虫蛀入笋内危害，使笋未成竹已被风折，被害竹笋成竹后笋材变形变脆，不能利用。经 20d 左右，幼虫老熟，咬破笋籜入土，在地下 8～15mm 处做土茧，经半个月后化蛹，6 月底至 7 月底羽化成虫即在土茧内越冬。

【防治措施】①劈山松土，在秋冬两季进行，受害严重的竹林，劈山要深，挖掘要细，尤以当年生新竹四周不能遗漏，以破坏土茧或外出通道，使成虫大量死亡，同时可以促进竹林多行鞭孕笋，每年或隔年进行 1 次。②人工捕捉及护笋，成虫活动期间，对小面积发生竹林可采取人工捕捉幼虫或成虫防治。另外也可用 4～5cm 粗、30cm 左右长的竹段，纵劈成刷把状，作为简单护罩套在笋尖上，可起一定保护作用，然后摘除，可继续使用。③药剂防治，大发生初期可用 80％敌敌畏乳油 1000 倍液喷洒成虫，效果良好。或用溴氰菊酯乳油（每亩 5～10mL）或 20％氰戊菊酯乳油加敌敌畏进行喷雾防治。

（6）贺氏线盾蚧

【形态特征】 雌介壳，灰白色细长，弯曲而突出，两侧平行，前端狭后端阔。壳点 2 个，位于壳前端，均为椭圆形，金黄色，壳表面被有一薄层蜡质分泌物；雌成虫，体黄色，膜质细长呈纺锤形，两侧平行，分节明显，有横条纹；雄成虫，橘红色，前翅膜质、透明，上有两条翅脉，后翅为平衡棒。触角丝状 10 节，每节密生长毛。单眼黑色，圆形，足发达。

【生活史与习性】 该虫在早竹园中 1 年 2 代，以受精雌成虫或少量孕卵的雌成虫越冬。翌年 3 月开始活动、孕卵，5 月上旬可见初产卵，5 月中旬为产卵盛期。6 月上、中旬为初孵若虫盛期，经短期游荡后定殖。7～8 月为固定若虫盛期，并大量诱发竹煤污病。雄若虫 2 次脱皮后经预蛹期、蛹期约 15～18d 羽化，羽化率 90％，以上午 8～10 时为盛，雌雄成虫均可多次交尾，雌成虫有边取食边孕卵边产卵的习性。孕卵产卵期很长，且不一致。

该虫的发生与环境及竹园经营措施等有密切的关系。在立竹量大、阴湿、不透光、肥力足的竹林极易滋生繁衍为害。在同类竹园中，采用春笋冬出技术的易受害。以 2、3 龄竹、生长势旺盛竹易遭受害，林缘较轻。该虫危害竹竿部，刺吸汁液，分泌蜜露，造成竿部褪色，呈灰褐斑点、斑块，伴生煤污病，致使枝枯、落叶，竹竿松脆，材质下降，竹林衰弱，笋量减少。新区投产竹园比老区更多为害，但分布不及老区广泛。

【防治措施】 ①营林措施，加强竹园的抚育管理和肥水管理，控制氮肥使用量；清理残次老竹和虫害竹，以减少虫源；通风透光，保持适当立竹密度（早竹每亩≤1000 株，哺鸡竹每亩≤800 株）和立竹结构。②检疫措施，新造竹园采用健壮不带虫母竹，避免到该虫流行的竹区调用母竹。③化学防治，若虫期用 2.5％功夫乳油 1000～2000 倍液喷雾。也可在 6～8 月，用普通洗衣粉 1∶200 倍作竹竿喷雾。

（7）刚竹毒蛾

【形态特征】 成虫，体黄色；复眼黑色；触角羽状，黄白色；翅后缘中央有 1 个橙红色斑；后翅色浅；足黄白色。卵，鼓形，黄白色，顶部稍平，中间略凹，中央有 1 个浅褐色斑，上顶缘有一浅褐色不均匀环纹。幼虫，初孵幼虫体淡黄色，头紫黑色，体毛稀少。老熟幼虫体灰黑色，被黄色毛和黑色长毛。蛹，体黄棕或红棕色，各体节被黄白色绒毛，茧长椭圆形，丝质薄，土黄色，茧上附有毒毛。

【生活史与习性】 1 年 3 代，以卵和 1～2 龄幼虫越冬。翌年 3 月中旬越冬幼虫开始活动、取食；越冬卵也陆续孵化，到 4 月上旬孵化完毕。3 龄幼虫开始分散取食，食叶量渐增。5 龄幼虫食量最大，在竹梢叶部取食。各龄幼虫均有吐丝下垂习性，老熟幼虫多在竹的上部竹叶或竹竿上结茧。成虫出现期分别为 5 月下旬至 7 月上旬；成虫羽化多在清晨和傍晚。雌成虫将卵产于竹冠中、下层竹叶背面或竹竿上，排列紧密。刚竹毒蛾首先发生于阴坡、下坡及山洼处，大暴发后逐渐蔓延扩展到阳坡和山脊，刚竹毒蛾发生区的阴坡应视作发生基地，是监测的重点地区。

【防治措施】①保护自然天敌，充分发挥森林生态系统的自控能力，加强刚竹毒蛾预测预报，把虫口密度控制在经济允许水平之下。②在成虫羽化期利用成虫趋光性，点灯诱杀。③使用白僵菌粉孢，每亩2个，虫口可下降60%～70%，且能反复感染。大面积发生时，可用飞机超低容量喷洒白僵菌纯孢子。④利用夏天中午幼虫下竹庇荫的习性，用2.5%溴氰菊酯500倍液，超低容量喷洒竹竿及竹头可获得良好效果。大面积发生时，可利用2.5%溴氰菊酯500倍液飞机超低容量喷雾。

（8）竹织叶野螟

【形态特征】成虫，体黄或黄褐色，翅外缘上具1条深褐色宽带，另有3条深褐色横线；卵，扁椭圆形，蜡黄色，卵块呈鱼鳞状排列；幼虫，体色变化大，以暗青色为多，体上各毛片褐色或黑色；蛹，橙黄色；茧椭圆形，灰褐色，为丝土黏结。

【生活史与习性】1年1～4代，常世代重叠，以第一代幼虫为害最重。均以老熟幼虫在土茧中越冬。翌年4月底化蛹，5月中旬出现成虫，6月上旬为羽化盛期。成虫晚上羽化，当晚迁飞到枥（栗）林取食花蜜补充营养，经5～7d交尾，雌虫再次迁飞到当年新竹梢头叶背产卵。成虫趋光性强。6月上旬卵孵化，初孵幼虫吐丝卷叶，取食竹叶上表皮，每苞共有虫2～25头。2龄幼虫转苞为害，每苞有虫1～3头。3龄后幼虫换苞较勤，老熟幼虫天天换苞，每次换苞幼虫就向竹中、下部或邻竹转移1次。严重为害时，全林竹叶均被吃光，影响竹鞭生长及下年度出笋，甚至使大面积竹子枯死。7月上中旬老熟幼虫吐丝坠地，入土结茧。

【防治措施】①劈山松土，可取得较好效果。一般可减少虫茧50%，高者可达80%以上。②灯光诱杀，利用成虫有较强的趋光性，选择较高开阔地点，装置黑光灯诱杀成虫。③释放赤眼蜂防治，6月上旬，成虫刚刚产卵时，释放赤眼蜂（每亩15万头，分2～3次放），寄生于竹织叶野螟卵块，使其不能孵化。④药剂防治，用98%晶体敌百虫500倍液喷雾，施用后1小时幼虫挂丝垂地，挣扎翻滚，次晨即出现大量死亡。用90%敌百虫400倍液，或用20%杀灭菊酯乳油1000倍液喷雾防治。对竹螟蜜源地的板栗及枥树可用80%敌敌畏乳油1000倍液喷雾，以毒杀成虫。

（9）竹笋禾夜蛾

【形态特征】成虫，棕黄色，雌成虫色浅，翅基及前缘近顶处都有1个侧三角形斑，深褐色，翅面有光泽；卵，近圆形，初产灰白色，渐转黄色，卵前为黑褐色；幼虫，头橙红色，体紫褐色；蛹，红褐色，末端有4根刺钩。

【生活史与习性】1年1代，以卵于禾本科杂草及枯叶中越冬，卵2月下旬孵化为幼虫，幼虫在杂草中脱皮2～3次，3月底竹笋出土，2龄幼虫蛀入笋尖小叶，3龄幼虫蛀入笋中为害。5月上、中旬老熟幼虫钻出竹笋入疏松土中结茧化蛹，蛹期20～30d，6月上、中旬成虫羽化，卵呈条状产在杂草叶面边缘，草枯叶卷将卵裹起越冬。竹笋禾夜蛾为害轻重，主要与林地禾本科及莎草科杂草多少有关，地面杂草多的，竹笋的被害率可高达90%以上，没有杂草的竹林竹笋均不被害。

【防治措施】①清除林地杂草，竹笋禾夜蛾产卵于杂草上，小幼虫以杂草为食，因此，清除杂草是防治该虫的主要措施。劈山可降低被害率50％，松土可基本免除为害。②及时挖掘退笋，对受害较轻的竹林，若及早挖除退笋，可减少虫口密度，而其退笋利用价值大。③药剂防治，对幼龄虫可喷洒20％氰戊菊酯乳油2000倍液进行防治。

（10）竹蚜虫

【形态特征】体小而柔弱；触角丝状3～5节，末节中部突变细，明显分为基部和端部两段。有翅蚜翅透明，前翅有翅痣，显著大于后翅。但很多个体常不见翅。腹部膨大而稍呈梨形，第六节或第七节背面生有1对圆柱形管状突起称腹管，能分泌糖液，腹末端具突出尾片。

【生活史与习性】1年多代，以上一年秋天有性雌虫所产下的卵越冬。该虫发生在雷竹种植的次年。5月下旬至7月上旬，是新竹展枝放叶，老竹陆续换叶的季节，地下竹鞭开始生长，也是蚜虫最猖獗的阶段，极易引起煤污病。该虫害在阴湿的竹林中发生严重，可导致竹笋产量大幅下降，为害较为严重。

【防治措施】①使林地通风透光，可减少虫口。②发生初期用2.5％功夫乳油1000～1500倍液喷洒，连续喷2～3次。也可用20％杀灭菊酯1000～2000倍液竹冠喷雾。③保护瓢虫、草蛉等天敌昆虫。

（11）金针虫

【形态特征】成虫，黑褐色，鞘翅上有明显的条状纹；卵，近圆形，乳白色；幼虫，体筒形，头黑褐色，体金黄色，胸部与腹部末节颜色较深，腹部末节圆锥形。初孵幼虫淡黄色，随着虫龄增大逐渐加深；蛹，黄色，裸蛹。

【生活史与习性】金针虫生活史长，约2～3年完成1代。以幼虫或成虫在地下20～80cm处越冬。幼虫在土温6℃时开始活动，10～20℃为活动盛期。幼虫为害较其他害虫幼虫早，当土温上升到25℃左右时，则向深土层移动，11月中旬后，气温下降到6℃以下就停止活动，蛰伏越冬。幼虫期最长达1100多天。老熟幼虫于8～9月在土中13～20cm处作土室化蛹，蛹期20d左右。成虫在9～10月羽化，当年不出土而越冬，在第二年3～4月出来活动，4～9月为盛期，寿命约200d。卵产于表土中，产卵近百粒，卵期约30d左右。

【防治措施】①在竹林中设诱杀堆诱杀幼虫，堆积前杂草用5％亚砷酸钠溶液浸过，草堆大小为40cm×40cm×（10～15）cm，每亩可设6～8堆，草堆埋入地下10cm左右。②被害严重的竹林在笋期过后，用90％晶体敌百虫400～500倍液喷浇。③人工挖退笋时将幼虫直接砸死。

（12）卵圆蝽

【形态特征】成虫，椭圆形，黄褐色至黑色刻点。触角5节，黄褐至黑褐色。前翅外缘基部黑褐至漆黑色，略向上翘。体下及足淡黄褐色。卵，淡黄色。近孵化前，在卵盖一侧出现三角形黑线，中间被一条黑线垂直一分为二，两底角下方各有一个椭圆形红点。若虫，棕黄色，有黑色刻点。头前端缺口状。复眼暗红色。触角4节，灰黑色。从翅芽沿腹背形成"V"字黑斑。

【生活史与习性】1年1代，以2～4龄若虫越冬。翌年4月上、中旬活动取食。5月底、6月上旬成虫羽化，6月下旬开始产卵，7月中旬为产卵盛期。7月上旬出现若虫，10月底、11月上旬开始越冬。老熟若虫群聚竹节上下取食。羽化前2～5d停止取食，爬到竹竿下部枝上停息。成虫不活跃，少飞翔，爬行到竹节上下群聚取食，一株竹上多达千余头。成虫交尾时雌雄成虫可在竹竿、小枝上继续取食，经多次交尾后开始产卵。卵经4～7d孵化。初孵若虫在卵壳的四周静伏，经3～6d脱皮。脱皮后即可爬行，比较活跃，多爬至小枝节上或枝杈交界处取食，很少活动。至4龄时常爬至大枝节上，在枝杈交接处和竹竿上再取食35～50d后停食，排除臭液，坠地爬入枯枝落叶下越冬。

【防治措施】①利用天敌，黑卵蜂对竹卵圆蝽卵的寄生能很好控制其数量的增长；同时捕食性天敌对卵圆蝽也有较强的抑制作用，如蜘蛛、蚂蚁、广腹螳螂和瓢虫，其中以盗蛛捕食量最大。②人工捕杀，当竹林害虫密度很高时，人工捕杀可降低虫口密度。③白僵菌防治，每年3月下旬，在林区点状喷洒白僵菌，每亩用药0.5kg。④药剂防治，在卵的孵化盛末期，或在4月上旬喷绿色威雷。

第六节　采收、贮藏与加工

一、采收

毛笋由于采收时期的不同，有冬笋、春笋和鞭笋之别。秋季竹鞭的笋芽发育早而肥大，到有直径7cm以上，长12cm以上的个体，可在春笋前采收，称冬笋。冬笋采收时，不易看到，要根据竹竿、竹枝的生长情况和土表的异样去判断、采收。春季笋芽刚露头而采收的为春笋。笋体露出土面10～15cm可采收，笋体过长采收影响品质。在夏末初秋，一般只能少量采收鞭笋。毛笋产量一般在11250～15000kg/hm²。

早竹笋只能采收春笋，一般出土5～10cm采收为宜，产量为7500～11250kg/hm²，覆盖精细管理的达37500kg/hm²以上。丛生竹主要采收基部的嫩芽，采笋方法是将土扒开，使笋裸露后用笋刀割除。收笋时选分蘖节下1～3对笋目留下，其笋目基部当年还有笋芽发生采收，有的到第二年才能形成新的笋芽。丛生竹采收期最长，采收技术性强，一般在6～11月采收，产量7500～15000kg/hm²。

二、保鲜与贮藏

鲜笋不仅可以作为蔬菜食用，还可加工成各种竹笋制品，是佐餐的美味佳品，也是绿色保健食品，已成为竹资源利用的一大支柱产业。竹笋保鲜贮藏关键技术一是防止细菌微生物侵染而导致腐烂变质，二是降低其生理活性，推迟呼吸高峰，避免因生理活动导致失水、组织结构老化，以达到保持竹笋的色、香、味、脆的保鲜贮藏目的。

其贮藏方法主要有如下几种。

（1）沙藏法　沙藏法是民间常用的贮藏竹笋的方法。贮藏量大时可选择清凉、通风的室内的空地堆放，可用竹箩、木筐等容器贮存。其方法大体相同。

先在贮藏室或竹箩、木筐底部铺垫一层干净黄沙，厚16.5cm左右，黄沙湿度以含水量60%～70%为宜（捏之能成团，落地能散开），其上竖排一层鲜笋，笋尖朝上。排放好后，在鲜笋的间隙再用黄沙填满，笋上部撒黄沙，盖没笋尖，沙上覆盖一层塑料薄膜。竹笋、筐贮存的应置清凉无风处。在贮藏期中，需定期检查，发现霉烂变质的笋，及时剔除，以防止相互感染。此法可贮存冬笋 30～50d，最长可达 2 个月。

（2）封藏法 将竹笋放入酒坛陶罐或水缸内，容器口用双层塑料薄膜覆盖扎紧，放于室内阴凉处。此法可保鲜 20～30d。

（3）冷藏法 将竹笋贮藏于 0～3℃和 90％～95％相对湿度条件下。采取聚乙烯袋包封，并用多菌灵 500 倍液或托布津 500 倍液防腐，贮藏 40d 后基本上没有失重和腐烂，并保持了良好的商品外观和肉质。春笋的贮藏条件与此相同，贮藏 28d 后，外壳无霉变，笋肉新鲜；用多菌灵和托布津进行防腐处理的，贮藏 38d 后，仍表现良好。

（4）蒸制法 将笋洗净，大笋对半剖开，放入蒸气锅中蒸熟，或放于清水锅中煮至 5～6 成熟时捞起，摊放于竹篮子中，挂通风处，可保存 1～2 周。此法适用于损伤的笋体贮藏之用。

三、竹笋的加工技术

1. 笋干的加工方法

笋干是我国的传统产品，以毛笋、红壳笋、京竹笋等为原料，经蒸煮、漂洗、干燥而成，原料来源广泛，生产方法简单，并可家庭生产。制成的笋干耐储藏，风味佳。

（1）设备与工具

① 笋寮 就是制造笋干的工场。蒸煮、发酵和干燥等处理，都在笋寮内或笋寮附近进行。因此，笋寮附近要有清洁水源和充足的阳光，并且交通方便。笋寮通常就地取材覆盖，宽 4m，长 6～8m。寮侧应留空地一片，用作晒笋干燥场所。

② 蒸煮灶 通常由灶台、锅和木淘三部分组成。灶台用石块和泥土砌成，台高66～100cm。采用 92～105cm 的铁锅为宜。木淘与盖均用棚木制成，木淘下口与铁锅口径相仿，直径等同，盖板厚 2～3cm。该锅一次能蒸煮鲜笋 250～300kg。但木淘与铁锅连接处容易烧焦，在锅边应砌成一条小沟，注水冷却。

③ 笋榨 因承受压力大，需用硬木料制成。笋榨由榨架和榨圈组成，榨架包括榨柱、榨梁、榨桥、榨担、榨梯、马腿和垫木等。榨木下端埋于地下，直立地上，每隔 33cm 安放榨担一个。榨圈的高度不相等，可下高上低，否则上圈过高分量必然重，给工作带来困难，但内口径大小必须一样，以便上下圈对口。榨圈下垫木板，上层加盖压板，压板上还应放 30～60cm 长的粗木板数根，以承受榨梁的压力。

④ 烘房 是烘焙竹笋的地方，也称焙寮。烘房高约 3.5m，四周用泥墙筑成，顶盖竹瓦，在 3m 高处搭装横木，铺篾垫，放置初步烘干的笋，与下层通温，以便继续干燥，下层又隔成 2 间，靠墙两侧用砖砌成烘床，供烘焙竹笋之用。

（2）加工方法

① 蒸煮 也称杀青。其目的是用高温杀死笋肉的活细胞，破坏酶的活性，防止竹笋老化。

在杀青以前需去箨整形。先用刀切去笋尖，再自尖端沿笋体侧削一刀，深达笋肉，然后把刀口插入箨肉连接处，左手扶笋，右手持刀往侧方向用力按下，笋箨即松散脱离，最后削去蒲头，修光根芽点。

先在淘锅内注入 1/3 左右清水，点火烧煮沸后，将较短的笋横放在锅内，较长的笋可将蒲头向下直插空隙处，放入锅内的笋以略高于淘口 10～13cm 为宜。最好上加锅盖，锅底垫篾圈。蒸煮时宜用猛火煮 2～3h，待水再沸腾出淘口时，说明笋已煮熟。

鉴别竹笋是否熟透的方法是：笋肉由白色或青色转变为玉色，看去油光华润；笋衣变软；笋蒲头的根芽点由红色变蓝，选择大笋，将笋针插入其节间时内有热气冒出，并有"噗嗤"之声，表明笋已熟透可以出锅。在蒸煮过程中，要特别注意淘锅内笋要塞实，以便汤料上涌，使上层鲜笋同时煮熟，否则会产生上下生熟不均匀。未熟笋制成的笋干表面变红，食之软而无味。待出锅后，捞净短笋、碎笋和笋衣，然后加水再煮第二锅，煮 3～4 锅后，必须将锅内之水全部换过，否则会使笋干变红而影响质量。

② 漂洗　将出锅的笋放入木桶中漂洗，经水漂洗后捞起，用笋钎从笋尖戳到笋基，把笋节戳穿，让内部热气渗出，也便于上榨时水分溢出。然后转入第二桶内冷却，再放入第三只桶内，使其冷却一夜。务必使竹笋凉透，否则带热上榨易发酵霉烂。漂凉时应注意：漂水要经常流动更换，散发热量越快越好，因而每桶放热笋量不宜过多，以免换水不及时，使制成的笋干表面产生一层"白霜"；如有条件也可检验竹笋是否凉透，可选较大的笋，将蒲头切开，用手试内部是否有微温。

③ 上榨　将拼好的榨圈放在榨桥或垫木上，然后再圈底放上清洁的垫底，再把凉透笋装入，装笋方法有如下几种。

a. 包沿法　将较次的笋身靠圈板，沿板四周先放一圈，或只放两侧，在笋圈内再放笋。第一层笋蒲头向圈，笋尖向内，第二层笋蒲头向内，笋尖朝圈，恰好第二层压住第一层，笋身重叠放满一圈，再放第二圈，方法如前。但笋圈中部应略多放一些，使中间高起，避免发生空隙，也有的使四周沿圈略高。但主要看嫩笋放在哪个位置多，多的位置要略高一些。如有空隙或榨圈四角不实，可以用笋衣填进去，务使无一空隙方可。

b. 梅花法　将一、二圈笋放满后，可先加盖板压榨，以后再有笋，将盖板揭去再加圈加笋。在每次加笋前，应向圈内已放好的笋面上泼一次清水，以免污物残留。待放满一榨后，上面覆盖垫物，即可封榨加压盖。上置枕木和榨梁，一头固定在"千斤柱"上，另一端用石块或其他重物悬挂，徐徐将榨内熟笋压实。刚上榨时，因笋肉的水分一时不能流出，过一段时间，笋榨又会松宽，所以上榨初期要经常检查，一天数次，如发现重物已着地，就要往上升，保持压力，以后就可以几天检查一次，保持一定的压力。当榨圈缝内流出的水带有泡沫及略带红色，表明已压紧了。经压榨后不久就落榨。落榨技术较强，应注意下列问题：封榨后不要随便开榨，如用晒干则一定要等出伏后，看准晴天有把握再开榨，否则易变质霉烂，落榨时笋要放平放实，切莫留有空隙，否则也易变质霉烂。

④ 干燥　笋干干燥过程必须严格管理，因为它直接影响成品的质量与商品价值。

干燥方法有晒干和烘干两种，操作方法各有不同。

a. 晒干法　必须选择天气干燥、阳光强烈的季节，一般选出伏后晒笋较为适宜，择定晒笋期后方能开榨晒笋。晒笋前还要准备好防雨设施。然后开榨把压扁的笋取出，不洗涤，即一片片摊晒在蔑垫上，任其日晒，至第二天中午将笋翻身，此后每天中午将笋翻身一次，约在第五天笋干已晒成五成干时，干燥到这样的程度后，晚上要将笋收进屋子内叠好压平，白天继续晒，直到 10 多天后，笋干已有九成干，将其收进叠好，用木板压上，放 2～3d 让其回潮（肥厚部分有水渗出），再搬出晒 3～5d 就可使笋干完全晒干。晒笋期间如遇上连续三四天阴雨，即应抓紧进行烘焙，不然笋干会变质霉烂。

b. 烘干法　一般在深山区日照短、柴炭较多的地方采用。此法把握性大，能确保质量，比晒干法好，但成本较高。一般立夏即可榨烘笋。将开榨后的笋取出洗涤干净，用竹篾条将笋蒲头串起来，分别将大笋、小笋穿成一串，笋与笋之间相距 6～8cm，然后搁在预先准备好的架上，让水淋干。当凑足焙寮内一次所焙的数量后，放入焙寮内，放笋时要注意将大笋挂在高温处，小笋挂在焙寮门口附近温度略低的地方，使干燥均匀。放好笋后，焙寮下层炭火间沟可同时生火，待沟内炭火烧到表面有白灰时，炭火间的门即可关闭。一般笋在炭火间烘 5～6h 已有五成干，即可取出放到楼栅上再烘。此时应加炭一次，以后每隔 4～5h 加炭一次，并且炭火间的门要打开，促使热气上升，给楼栅上层增温，如此按前法一批一批烘笋。待烘至七八成干后，再拣出，放在上面搁架连续烘干为止。烘笋多少根据焙寮大小而定，一般笋寮烘 500kg 干笋需 5～6 昼夜。但烘焙时要注意：笋刚放入笋寮内 1～2h，火力一定要控制好，温度不能过低，否则烘出的笋干发黑。以后火力要均匀，不宜过大或过小，有经验的农民根据笋尾摆幅来调温度，摆大表明温度高，否则温度低。寮房温度高，空气稀薄，需注意人身安全。

笋是否干燥这很重要，否则笋干要变质。现介绍 2 种笋干干燥识别方法：第一种，经太阳晒干，可将较大的笋脑切开，看中间节稍带有的红色是否消除，如色已均匀，则表示干燥，否则就不干燥。第二种，经火烘干的笋干，一般用手指触笋身较厚部分，如全部坚硬，表示已干燥，若有较软处就未干燥。尚未十分干燥的笋不能储存，以免变质霉烂。

⑤ 规格质量　笋干有凤尾、羊角、短尖、次尖、黄片、付尖等六种规格，其中以凤尾、羊角品质最好，短尖、次尖稍次，黄片又次，付尖属下品。笋干应具备以下要求：笋身干净扁平，色泽黄亮带玉色；脑小（蒲头小），节密身短，肉质厚嫩；干燥、浸水胀性大；嗅之有香味，但略带酸味。

凤尾采用嫩尖制成，要求纯笋尖，色黄亮，无杂色，无碎末，十足干燥。甲级尖长 4cm 左右，乙级尖长 7～8cm，丙级尖长 15cm。

⑥ 操作注意事项　由于操作不善，会导致笋干异常颜色的产生，务必十分注意。

a. 白霜　系煮熟出淘漂凉时由于水少笋多，水温过高而引起的，以后虽已漂凉，但制成的笋干上面生着白色似霜一样的附着物，外观较难看，但不影响滋味。

b. 白色　系未熟的竹笋加工而成，味差。

c. 红色　是由于过熟或煮焦或未凉透即落榨而产生。

d. 发黑　是由晒笋时淋雨霉烂或开榨后下雨又无法烘焙引起变质，或上榨不实，或漂凉未透，使落榨发酵霉烂，一般不能食用。烘笋初期焙寮温度过低也会使笋面发黑。死笋或鲜笋挖后隔天蒸煮，笋干表面无光泽，略带焦黄色，食味差。霉点是在贮藏中受潮而发生的。

笋干应贮藏在仓内干燥处，切忌受潮，不要靠墙或着地安放，发现受潮、霉变、虫蛀或发红，均应及时处理。

2. 清汁笋制调味笋

（1）调味笋原料

① 辣味笋丝　清汁笋，红辣油，色拉油，精盐，白砂糖，味精等。

② 榨菜笋丝　清汁笋，榨菜，辣油，色拉油，精盐，糖，味精等。

③ 辣丝笋丝　清汁笋，红辣椒丝，辣油，色拉油，精盐，白砂糖，味精等。

④ 雪菜笋丝　清汁笋，雪菜，辣油，色拉油，精盐，白砂糖，味精等。

（2）工艺流程

以辣味笋丝为代表，工艺流程为：清汁笋→清洗→切丝→漂洗→脱水→调味→称量→装袋→抽气密封→杀菌→冷却→检验。其他配方的工艺流程和辣味笋丝的工艺流程大致相同。

（3）操作要点

a. 清汁笋清洗　把笋纵向对剖开，漂洗白色酪氨酸结晶和异味。

b. 切丝　笋先去隔去老头，切成 3mm×3mm×30mm 的段。先纵向剖成片，再纵向细切成丝，再横切成短丝。榨菜要去硬皮，再切成丝。小红椒要去蒂去籽后再切丝。雪菜去叶切成 30mm 长。隔和部分老头可收集另行加工。

c. 漂洗、脱水　笋先在冷水中浸数小时后，用自来水漂至无泡沫。用离心机脱水数分钟至无水分流出。榨菜、雪菜要基本漂去盐分。

d. 调味　根据不同配方和口味要求，适当加减盐、糖、醋、辣调料的用量。

e. 称重、装袋　用电子秤称重，每袋注意调料油不要沾污袋口，以免影响封口。

f. 抽气、密封　用真空包装机抽气封口。抽气尽可能充分，以确保杀菌时塑料袋不被胀破。

g. 杀菌、冷却　迅速冷却至室温。压力灭菌停止加温后，外压下降，袋内压仍在高位，常产生塑料包装微孔，引起微生物污染。最好采用反压冷却。

h. 检验　在室温 22℃下放置 7d，无胖袋现象，即可认为杀菌成功。

i. 整形、装箱　检验合格后调味笋用手整平，即可装箱。

（4）成品质量指标

① 感官指标　外观红亮，笋色玉黄色，无油水分离现象。具有竹笋原有的鲜味，口感脆嫩，味鲜带甜辣，无异味和杂质。

② 理化指标和微生物指标　菌落总数 CFU/G＜100，大肠菌群＜3，无致病菌检出。无致病菌及微生物作用引起的腐败现象。重金属含量：砷＜0.55mg/kg，铅＜0.1mg/kg，铜＜0.1mg/kg。净重 118g，但每批平均不允许负公差。水分含量 75.9％，食糖含量 1％。

（5）注意事项　严格执行食品卫生规程，保持操作环境的清洁卫生和各个环节的卫生要求。

3. 家庭竹笋加工

（1）咸毛笋　先将竹笋去壳，削荛，洗净，煮熟后漂凉，再在水泥池中腌制。腌制时一层笋一层盐，用盐量为每 100kg 笋肉加盐 10kg。笋肉在池中放满后加上重压，腌制 2～3 个月。在伏天取出，放在竹簟或水泥场上晒干。

（2）酱笋　取竹笋 60kg，豆曲 6kg，食盐 8kg，砂糖 1.5kg，米酒 1/3 瓶。加工时将鲜竹笋去壳洗净，切成 5～6cm 长的笋块或 3～4cm 长去节的笋圈，太硬笋节不能采用。先将豆曲、食盐和砂糖混合拌均匀待用。选用经洗净干燥的小口大肚陶坛，先将混合的豆曲、食盐、砂糖在坛底撒布一层，然后放入一层竹笋，再撒一层豆曲、食盐混合物，浇下适量米酒。坛口用塑料薄膜封紧，然后用黏土完全密封，放在阳光下晒干。放在通风较好的屋檐下贮藏半年至 1 年，制好的酱笋以纤维变软、呈豆酱状、淡黄褐色、咸味适当并有芳香的为上品。

（3）羊尾笋的加工　用刚竹、淡竹、红竹、石竹等的竹笋，取 20～25cm 高的竹笋，剥去笋壳，每 100kg 鲜笋制笋肉 40～50kg。煮笋，将笋肉放进大锅，一次煮笋肉 30～50kg，放等量清水，每 100kg 笋肉放食盐 15～20kg，用猛火煮 4～5h，炒至半干，有盐霜时出锅，待其自然冷却，而成为羊尾笋。贮藏，把羊尾笋整好塞入瓶内，上面洒上白酒，即可贮藏。

（4）发酵笋的加工　麻竹、龙竹等大型竹种的竹笋可加工成笋丝。制笋丝的麻竹笋以高度 50～60cm 为宜，鲜笋需及时加工。加工工艺流程：去壳→切丝（片）→蒸煮→发酵→干燥→分级→包装→贮藏。去箨，麻竹笋去箨的方法与毛竹笋一样。切丝（片）、去壳的竹笋，用切片机或手工切刀，切成长 6cm、宽 1cm 的长条，除去节隔。笋上半段带有笋尖的部分切成两片，不必细切，制成笋片，俗称"玉兰片"。一般片长 30cm 以上、宽 12～15cm，每片重 0.1kg 为合格。蒸煮，将笋丝（片）放入蒸笼内蒸煮。锅内盛水八成，笋片装满锅口，蒸煮时间约 1h。发酵，把蒸煮后的笋放入发酵笼中，笼底与笼内四周用芭蕉叶铺垫，然后层层堆笋片。将笋丝放在顶层，装满后仍旧用芭蕉叶盖密，上层再覆草席，其上用卵石或细砂压实。发酵时间最少10d，通常放置半年。干燥，晴天，取出发酵后的笋片和笋丝，平铺在竹帘上曝晒，使水分蒸发，正常晒 4～5d，色泽转变为黄褐色而略带半透明时，就可贮藏，在干燥过程中，若遇阴雨天，将笋片和笋丝移到室内通风处风干，或用炭火烘焙。发霉的笋片和笋丝色泽黑暗，无透明感，严重发霉的不能食用。

参考文献

[1] 姜培坤，徐秋芳．雷竹笋硝酸盐含量及其与施肥的关系．浙江林学院学报，2004，21（1）：10-14.

[2] 金爱武，吴鸿，傅秋华等．竹笋高效益生产技术关键．北京：中国农业出版社，2009.

[3] 黄慧德．甜竹笋丰产栽培及加工利用．北京：金盾出版社，2006.

[4] 程智慧．蔬菜栽培学各论．北京：科学出版社，2010.

[5] 肖贤坦．麻竹丰产林培育技术应用．竹类研究，1996，（1）：57-60.

[6] 林岳歆，陈惜贤，陈电锋．麻竹笋高产栽培技术．广东农业科学，2002，（3）：28-29.

［7］方伟，何均潮，卢学可等．雷竹早产高效栽培技术．浙江林学院学报，1994，11（2）：121-128.

［8］周本智．麻竹出笋与高生长研究．林业科学研究，1999，12（5）：461-466.

［9］胡东南，陈立新等．配方施肥对毛竹笋材的影响．江西农业大学学报，2004，04：196-199.

［10］蒋式洪，钟传声，张国镇等．磷钾硼肥对红竹笋品质效应的研究．竹子研究汇刊，2000，19（1）：48-51

［11］陈礼光，郑郁善，姚庆端等．沿海沙地新造绿竹林生物量结构．福建林学院学报，2002，22（3）：249-252.

［12］苏金德．闽南滨海沙地丛生竹造林技术研究．防护林科技，2001，47（2）：4-5，23.

第七章 魔 芋

第一节 概 述

魔芋（*Amorphophallus konjac*）又称蒟蒻、磨芋，在植物分类上属天南星科魔芋属的多年生草本植物，栽培学上属薯芋类作物，是目前已知唯一能大量提供葡甘聚糖的植物。早在 3000 年前我国就已经开始栽培和利用魔芋，在我国南方各省丘陵地区、秦岭大巴山地区、四川盆地、云贵高原、滇南和台湾等地有着丰富的魔芋资源（刘佩英，2003）。我国发现并命名的魔芋有 26 种，利用价值较高的魔芋有花魔芋、白魔芋、田阳魔芋、西盟魔芋、攸乐魔芋和勐海魔芋六个种。

随着有关魔芋科学技术的进步和对外贸易的发展，特别是国内外市场对魔芋需求的激增，魔芋已经引起全世界越来越多人们的充分重视，魔芋资源的开发和利用也不断地深入。人们利用其优质的膳食纤维、低热量、低脂肪、低蛋白质以及吸水性强、膨胀力大等特性，已经研制出对人体健康有益的保健食品、高分子吸水材料、黏结材料、感光材料、医用人工晶体等产品，在工业、食品、医药等行业上有着广泛的利用价值，还将更深层地研究开发出越来越多的各种产品，以进一步延长魔芋深加工的产业链。因此，魔芋产业是极具开发前景的新兴产业，是我国西南片区山区部分农民脱贫致富的支柱产业。

魔芋主要成分是碳水化合物和葡甘聚糖，还含有蛋白质、铁、钙、磷等矿物质，维生素 A 和维生素 B，纤维素以及 17 种氨基酸和人体必需的多种脂肪酸（隆有庆，1998）。从固体化学组成来看，其中水分占 96.5%～97.3%，蛋白质占 0.1%～0.2%，糖质占 2.2%～2.9%，灰分占 0.3%。魔芋的营养价值主要在于富含葡甘聚糖（一种膳食纤维），它不能被人体消化酶消化，但却易被大肠内的细菌发酵，形成短链脂肪酸，其保健作用就是发挥葡甘聚糖对营养不平衡的调节作用。因而，魔芋具有降血脂和抗脂肪肝，调节糖代谢，改善大肠功能和抑制食欲的作用，对一些慢性病，如糖尿病、心血管疾病有一定的防治效果。

魔芋的地下球茎收获后经过一系列的工艺流程制成魔芋精粉，精粉大部分都是作为食用魔芋的原料，是一种低热能、低蛋白质、低维生素、高膳食纤维的食品。传统的魔芋食用方法主要是加工成魔芋豆腐。近年来，随着魔芋科学研究的不断深入和现代食品加工技术的提高，魔芋在食品中的应用越来越广，既可以作为主料制成各式魔芋食品，也可作为辅料添加到各类食品中，以改善食品品质，还可用于制作可食性膜和食品保鲜剂等。除了食品和医药领域外，魔芋在日用化工、石油勘探、建筑建材等领域也有广阔的开发前景。

第二节　生物学特性

　　魔芋起源于热带、亚热带潮湿湿润气候区，为森林下层的草本植物，是在土壤富含有机质而疏松肥沃的环境下发育形成的，因而形成了许多与环境相适应的特征。

一、植物学特性

　　魔芋植株跟其他作物一样，也具有根、茎、叶、花、果实、种子六大器官，魔芋植株由地面和地下两部分组成（图7-1）。地下部分包括地下球茎及由之发出的根状茎、弦状根和须根构成，地面部分包括叶、叶柄；4龄以上的球茎可能从其顶芽抽出花茎及佛焰花，并结果而不抽叶，俗称"花叶不见面"。

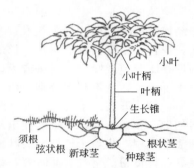

图 7-1　魔芋植株（山贺一郎绘制）

1. 根

　　植物地下所有的根总称为根系，一种是由种子的胚根长成的根称为定根；一种是从茎、叶上长成的根称为不定根。魔芋的根由不定根组成，是由种球茎顶端生长点分化形成的密集环生、肉质、弦状不定根（主根），其上生长有须根（侧根）及根毛，弦根长约30cm，最长可达1m，须根密集、短小，长约3～5cm，最长可达15cm，须根与弦根几乎成直角。魔芋的根系水平状分布在土表以下10cm左右的土壤表层，在良好的土壤条件下，多数根可以长到叶柄长度的1～2倍，这便增大了根系吸收水分和养分的面积。在生长期内，老根不断代谢枯死，新根不断形成，在年生长周期内形成新老的更替过程。此外，魔芋根系没有"破坏性"细胞间隙，根内没有维管和木栓形成层，故不能加粗生长，且弦根分支少，根系空气通道狭窄，因此土层的温度、水分、通透性等的变化与根系的生长有直接关系。

2. 茎

　　魔芋的茎为变态缩短的肉质球茎，形状呈圆球形或扁圆、椭圆形，皮黄至褐色，肉白色，有些种肉色偏黄。顶芽肥大，不同种的芽色不同。顶芽外围有一叶迹圈，圈内形成稍下凹的芽窝，芽窝内的节可见呈螺旋状的芽眼。球茎纵剖面从上到下为分生组织、过渡区域、储藏组织，这与球茎的外部构造相对应。当球茎生长到一定大小，积累了丰富的营养物质后，在球茎的上端和中部，侧芽开始发育并伸长为根状茎，种和品种不同，产生根状茎的数量不同。根状茎一般当年不发芽出土形成新株，而成为下一年的良好繁殖材料。

3. 叶

　　从形态学观点看，魔芋的地上部分全部为叶，直立的秆为叶柄，顶端有大型分裂的叶片。每株魔芋通常一年仅生一片复叶，复叶长出后受损，植株便失去进行光合作用和制作养料的营养器官，被损伤的叶片无再生能力，后期偶尔在球茎的侧芽处生长一片小叶，但对当年魔芋的生长几乎没有作用。叶片通过圆柱状的叶柄支撑并与球茎相连，魔芋叶柄连接叶片与球茎，是二者之间输送养料和水分的器官，叶柄粗壮、中空，一般长 30～80cm，表面光滑或粗糙具疣，底色一般绿色或粉红，上有深绿、暗绿、暗紫褐色或白色斑纹，形状各异。成年的叶片通常呈掌状 3 全裂，由叶轴支撑，裂片羽状分裂或二次羽状分裂，或二歧分裂后再羽状分裂。最后的小裂片在叶轴上互生，大小相间不等，略呈长圆状椭圆形，骤狭渐尖，基部楔形，外侧下延在叶轴上成翅状。叶肉组织具有大型叶绿细胞，细胞间隙大，是森林下层阴生草本植物的特点。

4. 花

魔芋的花是产生生殖细胞和形成种子、果实的器官。在不同的生长发育阶段，形态结构特征也发生相应的变化。魔芋的花为佛焰花，由佛焰苞、肉穗花序、花葶组成，单性，虫媒，雌雄同株。佛焰苞基部呈漏斗形或钟形，上部展开后呈宽卵形或长圆形，暗紫色或绿色，具斑或无斑。开花后凋萎脱落或宿存。肉穗花序直立，长于或短于佛焰苞，从下到上分别由雌花序，雄花序，附属器三段组成。雌花排列整齐，花柱短，柱头开裂。子房近球形，胚珠倒生。雄花花丝粗短，花粉球状，数量多。附属器剑形，长短不一，多数能伸出佛焰苞。雌花先熟。花葶连接佛焰花和球茎，起支撑和输导作用，相当于植株上的叶柄，色泽与形状均与叶柄相似。魔芋开花时奇臭，主要靠苍蝇传粉。空气湿润时容易结果。

5. 果实与种子

魔芋果实为浆果。椭圆形或近球形，初期为绿色，成熟时变为橘红色或天蓝色，1 株 600～800 个果实，每个果实有"种子"1～4 粒，这种"种子"虽着生于子房壁内，但它不是种子，而是块茎，是一个营养器官。块茎进一步发育，形成顶芽及侧芽，外表细胞分化成叠生的木栓层，呈棕色，较坚硬，着生于子房内，实质上仍是一个有性器官，如同种子一样，个均重约 200g。成熟后采收、晾干，与土混合保存，翌年可作为播种材料。

二、生长和发育

魔芋的生长发育包含生长周期和生命周期两个过程，生长周期是指作物从播种到成熟收获的时间，生命周期是指作物从种子萌发到下一代种子成熟的周期。魔芋是多年生草本植物，春季播种后秋季植株倒伏，地下球茎成熟，称为第一个生长周期；第二年春季栽种球茎，秋季植株倒伏，收获第二年球茎，如此经过四个或五个生长周期后才能开花结子，完成其生命周期。

魔芋在每个生长周期内，根、茎、叶的生长变化过程大同小异。其生长周期分为衰减期、生长期、膨大期、成熟期、休眠期 5 个时期（张盛林，2005）。在整个生长周期内，植株的叶、根和球茎也发生相应的分化和生长。

1. 种球茎衰减期

种球茎栽种后，营养物质迅速分解供生长，促进发根、萌芽和新球茎的形成，大约 2 个月后，新老球茎"换头"，种球茎消失，衰减期结束。在衰减后期，叶已经出土并生长，因此，衰减期又称幼苗期。

2. 叶和球茎迅速生长期

在"换头"后，植株进入旺盛生长期，历时 1 个月左右。叶和叶柄迅速增长，新球茎迅速膨大，主要成分含量迅速增加。其中，葡甘聚糖含量增加 110%，淀粉增加 690%。

3. 球茎膨大期

随着生产进程逐渐加快，待换头完成后，子芋摆脱了母芋的生理影响，此时最明显的表现是新球茎的急速增长，大约持续 2 个月左右。此期叶生长已达顶点，叶面积达峰值，叶绿素含量及各种酶继续上升，净同化率达最高，光合产物大量运转积累到球茎中，叶面积不再增加，此期球茎的鲜重及干物质重分别占全生育期的 60% 及 50%，葡甘聚糖及淀粉已达 50% 以上。这个时期是决定魔芋产量及品质优劣的关键时期。

4. 球茎成熟期

从 9 月份开始到 10 月底结束，球茎的葡甘聚糖等多糖类物质积累减缓，干物质增长速度陡降，叶生长趋于停滞，逐渐枯黄，直至倒伏。此时，球茎已经成熟并开始休眠。

5. 球茎休眠期

魔芋在收获后近半年时间内，芽处于相对静止的生理性休眠状态，至次年的 2～3 月，球茎呼吸作用随温度的升高而加强，球茎逐步解除休眠，顶芽开始萌动。

魔芋的生命周期是从种子经过 1 年生，2 年生，3 年生，4 年生或 5 年生再到开花结实的过程，前期为营养生长阶段（约 4 年），后期为生殖生长阶段（约 1 年）。用"种子"播种的魔芋，一般要经 4～5 年后才能开花。用块茎播种的，能否开花决定于块茎的年龄和营养条件。通常，魔芋的营养株只长叶，不开花；开花株，只抽花序而不长叶。由于开花植株不长叶，缺乏营养生长的功能，标志着生命周期即将完成，又开始从种子到下代种子的个体发育史。

魔芋虽然有自然的生命周期规律，但也可以利用科学技术干预其生长规律，达到提早开花结子，进行杂交育种的目的。

三、对环境条件的要求

魔芋起源于热带雨林的底层植被，在长期的自然选择过程中，魔芋也有适应自然生长发育的生存环境，即喜温湿、怕炎热、不耐寒、忌干燥、怕渍水、较耐阴（半阴湿）；对土壤要求疏松、深厚、肥沃、透水性好，土质微酸至偏碱（pH 6.5～7.5）。因此，影响魔芋生长发育的主要环境因素是温度、光照、水分、土壤养分和 pH 值等。

1. 温度

温度是影响魔芋生长发育的重要因素之一，温度的高低直接影响魔芋的生长发育和栽培生产。魔芋不同品种、不同的发育阶段对温度的要求不同，在年平均温度14～20℃，无霜期210～240d 的地区都能种植。气温稳定在15℃时，幼芽萌发。发根温度最低为 10～15℃，最适温度为 23～27℃，18～20℃时生长旺盛。茎叶生长的最适宜气温为 20～32℃，适应温度为 5～43℃。因此，魔芋生长的最适温度为 20～25℃，适应温度为 5～43℃。5～10 月份生长盛期，平均气温应达 14℃以上；7～8 月份气候炎热期间,平均气温不宜超过 31℃,一年中适宜生长期,最少应达 5 个月。

2. 光照

魔芋为半阴性植物,喜散射光及弱光照射,不耐强光照射,而其在生育过程中光饱和点为 20～23klx,光补偿点为 2klx,因此,魔芋的光合作用效率低。在栽培上强调地上遮阴,但种植魔芋的小气候各地不一,很难给出一个合适的荫蔽值,只有掌握原则,因地制宜。

3. 水分

魔芋喜湿润空气和保持相当湿度的土壤环境。魔芋在整个生长季节内都需要充沛的水分,魔芋出苗后,月降雨量在 150～200mm 最适当,在出苗期的生长前期和球茎膨大期,需要较高湿度的土壤环境,以 80% 左右最佳,生长后期土壤的含水量降至 60% 左右,有利于球茎内营养物质的合成与积累。雨水过多,球茎表皮易开裂,产生软腐病,造成田间或贮藏腐烂,降低产量和品质;雨水过少或干旱地区,使得魔芋体内的叶绿素总量和蛋白质含量降低,影响活性氧的代谢并产生生物氧毒害,导致大幅减产和病害的发生。

4. 土壤养分和 pH 值

魔芋是喜肥作物,萌芽期主要依靠种芋提供营养物质,展叶后,特别是换头后新球茎迅速生长期,需要大量的营养物质,在球茎成熟期需求量陡降。魔芋植株干物质含氮、磷、钾分别为 3.23%、0.8%、5.11%,根据魔芋生长特点和需肥规律,科学合理地搭配氮、磷、钾比例,适时施肥。此外,铜、硼、锌等微量元素对魔芋的生长影响也较大,因此,各地还需根据当地土壤状况,适当补充相应的微量元素。总之,魔芋种植应重施底肥,中期适当追肥,在后半期应控制或不施肥。

魔芋适宜在微酸性(pH 6～6.5)的土壤环境,中性和微碱性的土壤也能种植。由于许多传染病菌也喜欢酸性环境而不适合碱性环境,所以实际中通过施用石灰、草木灰的方法提高土壤碱性。

第三节　营养特性

一、主要品种

1. 中国主要品种

我国的魔芋资源丰富,魔芋的栽培和利用也有上千年的历史,但由于其价值未被认识和开发,其种质资源的研究、驯化、选育等还处于比较原始的作物状态。除日本以花魔芋选育出几个栽培品种外,其他国家主要栽培的是生物学分类的种或其他地方类型,而不是栽培品种。现将我国栽培较多的几种魔芋介绍如下。

(1) 花魔芋 (*A. konjac* K. koch) 又叫蒟头、鬼芋、花梗莲、天南星、麻芋子等。分布范围广泛,遍布于中国产区,从陕西、宁夏到江南各地以及喜马拉雅山山地至泰国、越南都有分布,是我国最重要的栽培种。花魔芋由于适应性强,块茎大,产量高,葡甘聚糖含量高,品质好,是当前魔芋属中综合性状最好的一个种,广为各主产国种植,不足之处是耐热性稍差,抗病力不强。

花魔芋的球茎近球形，直径 0.7～25cm 以上，顶部中央稍下陷，有根状茎，表皮暗褐，肉为白色，有时微红。叶柄长 10～150cm，基部粗 0.3～7cm，黄绿色或淡红色，光滑，有绿褐色斑块，基部有膜质鳞片 4～7 片，披针形，粉红色，有绿褐色斑块。叶片呈绿色，3 裂。一龄植株只有 5 小裂片，随着年龄增大，小裂片增多。花序柄长 40～70cm，粗 1.5～4cm，色泽同叶柄。佛焰苞为漏斗形，长 25～43cm，基部席卷。佛焰苞外表呈苍绿色，含暗绿色斑块，里面深紫红色。肉穗花序比佛焰苞长 1 倍，雌花序圆柱形长约 3.5cm，雄花序长 8cm，附属器剑形，紫红色，长 30～60cm，中空。花丝联合，长宽各约 2.5mm。花粉球形。柱头 3 裂或 2 裂，具乳头状突起。果实椭圆形，初为绿色，成熟时橘红色。花期 4～5 月，果期 6～8 月。

(2) 白魔芋（*A. allbus* P. Y. Liu et J. F. Chen） 是西南农业大学刘佩英、陈劲松在 1984 年发现并命名的新品种，为中国特有，自然分布仅在金沙江河谷一带，主要分布在四川省南部的屏山县、雷波县等及云南省北部的永善县、绥江县等海拔在 800m 以下地区。

白魔芋植株矮小，仅 60～80cm，球茎扁球形，直径 0.7～10cm，表皮褐色，肉质洁白，根状茎发达。叶柄黄绿色或绿色，光滑，有微小白色或草绿色斑块。佛焰苞为船形，长 12～15cm，基部席卷，淡绿色无斑块，肉穗花序等于或短于佛焰苞。雌花序长约 1cm，淡绿色，在雌雄花序之间有 1cm 长的不育花序，雄花序呈长圆筒形，长约 3cm，粗 1.2cm。附属器圆锥形，先端钝状，6～9cm，有明显乳头状突起，黄色。花丝联合，长宽各 2mm。花粉金黄色，球形，子房淡绿色，长 2mm。柱头圆形，无分裂，具有乳头状突起。果实椭圆形，初为淡绿色，成熟时橘红色，花期 5～6 月，果期 7～9 月。

白魔芋为葡甘聚糖魔芋中品质最佳种，含量达 60% 以上（干基），分子量稍大于花魔芋，且耐软腐病和白绢病的能力强于花魔芋，但其产量较低，根状茎与球状茎比例过大，不提倡普遍盲目引种。

(3) 黄魔芋 是多个魔芋种的统称，因其球茎肉质呈黄色，所以统称黄魔芋，包括田阳魔芋（*A. corrugatus*）、攸乐魔芋（*A. yuloensis*）、疣柄魔芋（*A. paeoniifolius*）、甜魔芋（*A.* spp）等。其中田阳魔芋葡甘聚糖含量达干基的 50%；攸乐魔芋则只含 33.63%，但淀粉含量达 38.7%；疣柄魔芋和甜魔芋均不含或含极少量的葡甘聚糖，可作为蔬菜食用和淀粉作物。

2. 日本魔芋主要品种

日本栽种魔芋大约有 1500 年的历史，是从中国传入的，主栽种为花魔芋。在长期的栽培过程中演化为几个地方品种，简介如下。

(1) 魔芋农林 1 号（榛名黑） 为花魔芋种内不同品种间杂交成的新品种，母本为中国种，父本为日本本地种，1949 年将杂交获得的 F$_1$ 代育成实生苗，经系统鉴定选育而成，1962 年注册"魔芋农林 1 号"，命名榛名黑。该品种株形为"Y"形，地上部形态酷似中国种，近小叶稍大，叶柄小白斑稍少，呈暗黑色。球茎似父本，其膨大性极好。该品种为中熟品种，发芽展叶早。对日灼病和黄化病等气候性灾害的抗性较本地种强，抗软腐病及干腐病能力与父本相当，对叶枯病和根腐病抗性弱。该品种适宜在日本海拔 200～400m 的中丘陵地带种植。

（2）魔芋农林2号（赤城大玉）　该品种的母本为中国种，父本为日本金岛本地种，1955年将杂交获得的F₁代育成实生苗，经系统鉴定选育而成，于1970年注册"魔芋农林2号"，命名为赤城大玉。该品种株形为"T"形，叶片比叶柄长为其特点。球茎膨大能力强，产量高，品质好，对黄化病及叶枯病抗性强，对软腐病抗性不强。适宜在日本海拔300～600m的中高丘陵地带种植。

（3）魔芋农林3号（妙义丰）　该品种于1971年以母本为"群系26号"，父本为中国种的一个高产株系"富冈支那"杂交，从杂交后代选育而成，1997年以"魔芋农林3号"注册，命名为妙义丰。2001年起开始在日本各地作适应性多点试验。该品种对叶枯病及根腐病的抗性强，产量高、出粉率高、品质好。适宜在日本海拔100m温暖平地至半高山地区种植。

（4）魔芋农林4号（美山增）　该品种于1980年以高产的"群系55号"作母本，以优质的土著种为父本进行人工杂交，以球茎形状与品质为主要标准筛选出一个系统，2002年9月以"魔芋农林4号"注册，命名为美山增。该品种小球茎比例高，适合机械下种，产量高、品质好，加上属于中熟的抗病品种类型，其推广应用前景看好。

二、营养特性

魔芋为多年生草本植物，其生长发育包含生长周期和生命周期两个过程。每年完成一个生长周期，分为生长活动期和球茎休眠期。魔芋的生长活动期最先萌动的是顶芽，养分由球茎提供，然后生根、展叶，营养生长，到球茎膨大，直至地上部分枯萎。如此经过四个或五个生长周期后才能开花结子，完成其生命周期。

魔芋从种芋萌发到出苗长叶，只需保证充足水分而不需任何肥料，此时魔芋的生长完全靠种芋提供营养。在叶片展开后特别是地下块茎膨大期，需要不断地提供充足的肥料和多种必须的养分来满足生长的需要。魔芋植株在整个生育期中，需要量较多的元素有氮、磷、钾、钙、镁、硫和硅等，较少的元素有铁、锰、硼、锌、铜和钼，其中以氮、磷、钾的需要量较多（表7-1）。缺氮素区魔芋球茎的产量减产最大，其次是缺钾和缺磷区。其中对小球茎（子芋）产量影响最大的是钾，其次是磷和氮。魔芋在整个生长期内吸收钾肥最多，氮肥次之，磷肥最少。在不同生育阶段对氮、磷、钾的需求也有所不同，换头期前，对氮、磷、钾的需求少，球茎膨大期达到最高，成熟期时最低。因此，在换头期前，氮磷钾的比例应钾大于氮大于磷，要重视钾肥的补充。通常每产2500kg球茎，需纯氮（N）25kg，磷（P_2O_5）30kg，钾（K_2O）30kg。2年生和3年生的种芋比1年生的施肥量有所增加。氮磷钾的合理配合使用还可用降低病虫害的发生率。

表 7-1　魔芋植株主要三要素含量（崔鸣等，2004）　　　　　　单位：%

要素	茎　叶		精粉	飞粉
	干重	鲜重		
氮(N)	3.23	0.16	2.96	1.80
磷(P)	0.80	0.02	0.92	0.78
钾(K)	5.11	0.18	2.15	2.13

　　钾肥能有效地促成碳水化合物的合成和运转，可健壮植株，增强抗病、抗旱能力，加速养分输送，增加球茎中葡苷聚糖的含量。提高品质和贮藏期。魔芋干叶中含钾 $4\%\sim5\%$。其地上部分与地下部分大量吸收钾肥，土壤缺钾肥，会影响球茎和子芋产量，使葡甘聚糖颗粒细小，球茎含水量减少，精粉比例降低。但钾肥过量又会引发缺镁，因此，田间管理要注意土壤钾镁平衡。

　　氮肥可促使地上器官繁茂，叶绿细胞增多，提高光能利用率，有利于有机物积累和增加蛋白质含量。缺氮会使魔芋叶片变黄，呈现黄斑，球茎膨大率极大降低，导致减产。但施氮肥过多会导致地上部分疯长，植株柔软，抗病虫害能力降低，种芋不耐贮藏。

　　磷参与植株体内糖代谢，足够的磷肥可保证植株正常生长发育，提高球茎产量和品质，增加淀粉和葡甘聚糖的含量和耐贮藏。

　　钙是组成细胞壁的元素。魔芋干叶中含钙 $3.1\%\sim3.6\%$，钙在植物体内能与果胶酸结合，有联结细胞的作用，又可中和植物体内的有机酸，有助于葡甘聚糖结晶的形成。缺钙时，细胞壁的形成受阻，影响细胞分裂。因此，必须注意施钙肥。

　　镁是叶绿素的构成物质，魔芋生长期缺镁，叶缘或叶脉间出现黄化，严重缺镁时，叶芽一展开就出现黄化，同时很容易倒伏，以子芋和二年生的魔芋发生最多。长期雨后的烈日暴晒、酸性土壤、缺镁的芋种等都易导致缺镁症。

　　铜、硼、锌等微量元素对魔芋的生长发育也有很大作用。铜能增强呼吸作用和提高净光合率，增加叶绿素和蛋白质含量，延缓叶片衰老和提高植株抗旱力。硼能与游离态糖结合，促进糖的运输，增加球茎的产量。

　　魔芋的根为肉质弦状根，根系浅，吸收力不强，必须注意土壤的培肥和科学的施肥。因此，种植魔芋时一定要施足基肥。出苗后要进行科学追肥。由于各地的环境条件的差异，施肥时要充分分析当地的立地条件、气候条件、生长发育状况等，采用适于魔芋产地的施肥方法。李端波等（2007）在湖北竹溪县试验表明，施 N $225kg/hm^2$、P_2O_5 $97.5kg/hm^2$、K_2O $262.5kg/hm^2$ 的产量和经济效益都最高。

　　魔芋的生长规律是先长营养体，再进行养料的制造和积累，一棵植株只一片叶，这片叶长大后，一年内就不再长叶了。所以肥料供应上应以前期为重点，通过重施底肥、早施追肥来解决。后期球茎的急剧增重，主要是碳水化合物，是水和二氧化碳通过光合作用合成的，不从土壤中吸收很多养分。这阶段的土壤养分主要用于植物新陈代谢的维持，与产量的增加直接关系不大，所以基本上是一个维持量的供应。所以，施用肥料应以有机肥料为主，适当搭配化学肥料，即以基肥为主，追肥为辅。有机肥肥效缓慢且养分齐全，还能起到松土作用，但未腐熟好的有机肥也易引起病害；而化学肥能迅速提供植株所需的营养元素，二者要合理地搭配才能更好地供给魔芋生长发育所需的营养物质。通过科学施肥，下足基肥，合理地分期追肥才能使魔芋前期生长早，中期长势猛，后期不早衰。基肥占总施肥量的 $80\%\sim90\%$，搭配足够的钾肥来补充土壤中钾素的不足。

　　追肥应根据魔芋不同生育阶段、苗情和天气情况分别进行。原则是生育前半期供给充足养分以确保地上部生长旺盛，而后半期（7月下旬至以后）在维持有效供给必要的养分条件下，应减少施肥，使植株逐渐减少吸肥量，以获得肥大而充实饱满的球茎和根状茎及小球茎。追肥量占总施肥量的 $10\%\sim20\%$，在齐苗至白露季节进行 $1\sim$ 2 次追肥。当 80% 以上的魔芋幼芽露出土面时，每亩用 $250\sim300kg$ 的人粪尿加适量的化学氮素肥料，掺水 2 倍或单独用尿素 $2\sim3kg$、掺水 $3\sim4$ 倍泼浇，促进幼苗生长。第二次在 6 月底至 7 月初，地上部分处于旺盛时期，畦面上撒施垃圾土、畜粪和灰肥等混合肥料，或用氮磷钾复合肥 $5\sim7.5kg$，混合菜园肥土撒施，以促进块茎膨大，白露前后再用人粪尿 $250kg$ 掺水 3 倍，浇一次薄肥，以增强地上部分的长势，防止早衰，提高产量。另外，由于魔芋展叶后，田间操作易伤植株，加重病害，所以在病重地区，宁可不追肥，而在喷药时加入 0.5% 磷酸二氢钾作叶面追肥。

第四节　栽培季节和栽培制度

一、栽培季节

魔芋的栽培必须在种球茎的生理休眠期解除后和平均气温回升到 $12\sim14℃$，最低气温在 $10℃$ 左右时。中国产区的温暖地带，一般在 3 月下旬种植；海拔较高，纬度偏北的地方，4 月份种植。品种不同，栽种期也不一。花魔芋的解除休眠快于白魔芋，萌芽所需的温度稍低于白魔芋，因而在同一地区，花魔芋可稍早种植。总之，凡是温度升高到所需温度，应及时种植。

魔芋的播种期分冬种和春种两种。①冬种。适用于冬季霜冻轻、冰雪少的地区。方法是：秋末将魔芋挖收后立即播种，使其在地里越冬。冬种是传统的半野生种植方式，如果在挖大留小时，不注意将种芋适当深植，霜冻之后种芋的损失可高达 50%，因此一般不鼓励采用这种种植方式。然而这种传统方式却对恢复、保持种性有一定好处。②春种。在高海拔、高纬度和高寒山区，冬季平均气温低，冰冻严重，魔芋块茎在地里容易受冻腐烂，必须进行春种。春种一般是在 $4\sim5$ 月，当气温回升到 $15℃$ 以上时播种。播种不宜太早。据王晓峰等（1996 年）在陕西秦岭山区岚皋县进行播期试验，结果表明秦岭山区适宜播期以 5 月 5 日前后为佳。若播期延迟，则生长期相应缩短，营养积累减少，难获高产。加之，魔芋贮藏到 4 月底后，芽子萌动，过晚播种，也易使芽子受损伤，影响出苗。春种是较为合适的种植时间，可普遍采用。

二、栽培制度

魔芋的栽培制度主要有：轮作制度，间套作制度和留种田制度，在制定这些制度时要充分注意防病和增效。

1. 轮作制度

因魔芋有软腐病、白绢病、根腐病、枯叶病等严重病害，其病残株均带病菌留在土壤中成为传染源，轮作制度是切断病原传播的根本途径。因此，魔芋忌二三年以上的连作，特别是已有病害发生的田地，3 年后必须轮作。如有新开垦的荒地最好，如果没有，选地前要避开十字花科和姜等易感染软腐病的作物和易感染白绢病的茄科作物，如：黄瓜、大白菜、辣椒、茄子、烟草、马铃薯等作物，一般与禾本作物接茬最好，如玉米、小麦、红薯，或者非茄科的蔬菜、中药材等，有条件的选择水旱轮作更好。

在较大范围（如一个乡或县）内可以考虑长期发展规划，提倡一乡（村）一品，未来发展区暂不开垦零星种植，以留出一片净土供以后发展利用。

2. 间套作制度

魔芋最忌强烈持久的直射光。光照过强，超过了魔芋光饱和点，会使光合效率降低。同时长时间的强光照，还会引起环境温度急剧升高，造成叶部灼伤，加重病害。

间套作的关键是要掌握"度"，即间套作物田间布局合理，密度适当，荫蔽适度。荫蔽度应因地制宜，不可死搬硬套，国内外实验证实以 40%～60% 荫蔽度较适当，既能抑制病害，又有较强光合作用以保证产量。刘佩英等（1983）用纱布作遮阴物试验证明，适当遮阴能明显增加产量。这种作用主要因荫蔽能降低叶温保护叶片，降低土温，避免板结，促进根系发育。并指出，在温度较高、日照时间较长而强的地区，荫蔽度以 60%～90% 为好；而在日照较短、较弱、温度又低处，以 40%～60% 的荫蔽度较好。在日照较强的地区栽培时，可以与玉米等高秆作物和林木、果树进行间作套种，形成上有高秆作物和林木果树、下有魔芋的立体种植模式，既满足了魔芋需遮阴的要求，又节约了土地，提高单位土地的利用率和产出率。下面介绍几种常见立体栽培的模式（表7-2）。

表 7-2 常见立体栽培模式（张和义，2001）

栽培模式	高秆作物株距×行距/cm×cm	套种魔芋行数/两行	魔芋行距×株距/cm×cm	魔芋栽培量/(株/hm²)
魔芋＋玉米	15×200	4	40×40	44820
魔芋-油菜或小麦＋玉米	20×200	4	40×40	44820
魔芋＋猕猴桃或桑树	200×200	2	40×40	24000
魔芋＋苹果或梨（1～3年生）	250×400	5	40×40	31250
魔芋＋苹果或梨（4～6年生）	400×500	6	40×40	30000
魔芋＋桃树或枇杷（1～3年生）	200×300	5	40×40	41000
魔芋＋桃树或枇杷（4～6年生）	300×400	5	40×40	31000

说明：魔芋-油菜或小麦＋玉米模式中，在油菜或小麦中套种魔芋，待油菜或小麦收获后在油菜或小麦行中套玉米。

3. 留种田制度

魔芋作为一项产业发展后，要改变过去那种"收大留小"的做法，应设立种子田。留种田应占魔芋规划总面积的 30% 左右，这样才能保持魔芋的长期发展。

第五节 栽 培 技 术

一、选种和选地

首先应按照地区种植区划（杨代明等，1990），尽量就近或就地选购适宜的魔芋种，就近无法解决的种源，可异地调种。如云南昭通沿金沙江干热河谷一带发展白魔芋；德宏、版纳一带发展黄魔芋；滇中发展花魔芋；贵州基本为花魔芋等。其次，我国魔芋资源丰富，有花魔芋、白魔芋、田阳魔芋、攸乐魔芋、勐海魔芋等。由于花魔芋自然分布广，适应性强，品种好，适宜广泛推广选用。花魔芋因在当地长期无性繁殖，形成许多地方品种，如万源花魔芋、綦江花魔芋、楚雄花魔芋等，这些魔芋品种都较好。白魔芋起源于金沙江流域，其品种优良，适应性广，成为近几年的调种热点，但目前存在异地种植、根状茎发达、自生繁殖慢等缺点，其潜在价值有待开发。

魔芋对生态环境的要求很严格，种植区选择不当，勉强栽种，会有较大的损失甚至失败。因此，选地既要考虑种植田块的土壤状况及前作，还要考虑种植田所处的生态环境。从《中国魔芋种植区划》可知，中国秦岭以南有大面积的魔芋适生地带，特别是云贵高原、四川盆周山地、南岭地区等。由于各地的海拔高度、地形地貌、植被等因素的不同，魔芋的生长环境仍有很大的差异。魔芋喜温暖湿润、忌高温、强光、干旱。种植魔芋最理想的环境是：土壤有机质含量丰富，疏松肥沃，土层深厚，保水保肥透气，不渍水且多年未种过茄科作物的沙壤土，pH 为 6.5～7.5。因此，选择地带一般掌握在 5～10 月气温不低于 $14℃$，7～8 月最高气温不高于 $31℃$，7～9 月降雨量大于 200mm，空气湿度 80%～90%，有天然或人为的适当荫蔽地区。在田块所处的小环境方面，应选择夏季阴凉湿润，秋冬季温暖干燥的有荫蔽物遮挡的半阴半阳的背风地带。

选好种植田块后先要进行整地。由于魔芋的根系浅，但大块茎长得深，要深入土层，因此整地要求冬前深耕，不必整理，但需在整块地的四周及畦间挖好排水沟；播种前要深耕细整，整土作垄，提倡高畦深沟，保证适时高质量的播种；播种后要注意清好围沟、腰沟，以免雨后渍水。

二、繁殖

魔芋的繁殖主要为无性繁殖，与其他薯类作物相比，具有繁殖率低，皮薄、肉脆、易受伤，种芋的退化机理不明等特点。因此，魔芋的繁殖方法主要有：根状茎繁殖、切块繁殖、小球茎繁殖、顶芽繁殖、"种子"繁殖等（陈劲松等，1993）。

1. 根状茎繁殖

魔芋根状茎是由魔芋球茎上的不定芽萌发形成的，根状茎一般为棒状，有明显分节，节上有侧芽，有较强的顶端优势。带顶芽的根状茎相当于一个小子芋，具有较强的顶端优势，还有成活率高、生长快等特点。魔芋球茎上可形成许多根状茎，用它进行繁殖，能获得大量优质种芋，是生产上最重要的繁殖方法之一。具体方法是：将魔芋根状茎收集起来，根状茎长在 10cm 左右，可不分切，若 20cm 以上，可分切为 2～4 段，每段必须带芽 2 个以上，切口应风干；将根状茎集中保存，留作明年的种芋；在播种前 1 个月将上年选好的根状茎消毒，建苗床催芽，发芽（1cm）冒根时进行定植，播根状茎时将芋头芽向上且基部插入土壤中，最后盖土起垄。这种方法主要是提高大家对不在意的根状茎实施重点栽培，缩短商品芋的生产时间，同时减少成本，降低风险。

2. 切块繁殖

将球茎切成若干块进行繁殖，是提高繁殖系数的有效手段。由于魔芋球茎顶端优势强，切块时一般以顶芽为中心，纵向等份切块，破坏顶芽，使得每个切块所带侧芽萌发生长。在种芋缺乏的情况下，对重量在 500g 以上球茎采取切块繁殖。一般在春季下种前的晴天切块。方法是：用薄片利刀果断地从顶芽纵向切成 4～8 块，切块时尽量不沾水，切面要平整，尽量减少对球茎的损害。将切面水分晾干后浸入 0.05％的高锰酸钾溶液 5～10min，待伤口愈合，即可播种。切块播种时要使皮部向上，切口向下，平放或倾斜放置，以利于魔芋幼芽出土，待侧芽萌发后即可下种栽培。

3. 小球茎繁殖

将重量在 250g 以下一年生球茎或二年生球茎采用整球繁殖，即按球茎大小分类保存，单独种植。用小球茎繁殖，因其出苗率高、生长快、产量高，得到了广泛应用。

4. 顶芽繁殖

在魔芋种芋比较缺乏的地方，还可采用魔芋顶芽繁殖方法。具体方法是：在商品芋用于加工前，用刀从距顶芽 3～4cm 处，向球茎下方斜着将芽取下，使得带芽球茎呈上大下小的半球形。切口用消毒粉处理，并晾晒后贮藏，待来年 3 月底至 4 月初单独播种种植。

5. 种子繁殖

这种繁殖为有性繁殖，在魔芋开花受精后，可以结出数百粒的"种子"，这些"种子"生命力极强，经来年播种后，精心管理，再经二年的培育后即可生产商品芋。此方法主要用于有目的的杂交育种，生产成本高，难以推广。

三、播种

1. 播种前的准备工作

（1）播种前种芋的选择与处理 种芋的质量对病害严重与否和叶与根的初期生长有很大的影响。因此，种芋要选择球茎充分成熟、表皮光泽、芽窝小、口平、顶芽粗壮、表面无疤无伤无病、花魔芋重量在 500g 以下、白魔芋在 50g 以下的作种。繁殖材料以两年生植株上着生的根状茎最好。选好种后栽种前对种芋要进行消毒处理，一般方法为：

① 用 1000 万单位的农用链霉素 600～700 倍液浸种 0.5～1h，取出后晾晒 1～2d。

② 用 40％的福尔马林加水 200～250 倍液浸种 20～30min，或用 0.1％高锰酸钾液浸种芋 10min，取出晾晒 1～2d。

③ 用种芋重量 2％～3％的甲基托布津或多菌灵粉剂做种芋粉衣消毒，用填充剂石膏或草木灰与药混匀，在浸种后趁湿裹上粉衣。

播种前 15～20d，将已经消毒的种芋用温床、冷床或薄膜覆盖等方式在 15～25℃、相对湿度为 75％的疏松土壤中进行催芽，待芽长出 1cm 左右即可种植。催芽可以提早发芽，淘汰弱株，减轻病虫害，提高产量。催芽时间要适度。大面积生产不宜进行催芽。

（2）施肥 魔芋的根为弦状根，根系浅，吸收力不强，因此要重视培肥土壤和重施基肥。培肥土壤是在整地时大量施入腐熟堆肥，堆肥的沤制在前一年夏秋季开始，以秸秆、青草为主要材料，适量加入畜粪、钙镁磷肥或钙镁肥加磷肥进行沤制，待充分腐熟后使用。基肥则以施肥量的 70%～80% 在栽种时施于种植沟内或在沟旁另挖施肥沟施下。施肥量应根据地区、土壤、种龄、魔芋对氮、磷、钾的需要量及利用率进行。

2．播种

魔芋块茎上端有一凹陷的芽脐，其凹陷程度随着块茎的增大而加深。芽脐容易积水，积水后常使芋芽和块茎腐烂。因此，栽植时应按芽脐的深浅不同，采用不同的倾斜角度。商品栽培时使用的种芋一般较大，芽脐较深，栽植时茎芽应向上倾斜，最好面向东方，这样既可避免雨水等积留于芽脐周围，又可尽早接受阳光，提高温度，促进出苗。芋种不能倒栽，否则影响出苗。

用根状茎作种播种时，顶芽宜朝向一边，一根接一根插入。有些地方播种时，先将种芋包于稻草或杂草团中，再将种芋同草团一起埋入土中，既可保护种芋，草团腐烂后又能使土壤疏松、肥沃，有利于魔芋生长。但生长初期，草团腐解过程中，要消耗一些氮素，所以应及时补充氮肥。

魔芋播种的深度一般以块茎上部位于土表下 3～5cm 为宜。过深，不利于幼苗生长，出苗迟，产量低，播种时最好用火烧土盖种。因土壤经过熏烧，肥分多，尤其含钾量丰富，又无病虫，效果更好。

四、定植

1．种植密度

魔芋的种植密度与种芋的大小关系密切，种芋越大，栽植密度越大。为了加强通风透气和便于田间管理，一般采用宽行距，窄株距。根据日本的经验，行距约为种芋横径的 6 倍，株距为 4 倍左右。在我国栽植时可根据不同重量的种芋，分成不同的栽种方式（表 7-3）。

表 7-3　魔芋的参考种植密度（何家庆，2000）

种芋个体重量/kg	行距/cm	株距/cm	种芋个数/(千个/hm²)	用种量/(kg/hm²)	预计产量/(kg/hm²)	预计高产量/(kg/hm²)
0.4～0.5	50～60	33	45～525	22500	75000	120000
0.3～0.4	33～43	26～33	52.5～60	15000	60000	90000
0.2～0.3	33	26	60～67.5	12000	45000	75000
0.1	26	20	75～82.5	9000	37500	60000
0.05	26	16	90	4500	30000	45000

从表 7-3 可以看出，魔芋的产量随着种芋的增大而增加，在条件允许的情况下，选择 350～400g 大种芋作种，可达到高投入、高效益的效果。综合考虑山区经济条件和农民的栽种习惯，以选用中等偏大即 250～300g 种芋作种较好。以上各种规格的种芋，结合适当的当地条件分档密植，在确保不发生病害的前提下，其产量预测保证率可在 80% 左右。

2．栽植

按计算好的株行距开沟或开穴，不同的地形栽植方法不同，具体方法如下。

（1）垄作　适宜在较平坦的地块应用。方法是：按 50cm 的行距开沟，沟深 5cm，按株距 40cm 播入种芋，主芽向上，由两边拢土做垄，垄高 12～20cm，垄底宽 25cm 左右。

（2）穴栽　适宜坡地应用。种植时，按 40cm 见方距离挖穴，穴深 25cm，宽 25cm。将种芋主芽向上，放入坑的中央，覆土厚 10cm。

（3）堆栽　适宜土质较黏的平地应用。方法是：按 40cm×40cm 的株行距，将种芋置于地面，主芽向上，然后由周围壅土做堆。

（4）大小种块间栽　将魔芋大粒种块与小粒种块互相间隔种植，行株距 46cm×19cm，每畦 3～4 行，使地上部分形成多层次结构。其优点是：可以充分利用光温资源；夏季高温干旱期还可减少地表水分的蒸发，提高产量；同时选用不同大小的块茎间栽，收获后大块茎作商品，小块茎留作种用，逐年繁殖，可以争取持续增产。

（5）宽畦统种撒栽　这是一种普遍采用的宽畦温床式种植法。种植时，先把上层土壤向四周拨开，修成宽幅播种畦，畦内下层填入基肥，其上覆盖 1 层薄土。然后，把大小种块混合撒播，再均匀地撒下肥料，覆土盖草。这种方法占地少，但密度不匀，出苗后容易发生强苗欺弱苗的现象，生长不整齐，影响产量。所以，一般是在种芋分级时，将淘汰的小种块用统种撒栽式种植，作繁殖种芋用。

五、田间管理

魔芋的田间管理是魔芋生长周期中占时间最长的一个环节，也是农事最繁琐的重要环节。通常包括：除草、培土、追肥、灌溉、病虫害防治等，在这些管理中，应以防病虫害为重点，其他的措施都比较简单。

1. 除草

魔芋出苗的时间正值春暖花开的季节，而此时也是杂草生长旺盛的时期，尤其是小种芋刚出苗后光合作用受到影响，因此，魔芋要进行田间除草。魔芋田间主要草害有辣蓼、灰天苋、三叶草、水篙、竹节草等。这些杂草与魔芋争肥争养分，影响魔芋根系和球茎的正常生长，是造成魔芋减产的重要原因之一。

除草包括人工机械除草和化学药剂除草两种。人工拔草应在雨过天晴时用手扯，不要踩厢面和伤及植株，特别是魔芋展叶后的除草，因为魔芋的根系浅，中耕除草很容易伤根，导致染病。除草剂除草应在春耕整地后喷施土壤或魔芋出土后在喷嘴上戴个防过分扩散的罩，并且尽量靠近地面，千万不能喷在魔芋芽或植株上。在魔芋生长后期如有少量的杂草，只要不影响魔芋的生长，可不再除草。

2. 培土

魔芋种植后约一个月才开始萌芽，此时趁根群还未生长进行浅中耕，破除土表板结层，增加土壤的通透性，同时进行培土或培土与施基肥相结合。将沟中土壤培于种植沟上，增大土壤通气面，促进根状茎发育和保护上层根群。培土厚度应根据立地条件、种龄及气候等综合考虑，一般宜培土 7～10cm。

3. 追肥

魔芋除重施底肥外，还要重视叶面追肥和地面追肥。追肥原则是生育前半期应供给充足的养分以确保地上部生长旺盛，而后半期在维持有效供给必要的养分条件下，应减少施肥，以获得肥大而饱满的球茎和根状茎及小球茎。叶面追肥以速效化肥磷酸二氢钾及微量元素肥为主，主要促进叶面转绿和补充微量元素，可在 7 月中旬每 20～25d 追肥一次，连追 2～3 次。叶面追肥还可以和防病虫害的药剂混喷施用；地面追肥主要是在魔芋出苗展叶时，即 7 月上旬、8 月上旬分两次追施农家有机肥，对于底肥不足的魔芋也可追施复合肥。

4. 覆盖

覆盖是魔芋栽培管理中的重要措施，它可以减少土壤板结、干旱、地温上升和病虫害的发生，还可防止暴雨造成土壤流失，避免根群暴露，保护土壤团粒结构，调节土温及湿度，防止杂草丛生，显著提高魔芋产量。覆盖材料以稻草、麦秸、树枝叶、干青草及厩肥等均可，覆盖不宜用过细材料，如麦糠、稻壳、油菜籽壳等，以免妨碍通气，影响根系呼吸作用。覆盖一般是气温稳定在 15℃，培土后及时进行，厚度通常以 8～10cm 为宜。

5. 摘花

魔芋为多年生宿茎植物，开花有其规律性。商品芋应控制其不开花。通常连栽 3 年的球茎便形成花芽开花，下种时往往由于判断失误会留养花芽。魔芋摘花，既可减少球茎中养分的消耗，又可促进叶片生长，增加光合作用面积。非留养种子连栽 3 年的魔芋地，一般在 3～4 月间，当花芽伸出 2～3cm 时，将其顶端摘除。摘去花芽后，可涂抹草木灰或生石灰，以防染菌。摘花宜在晴天进行，以免阴天雨水渗入伤口，引起腐烂。选择适当的生长期摘花，是影响魔芋生长的因素之一。摘花时尤其注意不要重伤种芋，否则适得其反。

6. 水分管理

魔芋前期怕水淹，后期怕干旱，土壤的最大田间持水量为 75％左右时，最有利于魔芋生长。因此，雨季要注意开沟排水，防止水渍；一旦长时间渍水，魔芋根系呼吸作用将严重受阻，对魔芋生产造成重大影响，可导致魔芋病害大流行，甚至绝收。故对魔芋田块，特别是地势较低、地下水位较高的田块，要注意开好围沟、厢沟及腰沟，确保在暴雨和持续阴雨过后，魔芋田间排水通畅、不渍水。

干旱时应浇水保苗，避免日灼病。从幼芽出土到展叶，魔芋怕水淹，但水量不足直接影响生长势，足量水分有助于球茎贮藏养分分解转化，便于幼体吸收利用。此时缺水，幼叶生长不良，直接影响后期生长。适当补水进行灌溉，没至畦面，当土壤浸透 20cm 左右，立即放水，一般需 1h 左右，田块不宜长时间水渍，否则会导致土壤缺氧。还可挑水浇泼畦面，注意泼水时用力均匀，勿伤根露根。浇灌应在早、晚进行。

7. 病虫害防治

魔芋每年仅生 1 片多裂的大型复叶，植株一旦染病或遭虫害，就无法再生新叶。野生或零星栽培条件下，不发病或很少发病，随着栽培面积的扩大，尤其是栽培与耕作制度的改变，魔芋病害发生种类和强度逐渐加重。目前，国内外对魔芋的某些病虫害仍无法治愈，主要以预防为主，辅以药物防治，使魔芋病虫害减小到最低程度。根据魔芋的生长和发育规律，通过栽培管理技术措施，减少伤口，增强魔芋的抗病性，结合使用化学药剂进行预防,加强魔芋病虫害的防治,确保魔芋稳产高产。

魔芋的主要病害有软腐病、白绢病、根腐病、轮纹斑病、叶烧病(又称日灼病)以及炭疽病、紫腐病、枯萎病等。其中在我国危害最大的是软腐病和白绢病。特别是软腐病已成为魔芋栽培的最大威胁,最近两年根腐病明显有危害加重的趋势,应引起重视。以下对我国魔芋常见病虫害的特征及防治做简单介绍。

(1) 软腐病　软腐病是魔芋常见的抑制细菌性病害,在魔芋的田间生长阶段和贮藏阶段都可以发病,一般发病率为20%~30%,局部地区或多雨季节可达80%以上,甚至绝收。

① 发病症状　魔芋软腐病是一种细菌性病害,由欧氏杆菌侵染引起。在生长期间引起倒苗,贮藏期或播种后球茎腐烂。被侵染的球茎,最先出现不定形水浸状、暗褐色的病斑,逐渐向球茎内部扩散,使白色组织变成灰白至黄褐色湿腐状,大量菌液流出,发恶臭味,最后球茎变成黑色干腐的海绵状物。叶上发病时,暗绿色的水浸状病斑扩大并蔓延到主叶柄,溢出脓液,散发臭味,组织软腐,引起倒苗,还可传至地下球茎发病。

② 发病规律　病菌随着枯枝落叶、病根和病球茎在土壤或种芋中越冬。带菌的种芋、农家肥以及头年未挖干净的带菌球茎和茄果类蔬菜为病原苗的主要来源。田间凭借雨水、灌溉水及昆虫传播。在地势低洼处田间渍水、串灌、漫灌、昆虫危害严重,连作多年,种芋质量差,阴雨连绵的情况下易发病,且发病较重。

③ 防治措施　软腐病的防治主要根据魔芋的生长发育规律,加强管理栽培,增强魔芋的抗病性,减少伤口,同时消灭越冬的病原,控制水分和田间相对湿度来抑制软腐的生长发育,切断病原传播途径。具体做法:a. 选好前茬作物,避免与十字花科、茄科蔬菜及瓜类连作。b. 做好种芋的前处理。用农用链霉素浸种,出苗后连续灌窝3次,杀死病菌。c. 选好地块并及早整地。地块应选在地势高、排水方便的地块,并及早整地促进病残体分解腐烂,在整地时用生石灰对土壤进行消毒,减低病菌数量。尽量采用深沟高畦栽培,避免渍水。d. 合理施肥。以农家肥为主,追肥为辅,农家肥要充分腐熟,减少肥中带菌,追肥时不要将肥料施于根上,以免烧根。

(2) 白绢病　白绢病是魔芋生产上另一重要病害,常常和软腐病同时发生,发病率为10%左右,严重时可达60%以上甚至绝收。此病为积年流行病害,病害发生的程度与越冬菌量密切相关,因此防治白绢病的关键是消灭越冬的菌原。

① 发病症状　白绢病为齐整小核菌真菌侵染引起。常在主叶柄接近地面处发生,病株叶片前期绿色,后期发黄,发病叶柄基部呈暗褐色水浸状不规则形小斑,后软化致叶柄变褐腐烂,呈湿腐状而倒伏,3~5d即长出白色绢丝状菌丝,并在病面或茎基附近长出菜籽粒状的小菌核。病情扩展,可在病株基部四周的地表也出现大量菌丝和菌核的蔓延。

② 发病规律　该病在高温高湿闷热条件下,发病快、危害大。土壤湿度大,尤其是雨后天晴时易流行。6月中下旬发生,7月中旬至8月下旬为流行盛期,9月下旬结束。发病时期基本上与魔芋软腐病相同。白绢菌以菌核在土壤中越冬或以菌丝体在病株或种芋中越冬。连作田及pH=6.0~6.5的土壤利于发病。

③ 防治措施　a. 轮作。可与禾本科作物如玉米、小麦等轮作,水旱轮作效果更

好。b. 消灭病株。发现病株及时拔出销毁，切断病菌的传播。c. 调节土壤 pH 值。种植前按亩施 50～100kg 生石灰调节土壤 pH 值至中性或微碱性。这是一种能有效控制魔芋白绢病的好办法。d. 药剂防治。常用药剂有：50％的甲基托布津 500 倍液、50％的粉锈灵剂 5000 倍液、75％的代森铵 800～1000 倍液。

（3）根腐病　根腐病为真菌性病害，可由丝核菌、腐霉菌、镰刀菌侵染引起。

① 发病症状　主要危害根部和球茎，严重时大部分根变黑腐烂，植株呈急性萎蔫枯死。植株轻度受害时，地上部叶片褪绿黄化，后期叶柄枯萎至整株枯死，地下部球茎膨大受到严重影响。

② 发病规律　该病初侵染源为带病菌种芋和农家肥，再侵染主要通过农事操作、雨水和灌溉流水传播。发病初期在 7 月上中旬，盛期在 8 月中旬左右。一般地说，排水不良的黏质土壤、连作地及大量施用厩肥和未腐熟堆肥的地块均有利于该病的发生。

③ 防治措施　除与软腐病的防治措施相同外，还可在发病初期用 70％的甲基托布津 1500～2000 倍液灌窝。

（4）叶枯病　叶枯病在日本普遍发生且危害较重，是由细菌侵染引起的。我国低海拔和遮阴不够的地方也有发现，目前尚不严重，仍需提高警惕，防止此病的蔓延。

① 发病症状　叶枯病主要危害叶片，初期叶片上呈黑褐色不规则形枯斑，使叶片扭曲；后期病斑融合成片，叶片干枯，植株倒伏。

② 发病规律　叶枯病的病原体在病残体上越冬后传给种芋，成为年后的传染源，此后随着雨滴从叶片的伤口或气孔侵入并快速传播。凡当年 7～9 月多雨季节易发病，连晴天气病斑干枯而停止蔓延，土壤潮湿、高温多雨及连作地容易发生。

③ 防治方法　除与软腐病的防治措施相同外，发病时用代森铵或叶枯灵 500～800 倍液喷施叶的两面。

（5）其他病害

① 叶烧病　若遇高温干旱，魔芋叶片出现水分亏缺，则会叶烧病。导致魔芋叶烧病主要病因有光照强度较强且持续时间长，施肥浓度过大，施药浓度过高等。叶烧病首先表现为叶片沿尖端边缘出现黑褐色斑点，继而整个叶片前缘变黑褐色火烧状焦枯，卷曲皱缩。发病后，植株生长受到抑制，地下球茎停止生长甚至干缩。防治办法是以高秆作物套种遮阴、合理密植让芋叶相互遮阴、保持土壤水分，采取叶面喷水等措施。

② 枯萎病　在日本又称干腐病，由茄腐皮镰孢霉菌侵染引起。发病植株表现为叶片褪绿，逐渐黄化，萎蔫下垂，严重时植株倒伏死亡。防治时采用轮作或用三元消毒粉消毒。

③ 缺素症　常见的缺素症有钾、锌、铁、镁、锰等元素缺乏。由于土壤含这些元素量极少，或含量多而不可吸收利用，导致魔芋不能充分吸收利用，引起这些元素的缺乏，使魔芋生长发育过程中某种代谢环节失调。防治措施是补充相应的缺失元素即可。

（6）魔芋的虫害主要有斜纹夜蛾、甘薯天蛾、铜绿金龟子、豆天蛾和蚜虫。这些害虫主要是啃食魔芋叶片而影响魔芋的生长发育。主要采取农业防治（清除越冬虫蛹寄主如田边杂草、枯叶等）、人工防治（用诱蛾灯、黑光灯诱杀害虫）和药剂防治

（采用相应的药物喷杀）。

第六节　采收、贮藏与加工

适时挖收魔芋，有利于保质保产。加强贮藏方法和管理技术的改进，有利于加工处理、种芋的保存及次年植株的生长发育和增产增收。

一、魔芋的采收

1. 采收时期

魔芋的收获时期依各地气候条件和用途不同而不同。霜降至立冬，魔芋地上部分自然枯萎倒苗后即可收获。魔芋地上部分停止生长，地下块茎尚能继续膨大增重，因此，适当延期收获，使块茎充分膨大成熟，有利于提高产量。一般延期一周后开始采收，过早球茎含水量大，不利于贮藏；过晚地上部分腐烂易导致块茎带菌，还有可能会发生低温冷害，挖收后易腐烂。

2. 采收方法

收获时应选择晴天和土壤干燥时进行。挖收前先将叶柄齐地表割下，用二齿耙对准植株叶柄留下的标记逐窝挖收，尽量减少对块茎和根状茎的损伤。然后进行整理，将大球茎、根状茎、小球茎和带病、带伤芋分开存放，适当风干后按照不同的用途装箱处理。

二、贮藏

魔芋从正常倒苗到次年栽种大约有5～6个月的时间，在此期间魔芋处于休眠状态，其重量和品质都会发生变化，因此，魔芋的保存将会影响来年种芋的质量和魔芋的生长发育。

魔芋的贮藏需要7～20℃的室温，70%～80%的湿度，除做好通风换气工作，还要防止病害的发生。具体的贮藏方法有：露地越冬贮藏、沙积贮藏、堆藏、埋藏、地窖贮藏和室内保温贮藏等。

1. 露地越冬贮藏

当年不挖收魔芋而留在地里自然越冬，可在冬季不太寒冷的地区采用。具体办法为：选择地势高、沙壤土质、易排水、病虫害较轻的地块留种，在魔芋自然倒苗后，立即用稻草、茅草、树叶等材料覆盖，厚度要大于17cm，否则会冻伤。同时，深开围沟和畦沟，并使沟沟相通，以利排水防渍。次年开春后，在播种处小心挖出，晾干后即可播种。该法较为原始，受自然条件影响较大，如遇严寒，易发生低温冷害和腐烂。

2. 堆藏

选择通风良好、地面干燥的室内或排水良好、通风向阳的室外，先进行熏蒸消毒，然后四周用竹竿、木条等物圈围，高约1.5m，将经干燥处理的魔芋块茎小心堆入其中，当中放入若干竹制的通气管道。如在室外，可在上方搭建一个防雨的顶篷。这种方法一般适于加工厂对待加工魔芋的短期贮藏。

3. 埋藏

在地势较高、排水方便、背风向阳的地方挖一条深和宽各 1m，长度随贮藏量而定的地下沟道。在沟道底层和四壁铺厚约 15cm 干稻草或高粱秆，然后小心放入魔芋块茎，再在其上铺一层干草和 30cm 左右的沙土。同时，每隔 1m 左右放置一个用玉米秆或芦苇等物编织的，深入沟道底部并高出覆盖土层 10～20cm 的通气筒，以便通风透气，坑四周开沟，以利排水。

4. 地窖贮藏

在土壤坚硬的山坡或土丘旁挖建地窖，用福尔马林和高锰酸钾混合液或熏蒸消毒，地窖容量是贮藏量的 1～2 倍较为适宜。在地面铺一层干草或细土，将魔芋顶芽朝上放置一层，再铺一层干草堆放。冬季低温时应该封闭窖门，但要留一通风孔。春季气温回升后，白天打开窖门，加强通风，夜间盖住窖门，以防低温侵袭。

5. 室内保温贮藏

魔芋贮藏量大时，可建立保温贮藏库，库房应保温、干燥和通风良好。在库内架设架子，充分利用空间。架上可直接堆放魔芋或搁置魔芋的器具，魔芋入库前要先对库房进行消毒处理。有条件的地方也可以用电热装置代替火炉或用其他方法加热保温。该法能够人工控制温度和湿度，适用于种芋贮藏和待加工魔芋的短期贮藏。

三、魔芋的加工

魔芋的加工是魔芋生产中不可缺少的重要组成部分，也是提高魔芋的利用价值和经济价值的重要手段。魔芋块茎富含葡甘聚糖、淀粉及多种类型的生物碱，有独特的理化性质，未经加工处理不能直接为人们所利用。魔芋的加工包括芋角、粗粉、精粉的加工，葡甘聚糖的提取以及系列食品的加工等。

1. 芋角的加工

芋角是魔芋初加工主要产品，是指将鲜魔芋去皮后切成魔芋角、魔芋片、魔芋块和魔芋条等多种形状干燥后所形成的干货。将新鲜魔芋先加工成芋角的目的是为了储存和加工魔芋粉。因此，芋角加工质量的好坏，直接影响到魔芋粉的质量及整个利用开发的效果。加工芋角时要选择重量大于 0.5kg、无创伤的魔芋球茎，经过去芽、淘洗、去皮、切片（块、条）、护色、烘干、质检、包装等工艺完成芋角的加工。目前，除在去芽和质检两个流程需要人工完成外，其他程序都可用机械化操作。在加工过程中要特别注意护色时用二氧化硫作漂白剂，要控制二氧化硫的用量，否则易造成产品含硫量超标或颜色不好，影响成品魔芋精粉的质量。干燥时既要能均匀地排除芋片、芋角内的水分，又不损伤内在品质，这样才能获得色白身干的优质魔芋角。一般 5kg 鲜芋，可制芋干 1kg。

2. 粗粉的加工

魔芋粗粉是将符合标准的色白、身干、质地均匀、无泥沙、无杂质、无霉变的芋角、芋片放入粉碎机后直接粉碎，或用碾磨等工具粉碎即成。每 100kg 干芋片可制粗粉 10～20kg。粗粉含葡甘聚糖 60%，粗蛋白质 2%～4%，灰分 3%～5%，水分 15%～18%，淀粉及纤维素 12%～15%，粗粉可供加工魔芋豆腐及提取精粉用，也是加工魔芋系列食品的主要原料。

粗粉也可用湿法制作：将鲜芋洗净，去皮，粉碎后用乙醇作脱水剂，脱水后用热风干燥即可。粗粉的体积比干片大大缩小，因而便于包装、贮藏保管和运输。

3. 魔芋粉的加工

按国家农业部行业标准，魔芋粉可分为普通魔芋粉和纯化魔芋粉。普通魔芋粉是指魔芋角经物理干法或鲜魔芋经食用酒精湿法加工除掉淀粉等杂质后，制得的粒度在 0.335mm 以下颗粒占 90% 以上的魔芋粉。其中粒度在 0.125～0.335mm 之间的称为魔芋精粉，粒度在 0.125mm 以下的叫魔芋微粉。纯化魔芋粉是指用鲜魔芋经食用酒精湿法加工或用魔芋精粉经食用酒精提纯到葡甘聚糖含量在 85% 以上，粒度在 0.335mm 以下颗粒占 90% 以上魔芋粉。

魔芋粉的加工方法一般分为干法和湿法两种。魔芋粉的干法加工，就是指将鲜魔芋加工成芋角后直接粉碎，通过研磨将杂质分离后按照一定要求筛选分级制成魔芋粉。其工艺流程为：鲜魔芋—去泥杂、须根—清洗—削皮、去芽—晾干—切片—干燥—添加漂白剂—魔芋角—粉碎—魔芋粗粉—旋风选分离—精粉机中加工、处理、研磨—旋风选分离—筛选分级—精粉装袋包装。魔芋粉的湿法加工是指将鲜魔芋球茎在液体介质中粉碎和研磨，并经脱水剂脱水，进一步将杂质分离后按一定要求分级制成魔芋粉的加工方法。具体的工艺流程为：鲜魔芋—去泥杂、须根—清洗—削皮、去芽—晾干—切片—粉碎—加入溶剂—溶剂回收—分离粗粉—粗粉干燥—筛选分级—抽检—包装。

4. 魔芋食品的加工

魔芋是自然界中唯一能大量提供葡甘聚糖的主要经济作物，而葡甘聚糖是一种优质膳食纤维，以魔芋粉为基础原料，加工系列魔芋食品，可发挥葡甘聚糖对人体的调节作用。目前，利用魔芋粉制作的魔芋食品有：凝胶食品类，如魔芋豆腐、魔芋仿生食品、魔芋粉丝等；魔芋饮料类，如果汁、果茶、椰奶及八宝粥、茶饮料等；保鲜食品类和防腐剂等。

参考文献

[1] 陈劲松，张盛林，张兴国. 魔芋实用栽培技术，重庆：重庆大学出版社，1993.

[2] 崔鸣，都大俊，吴庭兴等. 不同施肥种类和数量与魔芋病害发生和产量关系研究. 石河子大学学报：自然科学版，2004，7（22）：123-125.

[3] 何家庆. 关于魔芋的农业科学. 合肥：安徽大学出版社，2000.

[4] 刘佩英，陈劲松. 魔芋块茎形态发育和生长动态研究. 园艺学报，1987，9（2）：198-203.

[5] 刘佩英，陈劲松. 魔芋属一新种，西南农业大学学报，1984，1：68-69.

[6] 隆有庆，刘佩瑛，孙远明. 魔芋主要产品品质成分测定法研究. 西南农业大学学报，1998，（6）：20.

[7] 刘佩英. 魔芋学. 北京：中国农业出版社，2003.

[8] 李端波，姚强，潘明艳等. 魔芋配方施肥试验的研究初报，安徽农业科学，2007，35（25）：7886，7932.

[9] 杨代明，刘佩英. 中国魔芋种植区划. 西南农业大学学报，1990，12（1）：1-7.

[10] 张和义. 魔芋栽培与加工利用新技术. 北京：金盾出版社，2001.

[11] 张盛林. 魔芋栽培与加工技术. 北京：中国农业出版社，2005.

第八章 黄花菜

第一节 概　　述

黄花菜（*Hemerocallis* spp）属百合科（*Liliaceae*）萱草属（*Hemerocallis* L.）的多年生草本植物。又名金针菜、萱草、安神菜、忘忧草等（图 8-1）。

图 8-1　黄花菜形态结构图

黄花菜原产于亚、欧两洲温暖地区。我国栽培历史悠久，且在山地有野生种。早在《诗经》里就有"焉得谖草，言树之背"记载，但作为蔬菜栽培始于明代。黄花菜易栽好管、寿命长、产量高、经济收入可观，我国南北各地均有栽培，其中主产区有：江苏宿迁、淮阴，湖南邵阳、祁东，陕西大荔，甘肃庆阳，山西大同，河南淮阳，湖北天门，四川渠县，浙江缙云等县市。

黄花菜的鲜蕾及干制品皆可食用。其中鲜蕾营养成分极为丰富，每 100g 鲜蕾中含蛋白质 2.9g，脂肪 0.5g，糖 1.2g，碳水化合物 11.6g，胡萝卜素 1.17mg，抗坏血酸 33mg，钙 73mg，磷 69mg，铁 1.4mg，硫胺素 0.19mg。但因鲜蕾中含有毒物质秋水仙素而不宜多食，须经沸水氽烫后方可食用。其干制品中可炒食、煮食、作汤料，耐贮运亦可调剂蔬菜淡季市场，且干制品也是我国重要的出口蔬菜之一。

黄花菜的花、根、苗均可入药。花味甘、性凉、入肺、大肠经；根味甘苦、性凉、入脾、肺经、消食、利湿热、消炎止血、养心解忧、利尿通乳、轻身明目、健胃醒酒。花、根、苗、茎可用来治疗肝炎、水肿、感冒、痢疾、黄疸、高血压等疾病。黄花菜的青叶和嫩茎既可作饲料，又是造纸、纺织、人造纤维的良好原料。

第二节　生物学特性

一、植物学特性

1. 根

黄花菜根系发达，主要分布在 30～70cm 土层中，最深可达 130～170cm 或以上。无主根，根丛生，由不定根组成，圆柱状，黄白（图 8-2）色。不定根有肉质根和纤细根两类。肉质根：在植株的生长发育过程中，每年可从短缩茎的基部发生长条形的肉质根 4～6 条，俗称"筷子根"。初发时为白色，以后外表皮逐渐变成淡黄褐色。内部纯白色。肉质根是黄花菜聚集营养物质的仓库。肉质根多分布在 30～60cm 土层中，深的可达 2m 左右。肉质根数量很大，在土壤中分布较广，可以加工腌制食用。黄花菜栽植一定年限或管理不善，会在地下部发出粗短肥大的纺锤形肉质根，称之"根豆"，这时，花蕾减少，采摘期缩短，产量下降，此时则需要及时更新。纤细根：纤细根主要着生于肉质根上，分杈多而细长。初长出来时，色泽与肉质根一样，为白色，汁多易断，以后变为淡黄褐色。分布在 30cm 土层内。它是植株主要的吸收器官，以冬苗期发生较多，经 2～3 年后衰老变黑，不断为新生纤细根所代替。

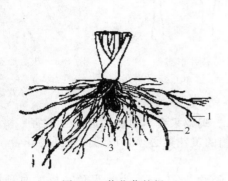

图 8-2　黄花菜的根　　　　　　　　　　图 8-3　茎形态图
1—纤细根；2—条状肉质根；3—纺锤根

2. 茎叶

黄花菜的茎为根状茎，短缩于土中。表皮为黑褐色，肉为白色。具有较强的分蘖能力，每年发两次叶，即冬苗、春苗。一般每年形成一节短缩茎，即从头年的夏季黄花菜地上部分枯死，到翌年开花的 1 年中形成 1 节茎。以后新长的肉质根着生在茎节上（图 8-3）。若条件适宜，能从主茎的叶腋处发出 1～2 个侧芽，形成 2 个新植株，第二年可抽生开花。

黄花菜的叶根生，着生于短缩茎上，呈带形或剑形。先端细尖，基部渐狭，叶脉平行，主叶脉叶背面隆起。叶为对生。叶色黄绿或深绿色，也有少数品种叶色呈蓝灰绿色。一般每个植株着生 16～20 片叶，叶长约为 82～132cm，叶宽 1.6～2.6cm。在气候温和地区（如湖南），每年可发新叶两次。叶鞘相互抱合呈扁平形的片状假茎。

3. 花

黄花菜的花为聚伞花序，着生于花葶上。花葶于 5～6 月从叶丛中抽出。一般花葶高达 90～160cm（图 8-4）。初生时，先端有苞片抱合。苞片为宽卵圆形、卵形、披叶形或短披叶形以及尖角形等。苞片的形状、大小常因品种不同而有差异（图 8-5）。

一般每根花葶上能相继形成花蕾 60～120 个。当花蕾生长到一定时期后，便可采摘。采摘期的长短因品种而异，一般为 30～50d。也有长达 60d 以上的。花蕾黄色或

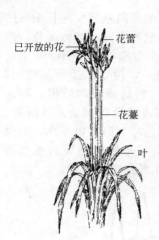

已开放的花 ─── 花蕾

─── 花葶

─── 叶

图 8-4　花形态结构图

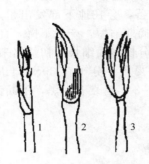

图 8-5　苞片形态图
1—中秋花；2—茶子花；3—土黄花

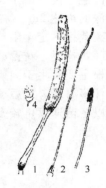

图 8-6　花蕾形态结构图
1—花蕾；2—雌蕊；
3—雄蕊；4—小花蕾上有糖液

黄绿色，表面有蜜汁分布，常诱集蜜蜂、蚂蚁采食，也易引起蚜虫危害。多数品种的花蕾在下午 3～7 时开始咧嘴开放。采摘的黄花菜必须是成熟而未开的花蕾（图 8-6）。

4. 果实及种子

黄花菜的蒴果呈长圆形，具三棱，长约 3～5cm，为暗褐色，成熟时顶端三瓣裂开，每个蒴果内含种子约为 20 多粒。成熟的种子坚硬，黑色，有光泽，呈不规则的棱形，表面凹凸不平，吸水能力较弱。当受精不良时，会形成只具有种皮的空瘪种子，但外形上极难与饱满种子区别。黄花菜自开花到种子成熟，需生长 45～60d。黄花菜种子成熟后就具有发芽的能力，经过充分晒干的种子随时都可以播种，在 30～35℃时，3d 左右即可发芽。温度偏低则极易使种子发霉。

二、生长和发育

黄花菜为多年生宿根草本植物，既有多年生的生长发育特点，在一年内又有不同的生育时期。在长江流域一年可发生两次青苗，第一次在 2～3 月间，长出的叶片称为春苗。8～9 月花蕾采后枯黄，割掉黄叶和枯葶后，不久即发生第二次新叶，称为冬苗。到霜降时地上部分枯死，地下部分在−10℃以下较长时间也不致冻死，到第二年春季再萌发春苗。

春苗的生长发育可分为以下几个时期。

1. 苗期

主要为叶片生长期，此时期长出 16～20 片叶。指从幼苗萌发出 2～3cm 到花葶开始显露前的叶片生长期。旬平均温度在 5℃以上时，幼叶开始出土。不同品种的出苗时期及苗期长短也因品种而异。随着温度升高，叶片数目与叶面积也迅速增长，春季每个分蘖叶片数为 16～20 片。抽葶后大多数养分供给花葶生长，植株进入生殖生长阶段，叶片数目与大小逐渐减少直到停止。

2. 薹期

花薹露出正叶到开始采收花蕾时为薹期。薹期一般从 5 月中、下旬开始，整个薹期持续 30d。花薹露出正叶后迅速生长，一直到采收期前仍在缓慢进行。

3. 蕾期

从开始采收花蕾到采摘完毕为蕾期。这一时期的长短决定黄花菜产量的高低。除因品种差异外，受天气影响也较大。

4. 分蘖习性

分蘖是黄花菜生长发育的主要特性之一。在生长过程中，植株的腋芽萌发形成新的分蘖，经过几年的生长，1 个分蘖就能形成 1 丛植株。植株的每一叶腋都有腋芽。但只有一部分能够萌发成为新的分蘖。分蘖的强弱、多少决定着投产的年限及盛产期的长短，而分蘖的习性与品种和栽培技术都有密切的关系。

分蘖从春季开始到冬季均能发生，主要发生在秋季长冬苗时。大多数由分蘖长出的植株在第二年能抽薹结蕾。黄花菜的分蘖能力前期较弱，到一定年限后，植丛密集，中央光照不足，营养不良，分蘖数、抽薹数逐渐减少，形成散蔸现象，以致逐渐死亡。因此，植株生长到一定年限后应该更新。更新的年限应根据品种特性和栽培管理条件而定。在栽培上为保持植株的旺盛生长，又不致因为更新过于频繁影响前期产量，一般以 12～15 年更新一次为宜。

三、对环境条件的要求

1. 温度

黄花菜喜好温暖，不耐寒冷，遇霜后地上部分即枯死。但其短缩茎和根系有着极强的抗寒性，即便生长在 $-30～-40℃$ 的低温严寒地区，也不会冻死。黄花菜苗期要求温度在 5℃ 以上，叶片生长的适温在 15～20℃，抽薹和现蕾期适温在 20～25℃。且当在抽薹和现蕾期间，昼夜温差大时，植株生长茂盛，花薹粗壮，发生花蕾多。

2. 光照

黄花菜植株对光照强度的适应范围较广，在树冠下的半阴地也能正常生长，即可以在果园、桑园能进行间作。但在阳光充足的地方，植株生长更为茂盛，花蕾数量多，质量好。若长时间遇阴雨天气，花蕾易脱落。

3. 水分

黄花菜的根系发达，肉质根水分较多，耐旱力较强，在土壤含水量为 10％ 时也不会枯死。黄花菜在抽薹前需水量较小，抽薹后需水量大，尤其以盛花期间需水量为最大，这时供水充足则花蕾发生多，发育速度快，形成肥大的花蕾，花蕾开放时间也提早。倘若花期干旱，则使许多小花蕾不能正常发育而引起脱落，以致采收期缩短，产量下降。故在干旱时进行灌溉，可使产量显著增加。

若土中积水会严重妨碍根系的生长，并易引起病害，故雨季必须做好排水工作。

4. 土壤营养

黄花菜对土壤的适应性很广。在山地、山坡、平原均可种植，贫瘠地、酸性的红黄壤或弱碱性土也能种植。但以土质疏松，土层深厚肥沃，有机质含量高，pH 值

6.5～7.5为宜。故栽培地要进行深耕和多施有机肥。在地下水位高或山坳易积水的地段，要重视开沟排水。

第三节　营养特性

一、主要品种

我国各地栽培的品种很多，现就知名的几个优良品种的特性介绍如下。

1. 沙苑黄花菜

陕西大荔县的主栽品种。植株生长势强。花薹高100～150cm，每薹着生20～30个花蕾，多的可达60个，花蕾淡金黄色，长约10～12cm。当地于5月下旬开始抽薹，6月上旬开始采摘，采摘期约40d，一般亩产100kg，高产的可达150～200kg。耐旱，抗病虫。品质好，被誉为西北特技金针菜，是陕西出口品种。

2. 茶子花（杈子花）

湖南邵东县主栽的中熟品种。叶色淡绿，质地硬，稍直立，叶长82.5～105cm，宽1.3cm。花薹高125～132cm。花蕾肥大柔软，略呈浅黄绿色，花瓣较薄，尖端为绿色。采摘较方便，花期可持续35～45d，每天采摘时间多在下午1～5时，产量不高。茶子花的植株花薹不高，抗性较弱，易发病和落蕾。植株分蘖多，分株栽植后4年即进入盛花期，一般栽植后15年左右产量下降，需更新。干制后花为淡黄色，品质较佳。

3. 白花

湖南祁东县丰产性中熟品种。株型紧凑，叶色淡绿，花薹高而粗壮，一般高150cm左右。植株发棵快，分蘖多。生长旺盛的植株每丛能抽花薹20条之多，每薹能生花蕾约80个。花蕾黄白色，6月上旬开始采摘，可持续80～90d，产量每亩可产干花400kg，产量高。白花抗病性强，耐旱，不易落蕾。叶片坚硬，虫害较轻。干制后花为金黄色，品质良好，是湖南出口品种。

4. 猛子花

湖南祁东县丰产性中晚熟品种。植株紧凑，叶片浓绿色较宽长。分蘖能力和抽薹能力较强，花薹高160～170cm，每薹发生花蕾60个左右。分枝和萌蕾能力都较强。花蕾黄绿色，内侧有褐色斑点，蕾嘴黑色，6月上旬开始采摘，可持续60～70d，一般采摘时间在下午4～6时，亩产干花可达150～200kg，高产可达400kg，产量高。蕾大，干制率高，较耐旱，抗病虫能力较强，但加工后花蕾呈黄褐色，品质不佳。

5. 渠县黄花菜

此品种产于四川渠县等地，从湖南祁东引入栽培。属于早熟品种，6月上旬开始采摘，持续时间35～40d。一般亩产干花为125kg左右。植株生长势强，叶色浓绿，叶片宽而短。花薹粗壮，高100～110cm。分蘖能力较弱。耐干旱，抗病虫害能较强。

6. 荆州花

湖南省邵东县主栽品种。植株生长势强，叶绿色，较软而披散，多自中部披曲折下，叶长 90～100cm，宽 1.6～1.9cm。花薹高 165～198cm。花蕾黄色，顶端略带紫色，长 11～13cm，花蕾坚挺。花被厚，干制率高。自六月下旬开始采收，可持续 45～75d，每天采摘时间多在下午 2～6 时。亩产可产干花 250～300kg，产量高。一般荆州花的叶枯病及红蜘蛛为害较轻。抗旱能力强，7～8 月干旱时落蕾数少。分蘖慢，分株定植后要 5 年左右才进入盛花期，可连续采摘 20 年以上，不需更新。但其加工后呈黄褐色，色泽较差，品质中等。

7. 大乌嘴

江苏省的主栽品种。植株分蘖较快，分株栽植的经 3～4 年进入盛花期。花薹粗大，高 120～150cm。花蕾大，干制率高。于 6 月上旬开始采摘花薹，持续约 50d。花蕾于下午 5 时开始开放。植株抗病性强。一般亩产干花 150kg，产量高。

8. 大同黄花菜

山西大同主栽品种。在全国各地皆有种植，栽培历史有 300 多年。大同黄花菜的特点是：蕾长肉厚，色泽金黄，味道清香，油性大，久煮不黏，脆嫩可口。花蕾长 11～15cm，直径 0.75～0.82cm，单蕾重 3.5～4.2g，干制率 18%～20%。

二、营养特性

1. 氮磷钾养分的需求特点

黄花菜能耐贫瘠。但其生长期长，生长量大，因此肥料充足则植株生长健壮，叶面积大，叶色浓，光合能力强，同化产物多，产量高，质量好。在施足有机肥的基础上，宜合理搭配氮、磷、钾肥，不可偏施氮肥，防止叶丛过嫩而引起病虫害的发生。要求每亩施标准磷肥 40～50kg、硫酸钾 10～15kg。

不同品种的黄花菜对 N、P、K 在不同时期的吸收量是不相同的（表 8-1）。但这 7 个品种的地上部分均表现出一致的规律：K＞N＞P。在不同生育期中，以花蕾期 N、P、K 含量最高，苗期和抽薹期相差不大。不同品种中，以荆州花花蕾 K 含量最高，其他品种花蕾 K 含量相差不大。

表 8-1 不同黄花菜品种 N、P、K 吸收量（张杨珠，2008）

品种	苗 期			抽 薹 期			花蕾期茎叶			花 蕾		
	N	P	K	N	P	K	N	P	K	N	P	K
茶子花	15.10	2.83	28.81	14.36	2.36	26.88	13.55	4.55	55.87	11.68	2.31	30.32
荆州花	18.99	5.28	24.00	17.53	2.44	24.38	23.58	7.59	52.23	14.34	5.61	41.41
猛子花	15.14	3.62	17.50	11.79	2.69	22.54	21.50	5.44	44.86	10.52	3.30	28.63
冲牛花	16.83	3.77	27.51	12.97	2.90	24.12	22.89	5.72	41.40	8.93	3.44	34.10
大嘴子花	17.40	3.04	21.66	13.75	2.48	18.83	21.77	5.07	45.04	10.58	2.78	32.19
茄子花	17.06	2.97	15.82	13.36	2.86	15.67	25.10	6.62	48.66	13.79	3.08	26.83
白花	17.44	2.61	21.42	15.82	3.26	19.25	22.51	5.83	46.86	10.94	3.34	30.33

2. N、P、K 的吸收规律

不同品种黄花菜 N 的吸收动态皆不相同，且在不同生育期其 N 吸收量以及总吸收量也不相同（表 8-2）。猛子花全生育期总吸收 N 量可达 197.09kg/hm²。与最低的荆州花相比相差 1 倍以上。虽各个品种在不同生育期内吸收 N 占全生育期比例不同，但总体表现出在花蕾期吸收 N 含量最高。吸 N 量趋势表现为：从苗期到抽薹期减少，而到花蕾期增加。表明在不同生育期内以花蕾期对 N 素利用率最高。

表 8-2 不同黄花菜品种的阶段吸收 N 量与总吸收 N 量（张杨珠，2008）

品种	苗　期		抽　薹　期		花　蕾　期		全生育期总吸 N 量 /(kg/hm²)
	吸 N 量 /(kg/hm²)	占全生育期总吸 N 量/%	吸 N 量 /(kg/hm²)	占全生育期总吸 N 量/%	吸 N 量 /(kg/hm²)	占全生育期总吸 N 量/%	
茶子花	34.99	27.6	35.08	27.7	56.44	44.6	126.51
荆州花	15.20	16.9	13.53	15.1	61.08	68.0	89.81
猛子花	33.06	16.8	25.00	12.7	139.03	70.5	197.09
冲牛花	21.98	19.6	13.65	12.2	76.32	68.2	111.95
大嘴子花	36.04	22.8	27.50	17.4	94.15	59.7	157.69
茄子花	26.12	21.5	18.28	15.1	76.89	63.4	121.29
白花	39.80	25.1	30.22	19.1	88.45	55.8	158.47

不同黄花菜品种 P 的吸收动态也是不相同的，不同生育期内 P 的吸收量及其所在全生育期的比例也不一样（表 8-3）。P 的总吸收量最高可达 50.72kg/hm²，最低为 27.1kg/hm²。花蕾期是 P 吸收最多的时期，占总吸收量的 60% 以上。吸 P 量的变化趋势是从苗期到抽薹期减少，而到花蕾期后增加。表明在花蕾期对 P 素养分利用率较高，这与其总生物量和花蕾产量结果基本一致（表 8-5）。

表 8-3 不同黄花菜品种的阶段吸收 P 量与总吸收 P 量（张杨珠，2008）

品种	苗　期		抽　薹　期		花　蕾　期		全生育期总吸 P 量 /(kg/hm²)
	吸 P 量 /(kg/hm²)	占全生育期总吸 P 量/%	吸 P 量 /(kg/hm²)	占全生育期总吸 P 量/%	吸 P 量 /(kg/hm²)	占全生育期总吸 P 量/%	
茶子花	6.55	22.3	5.78	19.6	17.08	58.1	29.41
荆州花	4.22	15.6	1.88	6.9	21.00	77.5	27.10
猛子花	7.91	15.6	5.70	11.6	37.11	73.2	50.72
冲牛花	4.93	17.1	3.05	10.6	20.89	72.4	28.87
大嘴子花	6.30	18.6	4.97	14.7	22.62	66.7	33.89
茄子花	4.54	16.2	3.92	13.9	19.65	69.9	28.11
白花	5.96	16.5	6.22	17.2	24.00	66.3	36.18

在黄花菜全生育期内总吸 K 量最高可达 396.13kg/hm²，最低吸 K 量为 184.40kg/hm²，彼此相差达一倍以上。这与不同黄花菜品种的全生育期总生物产量基本一致（表 8-5）。但与花蕾产量的相关性不明显。从表 8-4 发现，花蕾期是 K 吸收最高期，占总吸 K 量的 70% 以上，表明对 K 素利用率较高时期为花蕾期，此期间施 K 肥有利于作物吸收和利用。

表 8-4　不同黄花菜品种的阶段吸收 K 量与总吸收 K 量（张杨珠，2008）

| 品种 | 苗　期 | | 抽薹期 | | 花　蕾期 | | 全生育期 |
	吸 K 量 /(kg/hm²)	占全生育期总吸 K 量/%	吸 K 量 /(kg/hm²)	占全生育期总吸 K 量/%	吸 K 量 /(kg/hm²)	占全生育期总吸 K 量/%	总吸 K 量 /(kg/hm²)
茶子花	66.75	19.4	65.66	19.1	212.00	61.6	344.41
荆州花	19.21	10.3	18.83	10.1	148.36	79.6	186.40
猛子花	38.20	9.6	47.77	12.0	310.16	78.3	396.13
冲牛花	35.92	15.9	25.40	11.2	165.11	72.9	226.43
大嘴子花	44.86	14.9	37.68	12.6	217.56	72.5	300.10
茄子花	24.22	12.4	21.45	11.0	149.15	76.8	194.82
白花	48.87	17.2	36.76	13.0	198.19	69.8	283.82

表 8-5　不同黄花菜品种的生物量和花蕾产量比较（张杨珠，2008）

| 品种 | 苗　期 | | 抽薹期 | | 花　蕾期 | | | | 总生物产量 /(kg/hm²) |
	生物产量 /(kg/hm²)	占总生物量的/%	生物产量 /(kg/hm²)	占总生物量的/%	茎叶产量 /(kg/hm²)	占总生物量的/%	花蕾产量 /(kg/hm²)	占总生物量的/%	
茶子花	2316.6	29.2	2443.0	30.8	3166.0	39.9	1158.3	14.6	7925.6
荆州花	800.3	23.9	772.2	23.1	1769.0	52.9	1351.4	40.4	3341.5
猛子花	2183.2	23.5	2120.0	12.7	4998.2	53.7	3001.0	32.3	9301.5
冲牛花	1305.7	25.6	1053.0	22.8	2744.8	53.7	1509.3	29.6	5103.5
大嘴子花	2070.9	28.3	2000.7	20.6	3250.3	44.4	2211.3	30.2	7321.9
茄子花	1530.4	28.7	1368.9	25.6	2435.9	45.6	1140.8	21.4	5335.2
白花	2281.5	31.6	1909.4	26.4	3025.6	41.9	1860.3	25.8	7216.6

3. 有机肥和微肥的施用

在黄花菜种苗栽植前，结合深耕、翻土增施有机肥。据试验测定，每亩施 4000kg 土杂肥较未施土杂肥的土壤团粒结构增加 3.2%，空隙度增加 2.96%，含水量增加 2.8%，地温提高 2~3℃，每亩增干花 36.4kg，增产 14.4%。第二年较对照亩增干花 32.5kg，增产 12.6%。

含镁复合肥对促进黄花菜生长发育、提高黄花菜产量和抗病能力均有良好效果，在一定范围内施镁含量越高增产越高。含镁复合肥的施用对土壤交换性镁和 N、P、K 含量也具有一定影响。在一定范围内施用镁复合肥越高土壤碱解氮、速效磷、交换性钾及交换性镁含量将随着提高。

第四节　栽培季节和栽培制度

一、栽培季节

黄花菜除高温季节外，一年中任何季节均可栽植成活。最适宜的栽植季节为早秋，即从花蕾采收后到冬苗萌发前和冬季霜降后，即从冬苗枯萎后到翌年春苗萌发前都可栽植。秋季栽培的年内长冬苗，第二年可生出花薹。但由于 8、9 月常遇干旱，成活率低，因此，一般习惯冬季冬苗凋谢后栽植。

早秋栽植的黄花菜，当年秋季即可发生冬苗，且在这一时期正是黄花菜根系生长的高峰期，秋凉利于根系生长，发生新根群，植株根群量大量增加，吸收根数量增多，吸收大量营养，促进叶芽的分化，为来年分生出新的植株打好基础。初冬栽植的黄花菜，在移栽经过秋季发苗长根阶段后，不但肥大了冬苗植株本身，还进行了叶芽分化，形成了新的个体，地下部分根群也贮藏了大量营养物质，再加上此期温度低，栽植后成活率高。因此，两个季节栽植的黄花菜，只要肥水管理适当，翌年夏季就可抽薹，得到收益。

在有些地区，如山坡、贫瘠地上，早秋栽植黄花菜较少，因为早秋常遇规律性的秋旱或冬旱，此时光照较强，植株蒸腾作用旺盛，易降低成活率。同时，由于早秋季节大部分旱地作物尚未收获，空地少，不便安排。因此，一般习惯于冬季休眠期进行栽植。冬季气候适宜，光照减弱，植株的蒸腾作用降低，栽植成活率高，且冬闲地和劳力都较多，有利于提高种植质量。

如用种子繁殖，则春、秋都可播种。

二、栽培制度

1. 土地选择及整地

黄花菜为多年生植物，一次栽植可连续采收 15～20 年或更长时间。因此，预先进行土地选择及整地，具有非常重要的意义。

（1）土壤的选择　黄花菜对土壤的适应性强，在各种性质的土壤中都能生长。对土壤酸碱度的要求不太严格，一般微酸至微碱性土壤均可栽培，以 pH 值 6.5～7.5 之间最好。根系发达，入土较深。因此，最好选择土层深厚，土质肥沃的壤土、黏壤土或沙壤土进行栽培。

（2）整地　黄花菜根系发达，整地要求深翻 1 尺（3 尺＝1m）以上，以保证根系的正常生长。深耕能增大土壤中的蓄水量，减少干旱危害。如果在坡地种植，要先筑成梯田。同时根据土地面积的大小规划好人行道与修建灌溉设施。在平地要作畦栽植，一般每 15 行左右为一畦。畦间沟宽 25cm 左右，深 15～18cm。面积较大且平整宽广地在四周和每隔 4～5 畦，开一条宽 25～30cm，深 30cm 以上的主沟，以利于排水。

2. 施足基肥

黄花菜生长期长，需肥量大。单靠追肥不能满足需要，栽植前施足基肥，可促使根系向下深扎和在耕作层内广泛分布，促使春苗能抽生早，分蘖快。基肥以有机肥为主，可以缓慢而持久地释放出有机养分，能保证黄花菜不断得到养分供应。同时，还能改善土壤结构，改良土壤，提高保水保肥能力。

基肥可采用沟施或穴施。栽植前，结合整地，按行距开挖深 30cm 以上的定植沟，或挖深 15～20cm，宽 25～30cm 的定植穴。每亩施腐熟肥 3000～4000kg、经风干的塘泥、河泥 10000～15000kg、过磷酸钙或钙磷肥 50～75kg。分层施入，施后覆盖 5～7cm 细土，不使种苗根系直接接触肥料，以防发生"烧根"现象。然后填进原表层熟土，整平，即可进行栽植。栽植后，每亩再用人粪尿200～250kg兑水淋兜。

3. 适当深植

黄花菜的根群是从短缩茎上发生，每年从下而上发1次新根，如栽植过浅易受秋冬干旱威胁，影响成活和出苗，而且在栽后一二年内，若遇大雨冲刷，造成根群外露，影响根系对水分和养分的吸收利用，使植株生长发育受阻。浅栽分蘖发生快，密集成丛，植株生长弱，花葶细少，花蕾数量少、重量轻，产量低。因此，必须适当深植。

黄花菜栽植穴的深浅与进入丰产期的早迟有着密切的关系。栽植过深，分蘖慢，进入丰产期推迟1～2年；栽植过浅，根系不发达，植株矮小，株丛密集，容易"毛兜"。山丘坡地，由于保水力弱，如栽植过浅，一遇秋冬干旱，将影响出苗。因此，黄花菜在栽植时应考虑适当深栽，一般以13cm左右为宜。栽植时，首先开好深16～20cm，宽23～26cm的穴，种苗植入穴内后，稍盖土覆兜，然后施入畜粪水、堆厩肥等，每亩5000kg左右，然后再淋入人粪尿67kg，最后覆盖本土，使种苗露出土面3cm。穴内覆土高度以与畦持平为宜。

第五节　栽培技术

一、繁殖方法

黄花菜可采用分株、切片、组培及种子等方法繁殖。

1. 分株繁殖

该方法是一种传统的营养繁殖方法，采用此种方法繁殖黄花菜，遗传性稳定，植株性状不易发生变异。但繁殖系数低，一般约为8倍。不能快速扩种。通常是结合更新复壮进行。选好需更新的田块，在冬苗萌发前，在株丛一侧挖出1/3左右，选生长旺盛、花蕾多、品质好、无病虫害的植株，从短缩茎处分割成单株。剪除其已衰老的根和块状肉质根，并将条状根适当剪短，即可定植。这样本田块仍能保持较高的产量。另一种情况是需要全部更新的田块，将老兜完全挖出，选其中健壮植株作种苗，重新整地、作畦、栽植。

2. 株丛切片繁殖

该方法是近年来各地通过大量试验，行之有效的加快繁殖方法。同分株繁殖法将挖出的株丛除去叶片及短缩茎周围已枯死的叶鞘残叶，将根剪短到5cm左右，进行纵切，每株以切成2～4块较适宜。切片时的适宜温度为20℃左右。一般在8月中下旬或次年4月上旬进行。可用1∶100的波尔多液处理切片，防止病菌感染。切片要栽植于苗床上进行培育，行距10cm，株距5～7cm。待植株成活后即可大田定植。

3. 组织培养

用叶片、花丝、花萼等外植体，通过组织培养均可获得植株。具有取材少、繁殖系数高的优点。湖南农业大学（1986）研究用MS培养基诱导，在25～30℃有光照下培养，外植体可产生愈伤组织、不定芽、胚状体，并通过分化成苗，诱导分化根，形成小苗。经苗床培育1年左右即可定植。

4. 种子繁殖

种子繁殖的遗传变异较大，可获得新的优良性状。一般播种 4 年后才能达到正常产量。选盛产期的优良植株，于盛花期每薹留 5～6 个粗壮的花蕾开花结实，在蒴果顶端稍裂开时摘下脱粒，晾晒后贮于干燥的器皿中。一般于春季播种。为了促进种子吸水膨大，播种前可用 25～30℃ 的温水浸种 1～2d，播后勤加管理，到秋季即可起苗栽植。

二、定植

黄花菜产量的高低，取决于单位面积的总花薹数、蕾数和蕾重。如栽培过密，总花薹数虽增多，但花薹细瘦，花蕾数量少，蕾重减轻，产量不高；栽植过稀，花薹花蕾虽粗壮，但花蕾总数少，产量也低。因此，合理密植是提高黄花菜单产的重要措施之一。合理密植必须根据黄花菜的分蘖习性、花薹与花蕾的生长发育特性，制定合理密植方案。

以往多采用丛植，现在主张采用单株栽植。

1. 丛植

丛植是传统的栽植方式，分单行丛植和宽窄行丛植两种。

① 单行丛植　行距 83cm，穴距 40～50cm。每亩栽 1600～2000 丛。每穴栽上 2 片、3 片或 4 片种苗。每穴内可采用单片对栽，双片对栽，等边三角形和正方四角形单片栽植。穴内的株距一般 13cm 左右。

② 宽窄行丛植　宽行 100cm，窄行 67cm。穴距 40～50cm。每亩 1600～2000 丛。种苗用量与每穴栽法、单行丛植法相同。这种栽植方式，能充分利用光能，采摘也较方便。

2. 单株栽植

① 单行定植　行距 83cm，穴距 40～50cm。每穴栽植 2～4 片。每亩栽植 4000～6000 株。

② 宽窄行定植　宽行 67～83cm，窄行 50cm。株距 17～20cm。每亩栽植 4000～9000 株。

单株栽植，对个体发育及速生、早产、丰产有利。但随着每年分蘖数量的增加，单株逐渐变成株丛。株丛之间距离缩短，不便于中耕管理工作。因此，进入盛产期后，要间蔸移植，以保证间距适宜。

三、田间管理

欲使黄花菜高产优质，田间管理是非常重要的。加强黄花菜的田间管理，能使幼龄黄花菜及早地进入盛产期，提高青壮龄黄花菜单位面积产量，延长采摘年限。田间管理工作，除防治病虫害外，春苗的培育、冬苗的培育、深耕晒土、定植后管理等管理工作至关重要。

1. 春苗的培育

（1）中耕　黄花菜根系主要由肉质根构成，要求肥沃疏松的土壤环境。适时中耕能提高土温，使土壤疏松透气。同时，消灭杂草，促进黄花菜植株生长健壮。

春季降雨量增多，土壤容易板结，杂草易滋生，应在晴天及时进行中耕。一般在1月下旬至2月上旬，趁春苗尚未出土，进行第一次中耕，把冬季壅于株丛顶部的"客土"疏散捣碎，培于株丛周围，使有利于春苗萌发出土。同时，行间还应全面中耕，深度达10～13cm，疏碎耙平。清除杂草或将杂草深埋于行间。黄花菜出苗后，再根据幼苗的长势、土壤板结程度，在晴天再进行2～3次中耕。总之，要做到施肥前先耕，土壤板结必耕，杂草多时即耕，在抽薹后再进行1次浅耕。既能除草又能防旱，对保证产量极为重要。

（2）施肥　黄花菜是一种耐肥作物，施肥适当，则叶茂茎粗，花蕾多而重，产量高。氮、磷、钾等对黄花菜生长发育的影响如下。氮素供应充足时，黄花菜植株生长健壮，叶片长，宽度增加，叶绿素含量增加，光合能力增强，因而产生的有机物质就多，能够充分满足植株生长发育的需要，产量高。若氮素缺乏，叶片发育不良，花薹矮小，光合减弱，同化产生的有机养分少，因而产量低。但氮素供应过量，亦易造成苗叶徒长，组织不充实，花芽分化延迟，抗性减弱。

黄花菜施磷时，能促进根系发达，增强分蘖能力，有利于黄花菜从营养生长向生殖生长转化，增加花蕾的数量。同时，施磷还能提高抗旱、抗寒和抗病的能力。合理施用磷肥，可以提高黄花菜的产量和品质。

黄花菜为需钾肥较多的作物，钾肥供应充足时，前期植株组织坚韧，生长健壮，抗病力增强。中后期能使花薹抽生整齐粗壮，花蕾长而肥大、数量增多，采摘期延长，并能提高黄花菜的品质。

（3）排灌　排灌是黄花菜培育管理的重要内容之一。在春季，黄花菜地幼蕾萌发虽需一定的水，但夏季雨水往往较多，需做好排水工作。平地及低洼地，要及时疏通和加深沟渠，排除渍水，降低地下水位与土壤温度，以减轻病虫害的发生。

从现蕾到盛蕾，是黄花菜需水最敏感的时期，土壤持水量应保持在70%左右；若土壤水分不足，花薹抽生困难。即使抽生，花薹也细瘦，参差不齐，萌蕾能力弱，脱蕾率高，采摘期缩短，严重影响黄花菜的产量。花蕾期长时间晴天无雨，就应及时进行灌水保蕾。有水源的地方，可沟灌或浸灌，坡地可实行喷灌或浇灌。灌水宜在傍晚、夜间或上午10时以前进行。灌水的标准以湿透表土层15cm以上。为使水分易于下渗并减少土壤水分蒸发，灌水前后宜浅中耕各一次，水源枯竭的坡地，应在干旱到来之前进行浅中耕，并用稻草或麦秆覆盖行间，以防旱保墒。

2. 冬苗的培育

立秋后，短缩茎抽生出新的秋苗，冬季初霜后停止生长，苗叶枯死，故又称冬苗。冬苗是翌年抽薹的有效基本苗，冬苗生长期是植株恢复生长和积累养分的重要阶段，大部分须根在这时发生。因此，要想增加来年花薹的数量，必须促进冬苗多发分蘖，健壮生长。除及时割枯薹老叶外，在管理上还须追施冬苗肥，通过追肥，能促使秋苗早生旺长，一般在挖伏土后，每亩施入粪尿200～250kg或尿素10kg。兑水淋蔸，并除尽杂草，以减少养分消耗。保护好冬苗，不拔苗。

3. 定植后的管理

秋季栽植的黄花菜，常因干旱影响生长发育，须用腐熟的农家液态有机肥或猪粪尿兑水浇2～3次，既能保证成活，又能促进冬苗的生长。立冬后，用农家液态有机肥 1100～1500kg/hm²，或猪粪尿 3000～3700kg/hm² 兑水穴施。

四、更新复壮

黄花菜一般可采摘 10～20 年，甚至更长时间。栽植年限过久，植株生活力弱，地下部分根系密集成丛，根短，根瘦，纺锤根增多，抗寒、抗旱、抗病虫害能力差。株丛松散，叶片短窄，抽薹迟，花薹细瘦，分枝少，花蕾瘦小，产量低，质量差，出现"毛蔸"现象。因此，必须进行更新复壮。

黄花菜在栽植后第四年进入盛产期，7～8 年产量最高，管理水平高的，可持续稳产 10～15 年。此后若不及时更新，产量就会明显下降。因此，黄花菜的更新年限一般以不超过 15 年为宜，但不同品种更新复壮的年限不相同，应以品种分蘖能力的强弱而定。分蘖能力强的早更新，分蘖能力弱的迟更新。

黄花菜更新复壮的方法有两种。一种是部分更新，或称半更新。即在挖伏土分株栽植时，将老龄株丛连根挖出 1/3 或 1/2，作为扩种的种苗，留下的株丛增施肥料、加强管理，在更新后的第二年还可保持一定的产量，2～3 年后，产量就会显著上升。连续 2～3 年的更新改造，老蔸即可全部复壮。这种方法会因改造老蔸而影响第二年收成，且改造时间较长。另外一种方法是全部更新法。即将老龄株丛全部挖出，重新分株繁殖。这种方法虽然减少当年产量，但全部更新后，新栽的植株生长健壮整齐，管理方便，能很快投产，整体效果很好。

五、病虫害及其防治

黄花菜的病虫种类很多，有些黄花菜产区因遭受病虫的危害而造成严重减产。因此，病虫害的防治对于发展黄花菜生产，提高产量和品质都具有重要意义。

1. 主要病害及其防治

黄花菜常见的病害有：锈病、叶斑病、叶枯病、黄叶病等。

（1）锈病 病原 *Puccinia hemerocallidis*。又称"铁浆病"，各产区均有发生，一般发病率达 50% 左右，严重时可达 100%。发此病可造成 20% 的减产。

【症状】主要危害叶片或花薹。发病初期，在叶片表皮产生黄褐色小斑点，逐渐扩展到全叶和花薹，初为寄主表皮覆盖，后突破表皮，散发出黄褐色粉末状夏孢子。

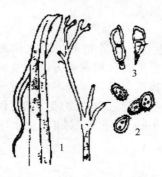

夏孢子堆排列不规则，有时大量夏孢子堆合并成一片，使表皮翻卷。在黄花菜生长后期产生冬孢子堆。冬孢子堆黑色，椭圆形或不规则，大小相差很大，紧密地埋生于寄主表皮下，寄主表皮不破裂。此病有很明显的发病中心，从 1～2 蔸黄花菜开始发病，逐渐侵染并扩散到全园。受害植株呈黄色，危害严重时可使整株或整个蔸叶片枯死，不抽薹或抽薹瘦小，花蕾少且不健壮。严重时影响产量（图 8-7）。

图 8-7 黄花菜锈病形态图
1—症状；2—夏孢子；3—冬孢子

【发病规律】黄花锈病由萱草柄锈菌引起，它的发生与气候的关系密切。一般在 5 月中、下旬发生，但发展缓慢。病菌生活的适温为 24～28℃，相对湿度为 85% 以上。6～7 月份气温升高，空气湿度大，利于锈病发生流行。7 月下旬以后，气温虽然很高，但黄花菜已到收蕾期，病害也逐渐停止蔓延，10 月份气温逐渐降低，在几次秋雨后，气温回升时又开始危害冬苗。

黄花锈病的发生随品种的不同，危害的轻重也有所不同。茶子花等品种对锈病的抗性弱，荆州花对锈病的抗性较强。除品种外，栽培技术的好坏也影响锈病发生危害的程度。老龄植株和弱株，抗病力差，易感病；施 N 过多，造成植株徒长，间作不合理，造成植株缺乏水肥，亦易感染此病。

【防治方法】①加强栽培管理。每年黄花菜采摘完后，及时清除病株残叶，并施用波美 0.5 度石硫合剂进行消毒，深耕或客土培蔸，合理施肥，春季早松土，勤除草，及时开好排水沟。②更新复壮。对 15 年生以上的黄花菜应进行改造更新，以保壮龄当家，提高植株抗病力。③选育抗锈病品种。利用某些品种抗锈病特性，选育抗锈病新品种，从根本上防治锈病的发生。④加强测报工作。在每年发病高峰到来前，加强田间调查，一旦发现有零星病株，就应立即采取措施，控制病害蔓延流行。⑤药剂防治。发病初期，用敌锈钠 1kg 兑水 200kg，加洗衣粉 50g 喷雾，每隔 7～10d 喷 1 次，共喷 2～3 次，或用波美 0.5 度茶枯石硫合剂或石硫合剂喷雾，每隔 5～7d 喷 1 次，共喷 3～4 次，亦可用二硝散可湿性粉剂 200～300 倍液喷治。

（2）叶斑病　病原 *Fusarium concolor*。

【症状】黄花菜叶斑病主要为害叶片，每年 3 月中旬黄花菜刚出嫩苗时即开始发病，4 月盛发流行。叶斑病是由真菌中的一种半知菌引起，常发生在叶片中段，初期沿叶脉附近出现针头大的斑点，呈暗绿色水渍状，逐渐变为椭圆形深黄色斑点，约半粒芝麻大，边缘水渍状，叶半透明，叶片正反两面均能看到，继而扩大成灰褐色锤形病斑，外围有黄色晕圈，有时与相邻病斑合并为不规则形，最后病斑中央呈灰白色。边缘深褐色，干燥时易穿孔，湿度大时病斑背面可见淡红色霉状物，病斑增多后，自叶尖开始枯萎，发展到全叶枯死。花薹受害，开始亦发生水渍状暗绿色小斑，后扩大呈褐色菱形斑点，病部凹陷缢缩，花蕾瘦小易落，花薹随之枯死。

【发病规律】病害发生主要与气候、栽培管理和品种有密切的关系。气候因素是导致发病与病害流行的重要原因。病菌以菌丝体或厚垣孢子随病残体越冬，翌年 3～4 月随幼苗出土，病菌随即侵入嫩苗为害。若此时温差变化很大，突然的寒流低温影响，使幼苗遭受轻度冻害后，更为病菌入侵创造条件。寒流过后气温回升，若遇雨天，相对湿度大，病害极易流行。

【防治方法】加强栽培管理，及时做好秋冬清园工作。秋冬黄花菜采摘完后，每亩撒施石灰硫黄粉 50～100kg 或黑白粉 100～150kg。做好深挖覆土或客土培蔸工作，及时更新复壮提高植株的抗病能力。

合理施用肥料，避免过多施用 N 素，引起植株徒长，降低植株抗病能力。及时选育抗病新品种。

每年春季幼苗出土后用等量波尔多液或波美 0.5 度石硫合剂喷洒，每隔 10～15d 喷 1 次，共喷 3～4 次，有一定效果。发病初期使用 50％托布津可湿性粉剂或 50％多菌灵可湿性粉剂 800～1000 倍液，75％百菌清可湿性粉剂 600～800 倍液喷洒，每隔

7～10d 喷 1 次，共喷 2～3 次。

（3）叶枯病　病原 *Stemphylium vesicarium*。此病在黄花菜产区发病普遍且较严重，植株受害严重时，整苑整块枯死，不抽花薹或只有部分植株零星抽薹，严重影响产量。

【症状】黄花菜叶枯病由真菌中的一种半知菌引起。主要为害叶片，有时也侵染花薹，从幼苗开始便发病。首先在叶片中部边缘产生水渍状淡黄色小圆点，以后沿叶脉逐渐向上下蔓延，形成褐色条斑。或先从叶尖产生病斑，再沿叶缘向下蔓延，叶片上部枯死。病斑与健部交界处呈赤褐色，中央为深褐色，其上布满黑色小斑点，即病原体。病情严重时，病斑变为灰白色。整株乃至整丛的叶片都枯死，花薹受害后基部先出现水渍状斑点，后变成长卵圆形病斑，呈暗褐色，严重时花薹枯死。

【发病规律】每年发病期比叶斑病稍迟，一般 4 月下旬开始发生，5、6 月份发展最快。在雨水多、湿度大、排水不良的园地发病重；雨水少、天气干旱、排水性能好的园地发病较轻，植株密度大且又幼嫩的发病重。品种之间有显著的差异。荆州花，四月花等品种明显地比茶子花等品种抗病力强。单施氮肥或施用氮肥过量的园地比施用有机肥料的园地发病重。

【防治方法】加强秋冬培育管理，适时中耕松土，合理施用肥料，促进植株健壮生长发育，从而增强植株的抗病力。

每年清明前后，开始喷施等量式波尔多液，每隔 10d 喷 1 次，共喷 3～4 次。发病初期，可在剪除病叶后，用 50％多菌灵 100～800 倍液或 50％代森锌 500～600 倍液，或 50％稻瘟净 600～700 倍液喷洒叶面，效果良好。

（4）黄叶病

【症状】主要危害叶片，有时也危害花薹。叶片发病首先在叶鞘基部。3～10cm 高的地方出现褐色或红褐色小斑，后扩大相连，叶鞘基部呈红褐色皱缩状。叶鞘基部受害后，叶尖褪绿变黄，病斑扩展后，叶尖枯黄，沿叶片两缘向下褪绿变黄，最后呈红褐色枯死。若叶基部受害，只扩展至全叶的一半，上部叶片也只自上而下枯黄一半，枯死叶片分泌出许多黄褐色黏液。受害叶片较柔软并有韧性，一般自外叶向内叶扩展，但有时仅一边发病，如扩展至叶基部全部叶鞘，则叶片枯死倒伏。花薹受害，首先在某一侧产生不规则的、边缘不明显的黄褐色小斑点，病斑逐渐增多相连成为不规则的黄褐色斑块，最后变为灰白色。

【发病规律】高温高湿是黄叶病发生的主要因素之一。每年开始于 4 月上旬，5 月以后蔓延流行，6～7 月在连续阴雨转晴后，或时晴时雨，病害为害猖獗，如植株密度大，则为害十分严重。

【防治方法】加强栽培管理，适当控制栽植密度，增施有机肥料和磷、钾肥，促进植株健壮生长。

在发病产区，于每年采摘完毕后，立即割除薹秆和枯死叶片，再用波美 0.3～0.5 度石硫合剂喷洒地面，或撒施石灰硫黄粉，并及时挖土，发病初期用 75％百菌清 800～1000 倍液，50％甲基托布津 1000～1500 倍液，50％乙基托布津 800～1000 倍液，50％多菌灵可湿性粉剂 600～800 倍液或用等量式波尔多液喷洒近地面处，均有一定效果。

2. 主要虫害及其防治

黄花菜常见的虫害有红蜘蛛、蚜虫、小地老虎等。

（1）红蜘蛛　黄花菜红蜘蛛，属蛛形纲蜱螨目、叶螨科害虫，是黄花菜的主要虫害之一。黄花菜遭红蜘蛛为害时，初期在叶片背面出现灰白色小斑点，发展后，叶片布满带丝尘末，叶片呈灰白色，稍稍向下卷缩。严重时叶片枯黄，花蕾干瘪。

【防治方法】结合黄花菜的秋冬培育管理，发现红蜘蛛立即用波美 0.3～0.5 度石硫合剂喷杀，或 10％浏阳霉素乳剂 1000 倍液，1.8％阿维菌素乳油 2500～3000 倍液等进行防治。另外，红蜘蛛在高温干旱时繁殖快，在植株基部和杂草中过冬。在采蕾前 10d 停止用药。

（2）蚜虫　黄花菜蚜虫属同翅目蚜科害虫。主要危害黄花菜花蕾、花薹和叶片。黄花菜蚜虫以成虫和若虫危害黄花菜，一般于 5 月中、下旬群集于叶背，6 月中、下旬扩展到幼嫩的花蕾和花薹上吸取汁液。以 7 月份危害最重，当虫体数量增多时，可见花蕾完全被虫体覆盖。严重影响黄花菜的产量和品质。

【防治方法】用 40％乐果乳剂 1500～2000 倍液，25％马拉松乳油 1000～1500 倍液喷洒以及用吡虫啉等药剂喷施。以上药剂在采摘前 10d 停止使用。

（3）小地老虎　小地老虎属鳞翅目夜蛾科，是一种杂食性的地下害虫。主要危害黄花菜的肉质根和嫩叶。

【防治方法】利用成虫的趋光性和趋化性，用黑光灯诱杀或用糖醋液（糖∶醋∶酒∶水＝1∶2∶0.5∶10）加入 0.5％比例的敌百虫 400 倍液诱杀。

第六节　采收、贮藏与加工

黄花菜的采收加工是黄花菜生产中十分重要的环节。采收与加工技术并不复杂，但掌握技术的好坏对黄花菜产量和质量都有直接影响，必须充分重视。

一、采收

1. 采收时间

黄花菜采摘期较长，一般从 6 月上旬至 8 月下旬。品种的熟性不同，采摘期长短不一样，早熟品种约 30d 左右，中熟品种约 50d，中晚熟品种约 60～80d。

黄花菜的花序为无限花序，其花薹由下向上，由外向内依次萌生、膨大。因此，在同一品种中，不同部位的花蕾成熟期不同，应按"早熟先采，迟熟后采"的原则适时采摘。

黄花菜对采摘时间要求极为严格，采摘过早或过迟均对品质、产量不利。黄花菜的花蕾在开放的当天生长最快，生长的长度占总长度的 1/3。在开花前 4h 内采摘，则产量高、品质好。这时黄花菜花蕾已长到充分长度，花蕾饱满，颜色黄绿，花苞上纵沟明显，蜜汁显著减少。过早采摘的，不仅产量低，而且蒸制后带黑色；过迟采摘，花蕾成熟过度，出现裂嘴松苞或花瓣开放变薄，花药破裂，花粉散出，则干制品发红，脆易断，干制率下降，在贮藏中易遭虫害。

黄花菜采摘的具体时间因品种不同而不同。多数品种的花蕾在傍晚开放，一般应在开花前 4h 内完成采摘。晴天花蕾发育正常，应按标准时间采摘。如遇连续晴天干旱，因水分不足，花蕾发育减缓，开放时间推迟，采摘时间也相应推迟；如遇连续阴雨天气，花蕾吸水多，发育加快，开花时间提前，采摘时间也应适当提早。

2. 采收方法

采摘黄花菜时要尽量避免机械损伤，保护植株，延长采摘期，提高品质。黄花菜花梗基部与花茎交接处，有一明显凹陷，一般容易折断，采摘时，将拇指抵着花茎与花梗连接的凹陷处，然后用食指和中指握住花蕾，轻轻向下折断、不要强拉硬扯，以免损伤花蕾。饱满成熟的花蕾必须当天采完，不能留待次日。

采下的花蕾要按不同品种分别放入干净容器，不能挤压，以免折断花瓣。

二、加工及贮藏

黄花菜采摘的花蕾须及时蒸制。因其细胞仍有活力，如不及时蒸制，放置 5h 后，花蕾就会自然裂嘴开放，严重影响产量和加工品质。

黄花菜的蒸制，就是利用高温蒸汽，迅速破坏花蕾细胞内酶的活性，固定营养物质，在保持品种的条件下进行干燥。

传统采用单锅独筛蒸制、蒸甑、单锅多筛等蒸制方式，根据方法及数量的不同，蒸制时间为 10～20min。当花蕾色泽由黄绿色转为淡黄色，从花被筒处略向下垂时，即取出摊放在晒席上，置于阴凉处摊晾，次日晒干。干燥主要是使水分含量将至16％以下，固定品质，便于贮运销售。干燥的方法很多，除可采用阳光干燥外，还可用烘烤干燥及电热干燥法。一般选用阳光干燥，阴雨天则需要烘烤或电热干燥。

一般干燥后的花蕾干脆易断，回潮一夜便可包装出售。包装前应捡出开花、裂嘴、生青等次劣的花蕾，然后包装好，放冷凉且干燥处贮藏。

参考文献

[1] 陈劲枫，张兴国 . 多年生经济蔬菜 . 北京：科学技术出版社，1992.

[2] 方樟清 . 高山优质黄花菜栽培管理技术 . 杭州农业科技，2005，(4)：23-24.

[3] 高志奎，李明 . 蔬菜栽培学各论 . 北京：中国农业科学技术出版社，2006.

[4] 胡繁荣 . 蔬菜栽培学 . 上海：上海交通大学出版社，2003.

[5] 金波 . 中国多年生蔬菜 . 北京：中国农业出版社，1998.

[6] 刘宜生 . 蔬菜生产技术大全 . 北京：中国农业出版社，2001.

[7] 孙楠，曾希柏，高菊生等 . 含镁复合肥对黄花菜生长及土壤养肥含量的影响 . 中国农业科学，2006，39 (1)：95-101..

[8] 王秀峰，李宪利 . 园艺学各论：北方本 . 北京：中国农业出版社，2003.

[9] 徐坤 . 绿色食品蔬菜生产技术全编 . 北京：中国农业出版社，2002.

[10] 郁樊敏，陈德明 . 蔬菜栽培技术手册 . 上海：上海科学技术出版社，2010.

[11] 张杨珠，陈涛 . 湖南省主要黄花菜品种生长发育和养分吸收规律研究 . 作物研究，2008，(2)：95-100.

[12] 浙江农业大学 . 蔬菜栽培学各论 . 第二版：南方本 . 北京：农业出版社，1987.

[13] 中国农业科学院 . 中国蔬菜栽培学 . 第二版 . 北京：中国农业出版社，2010.

第九章 蒜 薹

第一节 概 述

蒜薹（*Allium sativum*）是大蒜的花薹，属于高档细菜，具有很高的营养价值，其含水量高达 90% 以上，含有多种元素及化合物，每 100g 蒜薹约含维生素 C 42mg，维生素 B 10.14mg，粗纤维 1.8g，胡萝卜素 0.2mg，钙 20mg、磷 45mg、铁 1mg，粗蛋白约 10%，糖 8%，并含有 17 种氨基酸，33 种含硫化合物，还含有硒、锗等稀有元素。从古至今有很多关于蒜薹防治多种疾病的文献，我国明代著名医学家李时珍在《本草纲目》中就详细论述了蒜薹的药用价值，认为蒜薹具有"消谷化肉、散痈肿、除风邪、杀毒气、除风湿、疗疮癣；健脾胃、活贤气、止霍乱、解瘟疫"等多种作用。此外，蒜薹还含有丰富的抗菌物质大蒜素。具有氧化和杀菌作用，临床发现蒜薹提取物对心脑血管疾病有良好作用。近年来，国内学者在蒜薹预防胃癌的作用方面作了大量的研究工作，其脂溶性挥发油具有抑制胃肠道硝酸盐还原菌合成亚硝铵的作用，降低胃内亚硝酸盐含量，并阻断亚硝铵的合成，从而降低胃癌的发病率。蒜薹的药理有效成分主要为硫化物，具有抗动脉硬化的作用，此外还含有抗衰老物质超氧化物歧化酶，具有较高的食用价值。

我国大蒜种植面积大，蒜薹年产量约 10 亿千克，近年来产量呈上涨趋势，蒜薹在全国各地均有生产，西南地区主要分布在重庆，云南通海、弥渡、江川、华宁、陆良，贵州毕节、桐梓，四川彭州、金堂、西昌等地。

第二节 生物学特性

一、植物学特性

蒜薹（花薹）着生在盘茎的中央，从假茎（叶鞘）中心抽出（图 9-1），包括花茎和总苞。大薹蒜的蒜薹约 70cm，粗 0.5～0.7cm，小薹蒜的蒜薹长 50cm 左右，包藏于假茎内部的部分为白色或黄绿色，外露部分呈绿色。

大蒜植株分化花芽后，从茎盘顶端抽生花茎（即蒜薹），但在花序上一般不着花，或着生发育不完全的紫色小花，小花有花瓣 6 片，分两轮排列，雄蕊 6 枚，呈两轮排列，有 1 枚柱头，子房 3 室。但花的发育多不完全，一般不能形成种子，即使形成少量发育不良的种子，也难以成苗，没有利用价值。花茎顶端的花苞称总苞。总苞成熟后开裂，可看到许多小的鳞茎，称气生鳞茎。也可以用作独头蒜的播种材料。

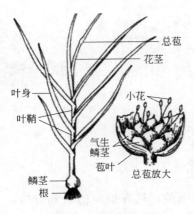

图 9-1 蒜薹形态图

二、生长和发育

蒜薹形成主要包括花芽分化期、花器孕育期、抽薹期三个时期。总苞变白（白苞）时为蒜薹采收适期。

从鳞芽及花芽开始分化到分化结束，为鳞芽及花芽分化期，大约经历 10d 左右。此期以叶部的生长为主，是大蒜生长发育的关键时期，先是在内层叶腋处形成鳞芽，同时或稍后植株的生长点形成花原基。鳞芽发生的位置因品种而异，蒜瓣大而少、分两层排列的品种，蒜瓣多发生在花茎外围第一至第二层的叶腋中；蒜瓣小而多、呈多层排列的品种，多发生在花茎外围第一至第五层的叶腋中。

花芽分化结束到采收蒜薹为蒜薹抽薹期，也是大蒜鳞芽膨大前期，时间约需 30d。生长特点是叶片的营养生长和蒜薹的生殖生长齐头并进，贮藏器官鳞芽也缓慢生长。其中，叶片生长一直很旺盛，将已分化的叶片全部长出；叶面积、株高达到最大值，蒜薹的生长先慢后快，鳞芽直到采茎前 1 周才加快生长。这个时期，植株各部位的生长量都最大，需要有充足的水分和肥料，才能为蒜薹高产优质奠定物质基础。

三、对环境条件的要求

大蒜喜冷凉的环境，适宜生长温度为 12～26℃，蒜瓣在 3～5℃低温下开始萌发。大蒜通过春化阶段后，还需要在长日照及 15～19℃的温暖条件下，才能通过光照阶段而抽薹。低温不足，形成无薹多瓣蒜或独头蒜。秋播大蒜的抽薹率和蒜薹产量均高于春播。春播过晚，抽薹率大大降低。不同大蒜品种对光周期要求不尽相同，不同生态型大蒜对光周期反应也不同。低温反应敏感型大蒜不论日照长短均不改变其不完全抽薹的特性。低温反应中间型大蒜绝大多数在中纬度地区自然日长下秋播能正常抽薹，8h 日照长度对多数品种抽薹不利。

大蒜对水分的要求较多，各生长期对水分的要求不尽相同。一般大蒜出苗期及蒜薹抽薹期对水分要求较为严格。

大蒜对土壤的适应性较强，但以土层深厚、有机质丰富的微酸性沙质土最为适宜。忌与葱蒜类连作。

第三节 营养特性

一、主要品种

我国大蒜品种资源丰富，按是否抽薹可分为抽薹大蒜、不完全（半）抽薹大蒜和无薹大蒜。西南地区以生产蒜薹为目的品种较多，现主要介绍以下几种。

1. 紫皮蒜

每头瓣数较少，一般4～8瓣。辣味浓郁，适用于蒜薹栽培。具早熟、生长势极强、耐寒、抗病、抗逆性强、优质高产等特点。株高60～80cm，株型直立，假茎长15cm、粗2.5cm。叶片披针形、色墨绿、蜡粉少，最大叶长50～56cm、宽3.0cm。蒜薹粗壮，长65～83cm，粗0.5～1.0cm，单薹重24～31g。蒜头外皮紫红色，个肥大，扁球形，单头重24～31g。香味浓，品质优，抗花叶病毒病和紫斑病。白露前后播种，4月中旬收薹，全生育期210d。每亩产蒜薹400～500kg。较优良的品种有阿城大蒜、蔡家坡紫皮蒜、川西大蒜等。

2. 金堂早

又称雨水早，百花早，成都金堂县地方品种。植株生长势强，株高60cm左右，叶剑形，直立，长32cm，宽2cm，深绿色，有蜡粉。蒜薹细长，色淡绿。蒜头较大，扁圆形，纵径2.5cm，横径3.6cm，外皮紫红，干后变浅褐色，全生育期200d左右，早熟，品质好。耐热抗病，适应性强。每亩产蒜薹200～250kg。

3. 二水早

又名成都二水早、二早子，成都金堂县地方品种，近几年各地都有引种。植株生长势强，株高65cm。叶剑形，直立，肥厚，长38cm，宽2.4cm，色深绿，蜡粉较多。蒜薹较粗，色浅绿，外皮紫红，干后变浅褐色，皮较厚。生长期210d。较耐热、耐寒、抗病。适应性广，不早衰，品质好。亩产蒜薹300～400kg。

4. 三月蒜

又名清明蒜、薹蒜，重庆市农家品种。生长势中等，筒状假茎，长15cm左右，横径0.8～1cm。全株有叶10～16片，叶身狭长，内曲为瓦状，绿色，表面光滑，长35cm，宽1～1.5cm。蒜头较大，每个蒜头10～14瓣，瓣较小，皮紫红色。薹肥嫩，品质佳，早熟。一般每亩产蒜薹350～400kg。

5. 贵州白蒜

也称毕节大蒜、八芽蒜。贵州省毕节地方品种。株高约33cm，全株有叶5～6片。每头蒜有8～10瓣，皮白色，蒜头直径6～7cm。辛辣味浓，品质好，耐寒。亩产蒜薹50～100kg。

6. 陆良蒜

云南省陆良县地方品种。属低温反应中间型品种。株高67cm左右，开展度30cm，假茎长20cm，直径1.5cm。单株叶数11片，最大叶长55cm，最大叶宽3.5cm。抽薹率94％以上，蒜薹长29cm、直径0.8cm，单薹重13g左右。内外层蒜瓣数和蒜瓣大小相近，瓣形整齐，平均单瓣重3g左右。蒜衣2层，暗紫色。

7. 毕节红蒜

贵州省毕节县地方品种。主产于云贵高原东部丘陵地带，具有生长势强、头大、晚熟、高产等特点。属低温反应中间型品种，株高91cm，开展度44.6cm，假茎高32cm左右。单株叶数13片，最大叶长63cm，最大叶宽4cm。抽薹率98％～100％，蒜薹长55cm、直径0.9cm，平均单薹重15g左右。

8. 桐梓红蒜

贵州省桐梓县地方品种。具有长势强、耐寒等特点，是青蒜、蒜薹和蒜头兼用品种，属低温反应中间型品种，植株长势强，株型开张。叶片宽大，深绿色。蒜头外皮紫红色，平均单头重 17g 左右。每头 10～11 瓣，分 2 层排列，蒜衣紫红色。蒜薹粗大，长约 70cm、直径 0.7cm，平均单薹重 14g。每亩产蒜薹 470kg 左右。耐寒性强，适宜蒜薹生产，为主栽培。

二、营养特性

大蒜对富含腐殖质的有机肥反映良好，增产效果显著。全生育期中吸收的 N 最多，K 次之，P 最少，据测定，每生产 1 万千克大蒜产品，其养分吸收量为 N 22.5～25kg、P_2O_5 5.5～6.5kg、K_2O 22～24kg。大蒜对 S、Cu、B、Zn 等微量元素敏感，增施上述微量元素有增产和改善品质的作用（图 9-2）。

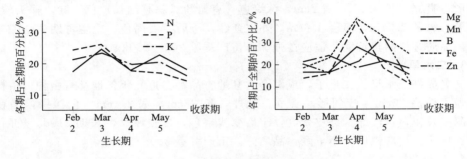

图 9-2　大蒜对营养元素的吸收规律（姜素珍等，1988）

萌发期和幼苗期主要靠瓣中储藏的养分，从土壤中吸收的 N、P、K 含量很少，所以在使用基肥的基础上一般不需要再施种肥，特别是用碳酸氢铵、硝酸铵、尿素做种肥时，对根系有腐蚀作用。进入花茎伸长期以后，叶片和蒜薹生长加快，吸收的 N、P、K 迅速增加，至鳞茎增大中期达到最高峰，所以花茎伸长期是追肥的关键时期。追肥的种类以 N 肥为主。鳞茎增大后期，叶片逐渐枯黄，根系老化，吸收力减弱，吸肥量减少，一般不再追肥，特别是控制 N 肥的使用，否则易导致鳞茎开裂和散瓣。

第四节　栽培季节和栽培制度

一、栽培季节

大蒜的栽培因气候条件和品种特性而异，按气候条件可划分为秋播和春播。北纬 23°以南的地区，冬季平均最低温度一般在−6℃以上，大蒜可以在露地越冬，多数秋季播种，秋播大蒜幼苗生长期长，有充分的低温期可以满足花芽和鳞芽的分化，而且在高温长日照季节来临前，幼苗可以充分生长，为蒜薹的增长积累丰富的营养，所以抽薹率高，蒜薹产量高。一般在冬季平均最低气温在−10℃以下，大蒜在露地不能安全越冬的地区，多实行春播，当年夏季收获。有些大蒜产区纬度虽然低，但海拔高，气候寒冷，露地越冬有困难，也实行春播。

二、栽培制度

1. 茬口安排

大蒜忌连作，连年在同一块地里种大蒜或与葱蒜类蔬菜（大葱、洋葱、韭菜等）重茬则病虫害严重，出苗率低，植株细弱，叶片发黄，蒜薹产量低，一般应隔 2～3 年倒一次茬。秋播的前茬以小麦、玉米、高粱、瓜类、豆类、马铃薯、早熟番茄、早熟茄子及甘蓝类蔬菜较好。在西南地区，因前茬作物不同，有靠茬蒜和回茬蒜之分，靠茬蒜主要是在前茬作物收获后，浅耕灭茬，然后深耕晒土，因前茬作物收获较早，土壤经过较长时间的曝晒，土质得到改善，蒜薹产量高，品质好。回茬蒜的前作多为玉米或谷子，前茬作物收获后随即翻地，土壤未经过充分曝晒，休闲期短，蒜薹产量低，品质较差。春播大蒜的前茬以豆类，瓜类及茄果类蔬菜较好，因为这些蔬菜的施肥量多，土壤肥沃，对大蒜生长有利。

2. 轮作

蒜薹要想达到持续高产、高效、优质的目标，不但要注意茬口安排，而且要建立合理的多年轮作制度，最好每隔 2～3 年种一茬大蒜。大蒜秋播产区的轮作制度有水旱作物轮作和旱地作物轮作两种，西南地区蒜薹产区，蒜薹用大蒜的主要栽培制度是实行蒜与水稻轮作，即第一年头一季栽水稻，水稻收割后种大蒜，第二年大蒜收割后再种水稻，水稻收割后种油菜，第三年油菜收获后栽水稻，水稻收割后再种大蒜。三年之中，种一季油菜，两季大蒜和三季水稻。这种轮作的好处在于：第一，水旱作物轮作，土壤干湿交替，可以增加土壤的透气性，使土壤微生物活动旺盛，改进土壤理化性质；第二，大蒜根系分泌物对病菌的繁殖有抑制作用，蒜稻轮作改变了病虫生活的环境条件，可以减轻水稻病害和地下害虫（金针虫、蝼蛄等）的危害；第三，蒜稻轮作可以减轻稻田杂草和蒜田杂草的危害。

旱地秋播大蒜的轮作制度可以这样安排，第一年春季种马铃薯、甘薯、早黄瓜等，收获后种大蒜，第二年大蒜收获后中大白菜或甘蓝、花菜，第三年春种植黄瓜、番茄、菜豆等夏菜，夏菜收获后再种大蒜；如此轮作换种可以合理利用土壤肥力，改善土壤理化性质，减轻病虫害及杂草危害。

3. 间作套种

在秋播蒜区，生产蒜薹的大蒜，生长期长达 7～8 个月，如果单一种植，在同一块地里种了大蒜就不能种越冬蔬菜了，加之大蒜苗期生长缓慢，生长量小，叶片狭长，直立生长，绿叶面积小，不能充分利用照射到田间的太阳光，而且根系分布范围小，土壤中的水分和养分也得不到充分利用，为了解决粮、棉、菜、蒜争地的矛盾，提高土地利用率，增加收益，在长期的生产实践中创造出许多行之有效的间作套种方式，以西南地区水田为例，大蒜套种芋头较为普遍，4 月上旬在大蒜抽薹前，按照行距 67～83cm，株距 33～50cm，在大蒜行间打穴，点播芋头，每穴插一个，每亩种芋头 2500～3000 株。5 月间收获大蒜后，按照芋头的需要进行田间管理，这种套种方式既不影响大蒜生长，又解决了春季蔬菜种类多、面积大、茬口难安排的矛盾。其他的还有粮蒜套种，粮菜蒜套种等方式。

第五节　栽 培 技 术

一、露地（含秸秆覆盖）栽培技术

1. 土壤选择

大蒜适宜种植在富含有机质、质地疏松肥沃、pH 值 7～8、排灌条件良好的地块上。

2. 精耕细作

根据大蒜根系生长和分布特点以及吸收能力，要求深耕细耙、精细整地、畦面平整、沟系配套、排灌自如。秋播蒜的地块在前茬作物收获后，要及时撒施基肥。每亩施腐熟厩肥 5000～7500kg 或腐熟人粪肥 5000kg 左右、饼肥 100～150kg、碳铵 30～50kg 或尿素 10～15kg、磷肥 15～30kg、钾肥 20～40kg 或草木灰 150～200kg，或大蒜专用肥（或三元复合肥）20～30kg 代替上述的 N、P、K 肥。均匀撒施，然后立即耕地翻土，深 20～30cm，使肥与耕层土充分混匀，做到地平肥匀，上虚下实。在播种前再整地做垄（南方）。一般做成垄距 70～90cm、垄面宽 40～60cm、垄高 6～10cm、垄沟宽 20～30cm，垄面栽 2～3 行蒜，行距 20cm；同时挖好田内"三沟"（横沟、纵沟和围沟），做到排灌自如。

3. 种蒜选择和处理

（1）选种　大蒜选种要求蒜瓣均匀、色泽乳白纯一、无病斑、无伤口。要剔除发黄、发软、虫蛀、有伤、茎盘变黄及霉烂的蒜瓣。然后将其分成大、中、小三个等级，采用大、中瓣分级播种。剔除下来的小瓣蒜种也可用于栽培青蒜，只要注意加强水肥管理，同样可获得优质高产。

（2）种蒜处理　种蒜处理主要有以下两种方式。一是药剂处理，这是防治病害的重要措施，即播前药剂拌种。用 25％多菌灵可湿粉或 50％甲基托布津可湿粉 1kg，或 70％代森锰锌可湿粉 0.8kg，或 50％甲基硫菌灵可湿粉 0.5kg，均匀拌种 50kg，晾干后播种；或用 50％速克灵可湿粉 50g 拌种 200～250kg，方法是先将药粉用 2.0～2.5kg 水兑匀，后用喷雾器喷拌蒜种，拌匀晾干后即可播种。二是肥料处理，肥料处理能增强种瓣活力，促进早发芽生根，植株健壮茂盛，具有显著的早熟增产增效作用。具体方法如下。① KH_2PO_4 浸种，播前用 0.3％的 KH_2PO_4 水溶液浸没蒜种 6h，期间不要搅拌，随浸随种。②蒜壮素浸种，播前用蒜壮素 200 倍液浸蒜种，捞出晾干后即可播种。③牛尿浸种，播前用牛尿浸泡蒜种 24h，捞出摊放在阴凉湿润的地方催芽发根，待后播种。④温水浸种，播前晾晒蒜种 2～3d，后用 40℃左右温水（以手放入水中不凉为好）浸泡 24h，期间要换热水 2～3 次，保持水温，捞出后晾 4～6h，即可播种。必须注意的是：浸过的蒜种只宜湿播，不宜干播。若墒情差，播种盖土后要浇"蒙头水"，使蒜瓣和土壤充分结合。土壤湿润，以利促其早生根快发芽。否则，土壤干旱，墒情差，阻碍发芽生根，达不到催芽早发快长的目的。若播后连遇阴雨天气，要注意排水降渍，以免烂种、烂根。

4. 适期播种，合理密植

（1）适期播种　适期播种是获得蒜薹丰收的重要措施之一。秋播蒜区，确定适宜播期的基本原则：一是满足种瓣萌发所需的适宜湿度（16～20℃）；二是越冬期蒜苗具有4～7片展叶，可以安全越冬。西南地区适宜播期一般在9月下旬至10月上旬，冬前长至5～7片叶（需60～75d）。各地可依当地气候往前推算，农谚"中秋不在家，端午不在地"即说明大蒜秋播适期为秋分至寒露，而早薹蒜提到9月上中旬播种为宜。为了解决蒜薹集中上市价格低的问题，多采用早、中、晚熟品种搭配播种，分期上市的办法。春播地区，当表土层化冻，日均温稳定上升至3～5℃，达到大蒜发芽所需低温界限时，便可以播种。适期早播可以延长生育期，提高产量。但也不可过早，蒜瓣在−2℃以下的低温下容易受冻，丧失发芽力，造成大量缺苗，而且容易发生二次生长。播种过迟，植株生长势弱，生育期缩短，在高温、长日照条件下容易形成无薹分瓣蒜。

（2）合理密植　合理密植是充分利用土地、空间、阳光，达到优质高产的关键措施。在确定密度时应综合考虑品种特性、种蒜大小、播期早晚、土壤肥力、栽培方式和出口要求等，过稀则产量低，效益不高；过密虽产量高，但商品性差，效益低。目前每亩普遍采用的适宜密度，以产薹为主的大蒜一般每亩为4万～6万株，株间距4～6cm，行距为20cm左右，亩用种量75～100kg。

（3）播种方法　"深葱浅蒜"，说明大蒜适于浅播，但播种过浅易"跳蒜"，过深出苗晚且弱，产量低。实践证明：秋播蒜栽深以3cm左右为宜。播种时注意种瓣的背腹连线与行向垂直。

畦作的播种方法有扎孔法和开沟法两种。①扎孔法。是按上述株行距，把蒜瓣插入土中，微露尖端，并覆盖细土2cm左右。②开沟法。先在畦的一侧开第一条浅沟（5～6cm深），摆好蒜种后再用开第二条浅沟的土盖第一条沟的蒜，以后接着按次序进行。两种方法播种后都要将畦面搂平，踩实压紧，做到上紧下松。

垄作的播种方法有干栽法和坐水栽法两种。①干栽法。是把地整平耙好后，按上述垄距尺寸和行距开沟，沟深3cm，沟里栽蒜，然后用板锄开垄沟，沟口宽30cm、底宽15cm、深6～10cm，将沟泥提到垄面盖在蒜种沟上。盖土法有两种：一是二次封沟法，即先盖半垄土将种瓣压住，蒜行间小沟便于浇水，待蒜母芽鞘出土时，再在垄沟里取土填平蒜行间浇水小沟，做成宽40～60cm、高5～7cm的垄，垄要平整；二是一次封沟法，即一次取垄沟土把蒜瓣压住，做成平整高垄，垄沟做灌排水用。从出苗效果来看，二次封沟法因每次盖土薄、阳光接触面大、浇水量小、地温升得快，较一次封土法提前2～3d出苗。干栽法技术易掌握，但浇冷水且量大，易降低地温，不易保墒，土壤易板结返碱伤苗。②坐水栽法。是先根据行距开播种沟（宽20cm左右、深3cm），后在沟里浇水，待水下渗后，依水印在沟的两侧各栽1行蒜种；而后用平锄开垄沟，将土盖在播种沟里，盖土深3cm，最后将垄搂平即可。坐水栽法的优点是浇水量较少，地温降低较少。且种瓣上盖的是干土，可减少水分蒸发，利于保墒，但技术要求较高。

5. 田间管理

要实现蒜薹优质高产，应根据大蒜的生长发育规律及其对环境条件的要求确定其田间管理方案和具体措施。从出苗到烂母，母瓣的营养对幼苗的生长具有重要作用。随着根系生长发育和吸收力的加强，蒜苗逐步由母瓣供给营养过渡到向土壤吸取营养和叶片光合营养，即由自养向异养发展。烂母后，全靠异养，故烂母提早不利于培育壮苗。秋播蒜要经过漫长的冬季，冬前幼苗生长过旺或过瘦都易发生病害。因此，大蒜苗期管理要促控结合，以控为主，少浇水多中耕松土，适时蹲苗，以防徒长和过早烂母，促进根系生长发育，培育壮苗（6～7片叶），安全过冬。在薹伸长期，大蒜进入旺盛生长阶段，应加强肥水管理，适时收薹。同时，加强大蒜病虫草害的综合防治工作，从而确保蒜薹生产优质、高产、高效益。各期具体管理措施如下。

（1）萌芽期管理　大蒜适期播种后10～20d即可出苗。此间要为种蒜生根、发芽和出土创造良好的土壤环境，保证出苗整齐、健全。土壤湿润出苗快而齐；若过湿甚至田间积水，则易造成闷芽、烂根、烂母等，蒜苗瘦弱；表土板结，土壤空气减少，嫌气性条件将影响出苗。因此，在地墒不足不能及时出苗的情况下，需浇1次水；积水时要及时疏通沟系排水降渍，并做好松土保墒工作，以免土壤板结甚至返碱而影响出苗。

（2）幼苗期管理　此期适当灌水，以浅锄保墒为主，促进大蒜根系向深发展。为使幼苗生长健壮，提高耐寒力，趁墒浅锄保墒，在施足底肥的基础上需视苗情和地力，及时追施氮、钾肥1～2次。首先齐苗后追施提苗肥，每亩用碳铵15～20kg兑水顺行浇施，浇后要浅锄；第二次在越冬前追施腊肥，每亩顺行撒施腐熟的猪（羊）厩肥、鸡（鸭）粪肥、人畜粪、墒（坑）土或草木灰2000～3000kg，施肥后深锄地，使肥、土混匀。西南地区有些农户在蒜垄间浇上一层河泥浆，对蒜苗生长和越冬极为有利。此外，此期应加强秋季草害和蛆害的防治。大蒜秋季草害严重，宜在播后苗前土面喷除草剂和秋草出齐后（即大蒜立针至1叶1心期）或大蒜2～3叶期喷施除草剂进行茎叶处理，杂草较多的蒜田，每亩用42％蒜草净100mL，兑水40kg进行喷洒除草，效果理想。播得早的大蒜，秋季易遭蛆害，造成黄苗甚至死苗，一旦发现可用药液灌根防治。

（3）越冬期管理　此期表面看大蒜好似停止生长，新叶不再出生，但叶片、叶鞘不断加宽增厚，假茎仍在生长、加粗，故单株重量依然在增加。该期管理目标是加强防寒保暖措施，确保幼苗安全越冬。具体措施是：①浇封冻水，施肥。封冻时（冬至前后）灌1次封冻水，起墒浅锄弥缝，护苗越冬。一是保证整个冬季大蒜对水分的要求，二是减缓土壤冻融对根系的伤害，提高幼苗抗寒力。浇封冻水须适时、足量，适时的标准是浇水后水分全部渗入地中，不让畦面结冰。浇水后，要中耕松土1次，保墒增温，防止板结。②立风障、加盖草，保暖防冻。浇水施肥后，即在畦的北侧立风障，并在畦面覆盖稻草、玉米（高粱）秆、油菜（蚕豆）秆等5～9cm厚，压实防风吹。盖草过早，易使幼苗受热，发黄腐烂；过晚，易使幼苗受冻害。西南地区大蒜可露地安全过冬，无需浇封冻水、施肥和盖草。

（4）大蒜返青期　翌年春天气回暖，当日均温达7℃时，幼苗开始返青生长。此期栽培目标是加强肥水，勤中耕，促进幼苗快速、健壮生长，适时烂母，为薹、瓣分化与形成积累营养物质。具体措施是：追肥、浇水。掌握早熟品种早施、中、晚熟品种迟施的原则。因大蒜返青后，地温还较低，故不宜浇水太早。首次中耕后经太阳照射1周，地温提高后灌第一次返青水。早春干旱年份，气温回升较稳定可早灌；幼苗生长健壮，土壤墒情能维持生长需要，可适当推迟灌水时间。一般正常年份，西南地区大蒜灌返青水时间在3月下旬（春分前后）较宜，随浇水每亩追施尿素10～15kg或碳铵30kg，或人畜粪2000kg，苗差且缺肥的田块，再加施饼肥50～100kg（沟施）。浇水、追肥后，在表土尚湿润时立即中耕松土，增温保墒，促返青生长。同时，每亩喷钛微肥500倍液50kg，能显著提高蒜薹产量、质量和控制发病程度。在烂母前5～7d每亩沟施碳铵15～20kg或尿素5～20kg、钾肥5kg（或草木灰200kg）、磷肥5～10kg，或大蒜专用肥（或三元复合肥）10～20kg。施肥后浇水，待土尚未干时中耕松土，疏沟理墒，以防春雨涝灾和渍害，注意浅锄破土面，增温、保墒、通气，既可减轻或避免大蒜黄尖，使植株健壮生长，又促进蒜母顺利退去和花芽、鳞芽分化。大蒜叶片进入旺盛生长期，西南蒜区，春后大蒜根系已向四周生长扩展，此时不宜多次中耕，以防伤根影响幼苗生长。

（5）蒜薹伸长期管理　此期经退母后，已发出第二批新根，薹芽和花芽开始分化，新叶不断增加，蒜薹迅速长成，营养生长与生殖生长并进，植株进入旺盛生长时期，对水肥需要显著增加，是大蒜肥水管理的关键时期，因此，此期的栽培目标是大肥大水催苗、催薹、催头。只有肥大水勤，才能促其旺盛生长。促使假茎长得上下一样粗，既收获优质的蒜薹，又利于蒜头的发育。具体措施如下。①勤浇水。抽薹期是大蒜需水临界期，需水量占其一生总水量的40%左右，每亩需水110m³。西南蒜区此时要注意排涝降渍和浅锄松土，以水调肥，促进蒜薹生长和蒜头发育。②重施薹肥。孕薹肥提早到烂母前5～7d追施，以减轻黄尖，促进花芽、鳞芽分化。在露尾前10～15d，重施薹肥，每亩追尿素15～20kg（或碳铵40～50kg）、钾肥15～20kg，或大蒜专用肥15～20kg。追肥后即浇水，以利土壤吸收。③叶面喷施微肥。在薹尾开始露出假茎时第一次喷施，隔7～10d再喷1次，连喷2～3次即可。每次每亩喷0.1%稀土液50kg，对准心叶和薹尾均匀喷洒，可促进蒜薹健壮生长、抽薹集中，增加优质茎率，显著提高蒜薹产量和质量。第二次喷施钛微肥，具体浓度和用量同返青期。

（6）适期收获，及时采薹　及时采薹，终止大蒜花器和气生鳞茎生长，对调节大蒜的养分运输方向以及对蒜头的迅速膨大生长具重要作用。尽量减轻对假茎的损伤，保留更多的直立绿叶，这对提高蒜薹和蒜头的产量和质量都是十分有利的。

二、地膜覆盖栽培技术

大蒜地膜覆盖栽培为晚茬秋播蒜解决了迟熟、低产、劣质和抽薹率低等问题。因此，近年来我国部分蒜区地膜覆盖栽培发展迅速，并取得非常显著的经济和社会效益。大蒜地膜覆盖栽培要抓好以下几项重要措施，充分发挥地膜栽培的优势，力争超高产和更多出口创汇，以取得更高的经济效益。

1. 精细整地，施足基肥

地膜覆盖栽培大蒜比常规露地栽培大蒜对土壤的要求更严格。要求土壤肥沃，有机质含量高，地势平坦，土块细匀、疏松，沟渠配套。排灌通畅。忌沙地、盐碱地和无排灌条件的地块种植，且忌重茬。因此，对整地质量要求更高，先施足有机肥，后深耕细耙，使土壤疏松，最后依地膜宽度开沟筑畦，一般畦宽55～180cm。畦间有排水沟和人行平底沟两种，相间开挖，沟宽分别为 20cm 和 40cm，沟深 20～30cm。在整地做畦时，要达到肥土充分混匀、畦面平整、上疏下实、土块细碎无坷垃和保蓄墒情的要求。若遇干旱，则先抗旱后整地播种，以增加土壤水分，改善墒情。提高出苗质量。

大蒜需肥量较大，盖膜后又不便追肥，故揭膜前的肥料（含基肥和追肥）要一次施下。因此，应以基肥为主，追肥为辅；增施有机肥和磷、钾肥或大蒜专用肥。一般每亩施基肥量：土杂肥 4000～5000kg（或腐熟厩肥 2000～2500kg，或禽粪肥 1000～1500kg）、饼肥 150～200kg、过磷酸钙 25～30kg、氯化钾 30～35kg、碳铵 40～50kg（或尿素 15～20kg），或用大蒜专用肥或复合肥 40～50kg 代替上述 N、P、K 化学肥料。

2. 适时播种、合理密植

地膜覆盖栽培虽能提高地温，促进大蒜生长，加快其生育进程，但若播种过晚，不仅不能发挥其盖膜效果，且蒜薹的产量、质量也不理想。因此，不违农时适期晚播是提高地膜栽培效应的重要前提。一般比当地露地蒜稍迟 10～15d，长江流域及其以南地区为 10 月中旬至 11 月上旬，要求蒜株的生长量越冬前达到 4～7 片叶，以利培育壮苗，安全越冬。

因地膜蒜较露地蒜晚播，故应根据地力和栽培管理水平适当加大密度，一般每亩 3 万～4 万株，即株为 7～9cm、行距 25～20cm。做到分级播种，尽量选用一级蒜种，尤其是晚茬种植更应如此。在蒜种不足的情况下才选用二级种瓣，促进平衡生长，以利管理。播种方法有两种。一是先播种后盖膜。按行距要求开浅沟（深 5～6cm），按株距定向排蒜种，随后覆上地膜，再轻轻搂平畦面，随后均匀喷洒除草剂，每亩用 24% 果尔 36～40mL，或 40% 蒜草净 60～80mL 或 37% 抑草灵 90mL，兑水 50kg 均匀喷雾，然后盖膜，以防跑墒。二是先盖膜后播种。在畦面喷施除草剂（同前一种播种方法）封膜后，根据行株距拉绳作标记，用尖头木棍（粗 2cm）打洞，深 5～6cm，随后定向摆种，并用细土盖匀，轻轻掸去地膜上的余土，以防遮光，影响增温效果。

3. 加强田间管理

（1）及时破膜放苗　先播种后盖膜的蒜田，若盖膜质量好，约 80% 的幼苗可自行顶出地膜，不能顶出地膜的应及时用小刀或竹签破膜放苗，以防灼伤。

（2）科学水肥管理　这是提高地膜蒜薹产量、质量的关键所在。北方采用狭畦盖膜，打孔播种的蒜田，播后要普遍浇水 1 次，以利出苗，出苗时再浇水 1 次，可起到保温和防冻的作用；翌春浇返青水 1 次，可促进大蒜返青生长；在烂母前及薹、瓣分化期各浇水 1 次，抽薹期和蒜头膨大期（拨薹后 3d 内），分别根据天气和墒情浇水 1～2 次，大蒜一生需浇水 8～9 次，都系润灌；若天气干燥缺水，可采取畦面漫灌的办法。南方采取湿润播种、播后盖膜的蒜田，一般播后不浇水，干旱缺水时（尤其是抽薹期和蒜头膨大期），可灌浅沟水（即水不上畦面），通过土壤孔隙和毛细管自然渗入畦中，经膜内"反潮现象"增加表层湿度。

在基肥足的条件下，在灌抽薹水时，每亩追施尿素 15～20kg，追肥的方法可采用先将尿素化成溶液，在蒜田入水口用塑料管子虹吸尿素水溶液顺畦灌水均匀流入田间。若蒜株缺肥则揭（破）膜后及时追施速效氮肥，如每亩施尿素 5～7.5kg 或碳铵

15～20kg，促进蒜薹生长。

三、蒜薹生产过程中常见病虫害防治

1. 叶枯病

加强田间管理，增施肥料，合理密植，排除积水，增强植株抗病能力。收获后烧毁病株，及时清除被害叶和花梗。发病初期喷洒 50％稼洁 500 倍液、50％使百克 1200 倍液或 75％百菌清可湿性粉剂 600～800 倍液，隔 7～10d 喷 1 次，连续喷防 3～4 次。

2. 锈病

合理轮作，避免葱、蒜混种，及时清洁田园，减少初侵染源，适时晚播，合理施肥，减少灌水次数，杜绝大水漫灌。遇到降雨多的年份，早春要及时检查，以发现发病中心，喷药预防。发病初期喷施 12.5％禾果利 1500 倍液或 15％三唑酮可湿性粉剂 1500 倍液，隔 10～15d 喷 1 次，连续防治 1～2 次。

3. 大蒜紫斑病

施足基肥，加强田间管理，增强抗病力；实行 2 年以上轮作；选用无病种子。发病初期喷洒 50％使百克 1200 倍液隔 7～10d 喷 1 次，连续喷防 2～3 次或用 64％杀毒矾可湿性粉剂 1000 倍液喷雾，隔 3d 喷 1 次，连续喷防 1～2 次。

4. 花叶病

严格选种，尽可能建立原种基地，采用轻病区大蒜鳞茎做种，降低鳞茎带毒率，避免与韭菜等作物邻作或连作，减少田间自然传毒，在蒜田及周围作物喷洒杀虫剂防治蚜虫，防止病毒的重复感染。加强肥水管理，避免早衰，提高植株抗病力。发病初期喷洒病毒克 300～400 倍液、50％稼洁 500 倍液或 3％菌克毒克 500 倍液，隔 10d 喷 1 次，连续 2～3 次。

5. 细菌性软腐病

发病初期及时喷洒 50％稼洁 500 倍液或 77％可杀得可湿性微粒粉剂 500 倍液，隔 7～10d 喷 1 次，或用 77％氢氧化铜可湿性粉剂 800 倍液喷雾，隔 10d 喷 1 次。连续喷防 2～3 次。

6. 种蝇（地蛆）

（1）**农业防治** 一是种蝇对生粪有趋性，因此禁止使用生粪作肥料；二是在地蛆已发生的地块，要勤灌溉，必要时可大水漫灌，阻止种蝇产卵，抑制地蛆活动及淹死部分幼虫。

（2）**化学防治** 一是在种植前，用 50％辛硫磷乳油 11.25L/hm² 与 750kg/hm² 饼肥或细土拌匀，也可与化肥混合后施入土中，杀灭种蝇的卵和幼虫；二是在成虫发生期，用知乐 900～1200mL/hm²、快斯达 375～450mL/hm² 或锐煞乳油 300～375mL/hm² 或 80％敌敌畏乳油 600～750mL/hm²，兑水 600～750kg/hm² 喷雾，隔 7d 喷 1 次，连续喷防 2～3 次；三是已发生地蛆的田块一般在 3 月下旬或 4 月上旬浇水时，冲施惠螟 3～6kg/hm² 或 35％辛硫磷微胶囊剂 15kg/hm²，对发生严重的田块可加入 48％锐铭 1500～3000mL/hm²；四是用 90％晶体敌百虫 1000 倍液喷雾，或用 50％辛硫磷乳油 1500 倍液浇根，每 7d 防治 1 次，连续防治 2～3 次。

第六节 采收、贮藏与加工

一、采薹方法

苍山县农民根据多年来宝贵经验，总结出实用的顺口溜："采蒜薹要顶部变钩选好天，先是停水松土下半天，上手抓苞领直路，下手抓住甩黄处（顶生叶出叶口），难提蒜薹可带一片叶，双手用劲要均匀"，明确说出了蒜薹采摘的时期与方法。适期采收的形态标准一是蒜薹打弯，称为甩薹；二是薹苞开始膨大，颜色由绿开始转白，称为白苞；三是薹近叶鞘处有 4～5cm 长变成淡黄色。具备上述三大特征的蒜薹优质耐贮。采薹宜在晴天下午进行，因为这时植株有些萎蔫发软，韧性增加，脆性减小，薹易拔出且不易折断。

采薹方法有拔薹法、划薹法、铲薹法、夹薹法和扎薹法 5 种。综合考虑诸采薹法对蒜薹产量、质量的影响，以拔薹法和扎薹法为好，夹薹法次之，划薹法和铲薹法最差。铲薹法只适用上小下粗（即"口紧"）或以产薹为主的大蒜。

1. 拔薹法

也叫抽薹法，是最普遍的一种采收方法，这种方法是采收时一手轻轻向上提，既减少消耗，又可减轻入库时和入库后整理的工作量，用此方法采收的蒜薹机械伤口少，薹基老化轻，储藏后损耗少，适合长期储存。

2. 划薹法

也叫剖茎取薹法，也较普遍采用，可用一种特殊的铁制器或者用一个带弧形的竹片，内径刮光，其一端钉一个小钉，当蒜薹从最后一个叶片长出 5～6d，长 16～23cm 左右时，用右手拿弧形竹片，从离地 10～30cm 处刺破假茎的叶鞘，向上滑动，再用左手将蒜薹基部掐断，即可把蒜薹抽出，用此法抽取蒜薹，虽然速度较慢，但蒜薹茎较长（60cm），产量高，一般亩产 600～750kg，比一般抽薹法产量提高 1.5%～2%。但抽出的蒜薹基部 10cm 处有不同程度的纤维化，薹下半部竖向有一浅沟，长度约 1/5～1/4，损耗大，薹条上的划伤在贮藏过程中易腐烂，而且划伤刺激了此部位呼吸强度，乙烯释放量的增加，进一步促进了蒜薹的衰老变黄。另外由于划伤，此部位的保护层被破坏，失水率增加，贮藏后基部易出现鼠尾状腐烂。为避免此类现象，可以在采收后、贮藏过程中或出库时将划伤部分去掉。因此，此方法适用于蒜薹难抽的品种。

3. 铲薹法

也称割薹法，是在南方产区采用的一种方法。用一个一端削成锋利且带弧形缺口的竹片，长约 50cm，左手提住蒜薹，右手拿竹片，顺着蒜薹连续铲上部的三片叶子，沿垂直方向用力挤压蒜薹，左手同时上提即断，此法克服了蒜薹辣手的弊端。此法可以提高工作效率，收得快，适于收蒜薹口紧（难抽蒜薹的大蒜品种）、根系不发达的大蒜。但是此方法存在薹基老化严重，贮藏过程中基部易失水皱缩腐烂，而且出库时需要加工、增加损耗的弊端。这种方法适宜降雨、气温较低、难抽薹的田块。收购此类蒜薹，应在入库后加工，去掉基部老化和机械伤的部分；如果贮藏期短也可在出库时再加工。

4. 夹薹法

用一根直径 1~1.5cm，长 30cm 左右的新鲜竹竿削平节部的突起，将竹竿中部用火烤软，两端折回固定两天，制成具有一定弹性的夹子，俗称增值夹子。在蒜薹长至最后一片叶子 20cm 以上时，用右手拿此夹子，在离地面 15cm 左右处用力夹一下，把蒜薹夹扁，上边摘去两片叶子，再用两手徐徐提出蒜薹。此法蒜薹断薹率低、产量高，对各种大蒜品种均适宜。

5. 扎薹法

竹筷子的细头用小刀削成尖锥形，约在 4 月上、下旬，当蒜薹从最后一片叶抽出，长出 7cm 左右时，用右手持尖头竹筷子，向假茎距离地 5.7cm 的外方垂直扎穿，用左手把蒜薹徐徐抽出。由于此时蒜薹基部很嫩，经竹筷子尖端穿扎，一抽即出，此法抽取的蒜薹产量稍低，但品质上等。蒜薹长度 40~50cm，幼嫩可口，一般亩产蒜薹 350~400kg，且可提早上市 5~7d，商品价值高 1~2 倍，市场畅销，受人们欢迎。此法抽取后的大蒜假茎不倒，蒜头产量高。一般适用于早熟大蒜品种，如成都二水早、襄樊红蒜等品种。

二、储存

蒜薹采收后新陈代谢旺盛，表面缺少保护结构，而蒜薹的收获期正值气温上升季节。故在常温下极易失水、老化和腐烂。老化的蒜薹薹梗因叶绿素含量减少而发黄，因营养物质的大量消耗、转化、转移而脱水变糠，组织纤维增多，成为空腔，失去食用价值。在常温下，蒜薹一般只能贮藏 10~20d，而在 0℃ 加气调条件下可贮藏半年，这表明贮藏蒜薹，低温是关键。

气体成分能显著地影响蒜薹的生理生化过程，适当地降低氧气浓度，升高二氧化碳浓度能降低呼吸作用，抑制蒜薹体内营养成分的分解和转移，有效地保存叶绿素，抑制薹苞生长发育。据试验，蒜薹在 0℃ 条件下，如果不加气调措施，一般储藏期仅 2 个月左右。如果再采用适宜的气调条件，可使贮藏期大大延长。

1. 蒜薹贮前的准备

（1）贮前消毒　在蒜薹入库前 1 周，对所有设备进行安全检查，不合格的要立即更换。然后，在上轮冷藏品出库后消毒处理的基础上，再对库、架、袋等进行全面清洗和消毒处理。贮前消毒的方法主要有如下几种。

① 熏蒸法　通常采用的是硫黄和保鲜灵烟剂熏蒸消毒。硫黄熏蒸方法：硫黄用量为 5~10g/m³，加入适量锯末，置于陶制器皿中，点燃后产生能灭菌的 SO_2 气体，达到消毒目的。熏蒸时密闭库房 24h，然后打开库房通风。放出残气和刺激气味；最后再用食醋 5g/m³ 进行熏蒸，一是灭菌，二是校正气味。另一种方法保鲜灵烟剂熏蒸：在蒜薹入库上架预冷时，在冷库道中堆置保鲜灵烟剂，用量为 5~7g/m³，每处 0.7~1.0kg，将其垒成塔形，只要点燃最上面的一块，让其自燃冒烟（不冒明火、发烟迅速、安全可靠），点毕关闭库门 4~5h 后，开启风机，使烟雾均匀扩散其间。该法灭菌效果和经济效益都非常显著。

② 喷雾法　通常采用的是过氧乙酸、福尔马林和漂白粉等溶液喷雾消毒。过氧乙酸消毒：1 份双氧水加 2 份冰醋酸混合后，按混合液总量的 1% 加入浓硫酸，再在

室温静置 2～3d 即得 15％的过氧乙酸，然后再将其稀释到 0.5％～0.7％浓度即可，用量为 1mg/m³，用喷雾器将药液喷洒库房四壁和地板、天花板。福尔马林消毒：用 1％～2％的福尔马林（甲醛）溶液喷洒消毒。漂白粉消毒：用 0.3％～0.5％漂白粉溶液喷洒消毒，其后也可加喷 1 次过氧乙酸溶液进行更彻底的消毒。

（2）贮前预冷　在蒜薹入库前 2～3d，消过毒的库房要降温到 0～2℃，目的是防止蒜薹入库时使库温回升过快、过高。蒜薹贮前预冷包括整理阶段的预冷和整理后至封袋阶段架上预冷两个过程。前者为边整理边预冷，以 4～5℃为宜，后者为整理上架后进行，使薹温与库温一致，一般不超过 24～36h，否则易使蒜薹凋萎，整理后的蒜薹立即转移到冷库内，采用塑料袋贮法，将捆好把的蒜薹按等级分别装袋，装袋前要仔细检查，剔除漏气袋，上架后及贮后 1 个月时再分别统一检查有无漏气情况，发现后及时更换。装袋时薹梢朝袋口，薹茎要捆直，每袋贮量为 20kg 左右。需要注意的是架上预冷温度不能低于 1℃或高于 1℃，且要求货架要光滑，无尖棱、尖角和铁丝等物，最好用消过毒的废旧塑料薄膜将架子垫上，使之光滑；预冷时不要将蒜薹放在蒸发器附近的架子上，以免冻害。

2. 蒜薹贮藏保鲜技术

（1）普通塑料袋贮藏保鲜技术

① 传统的管理技术　包括温度管理、湿度管理和气体管理 3 个方面，其中温度管理和气体管理尤为重要。

a. 温度管理　在不造成冻害的前提下，库温越低越好，要求库温 0℃以下变幅不超过 0.5℃，近乎恒温。若库温波动较大，易使袋内壁产生汽流水，与袋内 CO_2 结合成弱酸性水溶液，滴在蒜薹上易致伤害。因此，要求依蒜薹冰点温度（-1℃）变化规律来管理库温，即前高后低。温度过低且长期在冰点以下则易发生冻害；温度过高则会增强蒜薹的呼吸作用，加速薹茎衰老。因此，要在库房的不同方位安放温度计，每天定期观察数次不少于 2 次，库温波动情况，并依此采取相应的管理措施。

b. 湿度管理　一般要求库内相对湿度 85％～90％，袋内相对湿度 95％左右，以袋内呈现薄雾状时为适宜。湿度过高（如饱和状态），除蒜薹浸渍于弱酸性水溶液中产生腐蚀作用外，会引起病原微生物的发展蔓延，易腐烂变质。当袋内出现汽流水时，除稳定库温外，应及时采取降温措施，在放风时要用消过毒的干毛巾擦去袋内的汽流水（尤其是袋底部的积水）。

c. 气体管理　蒜薹气调指标为：O_2 浓度 2％～5％，CO_2 浓度 4％～8％。定期测定袋内以上 2 种气体成分含量，保持其相对稳定。在上述幅度范围内 O_2 浓度越低、CO_2 浓度越高的组合气调效果越好。若 O_2 浓度达到下限、CO_2 浓度到达上限时要及时开袋通风。蒜薹贮藏期间常经历以下 3 个生理阶段。一是旺盛期，即贮存后的前四个月左右，该期蒜薹的呼吸强度大，主要依 CO_2 浓度来确定放风时间，O_2 的含量要控制在低限（1％～2％）、CO_2 的含量要控制在上限（13％～14％），适当延迟开袋通风时间，一般 10～15d 一次。二是稳定期，在储存后的 5～7 个月，该期要严格按照技术规程进行管理，主要依 O_2 浓度来确定放风时间，当 O_2 浓度 2％～3％、CO_2 浓度 12％～13％时开袋放风，一般 10d 左右 1 次。三是衰老期，即贮存后的 8～

10 个月，该期蒜薹的呼吸强度较弱，O_2 的含量可控制在高限、CO_2 的含量可控制在低限，当 O_2 浓度 2％～4％、CO_2 浓度 10％～12％时开袋换气，一般 7～10d 一次。每次放风时间为 3～4h，要求先将袋口全部打开，后用手托住袋子底部上下抖动，使蒜薹松动，把残留的 CO_2 全部排出，并用消过毒的干毛巾擦净袋内汽流水，同时应打开风机促进空气循环。

② 改进的管理技术　岳崇德（1987）根据国外关于"冰温、高湿、低 O_2、高 CO_2"的技术理论，改进了传统的管理技术，提出了"温度控制在 -0.5～1.0℃，相对湿度 95％～98％，O_2 浓度 2％～3％，CO_2 浓度 4％～12％"的管理指标。可见，更低（不低于蒜薹冰点）、变幅更小（0.25℃）的温度和 CO_2 允许上限突破传统禁区指标是管理技术改进的坚实基础。实践表明，该法贮藏 8 个月的蒜薹，好薹率均在98％以上，色泽绿嫩如初，保鲜质量达国内优等水平。

（2）硅窗塑料袋贮藏保鲜技术　硅橡胶薄膜为聚二甲基硅氧烷基橡胶膜，常用的是 FC-8 布基硅橡胶膜，其选择透性好，透气比 $CO_2：O_2：N_2＝12：2：1$。因此，根据一定的贮量和温度条件，在聚乙烯塑料袋上镶嵌一定面积的硅橡胶薄膜（简称硅膜），形成硅膜气体交换窗（简称硅窗），使袋内 O_2 和 CO_2 浓度维持在一定范围内，从而免去气调贮藏的许多昂贵的设备和烦琐的放袋换气、擦"汗"的操作，降低成本，提高好薹率和商品率（达 98％）。尽管此法薹稍霉变较明显，但薹茎的叶绿素、水分、总糖量和维生素 C 均比聚乙烯袋贮法高（尤其是叶绿素高出 17.72％），损耗低，感官质量更高，经济效益显著。

① 硅窗塑膜小袋标准与制作　在长 100～110cm、宽 70～80cm 的聚乙烯袋上开一个窗口，再将一块比该窗口略大些的硅膜用高频电子热合机热合在其上即可。窗口面积依贮量和贮温而定，一般贮量 20kg 的袋，开窗面积为 100cm^2（10cm×10cm）。若袋积和窗面一定后，每袋贮量也一定，要严格称量装袋，不得随意增减。

② 贮藏管理技术

a. 温度管理　该法对温度控制要求更严格，库温宜稳定在 0～-0.5℃，均温降到 0℃以下（-0.25℃），对减轻蒜薹的变化是极为有利和重要的。故要严密监测库温动态，并依此采取相应的管理措施，具体同聚乙烯袋贮法。

b. 湿度管理　库内相对湿度要求在 90％～95％。因硅窗袋贮法扎袋封口后一般不开袋换气，故袋内湿度较高，有利于蒜薹保湿不致失水。若库内湿度过低，具有良好透性的硅窗会加快袋内湿度与库湿平衡，而致蒜薹失水萎蔫老化；若库内湿度过高，又会通过硅窗而致袋内湿度上升，从而恶化袋内微气候，增加烂耗和降低保鲜效果。因此，库温控制比聚乙烯袋贮法显得更为重要。要求在库内不同方位放置湿度仪，定期系统监测库内湿度变化情况，以便采取相应的管理措施。干燥时，可在库内用喷雾器适量喷水，或在出风口挂湿麻袋，或用加湿器加大空气湿度；过湿时，可在库内均匀布置一些干燥剂或生石灰吸湿等。

c. 气体管理　气体要求：O_2 浓度 1.0％～2.5％，CO_2 浓度 5.0％～7.0％。硅窗袋内蒜薹随入贮时间的延长，蒜薹因呼吸作用使袋内 CO_2 浓度不断提高，O_2 浓度不断降低，大约贮后 10d 出现 CO_2 浓度峰值，15d 左右出现 O_2 浓度谷值。随后 CO_2 浓度略有下降、O_2 浓度略有上升，在长达 7 个月的贮期内，CO_2 和 O_2 浓度基本处于平稳状态。这是该法蒜薹冷藏保鲜质量高、自然损耗率低的根本保证。因此，在管理上必须采取定 O_2 浓度低限或定 CO_2 浓度高限的做法，以避免低 O_2 浓度和高 CO_2 浓度伤害。实践表明：O_2 浓度 1.5%～2.5%、CO_2 浓度 5.5%～6.5%，其贮藏保鲜效果很好。CO_2 浓度长期高于 7.0% 容易出现 CO_2 气体伤害。这个指标要比聚乙烯袋贮法低得多，表明硅窗袋贮藏起保鲜和抑制微生物呼吸作用的主要是 CO_2，而聚乙烯袋贮法起抑制呼吸作用的主要是 O_2。故在气体管理上要求由聚乙烯袋贮法以 O_2 浓度控制为中心转至以 CO_2 浓度控制为中心，辅以低 O_2 浓度调节的管理策略。需要注意的是，该法对蒜薹质量要求更高。由于硅窗袋贮藏长期不开袋放风，袋内高湿环境会使茎梢霉变加重，故只有耐贮藏性好的蒜薹，才能取得更好的保鲜效果。

三、加工

蒜薹虽然可以采用各种方法延长保鲜期，但仍不能满足广大群众不同消费习惯的需要，近年来，国内外陆续出现蒜薹的各种深加工产品，深受消费者青睐。现介绍几种蒜薹产品简单的加工工艺。

1. 速冻蒜薹

（1）工艺流程　选料→分级→洗涤→漂烫→冷却→沥水→装盘→速冻→包装。

（2）操作要点

① 选料　选择色泽青鲜一致，组织均匀、鲜嫩，无伤害、腐烂、弯曲、杂质和异味的优质蒜薹。所选原料要快速运转及时加工，防止发热变质。过夜原料应放置阴凉通风处，经切割后的原料一定要及时加工，不准积存。

② 分级　剔除不合格原料后，按长度分为三级：L 级 26cm，M 级 15cm，S 级 4～5cm。从薹基开始切割，先切 26cm L 级，然后够 15cm 长度者尽量切成 M 级，余下部分 4～5cm 切成 S 级。这样使卖价较高的 L 级的出品率高，形态直，并充分利用余料，不致浪费。

③ 洗涤　各级合格的蒜薹，分别用流动的清水洗尽蒜薹上沾污的泥尘、残留农药及部分微生物。

④ 漂烫　将洗净的蒜薹分规格放在竹筐内投入 95℃ 以上的沸水（加 0.5% 的食盐防变色）锅内漂烫。漂烫的目的是破坏酶的活性，稳定色泽。量不宜过多，以便瞬间烫透，色泽鲜绿。漂烫时间一般约 15s。

⑤ 冷却　从烫锅内捞出后，迅速放置在冰水（<6℃）池内冷却，使蒜薹急速降温，冷却。若冷却不及时，导致蒜薹变色，品质下降。

⑥ 沥水　用脱水器将水脱净，个别带水的用消毒毛巾擦净。

⑦ 装盘　各级蒜薹分别整齐地摆进容器内，排列切勿过厚，一般不超过 7cm。

⑧ 速冻　在 −35℃ 以下急速冷冻。冻后成品呈条状，不结块，无柔烂状，色泽一致。蒜薹冻结速度越快，质量越佳。目前有多种冻结设备和设施如急冻间、速道式速冻机、流化床速冻机、平板接触式速冻机、直接浸渍式速冻机等，其中以直接浸渍式速冻机冻结的产品质量最好（15～20s 冻结），而急冻间（静止空气冷冻）冻结的质量最差（需 2～3h）。

⑨ 包装 在0℃左右室内包装，按级顺序整齐地装入耐低温无毒塑料袋内，每袋重500g，20袋装1箱。塑料袋封口要牢，不允许开口破袋，按规格分别装入纸箱内。

2. 蒜薹罐头

（1）工艺流程 选料→洗涤→浸泡→烫漂→分选→切条→配汤→装罐→排气→密封→检查→杀菌→冷却→检验→成品。

（2）配料 以优质的鲜蒜薹、红辣椒、葱头和蒜片为原料。

（3）操作要点

① 原料选择与处理 先剔除过老、萎缩、霉变的蒜薹，用流水洗净泥沙等杂物，然后放在0.1%的高锰酸钾溶液中消毒3～5min，再在清水中冲洗2～3次，至水无红色为止。将洗好的蒜薹放在清水中浸泡2～6h，以提高蒜薹的脆度。

② 漂烫 浸泡后的蒜薹，放入80～85℃热水中漂烫30～60s，使蒜薹开始均匀软化，呈青色就立即冷却（方法同"速冻蒜薹"）。

③ 分选，切条 按原料鲜嫩程度、硬度、色泽、粗细等挑选分组，剔除软烂蒜薹。切除薹苞，再切成长7～11cm或3～6cm的条段。在同一罐中蒜薹大小、色泽要求均匀一致。

④ 配料 红辣椒浸泡复水后切成1～3cm的段，蒜头纵切成1～2mm厚的片状，葱头切成5～8mm片形。

⑤ 配汤 第一步，制香料水：桂皮120g、茴香60g、生姜150g、胡椒50g、芥籽60g，洗净后，放入不锈钢夹层锅或铝锅中，加水12kg，加热微沸0.5～1h，过滤后用水调至10kg备用。第二步，配汤。用夹层锅加料顺序：清水85kg、砂糖8kg、食盐3kg、香料水10kg，加热煮沸后再加入冰醋酸1.12kg和味精0.08kg，经过滤后用沸水调至100kg备用。

⑥ 装罐 装罐500g的配料比为：蒜薹305～315g、汤汁185～195g、红辣椒4～6段、葱头6～8片、蒜头8～10片。

⑦ 排气与密封 排气密封时，罐中心温度高于75℃；抽真空密封时，真空度46.7～53.3kPa。

⑧ 杀菌与冷却 在100℃下杀菌（抽气）25min，随后自然冷却。

⑨ 质量检验 灭菌后要对罐内的蒜薹质量按标准进行抽检，合格的贴上商标，即为成品。

3. 糖醋蒜薹

（1）工艺流程 蒜薹→清洗→切段→漂烫→装缸（加入食盐）→初腌→浸泡→晾干→装缸（加入白糖和醋）→复腌→成品。

（2）配料 蒜薹2.5kg，白糖1kg，醋1kg，食盐0.5kg。

（3）操作要点

① 清洗、切段、漂烫、装缸：将蒜薹用清水冲洗干净，切成2～3cm长的小段，再用开水漂烫一下，捞出晾凉后装缸，一层盐一层蒜薹。

② 初腌、浸泡、晾干、装缸：初腌7d后，捞出用清水浸泡，捞出摊开晾干蒜薹表面的水分后，装入另一只缸里。

③ 复腌、成品：装缸后，将白糖和醋溶融好的溶液均匀地浇上去，然后封缸，

再腌渍 10d 后即为成品。其风味脆辣酸甜。

4. 泡蒜薹

（1）配料　蒜薹 5kg，一等老盐水 4kg，食盐 0.15kg，白酒 0.05kg，红糖 0.065kg，香料包 1 个。

（2）制作方法　选择健康、大批上市的新鲜蒜薹，切除薹尾后，用清水冲洗干净，摊开晒蔫，出坯 3～5d 后捞出，沥干水分。将各调料装坛后调匀放入蒜薹和香料包，用一干净消过毒的石块压紧，封口泡 10d 即成。

（3）制作关键　一般应食其本味，久放时，应及时检查盐水并添加适量作料。

（4）特点　色泽微黄，脆嫩咸香。可贮藏 1 年。

5. 蒜薹脯

利用冬虫夏草与糖液共煮，再用糖液制蒜薹脯，将冬虫夏草的滋补成分溶于蒜薹脯中，充分发挥其补脉门之功效。同时利用蒜薹脯口感柔韧鲜美之优点，制成一种休闲保健食品，适于儿童和各类人群食用。

（1）原料与配方　蒜薹 40kg；糖 65kg；水 25kg；冬虫夏草 1kg。

（2）工艺流程　冬虫夏草→选择→清洗→切碎→糖煮→过滤→糖液（备用）；蒜薹→选择→清洗→切分→烫漂→硬化→护色→除蒜臭→糖制（加制得糖液）→沥糖→烘烤→检验→包装→成品。

（3）操作要点

① 原料的选择　蒜薹应选择粗细均匀，品质脆嫩，颜色鲜绿的；冬虫夏草选择褐色、无污染、无机械伤害的。

② 清洗　用清水冲洗蒜薹 2～3 次，洗去污物与泥沙，再用 0.05％高锰酸钾溶液洗去残留农药，最后用清水冲洗 2～3 次。用 30℃左右的温水冲洗冬虫夏草 2～3 次。

③ 切分　用不锈钢刀将蒜薹切成 3～4cm 长的小段，去除尖部。将冬虫夏草切成小碎块，以利于糖煮时溶出有效成分。

④ 烫漂　即杀青，将切好的蒜薹放入沸水中 1min 左右，使蒜薹中的酶失活，同时驱除组织中的空气，使颜色更鲜绿，然后迅速捞出放入冷水中冷却。

⑤ 硬化、护色　预先配制 0.5％氯化钙溶液，同时放入葡萄糖酸锌护色剂，以物理方法完成锌镁离子交换，使蒜薹保持鲜绿色。配制好后，将冷却的蒜薹放入，浸泡 14h，然后捞出，用清水冲洗，除去表面盐分，沥干。

⑥ 除蒜臭　将 500g 茶放入 10L 水中煮制 5min，浸泡 10min，过滤，将沥干后的蒜薹放入滤液中浸泡 4～5h，捞出，用清水冲洗、沥干，可有效防止在贮存中产生蒜臭味。

⑦ 制糖液　将冬虫夏草 1kg 浸入 25kg 冷水中 12h，然后煮制用 1h。纱布过滤后加入糖配制 45％的糖液备用。

⑧ 糖制　采用真空糖煮法，将糖液放入容器中（槽车），同时加入处理好的蒜薹，推入真空室，关闭真空室，抽真空至 86.6～93.3kPa，然后加热至沸腾，在此过程中将水蒸气不断地抽出以保持真空度，直至糖液浓度至 60％时结束，此方法可以加速糖煮过程，降低糖煮温度，最大限度地保持产品原有的风味、色泽。煮制结束后，再加入 2×10^{-4} 的葡萄糖酸锌为护色液进行护色。浸泡 8～12h，捞出沥干。

⑨ 烘烤　将沥干后的原料均匀摆放在烘盘或竹篾上，在 50～60℃条件下，烘烤 20～25h，使含水量达 20％左右为止。

⑩ 检验包装　将烘烤完的产品检验，分级，然后真空包装，即得到成品。

参考文献

[1] 程智慧．葱蒜类蔬菜周年生产技术．北京：金盾出版社，2003.
[2] 单扬．蔬菜实用加工技术．长沙：湖南科学技术出版社，1997.
[3] 袁惠新，陆振曦，吕季章．食品加工与保藏技术．北京：化学工业出版社，2000.
[4] 王昆著．出口大蒜高效生产技术．郑州：中原农民出版社，2001.
[5] 张耀钢，陈国元．蔬菜栽培：南方本．北京：中国农业出版社，2001.
[6] 张平真．蔬菜贮运保鲜及加工．北京：中国农业出版社，2002.
[7] 范双喜．现代蔬菜生产技术全书．北京：中国农业出版社，2004.
[8] 刘国芬．大蒜栽培与贮藏．北京：金盾出版社，2004.
[9] 王善广．蒜薹、蒜头及洋葱贮运保鲜实用技术．北京：中国农业科学技术出版社，2004.
[10] 武杰．葱姜蒜制品加工工艺与配方．北京：科学技术文献出版社，2004.
[11] 张小玲．果蔬贮藏保鲜技术．乌鲁木齐：新疆科学技术出版社，2006.
[12] 张子德，马俊莲．果品蔬菜贮藏运输学．北京：中国农业科学技术出版社，2006.
[13] 冯武焕，程智慧．无公害蔬菜生产技术规程和操作规范．西安：西北农林科技大学出版社，2007.
[14] 韩军岐，陈锦屏．蔬菜贮藏保鲜．西安：陕西科学技术出版社，2007.
[15] 张百俊，魏翠英，刘弘等．无公害蔬菜生产配套技术．北京：中国农业出版社，2007.
[16] 周克强．蔬菜栽培．北京：中国农业大学出版社，2007.
[17] 陆帼一，程智慧．大蒜高产栽培．北京：金盾出版社，2009.

第十章　菊　芋

第一节　概　述

菊芋（*Helianthus tuberosus* L.），俗名洋姜、鬼子姜等，在我国不同地区对菊芋有不同的名称，如"茅茅姜"（北部地区）、"鬼子姜"（华北、东北）、"姜不辣"（东北中北部）、"脆皮姜"（内蒙南部）、"黄花姜"（河南、天津）、"毛于姜"（河北东部）、"葵花姜"（西北一些地区）、"洋姜"、"洋生姜"（长江以南通称）、"洋芋"（陕西）等（图 10-1）。

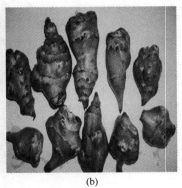

(a)　　　　　　　　　　　　　　　(b)

图 10-1　菊芋植株（a）和块茎（b）

菊芋属菊科向日葵属多年生宿根草本植物，因其地上似菊，地下为芋而得名，原产自北美洲，于 17 世纪传入欧洲，后传入伊朗、中国和日本。全球的热带、温带、寒带以及干旱、半干旱地区都有菊芋的分布。菊芋可生产菊粉，同时通过菊粉酶还可进一步生产低聚果糖和超高果糖浆等产品，其生理功能引起了医学、食品、生物技术等领域的广泛兴趣。目前，利用其生产燃料乙醇和生物柴油的工艺研究，也已取得阶段性进展。同时，菊芋耐旱耐瘠薄，可作为防沙治沙作物和用作饲料。其种植管理较简便，收益较高，发展前景广阔。

随着人类生存科学研究的日益推进，从西欧、美国到东南亚的一些国家和地区，悄然兴起了一种新兴产业——"菊芋产业"，因此，菊芋的种植面积大幅度提高。菊芋在我国南北各地均有栽培，但主要的种植区域为西北地区，零星种植，未能普及。近几年，我国对能源植物的开发和利用极大地促进了菊芋的大面积种植及开发项目的启动，需求量日趋增大，逐渐形成了很多较为规范化、规模化的菊芋种植园区，深度开发项目也逐渐增多，并形成了规模日趋扩大的一系列较为完整的"菊芋产业"链。

一、营养成分与保健作用

菊芋块茎富含淀粉、维生素、糖等，质地细嫩、甜脆，营养丰富。据测定，每100g块茎鲜品含粗蛋白1.5g，粗脂肪0.2g，粗纤维0.7g，维生素C 6mg，维生素B_1 0.13mg，维生素B_2 0.06mg，尼克酸0.6mg，钙49mg，磷119mg，铁8.4mg，还含有丰富的菊糖、果糖和淀粉，是制糖和糖浆的原料，也能提制酒精和白酒。

菊芋块茎性平味甘、无毒，利水去湿、和中益胃。具有清热解毒的作用，为利尿剂，可防治糖尿病。

美国防癌协会将菊芋列为30种有防癌作用的蔬菜之一。菊芋含有丰富的菊糖，其持水性高，可防止、治疗便秘，在肠道中生成抗癌的有机酸，提高人体免疫力，尤其对老年人有良好的抗衰老作用，利用现代生物技术对菊芋进行深加工精制而成的菊粉是目前发现的最易溶解的水溶性膳食纤维，可增殖人体内双歧杆菌，从而可抑制肠内沙门菌和腐败菌的生长，优化肠胃功能，预防肠道肿瘤的产生。另外，菊粉可促进维生素的合成和钙、铁等元素的吸收利用，防止骨质疏松，可降低血液中胆固醇和甘油三酯的含量，改善脂质代谢，治疗肥胖症；在医药上菊粉也可用于对肾脏的肾小球过滤能力的试验。

现代医学研究还发现，菊芋中含有一种与人类胰腺里内生胰岛素结构非常近似的物质，当尿中出现尿糖时，食用菊芋可以控制尿糖，说明有降低血糖作用。当人出现低血糖时，食用菊芋后同样能够得到缓解。说明菊芋对血糖具有双向调节作用，即一方面可使糖尿病患者血糖降低，另一方面又能使低血糖病人血糖升高，减少糖尿病人的痛苦。

二、菊芋在农业种植上的应用

菊芋茎叶与块茎富含蛋白质等营养成分，被联合国粮农组织官员称为"21世纪人畜共同作物"。菊芋的地上部分绿色，粗壮，叶片肥厚，可获得优良茎叶，生长旺季阶段可以直接割取用作家畜青饲料，随用随取，不影响产量，是一种优质的青饲料作物，也可以在秋冬季节将收获后的干茎叶加工成颗粒饲料储藏，经发酵与加进添加剂营养价值更高。在水肥条件适宜地区，我国南方3~11月均可割取，一年可收割4~7次，利用时间长达8个月之久，可解决养殖业冬春和伏夏青饲料短缺的问题，且一次播种可连续利用5~8年，每亩产鲜草10000~15000kg。地下的新鲜块茎富含菊糖，带有甜味，同时含有丰富的无氮浸出物和蛋白质，口感清脆，适合家畜的喂养，营养价值很高。菊粉被美国FDA（食品和药物管理局）和日本厚生省等权威机构认定为有效的饲料添加剂，能够明显改善动物肠道功能、促进对饲料的消化、提高动物抗体水平。

大面积地种植菊芋可以开展副业，如养蜂业等。菊芋的花具有一种特殊的香气，能够吸引蜜蜂，我国南方大部分地区气温较高，可使菊芋持续花期较长，随着种植面积的不断扩大，养蜂业依托菊芋拓产的发展也迅速地盛行起来。

第二节　生物学特性

一、植物学特性

菊芋株高 1.5～3.2m，具有较多分枝。

1. 茎

直立，直径约 5cm，表面布满刚毛，有不规则状突起，横断面不规则且近似圆形。

2. 叶

呈卵形或椭圆形，前端尖，叶缘呈锯齿状，叶表面粗糙，叶背面着生绒毛，叶柄发达，有狭翅，叶片呈绿色，基部叶对生，端部叶因品种不同对生或互生。

3. 花

头状花序，多个，发生于各分枝顶端，花盘直径有 3cm 左右，展开似葵花，黄色，外围呈舌状，中间为管状花序，能育性低，一般不能结实，种植上多用块茎进行繁殖，但在积温较高、花期长的生长区域可以结实，一个花序可形成 2～4 粒瘦果，千粒重 7～9g，利用种子进行有性繁殖，可以产生变异或退化，可以在培育时作为选育新品种的一条途径。

4. 根

根系发达，深入土层中，每株延伸生长占地面积可达 1m²，根茎处长出许多匍匐茎，其先端肥大进而形成块茎，块茎呈犁状或不规则瘤状，形状较为多样，凸起部分有芽点，表皮呈红、白或黄色，肉质皆为白色。

我国菊芋的品种较少，以块茎的颜色为划分依据，可以分为红菊芋、白菊芋和黄菊芋三种。红菊芋和白菊芋较为普遍，红菊芋块茎大且凸凹不平，皮紫红色，肉白色，白菊芋块茎小且形状整齐，皮肉均为白色。

二、生长和发育

1. 营养器官的生长发育

（1）种芋的萌芽　块茎上萌发的芽，由于品种和萌芽时的条件不同而异。一个块茎通常是顶芽（即与匍匐茎连接的部位）先萌发，并且生长势强，幼芽粗壮，称之为顶端优势；其次是块茎中部各芽从上而下逐个萌发，但较顶芽弱而纤细，越接近基部的芽眼萌发的芽越细弱。种芋贮藏物质含量及性质不同，生理机能就有差异，从而影响整个植株的生育状况和产量。菊芋块茎中干物质、淀粉、维生素 C 等物质含量以老龄大芋最高，因而其芽的生长和分化最快，出芽数多，但顶端优势弱。且这些物质在贮藏期间逐渐减少。而蛋白氮与非蛋白氮比值则以幼龄小芋最高，说明其生活力强，出苗齐而壮。

（2）根系的生长发育　块茎类作物块茎繁殖所发生的根系均为纤细的不定根，为须根系。根系量少，占全株总量的 1%～2%。一般多分布在土壤浅层，受外界环境变化的影响较大。其须根分为两类：芽眼根和匍匐根。其中芽眼根于发芽早期在基部 3～4 节上的中柱鞘发生，分枝能力强，分布深而广，是主体根系。而匍匐根则发生在地下茎的中上部，分枝能力弱，长度短，多分布在 0～10cm 的表土层。须根从出苗开始至块茎形成末期，生长迅速，根粗随之增大，多分布在接近种芋的地下茎基部。每条根还可发生 1 次、2 次、3 次支根，分枝根很短。根系的数量，分枝的多少，入土深度和分布的广度，因品种而异，并受栽培条件的影响；土壤结构好、土层深厚、水分适宜的土壤环境，都有利于根系发育；及时中耕培土，增加培土厚度，增施磷肥等措施，都能促进根系的发育，特别是有利于匍匐根的形成和生长。

（3）茎秆的生长发育　块茎类作物的幼茎是由块茎芽眼萌发的幼芽发育形成的，每块种芋可形成 1 至数条茎秆，通常整芋比切块芋形成的茎秆多，大整芋又比小整芋形成的多，菊芋在播种后第 10 周茎数达到 9 个/株，在生长末期由于遮阴作用，茎数将减少到 3 个/株。茎高度及株丛繁茂程度因品种而异，受栽培条件影响也很大。菊芋茎高度一般在 300～380cm，有时可达 450cm 以上。但密度过大或施用氮肥过多时在生育后期常造成植株倒伏，茎基部叶片迅速枯黄脱落，甚至造成部分茎秆腐烂死亡，严重影响光合作用的正常进行。

茎具有分枝的特性。分枝有直立与张开、上部分枝与下部分枝、分枝形成早与晚、分枝多与少之分。一般早熟品种茎秆细弱、分枝发生的较晚，总分枝数少，且多为上部分枝；晚熟品种茎秆粗壮、分枝发生的早，从主茎基部迅速发生分枝，一直延续到生长末期。分枝发生的多少还与种芋大小有密切的关系，通常种芋大，分枝多；整芋播种比切块分枝多。出苗后，茎秆伸长缓慢，节间缩短，植株平伏地表，侧枝开始发生，但总的生长量不大，仅占一生总干重的 3%～4%。当进入块茎形成期，主茎节间急剧伸长，同时侧枝也开始伸长。当进入块茎增长期后，地上部生长量达到最大值，株高达到最大高度，分枝也迅速伸长，建立起强大的同化系统。

（4）叶的生长发育　叶片是组成光合机构的主要部分，是形成产量最活跃的因素。在播种后第 4 周，菊芋在芽上开始形成完全展开叶，在播种后第 20 周达到 500 叶/株，之后迅速下降。菊芋叶面积呈"S"形曲线变化，可分为上升期、稳定期和衰落期。上升期是从出苗至块茎形成期，是叶面积增长速度最快的时期；稳定期是指叶面积达最大值后，一段时期内保持不下降或很少下降的时期。该期是块茎增长期，块茎增重最为迅速。所以，稳定期维持越长，越有利于最大叶面积进行光合作用，以积累更多的有机物质，从而获得高产；衰落期是在稳定期之后，叶面积系数逐渐变小，田间通风透光条件得到改善，十分有利于光合作用进行，块茎产量的 60% 是这一阶段形成的。因此，该时期应防止叶片早衰，对夺取块茎高产具有重要意义。

2. 块茎的生长发育

（1）匍匐茎的生长发育　块茎是由匍匐茎顶端膨大形成的。匍匐茎的形成是块茎形成的第一阶段，匍匐茎顶端的膨大是块茎形成的第二阶段。匍匐茎的生育状况直接影响到块茎的生长发育。匍匐茎实际上是地下茎节上的腋芽水平生长的侧枝，它具有许多与地上茎侧枝相似的特点。在一个植株上，匍匐茎在地下茎节 1～6 节上发生最多。培土高度、土壤干湿程度、温度、营养面积、播种深度等对匍匐茎的形成数量都有影响。菊芋在播种后 8 周内出现第一个匍匐茎，至第 8 周，匍匐茎数达到 16 根/株，到 12 周时匍匐茎数量趋于稳定。匍匐茎形成越早，块茎形成越早，并不是所有的匍匐茎都能形成块茎，各时期形成块茎的匍匐茎数只占匍匐茎总数的60%～87%。

（2）块茎的生长发育 块茎实际上是一个缩短而肥大了的变态茎，是由匍匐茎顶端停止了极性生长，由顶芽与倒数第二个伸长的节间膨大发育而成。从匍匐茎顶端开始膨大，就标志着块茎形成的开始。块茎的生长是一种向顶生长运动，最先膨大的节间位于块茎的基部，最后膨大的节间位于块茎的顶部。所以就一个块茎来看，顶芽最年轻，基部芽最年老。就整个植株块茎生长来看，要到地上部茎叶全部衰亡后才停止，但植株上的部分块茎则可能在这之前就已停止，可见一个植株上的块茎成熟程度是很不一致的。

菊芋在现蕾的同时开始形成块茎，块茎数的最快增长期出现在播种后第14～16周，在第24周达到最大值，约85.5个/株。块茎形成的同时，块茎的体积也在不断增大。从全株块茎体积来看，以出苗后40～80d增长最快。同一植株上的不同块茎，生长速率不同，且随时间而变化。块茎最后大小与其最初的大小无显著的相关性。块茎大小与生长速率和生长时间密切相关，其中生长速率是主要影响因素。块茎的重量逐渐增长，各时期增长速率不同，在整个块茎生长过程，增重最高速率是在生育中后期，即茎叶生长已达高峰阶段，但重量增加可以持续到茎叶完全衰败为止。块茎的增重主要取决于光合产物的积累及流向块茎的量。块茎中的干物质90%以上来自光合作用同化产物，所以块茎的生长随时都在竞争所产生的同化产物，表现出一个植株上不同的块茎之间及块茎生长与茎叶生长之间的矛盾。因此，应协调块茎与茎叶间的生长关系，尽量使块茎始成期出现在较大叶面积之后，以获得较高产量。

三、对环境条件的要求

菊芋对气候、土壤等自然生长环境要求不严格，适应范围广，幅度宽。菊芋喜温暖，但耐严寒，忌炎热；喜湿润，但耐干旱；喜肥沃，但耐贫瘠。

菊芋属喜温性植物，适宜在稍干燥的气候下生长，喜光照，但温度超过35℃时对菊芋的生长不利，光照充足的条件下，昼夜温差大利于块茎膨大，潮湿荫蔽的环境会直接影响植株的生长和产量。菊芋对土壤的要求不严格，轻壤土和黏壤土均可栽种，以沙质土为宜，较松软的土质更易于根的伸长及块茎的积累。

菊芋是多年生植物，通过地下块茎繁殖，次年5月初～5月中旬萌发出芽，菊芋最适宜的生长温度为30℃，比其他农作物高3～5℃。菊芋喜温，但耐严寒，幼苗能够耐-4～5℃低温，块茎能够在-40～-25℃的冻土层内安全地休眠越冬，并能够以每年20倍以上的速度进行繁殖，据报道菊芋在黑龙江省可耐-47℃低温，不影响出苗，第二年仍能够正常生长发育。立秋现蕾开花，花期约为1个月，立冬前后地上部分经霜冻枯死，生长期4～5个月，翌年春又可萌生新苗。

菊芋对恶劣的自然环境的适应性和抗病能力都很强，耐贫瘠，也可以抵抗风沙，适合种植在沙漠等废弃土地上及丘陵地带，从萌发破土开始，耐旱性极强，不仅可改变当地的小气候，而且由于根系十分发达，在沙漠中能够形成强大的根系网，将沙牢牢固定，杜绝沙漠的流动。菊芋的茎叶茂密，能防止雨水对地表的直接冲刷，是保持水土和防风固沙的优良作物，在我国被称作"沙漠之星"，用于水土的保持和改善生态环境，这种利用菊芋治理沙漠的方法，被治沙权威称为目前治沙成本低、见效快的最佳方法。菊芋茎叶枯落后经分解成为肥料，对改良土壤、增加有机质含量、改善沙地结构有重要作用，进而为退沙还田、还林创造有利条件。菊芋的生长过程中，极少发生病虫害，也不用喷施除草剂、杀虫剂等毒性化学药品，且长势旺盛，栽培及田间管理十分简易。菊芋的块茎常年生长于地下，受到较多种类的病菌侵害，随着生长时间的加长，其品种劣化程度较小，同时品种质量的改变不是十分明显，可见，菊芋具有较强的抗病能力。因此，它是一种投资小，获利多的可栽培植物，值得在各地区广泛推广种植的植物。

菊芋是一种自身具有较强耐逆性的植物，不仅耐盐碱，同时还耐旱、耐寒。菊芋在北方部分盐碱性较高的地区及一些沿海的海滨盐土和滩涂地区都可以生长，近年来，菊芋的海水灌溉试验得到了国内外众多研究者的关注，2000～2002 年，刘兆普等人对菊芋进行了海水灌溉试验，结果表明，1:1 海水灌溉对菊芋无明显的影响。2004 年，夏天翔对生长在滨海盐渍土上的菊芋进行了海水灌溉研究，以期能够尽快解决上述问题，使得这种灌溉经济作物模式能够在半干旱地区得以推广。据报道，菊芋的耐盐临界值为 24.65dS/m，相当于 45% 海水浓度，菊芋的种植不仅可以有效地开发和利用海涂盐渍土地资源、海水及微咸水资源，同时对生物资源的获得具有极其重要的经济意义。

菊芋植株茎粗壮，叶片肥厚，分蘖较多，对生物量的积累能力强，在北方地区，7 月初为菊芋营养生长最旺盛的时期，块茎的生物量积累主要集中在 8 月中旬～10 月初，由于北方积温较低，10 月中旬即可收获，每株产块茎一般 30 个左右，多则 80 个，块茎一般重 50～70g，较大的 100g 以上，单株产量 2.5～5kg，一般亩产块茎1500kg。南方地区温度较高，适合菊芋生物量积累的时期较长，一年可以收获 2～3 茬，产量极高。近年来，加工业发展迅速，基于对菊芋的大量需求，种植面积迅速扩大，有必要探讨和改进菊芋的高产种植模式，完善菊芋的栽培技术。

第三节　营养特性

一、主要品种

1. 湖南衡阳白皮洋姜

植株高大，直立生长，株高 150～200cm，开展度 40～50cm。茎绿色，粗 1.5～2.2cm，有茸毛。叶单生，深绿色，卵圆形，长 23～25cm，宽 10～13cm，叶正面粗糙，有刺毛，花黄色。

2. 四川洋姜

株高 1.8m，开展度 30cm，地上茎横径 2.0～3.0cm，浅绿色。叶卵圆形，先端渐尖，全缘，绿色，叶面粗糙，有茸毛，叶柄长约 15cm。

3. 江西红皮菊芋

植株直立分枝，高 200cm，开展度 70～80cm。茎圆形，有棱，上部紫红色，叶及茎下部绿色。

4. 青芋 1 号菊芋

青海省农林科学院园艺研究所选育。株高 295cm 左右，茎直立，基部多分枝，块茎呈不规则瘤形或棒状，地下着生较集中，表皮紫红色，肉白色，平均单株产量 961g；耐旱、耐寒、耐盐碱，适应性强；在青海种植每亩产量为 2000～3000kg，丰产性好；抗逆性强，适种地区广泛，可在不同生态条件下栽培，种植成本低，产量较高。

5. 青芋 2 号菊芋

青海省农林科学院园艺研究所和青海威德生物技术有限公司从青海地方品种中经系统选育而成的加工专用型菊芋新品种。中晚熟，生育期 186～192d，全生育期 210～225d。抗旱、耐寒性中等，耐盐碱、耐瘠薄；中抗菌核病。高 2～3m，上部多分枝，被有短粗糙毛或刚毛，基生叶对生或轮生，上部叶呈螺旋状排列，卵形、长圆状卵形或卵状椭圆形，边缘有锯齿，上面粗糙，下面有毛。叶柄上部具狭翅，头状花序数个，生于枝端，直径 5～9cm，总苞片披针形开展，舌状花淡黄色。块茎呈棒形、纺锤形、楔形或不规则瘤形。

6. 南菊芋 1 号

南京农业大学资源与环境科学学院选育。适宜沿海地区盐分含量 3‰ 左右的滩涂地上种植。萌芽性好，出芽快，出芽多，苗体健壮，叶片为深绿，茎秆粗、分枝多，茎叶生长势强，块茎呈不规则瘤形，表皮白色稍黄、皮薄、肉白色，质地紧密，块茎芽眼外突。植株高 254cm，分枝数 14 个，块茎着土深度不超过 20cm，全生育期 230d，耐盐、耐瘠、耐贮性好、抗病毒病，总糖含量 66.0%（菊芋块茎干）。鲜菊芋平均亩产量为 2934.8kg，菊芋干产量 645.5kg。块茎一般可在 11 月初至下年 2 月进行收获。

7. 红光一窝猴

从石河子市引进，适应性强，冬季在土壤中 −20℃ 块茎不受冻害，第二年能正常出苗生长。适宜沙壤土或壤土，中等肥力的地头、地边种植生长良好。单株产量 300～1600g，单个块茎 30～250g。株高 150～250cm，株形紧凑，叶片上举深绿色，马耳形，叶柄 4～6cm，从茎基多分枝成塔形。块茎着生根基部不远伸。生长后期，时常因地下块茎膨大，将植株从地下托出地面，造成植株后期遇大风易倒伏。因此，应注意中后期培土防倒伏。

二、营养特性

1. 氮、磷、钾在各器官的浓度变化

Somda 等（1999）的研究表明，菊芋块茎平均含有氮总量的 17%，叶中含有 36%，植株其他部分含有 0.7%；磷在叶片中和块茎中的积累量比其他植株部分高出 4～8 倍；块茎生长一旦开始就会明显地减少钾在茎中的含量，在 8～14 周，钾在茎中的含量会从 66% 减少到 2.1%。此后，当块茎和叶中钾的平均含量分别为 3.0% 和 50% 时，茎中钾的含量将保持 1.7 不变。块茎中钾含量最高，其次是磷。氮、磷、钾含量随生育时期的推移而逐渐降低。

由图 10-2 看出，从出苗到块茎形成（第 6 周），叶氮、磷素浓度逐渐升高，达到

峰值分别为 5.41％和 0.83％，而叶钾素浓度则从 2.11％持续下降；茎的氮素浓度从 2.11％逐渐下降，磷素浓度在 4 周达到峰值 0.73％后开始下降，钾素浓度逐渐升高达到峰值 1.85％。

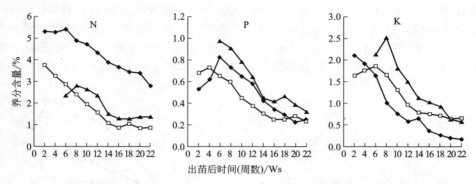

图 10-2　菊芋茎、叶、块茎氮、磷、钾素浓度变化（钟启文，2009）
◆ 叶；□ 茎；▲ 块茎

从块茎形成到膨大初期（第 14 周），叶氮、磷、钾素浓度均呈持续下降趋势，到第 14 周其浓度分别为 3.89％、0.42％和 0.63％，降幅达到 28.11％、49.40％和 70.14％；茎内氮、磷、钾浓度也呈持续下降趋势，降幅达到 50.24％、58.90％和 57.30％；块茎氮、钾素浓度第 8 周出现峰值，分别达到 2.85％和 2.52％，之后持续下降，降幅达到 46.32％和 55.16％，磷素浓度则持续下降，降幅为 53.61％。

从块茎开始膨大到成熟（第 22 周），叶片的氮、磷素浓度呈平稳下降趋势，成熟时分别为 2.78％和 0.25％，而钾素浓度则降幅较大，成熟时仅为 0.15％；茎中氮、磷、钾素浓度降幅均较小，成熟时其浓度分别为 0.88％、0.22％和 0.61％，其中氮、磷素在块茎迅速膨大至成熟这一时期出现浓度的回升现象；块茎的氮、磷素浓度下降较少，成熟时分别为 1.39％和 0.32％，同样在块茎迅速膨大至成熟出现回升现象，说明在生长发育后期菊芋对氮、磷素仍有吸收。而钾素则降幅较大，成熟时浓度为 0.58％。

2. 氮、磷、钾素吸收速率和积累总量变化

菊芋中氮的最快吸收期是块茎形成期，其次是块茎增长期；磷的最快吸收期也是块茎形成期；钾的最快吸收期是块茎增长期，其次是块茎形成期。在三要素吸收强度最大的块茎形成至块茎增长期间，氮素吸收量占最大吸收量的 52％～59％，磷素占 68％左右，钾素占 50％左右。所以在生产过程中，保证块茎形成期以前对氮、磷、钾的充足供应是非常重要的。不同生育时期对氮、磷、钾吸收绝对量的比例各不相同，苗期是 1∶0.15∶1.11；块茎形成期是 1∶0.17∶1.14；块茎增长期是 1∶0.18∶1.58；淀粉积累期是 1∶0.30∶1.45。随生育期的推移，需磷、钾比例逐步提高，而需氮比例减少。从对氮、磷、钾相对吸收量和比例进行比较则更为明确，苗期 1∶0.78∶0.78；块茎形成期是 1∶0.86∶0.88；块茎增长期是 1∶1∶1.23；淀粉积累期是 1∶1.75∶1.17。

菊芋出苗后，由于各器官的生长发育对营养元素的需求量不断增加，氮、磷、钾素的吸收速率逐渐升高（图 10-3）。氮和钾在第 10 周，磷在第 8 周达到第 1 峰值，此时氮、磷、钾吸收速率分别为 0.13g/（plant·d）、0.024g/（plant·d）、0.052g/（plant·d）；之后，氮、磷吸收速率逐渐下降，到第 16 周达到最低值，其吸收速率分别仅为 0.013g/（plant·d）、0.005g/（plant·d），接着又有回升，到第 18 周氮素出现第 2 高峰，达到 0.077g/（plant·d）后逐渐下降直到收获。磷素吸收速率一直持续增加到第 20 周，达 0.022g/（plant·d）；而钾素吸收速率则在第 1 峰值后下降到 0.03g/（plant·d），到第 14 周达到第 2 峰值 ［0.063g/（plant·d）］后下降。

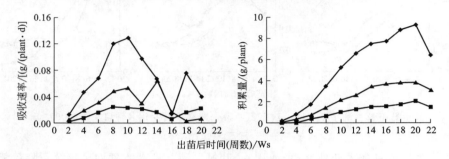

图 10-3   菊芋植株氮、磷、钾养分吸收速率和积累量变化（钟启文，2009）
—●— N；—■— P；—▲— K

图 10-3 还看出，菊芋植株体内氮、磷、钾素的积累总量表现出相似的特性。从出苗到第 8 周左右，氮、磷、钾素积累量处于缓慢增长期；从 8 周到 14 周，积累量呈直线增长；第 14 周后，积累量虽继续增加，但开始减缓，直到第 20 周达到峰值，氮、磷、钾积累总量分别为 9.34g/plant、2.09g/plant、3.81g/plant；此后随着叶片的衰老、脱落，植物体内元素有所损失，积累总量有所下降。

3. 氮磷钾素在各器官的分配动态

在块茎形成前，氮素有 70％以上分配到菊芋的茎中，30％分配到叶片；块茎形成后，茎、叶内氮素分配量逐渐减少，块茎分配量逐渐增加，到块茎迅速膨大前，茎、叶氮素分配量分别下降到 42.8％和 32.2％（图 10-4）。在块茎迅速膨大前，全株氮素分配基本上表现为茎＞叶片＞块茎；块茎开始迅速膨大后，茎、叶内氮素迅速向块茎转移，到成熟期，块茎分配量达到 75％以上，叶片氮素分配量下降到 20％左右，而茎则不足 2％。说明茎仅为氮素的暂时贮存位点。

全生育周期，菊芋叶磷素分配量一直呈下降趋势，茎内分配量则经历了单峰曲线变化，块茎分配量一直呈增加趋势（图 10-4）。在块茎形成前，菊芋全株磷素有 60％左右分配到叶片，40％分配到茎中；块茎形成后，磷素在茎内分配量有所增加，出苗后第 12 周达到峰值，之后逐渐降低，幅度不大。在块茎迅速膨大前，而块茎分配量逐渐增加，茎、叶磷素分配量分别为 38.0％和 17.7％，全株磷素分配顺序为茎＞块茎＞叶片；块茎开始迅速膨大后，茎、叶内磷素迅速向块茎转移，到成熟期，块茎分配量达到 74％以上，茎内仍保持在 24％左右，而叶则不足 1％。

全生育期，菊芋叶中钾素分配量呈下降趋势，茎内分配量则呈单峰曲线变化，块茎分配量一直增加趋势（图 10-4）。从出苗到块茎形成，叶片分配量从 70％左右下

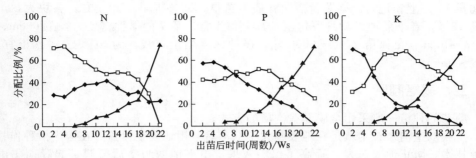

图 10-4　不同时期氮、磷、钾素在各器官中的分配比例（钟启文，2009）

◆—叶；□—茎；▲—块茎

降到 45％左右，而茎则由 30％左右上升到 55％左右；块茎形成后，叶片钾素分配量下降幅度较大，而茎在出苗后第 12 周达到 67％左右的峰值，之后逐渐降低，块茎分配量持续增加；到块茎迅速膨大前，茎、叶钾素分配量分别为 49.7％和 7.3％，全株钾素分配为茎＞块茎＞叶片。块茎开始迅速膨大后，茎、叶内钾素迅速向块茎转移，到成熟期，茎内钾素仍保持 34％左右的分配量，而叶则不足 0.2％，块茎分配量则在65％以上。

　　Somda 等（1999）的研究表明，菊芋整个植株三要素含量会一直增加到最大值直到生育中期，然后逐渐减少直到收获。营养元素在茎、叶中的减少是与块茎中的逐渐增加一致的。最后收获时，块茎中氮、磷、钾的含量超过了总量的 80％；在全生育期，菊芋植株地上部营养元素含量的变化表明了其在贮藏器官和生殖器官中的再分配。比如，在叶冠层停止生长后到秋季叶落前钾的积累减少了 72％，氮、磷减少了近 61％。茎中氮、磷、钾的再分配量非常大，有超过氮、磷、钾积累总量的 68％被再分配。到植株生长末期，氮、磷、钾总积累量的 27％到 64％从匍匐茎输出；营养元素的总量在植株体内分配的减少与其在无性生殖器官中的增加是一致的。氮、磷、钾在茎、叶中的分配比例从 85％减少到不足 10％，而相应的块茎和匍匐茎中的分配比例却从 5％增加到 90％。

　　随着植株营养中心由茎叶向块茎的转移，氮、磷、钾在体内的分布也相应地发生转移。苗期，茎叶是营养中心，氮、磷、钾分布于茎叶；氮、磷以叶为中心，钾以茎为中心。块茎形成期，氮、磷的营养中心仍是叶，钾的营养中心是茎，块茎中分布较少。块茎增长期，磷、钾在块茎和茎叶的含量近 1∶1，是营养中心转移的时期，氮的营养中心仍是茎叶。淀粉积累期，氮的营养中心也转移到块茎，茎叶中氮、磷、钾迅速向块茎转移。成熟期，氮的运转率达 67％，磷达 77％，钾为 74％。

第四节　栽培季节和栽培制度

一、栽培季节

菊芋可春播或晚秋播种。由于菊芋块茎不易贮藏，应随挖随种。秋播应在 10 月下旬至 11 月上旬进行。菊芋秋播比春播出苗早，结薯提早 15d 左右，薯块大，产量提高 12%。春季播种以 3 月下旬至 4 月上旬为宜。菊芋的播种密度为行距 60cm、株距 37～40cm，亩保苗 2800～3000 株。播种深度黏土宜浅，为 5～8cm；沙土宜深，为 8～10cm。

二、栽培制度

菊芋的种植一般采用全膜双垄沟播的方式。

全膜双垄沟播技术就是在地表起大小双垄后，用地膜全覆盖，在沟内播种作物的种植技术。防止地表蒸发，提高了保墒效果，由平铺变为垄后覆膜，起膜面集雨作用，使早春的无效降雨变为有效降雨，保证了作物生长，增光效果明显，光合作用加强，提高了作物生物量。其他效益如除草、防止水土流失、风蚀等，全膜双垄沟播技术把"覆盖抑蒸、膜面集雨、垄沟种植三项技术"有机地融合为一体，从而实现了雨水富集叠加，就地入渗、蓄墒保墒的效果，最大限度地提高了自然降水利用率，保证了菊芋生长发育，大幅度提高了旱地作物产量。

在干旱半干旱地区沙化土地上，钱寿福等（2010）对菊芋进行了不同栽培模式的比较试验，结果表明，不同栽培模式菊芋的产量和经济效益差异很大。以开沟播种、起垄播种和小麦套种 3 种栽培模式而言，在同一区域，起垄栽植的产量最高，可达 42300kg/hm²，较开沟播种和小麦套种分别提高 13.3% 和 4.1%，但单位面积经济效益却迥然不同，小麦套种的单位效益最高，分别较开沟播种和起垄播种提高 73.1% 和 52.8%。因此，菊芋栽培应以小麦套种为最佳模式。

王丽慧（2010）对山旱地和水浇地的菊芋种植模式进行对比，结果表明，起垄种植在山旱地和水浇地均有利于块茎的形成和膨大，但在山旱地，垄沟种植更明显有利于块茎的膨大。在山旱地采用垄沟种植能提高菊芋产量。而在水浇地采用起垄种植菊芋产量最高。

第五节　栽　培　技　术

一、选地

菊芋适应性广，对土壤要求不是很严格，在沙土地、轻盐碱地、荒山、荒滩、路边、宅旁及果园、菜园周围等所有空闲地都能生长。即使在沙漠地区，只要有一定水浇条件也可以作为饲料及蔬菜种植，但以灌排方便、土质肥沃的黑土、壤土及沙壤土生长最好。

菊芋不宜轮作。因为它一经栽培，在收获挖掘时，地里常残留着许多小块茎，次年又要发芽生长，故要清除它比较困难。因此，最好在轮作范围以外另行择地安排。另外，菊芋虽可连种连收，但重茬种植的必须施用大量有机肥，才能保证产量。据大面积栽培经验，连栽 2～3 年后会因土壤中某种营养元素的缺乏而影响产量。

二、整地

深耕对菊芋地下茎的生长是有利的。播种菊芋的地最好在冬前进行深耕或挖穴。

来不及冬耕的也要在播种前深耕 30cm，然后耙匀、耙细、整平作畦以备播种。在降雨量大、有可能发生内涝的地块，要结合耕耙挖好排水沟。

三、施肥

菊芋虽耐瘠薄，但增施肥料可以提高产量和改善品质。由于菊芋地下块茎的生长需磷较多，所以在以块茎为主要收获对象时，应增施磷肥，配合钾肥，少施氮肥。据试验，在 0～20cm 土层含碱解氮 100mg/kg，五氧化二磷 10mg/kg，氧化钾 65mg/kg 的水平下，增施磷、钾肥有明显的增产效果，而磷的增产效应又大于钾，要在 1 亩地生长块茎 4000kg，需施五氧化二磷 20.6kg，氧化钾 13.3kg，在以地上部茎叶作饲料为主时，则应配合施用氮肥。在施用化肥的同时要增施有机肥料，每亩施腐熟的圈杂肥 4000～5000kg，70％撒施，30％播种时集中沟施，以利于活化土壤促进生长。施肥以基肥为主，有机肥在耕翻地时施入，化肥在播种时施于两个种穴之间。

四、选择优质种薯播种

菊芋用块茎进行无性繁殖。因块茎表皮无栓皮组织，在空气中易失水而降低发芽率，并易感病腐烂，所以，要选用新鲜块茎，在缺乏种植材料时，也可仿照洋芋切块的方法来加速菊芋的繁殖。

1. 秋季播种

在霜降后土壤封冻前，将种芋以宽窄行栽培方式（宽行 70～80cm，窄行 40～50cm）播入土中，株距 30cm，播深 5～7cm，每穴 1 个种芋。大的种芋可以切块播种，每块种芋不少于 30g 且留 2～3 个芽眼，每公顷地块需种芋 900～1200kg，播种后浇灌冬水，保证其安全越冬和春季正常萌芽。秋季播种的菊芋由于开春出苗早，生长期延长，其产量比春季播种高。

2. 春季播种

春季播种在 3 月中下旬土壤解冻后，在当地日平均气温稳定在 10℃以上，土壤含水量达田间最大持水量的 70％～80％时播种。播种方法同秋季播种，播种后约 30d 可出苗。在遇较干旱的年份或地段，采用坐水种植，效果比较好。菊芋一年播种，收获后有块茎残存土中，翌年可不再播种，但为了植株分布均匀，过密的地方要疏苗，缺株的地方要补栽。

菊芋在沙地栽植量要稍大，一般为 1125kg/hm²，栽植株距为 5～10cm，行距可根据流沙移动情况选 30～50cm 都可，深度为 20～30cm。一般在"零管理"的条件下，产量可达 15000～22500kg/hm²。第 3 年生长旺盛期可达 30000kg/hm² 以上。

五、田间管理

1. 中耕与培土

菊芋苗期生长稍慢，容易遭受杂草危害，所以在苗期要注意及时中耕除草，并提高地温，增加土壤透气性，促苗快发。块茎在土下生长，一经见光便停止生长，所以要进行培土，同时由于其是须根系，地上部生长量又大，容易发生倒伏而严重影响产量，培土可以防止倒伏。培土应分次进行，第 1 次在主茎 8～9 对叶时，主茎 1.5m 高时培第 2 次，现蕾前培第 3 次，并逐步加高，最后可把近地分枝的基部培入土中。培土时土壤含水量应适宜，最忌培泥块。

2. 追肥与浇水

菊芋的苗期生长较缓慢，所以在齐苗后可适当追施肥料，促其早发快长。但在基肥施用充足时则可不追苗肥。如栽培的目的是收获饲草，则应在每次割青后追施氮肥，以增加茎叶产量。追肥数量，每次每亩追标准氮肥 10kg。夏至前后，正是菊芋地上营养生长向地下生殖生长转化的关键时期，施肥与否直接影响菊芋的产量高低，所以必须要施好这次促根长芋肥。一般施用有机肥 22500～30000kg/hm^2 或饼肥 750kg/hm^2，以加速块茎生长。另外，施肥前及时拔除杂草，防止草挤苗、草争肥，影响芋块正常生长。在植株高 60cm 左右、叶生长茂盛时进行摘心，以防徒长。秋季现蕾开花时浇水，并随时摘除花蕾，节省养分，促使块茎膨大。

菊芋较抗干旱，但遇旱浇水可明显提高茎叶与块茎产量。其特点是苗期较耐湿，中期（块茎初生期）怕涝，遇雨要及时排除积水，现蕾期和块茎膨大期怕旱，是需水的两个关键时期，现蕾前后到收获前 10d 遇旱要及时浇水。一般现蕾前后到收获前 45d 内 0～20cm 土层保持田间最大持水量的 70%～80%，并使垄部见干见湿。

中部半干旱地区，降水正常年份，不发生严重干旱时，一般不需浇水。若遇夏、秋季连旱，应在 8 月中下旬浇 1 次现蕾水，旱地利用积蓄雨水进行补灌，同时每亩可追施硫酸钾肥 7.50～10kg，以最大限度地增产增收。

六、病虫害防治

菊芋抗病性极强，很少发生病虫害。但是在干旱年份也易遭蚜虫危害，可用喷水法除去，量多时，可安装黑光灯防治蚜虫，效果好。在种植过密，水肥管理不当，多年连作等情况下，易发生菊芋菌核病、斑枯病、灰霉病等，用 70% 代森锰锌 1000～1500 倍溶液、或者 50% 速克灵 1000～1500 倍液喷雾防治，7～10d 喷一次，一般喷 2～3 次，效果较好。

第六节　采收、贮藏与加工

一、适时采收

一般菊芋收获依栽培目的而定，以收青饲料为主的在霜冻前收获，在离地 20～23cm 处割下茎叶，此时茎叶产量高、品质好。以收块茎为主的在 11 月中、下旬，菊芋地上部 90% 的茎叶干枯时进行收获，即可收割茎叶，又可挖出块茎，防止机械损伤。另外，菊芋的抗寒性非常强，一般不会发生冻害，可根据市场需求尽量延迟收获，以延长块茎膨大时间，提高产量。收后块茎在通风处防置 1～2d 出售，种薯要精选后就地埋藏。如果是第二年春季出售菊芋的话，可以在秋后把菊芋秆割去，不收菊芋块茎，在地里越冬的块茎，由于糖化加强，可变得更甜。但第二年春季要尽可能早些取出，否则发芽很快（地温 2℃即开始萌发），影响菊芋质量。

二、贮藏

挖一浅窖，把菊芋放入，并及时撒上沙土，保持足够的空气和湿度，最后覆土5cm，窖内菊芋不能透风和空气接触。菊芋在0℃以下，即可冬眠，怕热不怕冷，只要有土盖住，－40℃正常越冬，第2年正常发芽生长。也可直接在田间越冬，不收获，来年春天挖取收获即可，这样可防止大堆贮藏高温霉烂，为菊芋贮藏的好方法，值得推广。

三、加工

菊芋块茎质地白细脆嫩，味甘甜，可生食、素炒或与肉丝共炒，香脆可口，也可煮食或切片油炸，或腌制成酱菜或制成洋姜脯，更具独特风味。

腌制方法如下。菊芋50kg，洗净去杂，放入瓦缸内，放一层菊芋撒一层盐，用盐量9kg，放好后倒入适量清水。一天后倒缸一次，以后两天倒缸一次，约15d后可食用。风味可口，可作佐餐小菜，对糖尿病有一定辅助疗效。

此外，菊芋块茎还可通过深加工制成淀粉、菊糖、食品添加剂、酒精、保健品等。

参考文献

[1] 董全，丁红梅．菊芋低聚果糖生产及前景展望．中国食物与营养，2009，(4)：16-17.

[2] 刘兆普，刘玲，陈铭达等．利用海水资源直接农业灌溉的研究．自然资源学报，2003，18(4)：423-429.

[3] 鹿天阁，周景玉，马义等．优良的防沙治沙植物——菊芋．辽宁林业科技，2007，(2)：58-59.

[4] 孔涛，吴祥云，刘玲玲等．风沙地2种菊芋生长节律及光合特性的比较研究．山西农业科学，2009，37 (7)：40-43，47.

[5] 马玉明，龙锋．我国东部沙地菊芋生长的调查研究．中国草地，2001，23 (6)：42-44.

[6] 孙彦璞，杨文远，姜玲．高效液相色谱法测定菊粉酶解产物．北京化工大学学报，2003，30 (1)：109-111.

[7] 屠用利．菊糖的功能与应用．食品工业，1997，11 (4)：45-46.

[8] 王志勇，杨今朝．菊芋综合利用的研究进展．安徽农业学，2009，37 (25)：11923-11924，11927.

[9] 夏天翔．盐分和水分胁迫下菊芋的生理响应及其海水灌溉研究 [硕士学位论文]．南京：南京农业大学，2004.

[10] 杨君，姜吉禹．海水灌溉条件下菊芋种植密度对土壤无机盐及产量的影响．吉林师范大学学报：自然科学版，2009，5 (2)：17-18，25.

[11] 赵耕毛，刘兆普，汪辉等．滨海盐渍区利用异源海水养殖废水灌溉耐盐能源植物（菊芋）研究．干旱地区农业研究，2009，27 (3)：107-111.

[12] 赵晓川，王卓龙，孙金艳．菊芋在畜牧生产中的应用．黑龙江农业科学，2006，(6)：39-40.

[13] 钟启文，刘素英，王丽慧等．菊芋氮、磷、钾吸收积累及分配特征研究．植物营养与肥料学报，2009，15 (4)：948-952.

[14] Mclaurin W J, Somda Z C, Kays S J . Jerusalem artichoke growth, development, and field storage. I. Numerical assessment of plant part development and dry matter acquisition and allocation. J . Plant Nutr. , 1999, 22 (8): 1303-1313.

[15] Hennelly P J, Dunne P G, Osullivan M. Texture, rheological and microstructural properties of imitation cheese containing inulin. J . Food Engin. , 2006, 75 (3): 388-395.

[16] Bohm A, Kleessen B, Henle T. Effect of dry heated inulin on selected intestinal bacteria. Eur Food Res Technol, 2006, (222): 737-740.

[17] Molina, L D, Martinez M N, Melgarejo R F, et al. Molecular properties and prebiotic effect of inulin obtained from artichoke (Cynara scolymus L.) . Phytochemistry, 2005, 66 (12): 1476-1484.

[18] Niness K R. Inulin and oligofructose: What are they? Joumal of Nutrition, 1999, 129: 1402S-1406S.

[19] Jiang, J Y. The method of Planting Helianthus tuberosus for desert prevention. Chinese Patent office under the State Intellectual Property Office of P R China (SIPO) 99122622. 41999. 11. 23 (in Chinese) .

[20] Kays S J, Nottingham S F. Biology and Chemistry of Jerusalem Artichoke Helianthus tuberosus L. CRC Press, Taylor and Francis Group, Boca Raton-Abingdon-Oxon-NewYork. 2008: 478.

[21] Somda Z C, Mclaurin W J, Kays S J. Jerusalem artichoke growth, development, and field storage. Carbon and nutrient element allocation and redistribution. Journal of Plant Nutrition, 1999, 22: 1315-1334.

第十一章　蕨　菜

第一节　概　述

蕨菜（*Pteridium aquilinum*）又名如意菜、龙头菜、羊齿植物等，多年生草本植物的嫩苗，是恐龙时代就有的单细胞植物。蕨菜的分布很广，除沙漠外，从高山至海关、从寒带到热带都有生长，其中以东北和西北分布较多，常成片野生于荒坡、半山坡或林缘灌丛草地上。

蕨菜以未展开的幼叶和幼嫩的叶柄供食，营养丰富，清香适口，是广大群众喜食的一种山野菜。分析测定表明，每 100g 鲜蕨菜中含糖类 10g、蛋白质 1.6g、粗纤维 1.3g、脂肪 0.4g、维生素 C 35mg、钙 24mg、磷 29mg、铁 6.7mg、胡萝卜素 1.68mg，还含有延胡索酸、琥珀酸、胆碱、麦角固醇和 16 种以上的氨基酸及锰、铜、锌等微量元素。蕨菜的根状茎富含淀粉，高者可达 46％，被当今国内外营养学家誉为森林蔬菜。此外，蕨菜味甘，性寒，有固表止汗、消热解毒、强健脾胃、降气化痰、利水安神、驱风消肿、润肠驱虫的功效，可治疗高血压、头晕失眠、慢性关节炎、关节疼痛、脱肛、痢疾等，对麻疹、流感有预防作用。据《本草纲目》记载，蕨菜能"去暴热，利水道，令人睡，补五脏不足。气壅经络筋骨间、毒气"。蕨菜是富含纤维的野菜，其纤维可促进肠道蠕动，减少肠胃对脂肪的吸收，从而达到减肥的功效。蕨菜的根状茎还是很好的工业原料，可做绳索、人造棉、人造纤维板和造纸。根部的单宁物质可提拷胶。蕨粉可制作饴糖、饼干，也可用来酿酒和提取酒精，具有较高的工业价值。

蕨菜不仅可以食用，其叶形、叶姿和青翠碧绿的色彩，叶背面着生的孢子囊群大小、色泽不同，形态各异，具有独特的观赏价值。因此，蕨类植物在观赏植物中占有重要的地位。目前，在欧、美、日本等地区和国家，蕨类植物早已是很流行的花卉。

第二节　生物学特性

一、植物学特性

1. 根状茎

蕨菜的茎属于长而横走的根状茎，并能分枝，表皮黑褐色，幼嫩时见光可变成绿色（图 11-1）。外部生有不定根、叶芽、毛鳞片等附属物。其横切面结构由外及里分

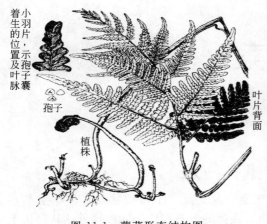

着生的小羽片位置,示孢子及叶脉囊

孢子

植株

叶片背面

图 11-1　蕨菜形态结构图

别为表皮厚壁细胞,中央为大量薄壁细胞,其内包埋 9～11 个数量不等的圆石,扁圆形及条形中柱,不定根即由中柱鞘产生。从纵切面看其输导组织是梯纹管胞。根状茎是贮藏养分的主要场所,也是产生不定根及叶的主要器官。

2. 不定根

不定根着生于根状茎上,其内部结构是:表皮由一层细胞组成,表皮内由数层薄壁细胞组成,中央有一个较大的周韧维管束,其外有两层排列紧密的中柱鞘细胞,此细胞具有分生能力,既能产生大量的薄壁细胞,又可产生支根。不定根是蕨菜吸收养分和水分的主要器官。

3. 原叶体

原叶体即配子体,呈心脏形,平均大小为长 4.5mm,宽 5.5mm。

4. 叶

原叶体受精后长出第一片孢子体叶,形状如扇,以后逐渐向羽叶分化。成株展开叶为奇数三回羽状复叶,呈阔三角形或卵状三角形,叶面有毛。叶柄绿色凹形,埋在土中的部分呈淡褐色。羽叶背面有肾形保卫细胞组成的气孔器,密度为 $138\mu m \times 138\mu m$ 面积上有 9 个气孔器。

5. 孢子及孢子囊

孢子囊生于羽片叶背面的边缘上,相连不断,呈线形。孢子囊柄生于小脉顶端的连结脉上,沿脉分布。孢子囊初期为绿色,成熟时转为褐色,其形呈扁圆状,囊上具有侧生加厚环带。囊内孢子母细胞经过减数分裂产生大量粉粒状同型孢子(无明显大小之分),孢子成熟后,孢子囊即在较薄的部位裂开,放出孢子。孢子近似于四面体,表面具有不规则的雕纹,它是蕨菜的繁殖"器官"。

二、生长和发育

蕨菜的生长周期可分为以下 5 个时期:

1. 萌芽期

季地温在 7～8℃时,根状茎上的不定芽开始萌动,叶由地下茎节上长出。蕨菜在 5℃以上都能够萌芽,随着温度的升高,萌芽率也随着升高。其中在 20～25℃萌芽率最高,但其植株较弱。在 15～20℃萌芽率也较高,并且植株也较壮。

2. 拳卷期

在蕨菜萌发后 10d 左右,高约 20cm,形似小孩拳状,叶柄粗壮脆嫩,复叶尚未展开,呈卷缩的爪状,浅褐绿色。最适生长温度为 15～20℃。此期为最佳采收时间。

3. 完全展叶期

随着生长,叶片完全展开,为三回羽状复叶。叶柄从基部向上快速木质化,孢子囊群沿叶边着生，连续成线形，具双重囊群盖，内盖膜质，孢子秋后成熟。

4. 孢子产生期

此时期蕨菜转入繁殖生长，叶片背面形成大量孢子，孢子呈黄褐色，紧贴于叶面。

5. 孢子成熟期

此时期大部分孢子成熟，孢子呈灰褐色，孢子囊开裂散出孢子。

三、对环境条件的要求

1. 温度

野生蕨菜的适应性和抗逆性强，蕨菜较耐低温，发芽的适宜温度为20℃，植株生长适宜温度为17～25℃，抗寒能力强，－36℃时根状茎在地下能安全越冬，嫩叶在－5℃以下才会遭受冻害。孢子发育的适宜温度为22～28℃。也有些蕨菜对温度的需求随季节而变化。

根据蕨菜能够忍耐寒冷程度的不同，可分为抗寒蕨、温带蕨、亚热带蕨和热带蕨四类。

抗寒蕨菜可以生长在我国西北、华北较冷地区，能够适应和抵御冬季低于0℃的气温。

如果寒冷季节的最低温度高于4℃，温带蕨菜通常都能很好地生长。有时遇上结冰，只要低温的时间不太长，或者来势不太猛烈也能继续生存。这些蕨菜分布在我国的华东地区。

亚热带蕨菜一般生长在最低温度高于10℃的地区，如浙江南部、福建等地。

热带蕨菜当夜间最低温度下降到15℃时，就不能良好地生长。这些蕨菜的原始生长地是热带区域。我国的云南、海南岛、广东和广西地区的热带雨林气候，白天气温保持在26℃左右的林下环境，适宜热带蕨菜生长发育。

2. 光照

光照是蕨菜生长发育的重要因素。蕨菜喜中等强度的光照，适宜的光照强度为10000～13000lx。光照过强，细胞伸展受阻，叶柄短小，食用价值低；光照弱时，叶柄浅绿，光合作用差，光合产物积累不足，品质差，变得坚硬、肥厚，容易产生较多的孢子。因此，在田间管理时，根据日照变化、天气阴晴，适时用遮阳网调节光照强度。温室大棚用揭帘放帘的时间长短控制光照强度也能收到高产效果。

3. 土壤

蕨菜适宜于能够保持湿度和空气通透的土壤。

在栽培中，应该注意土壤的酸碱性，它对生长的影响极大。根据对酸碱度的要求可把蕨菜分为喜碱性蕨菜和喜酸性蕨菜。

（1）喜碱性蕨菜（适宜pH值为7～8）　原生于碱性土壤或石灰岩上的蕨菜，比一般的蕨菜需要更多的钙。栽培时须在土壤中加入适量的钙。

（2）喜酸性蕨菜（适宜pH值为4～7）　常生长在潮湿地区，因此类地区有大量的偏酸性腐化有机物质。还有些喜酸性蕨菜生长在排水良好的土壤中，因这类土壤经常受到水的淋冲，土壤中的钙或碱性物质被大量冲走。泥炭土以及高度有机化的腐殖土一般偏酸性，能为喜酸性蕨菜提供良好的生长条件。

4. 肥料

蕨菜与其他植物一样，生长发育过程中需要氮、磷、钾，还需要一定数量的微量元素。需求量最大的元素是氮。人工栽培应模拟野生环境，选择和配制适宜的土壤条件，以获得高产和稳产。

第三节   主要品种及营养特性

一、主要品种

1. 高山蕨菜

蕨菜属凤尾蕨科，别名蕨儿菜，山蕨菜，龙头菜。株高 1m 有余，叶草质，复叶 2～3 回羽状，叶柄长而粗，茎色有绿色和紫色两种，多生于前山荒坡或半山坡及林下草地，分布于我国西北、东北、华北及西南山区。

2. 荚果蕨

荚果蕨属球子蕨科，因有黄瓜的清香味而又名黄瓜香，株高 1m 左右，复叶 1～2 回、羽状。较耐干旱，分布于我国西北、东北、华北及西南地区。

3. 多齿蹄盖蕨

多齿蹄盖蕨属龙骨科，也叫猴腿、紫茎菜、绿茎菜。株高 1m，根状茎直立，复叶三回、羽状。嫩芽集生，长在阴湿山坡、林缘地带。分布于我国东北、华北等地。

4. 假蹄盖蕨

假蹄盖蕨属蹄盖蕨科，又名水蕨箕。株高 0.5～0.6m，根状茎直立，复叶三回、羽状。先端卷曲成钩状。长 10～20cm，生于池塘、小溪和水沟边的阴湿处。嫩叶有清香味，质脆，品质好。

5. 薇菜

薇菜属蕨类植物紫萁科，植株高一般在 0.6～1m。有营养叶和孢子叶之分。营养叶也称不育叶，簇生于根茎顶端，呈三角状阔卵形，顶部以下二回羽状，小叶片矩圆形；孢子叶也称能育叶，较营养叶萌发得早，一般在成株中部抽生，羽状，小羽片卷曲成条形，其上沿主脉两侧密生褐色孢子囊。根状茎粗短，直立或斜生。分布于我国西南地区。

二、营养特性

1. 蕨菜对养分的需求特点

蕨菜原生地是富含腐殖质的林下，天性喜肥，所以，有机肥的施用对蕨菜的生长影响最为显著。其次，由于蕨菜的栽培主要是采集野生根茎再进行人工培育，所以密度对蕨菜的生长影响也较大，尤其是栽植 2 年以上的蕨菜（如表 11-1）。鲜菜的产量不论施肥与否以及施用何种肥料，均以高密度栽植产菜量最高，但在施鸡粪情况下，高密度处理与中密度处理间的差异不显著，而与低密度处理间的差异达到显著水平。说明在施用优质肥料的情况下，适当降低栽植密度，对蕨菜鲜菜产量的影响不大。

表 11-1　不同密度和施肥条件对蕨菜的鲜菜产量（董晨生，2000 年）

主处理	副处理	鲜菜产量/(kg/m²)			主处理	副处理	鲜菜产量/(kg/m²)		
		Ⅰ	Ⅱ	Ⅲ			Ⅰ	Ⅱ	Ⅲ
不施肥	25cm×5cm	11.1	1.23	1.24	草木灰	25cm×5cm	1.02	1.17	1.40
	25cm×8cm	0.79	0.84	0.93		25cm×8cm	0.85	0.87	0.94
	25cm×11cm	0.95	0.77	1.02		25cm×11cm	0.70	0.77	0.84
鸡粪	25cm×5cm	1.23	1.27	1.26	复合肥	25cm×5cm	1.13	1.31	0.97
	25cm×8cm	1.25	1.27	1.18		25cm×8cm	1.05	0.90	1.04
	25cm×11cm	1.02	1.04	1.06		25cm×11cm	0.92	1.01	1.06

注：副处理为种植密度，Ⅰ、Ⅱ、Ⅲ为第 1、2、3 年。

2. 肥料效应

（1）土壤碳、氮、磷元素养分对蕨菜氮素含量的影响　土壤有机质含量与全氮含量有着显著的相关性，故可由土壤有机碳含量和全氮含量求得土壤有机质的 C/N 值（也称 C/N 比）。据报道，农业土壤耕作层有机质的 C/N 通常变动在（8∶1）~（15∶1）之间，中间值在（10∶1）~（12∶1）之间。C/N 在此范围内愈大，有机质含量愈高，土壤基础肥力亦愈高。因此 C/N 是表示土壤基础肥力的指标之一。牛菊兰（1998）研究报道，施肥使得土壤有机质的 C/N 值有不同程度的提高，施鸡粪提高率较大，与对照（CK）相比 5 月份提高 30.1%，8 月份提高 8.3%。但从总体来看，C/N 还是有些偏低，即土壤有机质含量偏低，致使土壤全氮含量也较低（表11-2、表 11-3）。

表 11-2　施肥处理方案（牛菊兰，1998）

编号	处理	N、P₂O₅、K₂O 含量/%	施肥量/(g/m²)	编号	处理	N、P₂O₅、K₂O 含量/%	施肥量/(g/m²)
1	不施肥(CK)	0.15,0.13,1.46	0	3	草木灰	0,1.39,4.52	2500
2	磷酸二铵	18.00,46.00,0	15	4	鸡粪	1.63,1.54,0.85	2000

表 11-3　土壤养分对蕨菜氮素含量的影响（牛菊兰，1998）

日期	处理	土壤养分					蕨菜氮素/%
		有机质/%	全氮/%	C/N	全磷/%	N∶P₂O₅	
5 月	1	2.25	0.150	8.70	0.129	1∶0.86	4.87
	2	2.76	0.175	9.15	0.155	1∶0.89	5.07
	3	2.49	0.134	10.78	0.117	1∶0.87	4.64
	4	2.85	0.146	11.32	0.124	1∶0.85	4.86
8 月	1	2.24	0.142	9.15	0.198	1∶1.39	2.68
	2	2.22	0.137	9.40	0.212	1∶1.55	3.14
	3	2.31	0.144	9.30	0.187	1∶1.30	2.09
	4	2.53	0.148	9.91	0.184	1∶1.24	3.42

注：C=有机质×0.58。

我国北方磷肥中低地区的 $N：P_2O_5$ 以 $1：(0.5～1)$ 为宜。5 月、8 月两个月土壤 $N：P_2O_5$ 值随施肥不同而有起伏，磷酸二铵中 $N：P=1：2.6$，磷高于氮，土壤 $N：P_2O_5$ 值略高于 CK；鸡粪中 $N：P=1：0.94$，氮高于磷，使土壤 $N：P_2O_5$ 值略低于对照；施草木灰使土壤 $N：P_2O_5$ 值变化不大（表 11-3）。从总体上看，4 种施肥处理的试验地 5 月份土壤中氮磷元素比例恰当，8 月份氮少磷多。分析结果表明，8月份土壤 $N：P_2O_5$ 值降低，即氮少磷多，此时应追施无机氮肥。

植物吸收的氮素主要是无机态氮，即铵离子（NH_4^+）和硝酸根离子（NO_3^-）等，也可吸收某些可溶性的有机氮化物，但数量有限，其营养意义也不及铵态氮和硝态氮重要。磷酸二铵含有的铵离子，施入土壤见效最显著。5 月份土壤有机质、全氮和全磷含量均有升高，蕨菜氮素含量比 CK 提高了 4.1％。8 月份时，作为基肥的肥力基本消耗殆尽，土壤全氮量下降，蕨菜氮素含量比施鸡粪降低 8.2％，但比 CK 升高了 17.2％；由于 5 月份气温尚低，微生物活动力差，鸡粪熟化度低，土壤有机质、全氮和全磷均较低，蕨菜氮素含量与 CK 相近。到 8 月份时，肥料熟化度升高，土壤有机质、全氮含量升高，蕨菜氮素含量是各处理中最高的，比 CK 高 27.6％；施草木灰反而使蕨菜氮素含量比 CK 降低了 4.7％，这是因草木灰中含有 K_2CO_3、Na_2SO_4 和 NaCl 等可溶性盐，使土壤 pH 值略有升高，盐的毒害性使蕨菜生长受到抑制所致。化肥试验证明，有机肥与化肥的营养效果在等养分含量条件下，配合施用的效果好于单施有机肥或单施化肥。依据鸡粪和氮磷复合肥肥效发挥特点，对两者进行适时适量配合施用，可起到缓急相济，互促肥效，促进肥料养分被植株充分利用之效果。

（2）土壤磷素对蕨菜含磷量的影响　土壤的全磷量并不能作为土壤磷素供应水平的确切指标，因为土壤中的大部分磷素是以迟效状态存在的，而且土壤中的有效磷含量与全磷含量之间往往相关不大，但有效磷含量与施肥种类密切相关。施磷酸二铵和鸡粪使土壤全磷含量和有效磷含量均有提高，施草木灰略有提高（表 11-4），是因草木灰含磷少钾多所致。土壤有效氮（N）与有效磷（P_2O_5）的比值大于 4 时，土壤处于氮多磷少状况，施磷肥可收到较好效果，比值愈大，施磷肥收效愈明显。实验地土壤的有效 N/P_2O_5 比值（表 11-4）均比较低，相对而言，CK 大于 3 种施肥处理，即有效氮水平较高，3 种施肥处理均使得有效 N/P_2O_5 比值下降，即提高了有效磷水平。

土壤有效磷与植物吸收磷之间有相关性，但受诸多因素的制约而不一定相等，如受以上有效氮与有效磷之比值和土壤 pH 的影响，当土壤 pH 在 5.5～7.0 范围内时磷的有效性最大，pH>8 的土壤，一则磷的有效性降低，二则 pH 高不利于植物根系吸收磷。因此，土壤磷素含量与蕨菜磷含量不呈现相关关系。

（3）施肥对蕨菜化学营养类型的影响　营养成分的碳氮比值愈小氮类物质含量越高。食用蕨菜营养成分的碳氮比最低（表 11-5），含氮物质亦最高，5 月份蕨菜的 C/N 值由小到大依次为处理 2<处理 4<处理 1<处理 3，氮类物质含量恰好相反，即施磷酸二铵复合肥蕨菜氮类物质含量最高。处理 4 氮类物质含量较低是由于此时有机肥熟化度低所致。处理 3 最低是由于草木灰中含有的盐毒所致。8 月份 C/N 值由小

表 11-4　土壤磷含量对蕨菜磷含量的影响（牛菊兰，1998）

日期	处理	土 壤 磷				蕨菜磷/%	pH
		全磷/%	有效磷/(mg/kg)	有效氮/(mg/kg)	有效 N/P$_2$O$_5$		
5 月份	1	0.0543	64.6	68.9	0.989	0.497	5.10
	2	0.0677	207.3	70.3	0.339	0.503	8.03
	3	0.0520	87.8	51.2	0.583	0.479	8.19
	4	0.0565	163.0	55.6	0.341	0.475	8.15
8 月份	1	0.0802	76.1	48.1	0.632	0.370	8.20
	2	0.0926	138.4	63.8	0.461	0.280	8.20
	3	0.0815	126.5	66.7	0.527	0.343	8.20
	4	0.0866	156.1	40.7	0.261	0.300	8.10

表 11-5　蕨菜的化学营养类型（牛菊兰，1998）

日期	项目	粗灰分/%	氮类物质/%	碳类物质/%	营养比/(C/N)	营养类型	粗脂肪/%
	食用	9.75	35.04	58.75	1.68	N	2.60
5 月份	1	10.60	30.43	68.24	2.24	N	6.62
	2	10.10	31.67	68.11	2.15	N	7.06
	3	11.80	29.02	70.56	2.43	N	5.67
	4	9.12	30.40	67.41	2.22	N	4.95
8 月份	1	9.62	16.79	77.36	4.61	NC	2.69
	2	8.84	19.61	76.18	3.98	N	3.31
	3	9.93	16.84	74.75	4.44	N	2.50
	4	8.76	21.35	74.45	3.49	N	3.26

注：氮类物质即粗蛋白质，碳类物质＝粗脂肪×2.4＋粗纤维＋无氮浸出物。

到大依次为处理 4＜处理 2＜处理 3＜处理 1，蕨菜氮类物质含量以施鸡粪最高，磷酸二铵次之，不施肥最低。由此可见，8 月份鸡粪肥效发挥的较充分。

　　蕨菜粗蛋白质含量叶大于茎，随生育期的进展，植株茎秆木质化程度升高，叶茎比降低，粗蛋白质随之降低。对食用期（5 月 2 日）至展叶期（5 月 28 日）、展叶期至成熟期（8 月 30 日）CK 组的蕨菜粗蛋白质含量进行比较，粗蛋白质含量分别下降了 13.2％和 44.8％。测定结果还表明，9 月份各处理蕨菜粗蛋白质含量急剧下降。从保留蕨菜氮素的角度出发，5 月底刈割可以获得很高粗蛋白质，但此时植株尚小，产量太低。因蕨菜的化学营养类型为 N 型，8 月份刈割仍能获得较高粗蛋白质，而且此时产量也高。蕨菜粗脂肪含量在 5 月份很高是由于此时叶量丰富，叶含叶绿素、维生素和蜡质等类脂物质比较高。

　　3. 施肥量

　　建议在蕨菜生产中每亩施优质农家肥 2000kg，腐熟鸡粪 700kg，N、P、K 含量各 15％的硫酸钾复合肥 50～60kg。另外，据试验，土壤酸度为 pH5～5.5 时蕨芽生长旺盛，pH 值超过 7 以后生长受到抑制，所以微酸性土壤适合蕨菜生长，可在整地时施入一定量的泥炭来进行调酸。

第四节　栽培季节和栽培制度

一、栽培季节

蕨菜栽培一般以春植为多，于春季 4 月下旬至 5 月上旬进行，但冬天降雪多的地区可在秋季种植，一般在 10 月下旬。

二、栽培制度

蕨菜一般为野生蔬菜，在栽培方面应模拟野生环境，可当季进行种植，也可在温室中反季栽培。

第五节　栽　培　技　术

一、育苗

蕨菜是高等植物中进化程度较为低级的种类，不像种子植物那样开花结果，繁衍后代，蕨菜的繁殖方式有有性繁殖和无性繁殖。

1. 有性繁殖

蕨菜的有性繁殖是通过孢子进行的。在蕨菜（孢子体）生长发育到一定时间，叶缘产生孢子囊群，内生孢子，孢子成熟后，孢子囊缓带下方的唇形细胞处开裂。孢子散落后，在适宜的土壤条件下，萌发成为叶状的配子体，即原叶体。原叶体构造简单，细胞内含有叶绿素，能进行光合作用，具有独立生活能力。在接触地表一面（腹面）生有假根和雌雄生殖器，假根起固着作用。精子成熟后，借助水的流动，与卵子结合，形成受精卵，受精卵发育成胚，继而生长成为具有根茎叶的蕨菜。

在孢子受精萌发至长出小苗期间，应注意以下几点。

（1）选择好培养基　大规模生产蕨菜主要采用孢子繁殖，为此首先要选好培养基。取腐熟菜园土加河沙、草皮土混匀过筛，用蒸气灭菌 30min，要求 pH6.0～6.5，土壤湿度 95％左右。将孢子播于以上培养土中，不必盖土，封严遮阴，温度保持在 20℃左右。

（2）孢子的采集和处理　夏末秋初，是孢子成熟采集的季节。囊群成褐色时，孢子成熟而未脱落，此时正是采集孢子的最佳时期。只要把采集成熟的蕨菜叶片（背面有褐色的孢子囊群）放在纸袋内，待孢子脱落后，取出叶片，孢子即留其中。孢子囊密生于成熟叶片背面，沿边缘生成粉状的孢子，在显微镜下是一些褐色齿轮状的球体。在播种前用 300mg/L 的赤霉素处理 15min，能促进孢子萌发。

（3）播种孢子　将处理好的孢子倒入盛水的喷壶中，摇匀后喷在装有腐殖土或草炭的木箱上，每平方米需孢子约 1g。播种后用纸或薄膜将木箱盖好，放在 25℃左右的温度条件下，约需 1 个月的时间，孢子开始萌发。

（4）受精过程水分的控制　从孢子萌发成丝状体，继而扩展成匙形或扇形的早期原叶体上看，每天保持光照 4h，当原叶体长到宽约 6mm 时，精子器和颈卵管已经成熟，此时要为受精过程创造条件，即要有充足的水源，精子只有在有水的情况下，才能游入颈卵管与卵受精。颈卵管一般生在心形的上端凹洼处附近，所以灌水应灌至原叶体上部凹处。一般可灌水 2 次，隔日再灌 1 次。原叶体的生长快慢有异，形态大小不一，小的原叶体长大了，也需要注意适时灌水；原叶体的颜色变褐，说明已进入老化阶段。灌水后 20d 左右，就可看到幼小孢子体从原叶体上长出来。

（5）培育幼苗　从原叶体颈卵器中长出来的孢子体，最初只能看到一个很小的叉形叶，以后蜷卷的幼叶陆续从短缩的茎部长出，形成幼苗。苗的生长分为两个阶段，7、8 片幼叶以前，叶小而短，茎也很短，而且茎具有向上生长的特性；7、8 片幼叶以后，叶柄明显伸长，茎尖下弯，转向地下生长，成为地下茎，并在先端及附近形成"孢芽"，这些"孢芽"也很快形成根茎。当幼蕨长到 6cm 高时，按 4cm×4cm 的距离，将幼蕨从育苗盘中移入温床中进行培育，至幼苗叶柄明显伸长，根茎向下生长，约 5 月下旬可移植到选好的栽培大田里。

（6）栽培后的管理　在播种 15d 后，地面上由孢子发育成的绿色原叶体，与绿豆大小相仿，这正是受精时期，每天浇水 1 次，连浇 1 个星期。当原叶体死亡后，假根伸到土里，吸收水分和养分，逐渐形成蕨根和茎，进一步发育成蕨菜。在此期间，主要是前期根浅怕旱，要注意保持土壤湿润，最好能浇几次水，并进行遮阴保护。移栽植株当年生长慢，第 2 年开始生长旺盛。种植 1 次可生长 10 年，每年 5～6 月份株高达 25cm 时及时采收，可连续采收 2～3 茬。

2. 无性繁殖

在野生情况下，蕨菜的无性繁殖即营养体繁殖，将根茎挖起，切成一定长度的短段，经培植促进隐芽萌发，长成蕨菜。

（1）根茎的采集　在有蕨菜分布的地方，可到山野中采挖根茎。采挖的时间应在秋季叶枯后，或春季萌芽前。蕨菜的根茎在地下水平生长，一般分布在 10～30cm 的土层中。土壤肥沃、腐殖质丰富、光照条件好的地方，地上植株高大，地下根茎粗壮。采挖时不要伤芽，根茎尽量挖长些。在野蕨菜生长较多的地方，每人每天可采挖根茎 60kg。将采挖的根茎假植在田间背风处，或地窖温暖的地方，以保温防冻。

（2）根茎的培养　从山野挖回的野蕨菜根茎，比较细瘦，直接用于栽培，蕨菜产量低，质量差。一般要经过 1 年时间的培育，使根茎粗壮，才能丰产。培育的方法如下：宜选富含腐殖质，土层深厚肥沃，光照条件好的土壤，施入鸡鸭粪肥、草木灰等肥料，如加入有机肥要充分腐熟，以防止烧芽，结合深翻，整地，将肥料与土壤充分混合。随后按宽约 60cm，开 12cm 深的沟，将尚未萌发的根茎切成 6～8cm 的段，一条接一条地摆放在所开的沟里，然后覆土。为了防止干燥，要在地面覆盖一层树叶或茅草。如土壤干旱，要适当地灌水。栽后要经常除草，以保证蕨菜充分生长发育。经过 1 年的栽培，蕨菜根茎的粗度可达 1.0～1.5cm，重量可达栽下时的 20 倍。在秋末叶枯后，有计划地挖取部分根茎，假植于窖内，以用于温室栽培或扩大栽培。

移栽时将根茎分为若干段，每段保留 1～2 个芽，并保持一定量的须根，埋入土中 10～15cm，株距 5cm 左右，土壤含水量始终保持在 600g/kg 以上。同时施用腐熟

优质有机肥 $30t/hm^2$ 和尿素、过磷酸钙、硫酸钾肥各 $75\sim90kg/hm^2$。翌年 5 月下旬即可开始采摘，可一直收摘到 7 月中旬。采摘时间须以叶柄老嫩为准，不可过早或过晚。过晚会影响食用价值，并影响来年产量。过早则会降低产量。

二、整地着床

蕨菜原生地是富含腐殖质的林下，天性喜肥，适于土壤疏松地带生长。由于很多年不能施用底肥，所以第 1 次种蕨菜时要施用大量的农家肥。最好是鸡粪和腐叶土以 1∶2 的比例混合腐熟制成的农家肥。如果缺少农家肥，可用发酵化肥来替代，制作方法：每亩尿素 20kg，磷酸氢二铵 20kg，草木灰 50kg，木醋液 10kg，腐叶土 $1m^3$ 混合堆积发酵而成。没有腐叶土可用烂稻壳或烂锯末子。翻地要达 40cm 深，使底肥混入底层。南北向做床，床宽 100cm，按 15cm 行距与床横向开 12cm 小沟，将蕨菜根茎放在沟内覆土，埋到原根地表根迹，踏实。由于蕨菜喜肥水，又多在林下生长有喜阴的习性，所以，根茎栽完后，要覆稻草遮阴保湿，最后再罩上幅宽 120cm 的遮阳网。

三、定植

春秋蕨菜休眠期进行定植。密度 10 棵/m^2，栽深 $5\sim10cm$。栽后床面盖稻草 5cm 左右，以草保湿。盖腐叶土更好，其他可用稻壳、锯末子、农家肥等。移栽当年管理注意以下几点：一是要及时中耕除草；二是加强肥水管理，缓苗前注意水分管理，缓苗后浇 2 次以上稀肥水。每次水带肥，每亩尿素 $10\sim15kg$ 左右。

四、田间管理

1. 第 1 年的管理

栽植第 1 年长出的蕨菜绝对不能采摘，应尽可能地促使其生长，生长期间，根茎得以在地下分枝，并向四周扩展，从夏季开始到秋季，叶片接受阳光并制造养分，同时把同化的养分向地下茎贮存，所以应精细管理，尽可能促使地上生长旺盛。

（1）杂草防除　上半年由于有稻草覆盖，可以抑制杂草大量发生，但蕨菜开始出芽后，要把稻草去掉，此时杂草的生长速度快于蕨菜，所以需人工除草。由于蕨菜根茎是条形栽植的，此时的根茎还没有向外扩展，所以可用锄头把行间的草铲掉，再用手把株间杂草拔掉。在盛夏以前，根据杂草发生情况，除草次数为 $1\sim2$ 次，盛夏以后，蕨菜生长旺盛，基本上把地面覆盖，大部分杂草受到抑制，于是在 8 月中旬左右拔掉大草即可。此外，也可以用除草剂封闭灭草，摆根覆土后，用施田扑全面喷雾，进行土壤封闭处理，同样可以收到良好的除草效果。

（2）肥水管理　可根据生长情况而定，如果遭干旱，就应采用高压泵浇水，浇水次数视旱情而定，如果内涝，就应挖沟排水。关于追肥，一般来说，前面介绍的施肥量可供每 1 年生长需要，但如果地块肥力不佳或其他原因导致茎叶不繁茂，叶面呈黄绿色，到了夏季株高不没膝，这种情况下应追肥，追肥每亩 NPK 复合肥 $10\sim15kg$，分 2 次行间施入。深秋时节，茎叶枯萎、变褐，待地上茎叶完全干燥时用火焚烧掉。也可在春季萌发前把茎烧掉，这样可增加土壤速效钾的含量，又可避免由于茎叶遮盖冰雪融化推迟的弊病，从而大幅提高来年的产量。

2. 第 2 年的管理

早春萌芽前先进行施肥，施肥种类和第 1 年相同，施肥量视情况而定，如果第 1 年长势旺盛，第 2 年可适当减少，把几种肥料混在一起施入行间，然后用铁耙搂入 3cm 土中，到了夏季，茎叶繁茂，一般来说株行已无法辨认，所以一般不用追肥。如果生长顺利，第 2 年开始可以收获，但不宜过量采摘，因为第 2 年还没有成园，仍依靠繁茂的茎叶制造并向根茎贮存养分，一般收获期间为 1～1.5 个月，之后停止采摘进行培肥。采摘时隔几株留 1 株，留下的茎株叶片展开后可起到一定的遮阴作用。这期间如果春旱，要间歇灌水，促使菜早生快发。关于除草问题，除使用施田扑封闭外，其余的草只能用手拔，如果盛夏时节杂草过多，就用镰刀割，不能用锄头铲，因为这时的根茎几乎贯穿整个地面，用锄头铲会伤根。

3. 第 3 年以后的管理

水肥管理及杂草防除同以往一样。年年如此，只是随着年数的增加，土壤由于长期不翻松有些板结，影响产量，此时可增施一些有机肥来改善土壤的物理性状，保证高产、稳产。栽后及采收期间要经常喷水，始终保持土壤湿润，尤其易发生春旱地区，更要注意床上喷水。夏季孢子散落后要保持土壤潮湿，以利孢子发芽。当年铺的草过夏已腐烂，次年春要再铺一层，每年的 4 月初开始喷水，促进提早萌芽。

五、病虫害的防治

1. 蛞蝓和圆形螺、蜗牛等有害动物

由于蕨菜一般生长在潮湿的环境，所以常见蛞蝓和圆形螺甚至蜗牛等有害动物为害，通常将其捡拾除去或于田区四周施 6％聚乙醛粒剂以防止其进入田区为害嫩叶。

2. 毒蛾幼虫、介壳虫等集中几株或小面积为害

其防治方法只要将毒蛾幼虫捕捉除去，将介壳虫附着的叶片剪除销毁即可，通常在种植前注意检视种苗叶片，可以减少植株带虫。

3. 蚜虫

蕨菜在展叶后易发生，可用 40％的乐果乳剂 1500～2000 倍液喷洒，效果十分理想。低洼易涝地应及时排出积水，以防烂根。有条件的地方在整地时施用多菌灵 5kg/亩，可有一定防病效果。

4. 提高植株抗病能力

日常的防治则根据其各自生长发育的阶段和特点，适时调整种植的密度，改善园内通风透光的水热条件和卫生状况，尽量通过营林措施，提高其抵御病虫害的能力，做到不用或少用化学农药，并尽可能注意用药对蕨菜品质的影响。

第六节　采收、贮藏与加工

一、采收

栽植当年一般不采收，第 2 年视生长状况可适当采收。蕨菜采收的时间性很强，

要根据气候特点和蕨菜生长情况，确定最佳采收时间。过早，植株幼小，影响产量；过晚，植株老化，不能食用。一般蕨菜嫩薹高 20～25cm，羽状小叶苞尚未展开，即抱拳时，采收为宜。阳坡向阳处，采收时间较短，质量较差；阴坡背阴处，采收时间较长，质量较好。当平均气温高于 10℃，嫩叶出土 6～10d，适时采收第一茬，7～10d 后，第二茬。嫩叶出土长到 20cm 左右，小叶未展开并呈拳状时可进行采收。采收时，要尽量贴近地面，用手掐或用刀割蕨菜。一年可采收 2～3 次，6 月以后一般不再采收，保证来年生长。出口产品的收获标准一般以长度 22cm 为宜。

为了提高蕨菜的产品价值，增加收入，也可生产反季节蔬菜。参照上述方法在温室生产蕨菜，在大地封冻前在蕨菜保护地扣塑料大棚，蕨菜都可在新年、春节期间上市，抢占市场，增值增收。

二、贮藏与加工

蕨菜成品采用低温低湿条件下贮藏，贮藏温度以 0～2℃ 为宜，不宜超过 10℃，相对湿度在 15％以下。以往腌制干蕨菜加工简单，不易贮藏和长途运输，影响档净与销路。近年来，一种采用铝塑复合袋包装的新工艺问世，在保持蕨菜色绿、脆嫩、清香爽口等基本特色的同时，外观精美、保存期长、携带方便、卫生，产品附加值高。

目前蕨菜的加工方法主要有腌制和干制两种。

1. 腌制加工

（1）第一次腌制　将清洗整理好的蕨菜按 10：3 的比例用盐腌制。先在腌制器具的底部撒一层厚约 2cm 的食盐，再放一层蕨菜，厚约 5cm，随后一层盐一层菜地依次装满腌制器具，最上层再撒 2cm 厚的食盐，上压石头，腌制 8～10d。

（2）第二次腌制　将蕨菜从腌制器具中取出，从上到下依次码放到另一个腌制器具中，蕨菜和食盐的比例为 20：1，一层盐一层菜地摆放；用质量分数 35％的盐水灌满腌制器具，蕨菜表面压一重物，腌 14～16d 即为成品。

2. 盐渍加工

将清理分级好的蕨菜装桶盐渍。盐渍液的制备：将质量分数 42％的柠檬酸、50％的偏磷酸钠和 8％的明矾分别研碎，充分混合后用 10 倍水调成溶液待用。在饱和盐水中加入调酸水，使盐渍液的 pH 值达 3.5～4.5，待用。桶内先加入蕨菜重量 5％的食盐，再加入蕨菜，在蕨菜表面再撒上蕨菜重量 10％的食盐，在桶内加满盐渍液，排尽桶内的空气，将盐渍桶密封即得成品。

3. 干制加工

将清洗整理好的蕨菜投入沸水中烫 7～8min。热烫液中一般加入质量分数为 0.2％～0.5％的柠檬酸和质量分数 0.2％的焦亚硫酸钠，有条件时使用洁净的硫黄，先经熏硫后再进行热烫。每 100kg 蕨菜的硫黄用量为 0.2～0.4kg，蕨菜与热烫液的比例为 1：（1.5～2）；热烫结束后立即用流动清水将蕨菜冷却至常温，然后晾晒或烘干。为防止蕨菜内外部水分不均，特别要防止过干使蕨菜表面出现折断和破碎，应剔除过湿结块、碎屑，并将其堆积 1～3d，以达到水分平衡。同时使干蕨菜回软，以便压块或包装。

参考文献

［1］董晨生．定植密度和施肥种类对蕨菜生长及产量的影响．林业科学，2000，（4）：129-132．

［2］郝丽珍，赵富国．蕨菜植物学特征及孢子繁殖技术．内蒙古农业科技，1994，（5）：27-28．

［3］李正应．稀有蔬菜栽培技术．北京：科学技术文献出版社，1993．

［4］李恩彪．蕨菜日光温室优质栽培技术．北方园艺，2008，（7）：111-113．

［5］李式军，刘凤生．珍稀名优蔬菜80种．北京：中国农业出版社，1995．

［6］刘保才．蔬菜高产栽培技术大全．北京：中国林业出版社，1998．

［7］牛菊兰．施肥对栽培蕨菜饲用营养成分含量的影响．草业学报，1998，（7）：64-69．

［8］宋元林，王志峰等．芦笋、蕨菜、发菜高产栽培与加工技术．济南：山东科学技术出版社，2001．

［9］邢国明，王永珍等．蕨菜最新栽培技术．北京：中国林业出版社，2000．

［10］徐坤，卢育华．50种稀特野蔬菜高效栽培技术．北京：中国农业出版社，2002．

［11］张少华．特种蔬菜栽培．北京：科学技术文献出版社，2001．

［12］张国宝等．野菜栽培与利用．北京：金盾出版社．2002．

第十二章 莼 菜

第一节 概 述

莼菜（*Brasenia schreberi* Gmel.），又名莼头、凫菜、马蹄草、水荷叶、湖菜、屏风、锦带、雉尾莼、缺盆草、马栗草、水菜、水葵、丝莼、淳菜等，为睡莲科莼菜属多年生宿根水生草本植物。原产我国东南部，分布于亚洲东部和南部、非洲、大洋洲和北美洲。我国江苏、浙江、江西、湖南、四川、云南等省都有种植，其中主要产地是浙江杭州西湖、萧山湘湖和江苏太湖东山附近。

莼菜蔓生于水中，地下茎白色，匍匐于水底泥中，地上茎分枝甚多，细长，随水位上涨不断伸长，长约1m。水浅时，地上茎的基部匍匐地面，节着泥生根，根生长于节的两侧，黑色须根，长15cm。茎上部各节节间长8～13cm。茎粗0.2～0.35cm，每节着生一叶，互生，叶柄长25～40cm，粗0.12cm，叶片漂浮在水面。叶面椭圆形，长8～10cm，宽5～6cm，绿色，叶面光滑，叶背绛红色，叶脉呈放射状，茎及叶背均有透明胶质，尤以嫩梢及幼叶上最多。花梗自叶腋抽出，长10～16cm，顶生一小花，紫红色，直径约1.5cm，花被狭长，萼片、花瓣各3片。雄蕊12～18枚，雌蕊约有6～18个，柱头扁平，花柱长而粗。果实革质，具有宿萼，在水中成熟，呈卵形，而基部狭窄，顶上有宿存花柱呈喙状（如图12-1）。

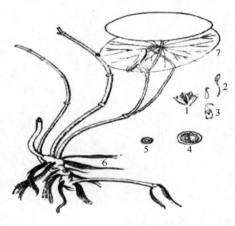

图 12-1 莼菜

1—花；2—雄花；3—子房；4—茎的横断面；
5—叶柄的横断面；6—根；7—叶

一、营养价值

莼菜以嫩茎和嫩叶供食用，地下茎富含淀粉，有很高的营养价值。莼菜背面分泌一种黏液，尤其以未露出水面的嫩叶分泌的此种黏液为多。黏液中含有丰富的蛋白质、脂肪、多缩戊糖、没食子酸等。莼菜含有酸性多糖、蛋白质、氨基酸、维生素、组胺及微量元素等化学成分，有抗肿瘤、抗溃疡、抗菌消炎和促进免疫等生物活性，具营养、医疗、保健作用，被视为生态珍稀水生植物。

二、食用价值

莼菜营养丰富，含 27％蛋白质，39％糖类；含铁、镁、钙、磷等矿质元素，还含有少量的维生素 B_{12}。莼菜叶背分泌一种类似琼脂的黏液，这种黏液可用热水或稀碱溶出。黏液中含 0.59％的阿拉伯糖，10.9％的 L-岩藻糖，34.1％的 D-半乳糖，17.3％的 D-葡萄糖醛酸，13.4％的甘露糖，11.4％的鼠李糖，7％的 D-木糖，另外还有 D-半乳糖醛酸，D-果糖，D-氨基葡萄糖等。此外莼菜中还检出亮氨酸、苯丙氨酸、蛋氨酸、脯氨酸、苏氨酸、天冬氨酸和组氨酸。对莼菜黏液成分和作用的研究有待进一步深入。

由于莼菜含有多种营养成分，故已成为宴上佳品。将蔬菜用清水冲洗后，制成汤，莼菜仍保持原来的绿色。现在原产地主要食用鲜叶和部分茎。目前对莼菜只是进行了初级加工，制成罐头，销往全国及出口日本、东南亚等地，备受人们青睐。

三、利用方式

1. 食用

莼菜含有众多的营养成分，莼菜嫩茎叶每 100g 含：蛋白质 0.7g，碳水化合物 0.3g，脂肪 0.1g，胡萝卜素 0.3mg，还含有铁和维生素 B_{12} 以及 18 种氨基酸。鲜食一般采收后入水放置 2～3d，用于煮汤、烧豆腐、虾仁拌豆腐，鲜美柔滑，别具风味。莼菜加工品研究开发现状如下。

莼菜加工品可以分为莼菜半成品和莼菜深加工产品两大类。前者适于进一步加工或烹调后食用，后者可直接食用。在莼菜半成品的研究方面，余昌均等研究了莼菜软包装醋渍罐头的生产工艺。莼菜 95℃以上杀青 0.5～7min，冷却，剔除不合格品，分级，罐装。添加 1％醋酸保鲜液（莼菜和保鲜液质量比为 3∶2），封口，灭菌（灭菌温度和时间视货架期长短自行调节），灭菌后按 80℃、60℃、常温 3 级冷却，5min 内完成冷却工序。而后置于 30～35℃温度下保存 5～7d，产品无异味即可上市。彭柞全等的专利公开了一种莼菜的干燥方法。莼菜放入酸性乙醇中浸泡过滤、沥干；再经 EDTA 溶液浸泡，过滤、沥干；接着在酸性乙醇中浸泡，过滤、沥干；原料通过以上处理后即可脱水干燥。该发明改变了莼菜的保存状态，减少了运输成本，加工、储藏、包装、运输等更为方便，且该干燥方法不影响莼菜的营养和功能。李海林对莼菜的速冻加工进行了研究。莼菜 94～96℃杀青 35～45s，剔除不合格品，装模，预冷至 5℃，最后置于零下 35～38℃的冷空气中速冻至－18℃；若采用注水冻结工艺再行包装，产品品质更佳。但作者未对解冻、烹调后莼菜胶质的保持状况进行报道。

在莼菜深加工产品的研究方面，较早的报道始于付俊 1994 年的专利。该专利公布了一种莼菜口服液的制备方法：莼菜经纤维酶水解后榨汁，辅以适量的刺梨汁、肉豆蔻油、丁香油、矿泉水和蜂蜜加工而成。纤维酶水解莼菜细胞壁是该发明的突出特点，使清液中的含锌量由 15mg/L 提高到 59～100mg/L。日本利用莼菜胶质制备了抗癌制剂。将莼菜的芽、叶、嫩茎切碎，80℃热水浸渍，离心分离后得到胶黏物；胶黏物加入苹果酸、固体麦芽糖、质量分数 35％的乙醇，搅拌混合后密闭放置一定时间，分离后得莼菜提取物；莼菜提取物 70℃ 以下温度浓缩、干燥，即得到粉末状的抗癌制剂。张弛等（2005）对莼菜饮料的生产工艺进行了研究。莼菜 99～120℃ 杀青 1.5min；冷却；捣碎后打浆，打浆过程中添加 0.03％维生素 C 打浆后的浆液添加的 116U/dL 木瓜蛋白酶，并在 40℃ 温度条件下保持 4h；酶解后的浆液以 9 倍水沸水浴提取 1h；过滤；调配（10％蔗糖，0.15％柠檬酸，4％银杏叶汁液＋0.15％明胶＋ 0.15％ CMC-Na）；装罐；90℃保温 10min 灭菌。

尽管有以上诸多专利和报道，但目前商品化的莼菜加工品只有以保藏为目的的莼菜醋渍制品：莼菜 95℃杀青 4min，冷却，清水浸渍 12～24h，剔除不合格品，分级，罐装，灌注一定量醋酸保鲜液（莼菜和保鲜液质量比为 1：0.5，体系 pH 在 3.8 以下），然后置于较低的温度条件下储藏。

2. 药用

（1）抗癌方面　莼菜含有葡萄糖甘露聚糖，对癌细胞有抑制作用，特别适用于胃癌的治疗。内服：煎汤或做羹；外用：捣敷。莼菜叶的黏液具有某些抗癌作用，其用途有待进一步研究。

（2）保健方面　莼菜具有消肿、解毒功能，可用于治疗热痢、黄疸、肿、疔疮等症，还具有补血、促进胃酸分泌的功能。现在研究发现莼菜中的多糖对降血糖有很明显的作用，近几年来对莼菜多糖的药理作用研究表明，它能增加小鼠脾脏重量，增强巨噬细胞功能和促进溶血素生成，对淋巴细胞转化起促进作用，因而是一种免疫增强剂。Nakahara 第一次（1940 年）研究了莼菜多糖的单糖组成：除半乳糖、甘露糖外，还含有半乳糖醛酸。1978 年 M. AKUTA 等分析了莼菜多糖 Smith 降解和部分酸水解产物，表明莼菜多糖具有高度发达的分支结构，其主链为 β-1-3 连接的甘露糖链。当今对莼菜多糖的生理活性及其构效关系的研究正在进一步深入和加强。

3. 其他方面

在饮料方面莼菜有着很好的优势，可利用它的补血、促进胃酸分泌、降血糖作用，开发保健饮料等。

第二节　生物学特性

一、植物学特征

1. 根

为须根，簇生于地下匍匐茎的各节上，水中茎（地上茎）接近土面的节位上也生须根。根长 15～20cm，细如发丝，初生时为白色，以后变为紫色，最后呈黑色。大多分布在 10～20cm 的土层中。近叶柄基部两侧及水中茎抽生时，基部两侧各产生一束须根。水中茎一般发须根后形成离层，脱离地下匍匐茎。

2. 茎

莼菜以茎上分枝或越冬休眠芽进行无性繁殖，茎分为地下匍匐茎和水中茎两种。地下匍匐茎蔓生，白色、黄色或铁锈色，在水中 5～10cm 深处水平伸长，长可达数米，茎上有许多节，节间长 8～13cm，每一节位上都生有水中茎，并常在节上丛生，每节丛生 4～6 枝，在水中直立或弯曲生长。水中茎绿色，上披褐色茸毛，长 40～60cm，最长可达 1m 以上，这与水位深浅有关，节间长 3～12cm 不等，较细。水中茎分枝较多，一级水中茎内侧基部的腋芽常萌发成二级水中茎，从而形成丛生状。各茎端带有卷叶的嫩梢，均有透明胶质包裹着，这是供作食用的莼菜产品。水中茎后期基部会形成离层，脱离地下匍匐茎，自成新株。

3. 叶

叶在水中茎上互生，每节着生 1～2 片，初生叶卷曲，有胶质包裹。成长叶平展，椭圆形，全缘，漂浮水面。大叶长 8～15cm、宽 5～9cm。叶正面绿色或浅绿色，叶背面红绿色、浅绿色或红色，因品种而异，长 6～10cm，宽 4～6cm，叶柄着生叶背面正中，柄长 14～40cm，与水深有关，柄粗 0.15～0.3cm。叶柄颜色为红、绿色相间。水中茎与叶片互生，一节一叶，其幼嫩组织表面分布许多腺细胞，能分泌透明的胶质，内含多糖，为其他蔬菜所不具有的。

4. 花、果实、种子

花梗从叶腋中抽生，伸出水面开花，花较小，红色或绿色，为两性花，花萼、花瓣各 3 枚，雌蕊离生，5～14 枚。单花结果 4～8 个，在水中成熟，内有种子，红褐色，一般发芽力弱，生产上都不用种子繁殖。

5. 冬芽

植株开花结果后，部分水中茎顶端形成休眠的冬芽，实际上是一种顶生的小球茎，一般具有 5～6 节，形似小螺丝，通称"螺丝头"，冬季进入休眠，形成离层而脱离母体，随水漂流，次春气温转暖，可以萌芽，形成新株。

二、生长和发育

莼菜在生产上都进行无性繁殖，其水中茎和地下匍匐茎上休眠越冬的腋芽，或休眠越冬的冬芽都能在春季萌芽生长，形成新株，到夏、秋开花结果，直至茎上再形成新芽休眠越冬。生育周期中先后出现几个明显而有规律的阶段性变化。现以长江中下游地区莼菜栽培为例，分述如下。

1. 萌芽生长阶段

春季气温升至 13℃以上，茎上休眠越冬的腋芽开始萌发，向下生根，向上发芽、放叶，在叶腋中抽生几个丛状的分枝，并抽生叶片，浮出水面。先后历时约 30d，常年多在 4 月上旬到 5 月上旬，要求气温较高，水位较浅。

2. 旺盛生长和开花结实阶段

新株叶片出水后，气温逐渐上升到 20～30℃之间，适于生长发育，新株加快分枝和放叶，并抽生花梗，开花结果，叶片基本覆盖满水面，生长量达到最大，先后历时约 70d。常年多在 5 月上旬到 7 月中旬。本阶段为经济产量形成和采收的主要阶段，要求水位和水质保持比较稳定和洁净，病虫害得到及时防治。

3. 生长停滞阶段

从叶片不再增加，开花结实停止开始，到越夏休眠芽形成和充实为止，大约 30d。本阶段正值盛夏，气温常达 30～35℃，超出莼菜生长适宜温度范围，生长基本停止，大部分叶片开始衰老。水中茎的顶芽连同基部的茎节膨大，形成越夏休眠芽，以度过夏季。采收叶随之停止，保护植株越夏。

4. 生长恢复阶段

秋季天气转凉，气温降至 25℃ 左右，植株恢复生长，再次抽生新叶和分枝，但生长速度和生长量都已不及旺盛生长阶段。随着气温的降低，生长日益缓慢，及至深秋，气温降至 15℃ 以下，植株停止生长，并在部分水中茎的顶端形成小球茎（冬芽），部分水中茎和地下匍匐茎的节位上分别形成叶腋。随后一部分位于水体上部的水中茎枯死，其下部植株休眠越冬。本阶段历时 60～70d，即从 9 月上旬到 11 月上中旬。

5. 越冬休眠阶段

从越冬休眠芽的形成到下一年萌发为止，为期 150～160d。休眠芽能忍耐 5℃ 的低温，但温度长时间低于 5℃，则也会受到冷害或冻害。

三、对环境条件的要求

莼菜原产我国东南浅水湖泊，性喜温，生长发育过程中需要适宜的光照强度、澄清水质、肥沃底土等环境条件，莼菜不宜与莲藕等水生植物混种。

1. 温度

莼菜为喜温性蔬菜作物，不耐霜冻，必须在无霜期内生长，温度在 20～30℃ 时生长旺盛，同化力强，超过 35℃ 则同化力显著下降，低于 13℃ 则生长停止，低于 15℃ 不能正常开花结果。遇短期 0℃ 低温，除越冬休眠的冬芽外，都将冻死。

2. 水分

莼菜是水生植物，整个生育期均需一定的水层。萌芽生长要求的水位较浅，以 20～30cm 为宜，生长盛期要求逐渐加深到 50～70cm，最大不宜超过 1m。水质对莼菜的品质影响很大，含有适量钙、磷、铜、铁等矿质元素的泉水，可促使其嫩梢的卷叶外被的透明胶质增厚，品质提高。污水中氮、磷、钾、钠等离子浓度过高，会使嫩梢和叶片畸形。同时要求水质清澈，为流动的活水，溶氧较多。死水易生长水绵（青苔），轻则使透明的胶质变薄，重则易使产品受污染，诱发腐烂，以致全株死亡。

3. 土壤

莼菜以土层深厚、淤泥层达 20cm 左右、富含有机质的微酸性到酸性壤土或粉壤土为适宜。

4. 光照

在气温不超过 30℃ 时，莼菜生长要求较强的光照，当气温达到 30℃ 以上时，以适当遮阴为宜。长日照有利茎叶生长，短日照有利于开花结果。

第三节 营养特性

一、主要品种

中国莼菜的品种，均为从野生或半野生类型经各地长期栽培和选择而来。一般按其原产地名、叶色、花色等性状命名。通常按其叶色将莼菜品种分为两种类型，亦有据花萼颜色分为红萼和绿萼两种类型的。

1. 西湖红叶莼菜

杭州市郊区地方品种。叶正面深绿色，背面紫红色，仅有纵向主脉仍为绿色。叶较小，长 7.3cm，宽 5cm，叶柄长 12～26cm。水中茎长 35cm 左右。花瓣粉红色，结实性较差。植株生长势较强，卷叶上包被的透明胶质较厚，品质较好，产量较高。

2. 太湖绿叶莼菜

江苏省苏州市郊吴县太湖地方品种。叶正面绿色，背面边缘紫红色，趋向中央部位渐转绿色，最大叶片长 9cm，宽 6cm，叶柄长 12～26cm。水中茎长 20cm。卷叶上包被透明胶质较厚，卷叶碧绿色，色泽美，品质优，产量较高。另有太湖红叶莼菜，属其姐妹品系，其性状与太湖绿叶莼菜相仿，只是叶背面呈均匀的紫红色。

3. 利川红叶莼菜

湖北省利川市福宝山地方品种。叶正面深绿色，背面鲜红色，仅有纵向主脉绿色。叶长 7～8cm，宽 6cm，叶柄长 28～36cm。水中茎长 20～32cm。卷叶上包被的透明胶质较厚。植株生长势强，产量高，品质较好。

4. 马湖莼菜

四川省雷波马湖地方品种。叶正面绿色，背面紫红色，叶片长 10cm，宽 6cm，叶柄长 25cm 左右。花紫红色。卷叶上包被的透明胶质较厚，品质较好，产量较高。

二、营养特性

莼菜的栽培形式可分为塘田栽培和湖泊栽培两种。塘田栽培是用人造湖泊、低洼的稻田、沤田加高田埂、贮以深水，栽培莼菜，具有密度大、能调控水层、管理细致等优点，有利于稳产高产。但生产上最大的障碍是杂草较多、草害严重。

莼菜最适宜在微酸性土壤上生长，pH 值 5.5～6.6。莼菜田的土质要求富含有机质，淤泥厚度以 20～30cm 为佳，尤以围垦活水的低荡田最适宜。莼菜吸收氮、磷、钾、钙、镁的比例为 1.49∶1.71∶1.0∶1.1∶0.28，对土壤含磷量要求较高。

土壤有机质、全氮及碱解氮含量是影响莼菜产量形成和产品品质的重要因素。莼菜产量与土壤有机质和全氮含量显著相关，与碱解氮含量极显著相关，体现莼菜重要商品品质的卷叶胶质厚度与土壤有机质、氮和碱解氮含量三者均有极显著的相关性（表 12-1）。土壤有机质丰富和充足的氮素供应既有利于莼菜营养体形成，又有利于莼菜特殊营养成分莼菜多糖和蛋白质及氨基酸的合成。因此，发展优质莼菜必须优先培肥土壤，足量施用优质有机肥，如油枯等，同时要定期补充氮肥，配施相应的磷、钾肥，特别是磷肥。

湖泊栽培受自然环境的影响较大，水位不易调节控制，也不便整地施基肥，也不能进行清塘，所以管理工作仍很粗放，不利于稳产高产。但水质较清洁，不易浑浊。

苏州市蔬菜研究所研究成功了莼菜的无土栽培技术。主要方法如下。

1. 配方

根据莼菜所需氮、磷、钾、钙、镁养分的比例配制完全营养液，其中以配方 D 和 F 较好（表 12-2）。其微量元素的比例见下表（表 12-3）。

表 12-1　土壤有机质、全氮和碱解氮对莼菜产量和品质的影响（王昌全，2000）

土壤	有机质/(g/kg)	全氮/(g/kg)	碱解氮/(mg/kg)	产量/(kg/hm²)	胶质厚度/mm	相关性检验
泥炭田	664.24	16.08	786.4	32250	2.4	y（产量）$= 190550.40 + 2.13x$（有机质），$r = 0.8378*$
烂黄泥田	107.60	5.12	469.6	27600	1.8	y（产量）$= 17281.20 + 1014.90x$（全氮），$r = 0.9023*$
黄泥田	83.14	4.67	375.8	22320	1.5	y（产量）$= 14815.95 + 22.95x$（碱解氮），$r = 0.9762**$
紫潮砂泥田	26.42	1.21	145.2	18465	1.2	y（厚度）$= 1.28 + 0.0018x$（有机质），$r = 0.9194**$
黄泥土	24.21	1.45	81.1	17730	1.3	y（厚度）$= 1.14 + 0.0817x$（全氮），$r = 0.9609**$
紫泥土	22.61	1.45	114.0	15750	1.1	y（厚度）$= 1.05 + 0.016x$（碱解氮），$r = 0.9765**$

表 12-2　植株养分及肥料配方（黄玉明，1997）

项　　目		重量/g	养分含量/g				
			N	P	K	Ca	Mg
莼菜全样		100	1.396	1.596	0.938	1.03	0.264
配方 D	硝酸钾	2.42	0.335		0.938		
	硫酸镁	2.71					0.264
	过磷酸钙	18.78		1.596		3.756	
	硫酸铵	4.82	1.061				
	小计	28.73	1.396	1.596	0.938	3.756	0.264
配方 F	硝酸钾	2.09			0.938		
	硫酸镁	2.71					0.264
	过磷酸钙	18.78		1.596		3.756	
	硫酸铵	6.34	1.396				
	小计	29.92	1.396	1.596	0.938	3.756	0.264

表 12-3　微量元素配比浓度（黄玉明，1997）

项　　目	每升储备液含量/g	每升营养液中加 1mL 储备液后养分含量/(mg/L)					
		B	Mn	Zn	Cu	Mu	Fe
硼酸	2.86	0.05					
硫酸锰	1.54		0.05				
硫酸锌	0.2			0.05			
硫酸铜	0.08				0.02		
钼酸铵	0.02					0.01	
0.05mol/L（EDTA）							2.8
纯水	95.28						

　　莼菜正常生长的水溶液浓度应小于 0.02%，高浓度使叶片、嫩梢造成肥害，出

现扭曲或皱缩。为了使植株不出现肥害，又能使植株生长健壮，可在根际增施长效而缓慢释放的肥料，而使水溶液浓度保持在 0.02% 以下。

2. 基质

要固定莼菜植株在水中不漂浮，又能扎根，可选用碎石片（1～2cm 大小）或泥炭袋（用塑料编织袋盛装厚 1cm 左右的泥炭）作基质，上排莼菜根茎，再用砂盖住，肥料施于基质中。

3. 水深

水深随植株生长而变化。萌芽期 10～15cm，生长期 30～50cm，使用水泵使营养液不断循环、并隔 2～3d 添加适量清水。小型容器中可定期加水或部分换水。

4. 酸碱度

水溶液 pH 以 6.5～7.0 为宜。这种无土栽培既可进行工厂化生产，也适于家庭种植，可随时吃到新鲜的莼菜。

第四节　栽培季节和栽培制度

一、栽培季节

莼菜是喜光植物，充足的阳光有利于生长。每年秋季和春季都可进行移栽，但以春季移栽效果最好，一般在 3 月下旬至 4 月中旬为最佳时间。一般选择健壮、无病虫害的葡萄茎作种株，种株要随时挖取，随时洗净，随时种植，剪成有 2～4 个节的茎段，每节具有一个饱满芽头，宽窄行种植，宽行行距为 20～25cm，将茎段两头按入泥中，露出芽头，栽植前后保持 10～20cm 的浅水层，有利于其生根成活，出苗后水位加深到 30～40cm，到夏季，植株生长旺盛时，水位逐渐加深到 60～100cm，最好有流动澄清的富含有机质的活水。在这种环境下的莼菜，受到的污染少，色泽碧绿，味道鲜美，胶质丰富，透明，不沾泥沙，是鲜食和加工的最上乘原料。

第 1 年 3 月下旬至 4 月上旬采用匍匐茎或越冬休眠芽定植，当年即可采收莼菜。秋季后，水位要逐渐下降到 30～40cm 深，越冬后进入常年栽培管理，冬季休眠期保持 30cm 左右的浅水层。植株 3 月下旬萌芽，4 月下旬至 7 月上旬为采收高峰，7 月中旬至 8 月上旬越夏停止采收，8 月中旬至 10 月上旬继续采收。

二、栽培制度

1. 栽插及栽插技术

春季栽插，晚春到初夏分次采收嫩梢，盛夏季节停止，秋季再采收 1～2 次。一般栽插 1 次，连收 3 年，往后植株衰老。第 4 年起须另选水面，重新栽插更新。

（1）秧苗准备　莼菜为多年生宿根性草本作物，选作种苗的母株应生长健壮、无病无虫、且有 2～3 年生的地下茎蔓，种蔓数量充足时，应选取芽头饱满的茎蔓中段做种苗，每根种蔓具有 5～6 节位，如种苗数量不足，也可采用短蔓栽插，即每根种蔓苗有 2 个节位即可成苗。

（2）栽插时间　莼菜栽培可在春季和秋季栽插。但生产上以春栽为主，其产量和品质较高。春栽在清明前（3月下旬至4月初）种植，秋栽一般选在9~10月。春栽以选用地下茎作种苗为主，秋栽也可用水中茎蔓栽插繁殖。

（3）栽插方式　一种是平插条栽，具体要求是插前先放干田水，整平田面，确定行距，拉绳栽插，在同一栽植行内，前后两根相邻的茎蔓首尾相接，平卧土面，将每根茎蔓的两端嵌入土中即可。另一种是斜插穴栽，用地下茎作种苗，将茎蔓的2/3斜插入泥中即可。

（4）插栽密度　平插行条栽，行距0.8m，株距0.3m，每亩插栽种蔓约2000根，斜插穴栽，行距0.8m，穴距0.5m，每亩插栽种蔓为1800根，按重量计算，每亩秧苗用量需60~80kg，可确保产量1000kg/亩左右，高产栽培产量可达1200kg/亩。

2. 莼菜与鱼类套养制度

一般莼菜与鱼类套养分为以下几个步骤。

（1）开挖围沟　莼菜塘一般面积较大，水位较深，套养鱼虾前先在四周开挖围沟，深度和宽度视田块大小而异，一般为50~80cm，四角增挖鱼坑，深80~100cm。有条件的大型田块，结合防风浪的田间开挖"十"字或"井"字形沟与围沟相通，并种植菱草，另外，水面应保留适当空间，便于鱼到水面换气。

（2）放养鱼、虾　4月下旬开始，每亩放仔鱼250尾左右，以鲫鱼、鳙鱼、鲤鱼为主，另放10余尾草鱼。精养至年底收获成鱼。青虾套养于5月中旬放体长6~8cm长的仔虾（抱卵虾）每亩250g，至12月捕捞大虾，留小虾越冬，翌年4月再次捕捞。

第五节　栽培技术

一、莼田的选择与准备

水质清洁的湖泊、池塘、河湾及低洼水田等均可栽培蔬菜。但要求水下土壤含较丰富的有机质，淤泥层厚达20cm以上。据杭州市郊区两块莼塘的产品取样测定：一块含有机质丰富的淤泥土，嫩梢平均单重40.2g，另一块含有机质少的黄泥土嫩梢平均单重仅22.1g，产量、品质也显著低于前者，表明选择土壤十分重要。另外为保持水质清洁，必须选择水面有一定的流动性，最好有清晰的泉水流过。莼田选定以后，于栽植期前15~25d，清除水中杂草及病虫源。有条件的耕耙2~3次，深20cm左右。在土壤过酸，pH达6以下时，须施入石灰525~600kg/hm²，以中和土壤。耕前施腐熟厩肥45~52.5t/hm²或饼肥750kg/hm²作底肥。

二、选苗栽植

原则上除严冬和盛夏外，全年均可栽植，但为求操作方便、栽后成活率高，以春季萌芽生长始期栽植为最适。所有繁殖材料，可用茎段，也可用冬芽，但冬芽收集比较困难，故生产上均以用茎段扦插为主要繁殖方法。

1. 茎段扦插

越冬的地下匍匐茎或水中茎，均可作为繁殖材料，种茎长短，看种量而定。莼菜茎上每节都能发生不定根，故具有 1～2 节的茎段都可用于扦插。但插条越短，它含有养分越少，以后营养生长越慢。因此一般选用具有 5～6 个节、未受冻害、无病虫害的较粗茎段作插条。节数少的短茎，可先用于育苗，然后栽插，栽植方法有斜插及平插两种，如已发芽的，让新芽露出土面。一般行、株距均为 50～60cm。但近几年来，江苏和上海等地为求将来采收方便，都改为宽窄行栽插，宽行行距 100cm，窄行行距 20cm，将地下茎段一根接一根在栽插行上平栽，用双手持茎段两端锲入水下泥中，并抹平泥土。

2. 冬芽栽植

要求选用健壮、饱满、充实、不带病虫、具有胶质的冬芽作种。以冬芽做种，用量少，繁殖系数高，且具有复壮作用。为获得较多健壮的冬芽，对留种莼菜塘宜于 8 月中下旬停止采收，以利于植株同化和积累养分，形成健壮冬芽。一般在冬芽开始形成离层脱离母株至翌春萌芽初期均可收集冬芽进行栽植。长江中下游地区，宜在 10 月下旬至翌年 3 月上中旬收集，如暂时不栽，应集中假植在避风向阳的池塘中，防止受干和受冻。

栽植的品种应因地制宜，一般都就近选用适宜本地区生长的品种。一般红叶类型的品种，适应性较强，较易获得高产，但品质稍次于绿叶类型的品种。如栽植水面水位可人工控制，水质清洁，并有含磷、钾、铜、铁等无机盐较全面的泉水流过，则可选栽绿叶类型，将可争取生产出品质特优的产品。

三、田间管理

1. 水分管理

莼菜田常年不能断水，水质要清洁，以活水或 3～5d 换 1 次水为宜。春季萌芽生长期宜浅水，30cm 左右，以利晒暖升温。以后逐渐加至 50～60cm 的深度，尤以夏季高温季节水位要适当加深，以缓解高温影响，但也不宜超过 80cm，秋凉季节又应逐渐落浅，到深秋 10 月中、下旬至 11 月中旬，田间水位宜在 30cm 左右为宜，以便冬芽入土、增加翌年密度。越冬时，如温度降至 0℃ 左右，水面开始结冰，水位又应适当加深，保持 50～60cm 水层，以防冻害。

2. 施肥

（1）冬肥　在越冬休眠期，即秋冬季叶片黄化腐烂，冬芽形成后至翌年萌芽前这段时期内施入腐熟粪肥或厩肥 15～20t/hm² 或腐热饼肥和过磷酸钙各 750kg/hm²。

（2）追肥　如植株长势旺盛，枝叶繁茂，则不追肥；在叶片瘦小、嫩梢较少，且芽头细小时应立即追肥。追肥均施化肥，主要用尿素，每次 40kg/hm² 左右，切勿过量。一般追肥 2～3 次，间隔半月左右再施 1 次。追肥时应先放浅田水，于露水干后均匀施肥，防止沾留叶面，引起灼伤。

3. 杂草及病虫害防治

杂草主要是水绵（*Spirogyra nitiae* L.），可喷 1.0：1.0：200 的波尔多液。水绵少时，亦可人工打捞清除。杂草一般在栽植后半月开始人工除草，每月 1 次，直到莼菜长满水面为止。

莼菜常见的病害有叶腐病和腐败病（枯萎病）。

　　（1）叶腐病　叶腐病症状先从叶缘开始发病，出现水渍状斑纹，渐向中央发展。导致此病的主要原因是池中水质不洁净或水绵较多。

　　【预防措施】保持水质清洁、流动，不施未腐熟的有机肥，及时清除杂草。

　　【防治方法】可人工摘除病叶，然后用 1.0：1.0：200 波尔多液防治，效果显著。亦可用多菌灵、百菌清、托布津及代森锌等农药喷雾防治。

　　（2）腐败病　腐败病症状为病株叶片边缘出现青枯斑块，以后四周连片并向内扩展，最后使整叶变褐焦枯。腐败病防治可用 25％多菌灵 500 倍液或 1：1：（200～250）波尔多液喷雾 1 次，安全间隔期 7d。

　　害虫主要有椎实螺科的椎实螺（*Radix anricularia* Linnaens）、扁卷螺科的大脐扁卷螺（*Hippentis umbilicais*. Benson）、菱叶甲（*Galerucella birmanica* Jacohy）及稻田食根金花虫（*Donacia. provosti* Fairmaire）。

　　椎实螺与大脐扁卷螺均被螺壳，前者锥形，后者扁圆盘形。2～3 年完成 1 代。春暖后即开始取食茎叶，取食部位呈缺刻和穿孔状，可用贝螺杀 7.5～15kg/hm² 剂量拌制毒土防治。

　　菱叶甲成虫长 0.4～0.5cm，外被鞘壳。一年发生 6 代左右，世代重叠，以成虫在杂草丛、土缝等处越冬，4 月下旬至 10 月中旬间迁至菱和莼菜叶上危害。可用敌敌畏、敌百虫、杀虫双、溴氰菊酯（敌杀死）等叶面喷雾防治。稻食根金花虫以幼虫潜入水下危害根茎。

　　【防治方法】每公顷用呋喃丹 30～45kg，拌细土 370～450kg，放浅田水，均匀撒施，随即耘田，使药剂混入土中，或做成直径 1.5～2cm 大小药丸，放入土中毒杀。上述害虫，也可用茶籽饼防治。

第六节　采收、贮藏与加工

一、采收

　　莼菜一经栽插，可连续采收 3 年。栽植当年，约在栽后 90d，一般于 7 月上中旬，当莼叶已基本盖满水面时开始采收 1 次，此后进入盛夏，即停止采收。到 9 月天气转凉后恢复生长，又可采收 1～2 次。当年应少采多留，只收半量，以养新株，当年产菜一般为 3750kg/hm²。第 2、3 年均在莼叶已盖满一半水面时开始采收，即从 5 月中旬到 7 月中旬，每隔 6～9d 采收 1 次，采法一般为人俯于木盆或菱桶上，两手伸出盆外，从行间进入莼池，两手轮流，边划水，边采莼，采收要及时，掌握在卷叶已基本长足，但尚未展开时，将卷叶连同其先端嫩梢一并采摘，对附着的透明胶质注意保护，勿沾泥沙杂质。采收时常按嫩梢上卷叶的大小分级：嫩梢上最大卷叶的长度为 1～2cm，叶柄长 0.5cm，单芽重约 0.5g 的为特级；卷叶长在 2.1～3.5cm，叶柄长 1.5cm，单芽重 1g 左右的为一级；卷叶长 3.6～4.5cm，叶柄长 2cm，单芽重 1.4g 左右的为二级；卷叶长超过 4.5cm 的为等外品。夏季高温达 30℃以上时，莼菜茎叶中单宁和粗纤维增多，质粗、味涩，不宜采收；秋季气温在 25℃以下、15℃以上的适温时间短，只可采收 1～2 次。第 2、3 年每年产菜一般为 4500～7500kg/hm²。

二、贮藏

莼叶产品为嫩茎、嫩叶，不易贮藏。如需短期保鲜，可将其浸入清水中，温度不超过20℃，可保存2~3d，或采收分级后，用桶注入清水装放，立即送入定点加工厂加工罐藏，装入特制的绿色长颈玻璃瓶上市或入库贮藏。

三、加工

将鲜菜倒入水池中，漂洗，挑去杂物。捞出，装入细孔竹筐中，放入90~98℃的热水中漂烫杀青。热水与原料的比例约为20：1，用长筷缓缓搅动，经15~30s，将其转成碧绿色，杀死活细胞后，立即提出。滤去热水，放流动的冷水中，约经10min，待冷透后进行分级。按级分别装入铝盆中。加入蒸馏水，水菜比为1：1。在70~80℃的水浴中加温10min，当中心温度达到55~60℃时，随即迅速冷却，加蒸馏水漂洗，沥干，然后，装瓶。一般用绿色长颈玻璃瓶，250g小瓶，每瓶装净菜135~145g。500g大瓶，装菜量加倍。菜装入瓶中后，用70℃左右的蒸馏水灌满，移入90℃水浴中，约7min。当瓶中心温度上升到70℃，排除空气后，立即用马口铁盖或塑料盖衬垫密封。封口后，置沸水中杀菌。杀菌后，放通风处冷却，包装后上市，成品一般可保存半年至1年。

参考文献

[1] 范双喜. 现代蔬菜生产技术全书. 北京：中国农业出版社，2004.
[2] 胡信强. 水生蔬菜栽培. 北京：中国水利水电出版社，2000.
[3] 黄玉明等. 水生蔬菜栽培技术. 上海：上海科学技术出版社，1997.
[4] 刘志伟，李言郡. 莼菜多糖保健饮料工艺研究. 武汉化工学院学报，2000，(3)：1-2.
[5] 李焕秀，王昌全. 莼菜食用品质特点和加工对品质的影响初探. 四川农业大学学报，1997，15 (3)：365-367.
[6] 孙树侠，福宝山. 莼菜及其栽培技术. 农业科技通讯，1992，(4)：17-18.
[7] 王昌全，李焕秀，彭国华等. 土壤及水质条件与莼菜生长的关系. 四川农业大学学报，2000，18 (3)：265-268.
[8] 郑舜. 保健水生蔬菜——莼菜优新品种. 蔬菜天地，2008，(6)：8-9.
[9] 张和义. 新编水生蔬菜栽培与加工. 北京：中国农业科技出版社，1993.
[10] 张弛. 莼菜饮料的研制. 食品研究与开发，2005，26 (2)：89-93.
[11] 中国农业科学院蔬菜花卉研究所. 中国蔬菜栽培学. 北京：中国农业出版社，2010.
[12] 赵有为. 水生蔬菜. 重庆：科技文献出版社重庆分社，1990.
[13] 赵有为. 中国水生蔬菜. 北京：中国农业出版社，1999.

第十三章 薤

第一节 概　述

薤 (*Allium chinensis* G. Don)，别名藠头、荞头、火葱、小根菜、山蒜、小根蒜、三白、菜芝、莜子、鸿荟、野韭等，是百合科 (*Liliaceae*) 葱属 (*Allium*) 植物，膨大的鳞茎为短纺锤形，形态美观，肉质洁白而嫩脆。在中国南方，如广西、四川、贵州、云南、湖南、湖北等地普遍栽培。薤的食用部分为肥大的鳞茎和嫩叶，鳞茎可鲜食，但主要用于腌制加工，是我国传统出口产品之一。薤营养丰富，据相关资料显示，每 100g 生长成熟的藠头中含有糖、蛋白质、钙、磷、铁、胡萝卜素、维生素 C 等多种营养物质（表 13-1）。薤还是一种健康医疗蔬菜，藠头所含的许多成分对冠心病、心绞痛、胃神经官能症、肠胃炎、干呕、慢性支气管炎、喘息、咳嗽、胸痛引背、久痢冷泻等症也有很好的治疗或辅助治疗作用，有"菜中灵芝"美称。采用盐渍、糖醋渍等制作方法可将薤加工成咸藠头、甜酸藠头，其产品具有独特的色香味，颗粒整齐，金黄发亮，香气浓郁，肥嫩脆糯，鲜甜而微带酸辣，是一种很别致的调味食品。具有"增食欲、开胃口、解油腻和醒酒"等功能。干制的藠头入药可健胃、轻痰、治疗慢性胃炎。

表 13-1　葱蒜类蔬菜的营养成分表（每 100 克成熟薤）（史公军等，2001）

种类	蛋白质/g	碳水化合物/g	脂肪/g	纤维素/g	维生素 C/mg	矿质元素/mg		
						P	Fe	Ca
韭菜	2.85	6.0	0.2	3.2	62.8	51.0	2.4	86
大葱	2.40	8.6	0.3	1.3	14.0	46.0	0.6	29
洋蒜	1.00	8.0	0.3	0.5	14.0	46.0	0.6	12
大蒜	4.40	27.0	—	0.7	77.0	19.5	2.1	39
薤	1.60	8.0	0.6	1.2	14.0	32.0	21.0	64

种类	胡萝卜素/mg	核黄素/mg	尼克酸/mg	硫胺素/mg	放出热量/kJ
韭菜	3.41	0.8	1.0	0.02	347
大葱	0.06	0.05	0.5	0.05	—
洋蒜	1.20	0.05	0.5	0.08	130
大蒜	0.03	0.05	0.6	0.04	—
薤	—	0.12	0.8	0.02	184

目前，全国藠头制品产量约为 6 万吨，以湖南产量最大，约占全国总产量的 2/3，

远销日本、韩国、新加坡、马来西亚、泰国等多个东南亚国家和地区，市场前景好。近年来，随着藠头出口贸易的迅速发展，栽培区域和栽培面积不断扩大，在我国蔬菜生产和供应中的作用和地位也日趋重要。

第二节 生物学特性

一、植物学特性

藠头为白色弦线状须根，较发达，一般每丛 70～80 条，多的达 100 条以上，入土深度和横展范围为 25～30cm，生长盛期根系发达，根粗 1.5～2mm，长 18～25cm。茎短缩成盘状，黄白色，上部着生由叶鞘而形成的鳞茎，鳞茎生于茎盘上，随着鳞茎的增大，鳞茎可分裂 2～3 个侧芽。下部密生须根。鳞茎较细，为短纺锤形，或鸡腿形、牛腿形，白色，上皮稍紫色或绿色。由较厚的叶鞘基部层层抱合而成，实际上是一种变态叶。鳞茎储有丰富的养分和水分，是药用和食用的主要器官，长 3.2～4.2cm，横径 1～2cm 以上，鳞衣白色。假茎为圆筒状组织，由叶鞘层层包裹而成，长约 5～7.8cm，宽 3～4mm（图 13-1）。

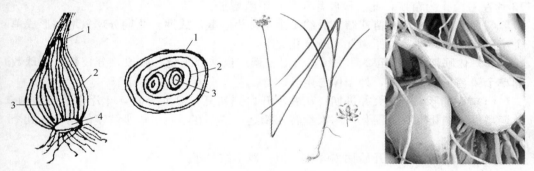

图 13-1 藠头鳞茎的构成
（姚国富等，2010）
1—单质鳞片；2—肉质鳞片；
3—鳞芽；4—茎盘

图 13-2 藠头

叶分为叶身、叶鞘两部分，通常所说的叶片是叶身，丛生，奇数；细长、长达 41～42cm，宽 6～8mm，中空，横切面近似三角形。深绿色，稍带蜡粉。

藠头用鳞茎繁殖，初秋种植，秋季抽薹开花，花薹顶端有一伞形花序，其上着生 11～19 朵小花，花轴长 20～22cm，花柄 1.5cm，有花瓣 6 枚，内外各 3 枚，心形，浅紫色，有雌蕊 6 枚，花丝 8～10mm，花药大小为 1mm×2mm，紫红色，单雌蕊，上位子房，花柱成针状，长 5mm。由于花期在 9 月中下旬，气温逐渐下降，一般不结种子，故藠头没有果和种子（图 13-2）。

二、生长和发育

经长期观察研究，在藠头生长过程中，植株和各器官的鲜重是不断变化的（图

13-3）。增长速率也不尽相同（图 13-4）。因此可将薤头的生长发育分为 5 个阶段，即苗期、鳞茎形成期、休眠期、鳞茎形成与膨大并进期和开花期 5 个阶段。

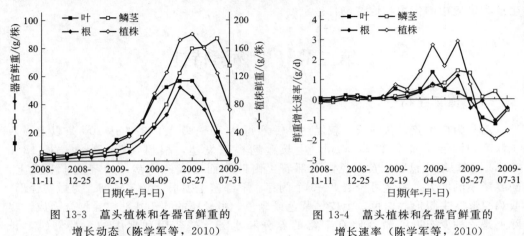

图 13-3　薤头植株和各器官鲜重的
增长动态（陈学军等，2010）

图 13-4　薤头植株和各器官鲜重的
增长速率（陈学军等，2010）

（1）苗期　从栽种后 7～10d 出苗，直到 11 月中下旬的近 3 个月，绿叶数达到 13 片左右为止为苗期，此阶段叶片和须根不断增加。

（2）鳞茎形成期　苗期结束后约 1 个半月为鳞茎形成期，此期分球数增加形成单个小鳞茎，同时鳞茎内原鳞芽不断分化。

（3）休眠期　1 月至 2 月中旬，气温较低，植株处于越冬阶段，分枝数、分球数和单个鳞茎重增加缓慢，处于停滞生长。

（4）鳞茎形成与膨大并进期　从春季开始到初夏，温度升高，叶片生长受抑制，叶鞘增厚，老化加快，同化产物大量转入鳞茎，鳞茎在不断形成小鳞茎的同时，其个体也迅速膨大。

（5）开花期　中秋开始抽薹开花，但一般不结种子。

三、对环境条件的要求

薤头性喜冷凉，不耐高温，在气温 30℃ 以上停止生长，进入休眠期。15～25℃ 为生长发育的适宜温度，10℃ 以下生长缓慢，较耐寒，在南方低海拔地区可安全过冬，但不耐长时间低温，长期处于 0℃ 以下叶片易受冻害。在年均温度 16～19℃ 的适种生态区域内，适宜的栽种时间为 8 月下旬至 9 月上旬，播种过早，地温高，降水多，易烂种。过迟则生长期短，产量低。

薤头属长日照作物，长日照条件有利于鳞茎发育。在自然日照下，5 月鳞茎开始膨大，较长日照有利于生长和鳞茎的膨大。有实验表明，在 8h 日照条件下，叶鞘基部鳞叶化，不断增生新叶；在 16h 日照条件下，鳞茎较自然条件下提前开始肥大，但叶生长和鳞茎肥大结束期提前。薤头对光强的要求不高，较耐弱光、耐阴，适宜间套作栽培。怕涝、怕旱。生长前期过湿分蘖减少，后期过湿鳞茎减产。生长期要求较高的土壤湿度和较低的空气湿度。

对土壤要求不严格，能够在多种类型土壤上生长，且耐瘠薄，但以质地疏松、肥沃、排水性好的沙土、沙壤土、含泥量低的紫色石谷子土生长最佳。适宜土壤 pH 为 6.2~7.0，较耐酸，pH 在 5.5 以下时也可栽培成功。

第三节 营 养 特 性

一、主要品种

薤头的地方品种很多，根据各产地的不同，民间也命名了薤头的一些品种。如开远甜薤头，在云南开远市种植较多，产品用于出口，在国外誉称"珍珠薤头"。梁子湖畔薤头，产于湖北省武昌县，该类包括大叶薤头、长柄薤头、细叶薤头。江西薤头，江西省新建县栽培（表 13-2）。鉴于此通常以叶片大小、鳞茎（假茎）的形状、颜色、食用部位命名，再冠以地名，如用以鳞茎加工的称为加工种，鲜食的品种称食用种或鸡腿种，还有白皮种、紫皮种等。如此就难免出现同名异物或异物同名的混淆现象。通常以薤头的叶片和叶柄的大小分为以下几种。

表 13-2 各地薤头别名考证（焦阳等，2010）

地方	别 名	地方	别 名
湖南	胡葱（长沙）、野薤、薤子、薤头里（岳阳）、薤里	东北	薤白
广东	薤白、荞头、荞菜、荞子、酸荞头	河北	薤白头
		贵州	苦薤白、团葱
江苏	薤白、薤白头、野蒜、野大蒜、野大蒜头、小独蒜、野白头（苏州）、韭里蒜、苦蒜、小蒜、熟也白头（无锡）	广西	荞头、荞菜、野薤白（平南）、薤头
		安徽	小蒜头、野小蒜、贼蒜、小白头、小鬼头
		湖北	薤、小蒜头、薤头子
		云南	野蒜、小毒蒜、野薤头
福建	野蒜、芦薤（泉州）	台湾	久白

1. 南薤

别名南薤，湖北省武汉市江夏区和鄂州栽培较多。叶片较大，薤柄短，多倒伏于地，分蘖力较弱，一般每个鳞茎分 5~6 个，但薤头圆大，柄短、皮薄肉厚，富含黏液，质地脆嫩，品质优，产量高，适于鲜食和加工。

2. 三白薤头

分蘖力较弱，每株丛有鳞茎 7~11 个。早熟，耐瘠薄，耐旱，不耐涝。单球重 16g，高者达 62g。

3. 长柄薤

俗名"白鸡腿"，薤柄长，白而柔嫩，形似鸡腿。叶直立，分蘖力强，一般每个鳞茎 10~15 个。品质较好，产量较高。一般 4 月到 5 月间，以整株供食。

4. 黑皮薤

又名细叶薤、黑皮薤、紫皮薤，薤头皮紫黑色，薤柄短，叶细小，长到 30cm 以上时，就倒伏于地。分蘖力较强，每个鳞茎约有 15~20 个。但鳞茎小，带黑色，不太美观。嫩叶和鳞茎均可鲜食，但不适于加工腌制。

二、营养特性

1. 养分需求特点

薤头在对氮磷钾肥的需求中，以氮肥为主，其次是钾肥，最后为磷肥。据相关资料显示，薤头的植株鲜样地上部和地下部合计含氮量为 0.731%，全磷量 0.085%，全钾 0.285%，三者之比 1∶0.12∶0.39；地上部为 1∶0.12∶0.27。地下部鳞茎鲜产 50kg，其吸钾量比吸磷量大 5 倍（表 13-3）。由此可见，薤头的施肥应以氮肥为主，其次是钾肥，磷肥为第三位。但由于农业生产的复杂性，各地还需因地制宜地进行科学施肥。

表 13-3　薤头植株氮磷钾全量测定结果（郑长安等，1995）

样品		氮/%	磷/%	钾/%	氮∶磷∶钾
地上部叶	干样	3.39	0.346	1.86	1∶0.10∶0.55
	鲜样	0.318	0.033	0.175	
地下部鳞茎	干样	2.07	0.258	0.55	1∶0.12∶0.27
	鲜样	0.413	0.052	0.11	

2. 不同施肥措施对薤头生长的影响

虽然薤头在生长过程中对土壤要求不严格，能够在多种类型土壤上生长，且耐瘠薄，但因其生长周期较长，合理的施肥措施对其增产极其重要。试验表明（表13-4），在植保、大田管理和人工费等方面的投入基本相同，基肥在有机 N 含量为 50% 条件下，N∶P∶K 的最佳配比为 1∶0.75∶1，纯 N、P_2O_5、K_2O 的用量分别为 20.0kg/亩、15.0kg/亩、20.0kg/亩产量最高（表 13-5），栽培效益也最好（表 13-6）。

钾作为品质元素，能够很好地提高薤头的品质和抗逆性。在合理施用足量的氮肥基础上，钾肥对薤头增产、增收的效益十分显著。因此，在薤头的生产中，必须重视钾肥的施用（表 13-7）。

表 13-4　薤头施肥实验设计（方荣等，2010）

处理	有机氮含量/%	氮∶磷∶钾配比	生物肥/kg	尿素/kg	钙镁磷肥/kg	氯化钾/kg	折合肥料成本/（元/亩）
1	50	1∶0.5∶0.75	3.52	0.16	0.12	0.068	477.59
2	70	1∶0.5∶0.75	4.93	0.10	0	0.020	598.00
3	0	1∶0.5∶0.75	0	0.32	0.62	0.180	190.76
4	50	1∶0.75∶1	3.52	0.16	0.23	0.080	490.55
5	50	1∶0.75∶0.75	3.52	0.16	0.23	0.068	485.71
6	50	1∶0.5∶0.75	3.52	0.16	0.12	0.080	485.35
CK	0	0	0	0	0	0	0

注：尿素、钙镁磷肥、生物有机肥的时价（元/kg）分别是 1.6、3.4、0.85。

表 13-5　薤头施肥试验产量统计结果（方荣等，2010）

处理	小区平均产量/(kg/m²)	折合产量/(kg/亩)	比 CK±/%	差异显著性
1	2.73	1820.91	37.19	b
2	2.60	1734.20	23.46	b
3	2.38	1587.46	19.60	ab
4	2.77	1847.59	39.20	B
5	2.53	1687.51	27.14	ab
6	2.63	1754.21	32.16	B
CK	1.99	1327.33	—	a

表 13-6　不同施肥水平薤头栽培效益分析（方荣等，2010）

处理	产值/(元/亩)	总成本/(元/亩)	净收入/(元/亩)	产投比
1	3641.82	1927.59	1714.23	1.89
2	3468.40	2048.00	1420.40	1.69
3	3174.92	1640.76	1534.16	1.94
4	3695.18	1940.55	1754.63	1.90
5	3375.02	1935.71	1439.31	1.74
6	3508.42	1934.35	1574.07	1.81
CK	2654.66	1450.00	1204.66	1.83

注：田间管理用工、采收成本均相同，分别为 500 元/亩、50 元/亩、600 元/亩、300 元/亩；肥料成本见表 13-4；薤头销售价格为 2 元/kg。

表 13-7　钾肥对薤头的增产效果

编号	氯化钾/(kg/亩)	小区平均产量/kg	百粒重/kg	每亩折合产量/kg	增产/kg	投入产出比	差异显著性 0.05	0.01
1	0	4.25	0.60	994			c	B
2	5	4.65	0.70	1033	89.0	1∶12.7	b	B
3	10	4.75	0.80	1055.5	11.5	1∶7.9	b	B
4	15	6.25	0.875	1358.5	414.5	1∶19.7	a	A
5	20	6.30	0.90	1400	456.0	1∶16	a	A

注：1994 年薤头舟山市收购价 0.84 元/kg，氯化钾 1.18 元/kg。

第四节　栽培季节和栽培制度

一、栽培季节

　　薤头的生育期较长，近 10 个月。因其独特的生长要求，即性喜冷凉，不耐高温，长日照条件有利于鳞茎发育，所以薤头的播种期 8 月下旬开始，9 月上旬播完。一般以处暑至白露，不过秋分播种最为适宜，若栽种过早，地温高，鳞茎易腐烂；栽得过迟，年内生长量小，影响产量。在适宜期内看天气抢在小雨后、大雨前播种，实践证明干燥地块播种出苗较好。

二、栽培制度

薤头忌连作，适宜轮作。轮作制度也是防治薤头主要病害——根腐病行之有效的方法。尤其有根腐病发生的田块更不能连作，进行轮作时，采取与水稻、大白菜、花生、大豆和甘薯等作物轮作的方式，可以改善土壤质地，避免土壤带菌，提高薤地综合效益。

在水田中与水稻等作物进行水旱轮作，采用早稻—薤头—晚稻模式，防病及增产效果更佳。

在丘陵地区播种时，丘陵坡地以下种起，逐年向上轮作；切忌从上而下，否则坡下地易受病菌侵染。造成作物的品质降低及减产。

对薤头种植面积大，而无法轮作的薤地，采取烤伏土和撒石灰（每亩撒施100～150kg）进行土壤处理，这样增产效果较好。

第五节　栽 培 技 术

薤头好种，但要获得高产也不易，高产栽培经验是"选好地，施足肥，开深沟，播够种，慎防病，勤整理"十八个字，具体操作如下。

一、选地与整地

薤头抗逆性强，适应性广，各种土壤均可种植，但以排水良好的沙质壤土为好。薤头能适应较弱的光照，又耐瘠薄土壤，因此常在田头、地角、山脚或新垦的荒地上种植，也宜在果园、桑园套作，或与玉米、番薯、萝卜等间作轮作。并施足基肥，一般亩施熟猪牛栏肥1500～2000kg。

二、种薤选择与处理

目前各地种植的薤头品种一般以当地常规品种为主，出口薤头可根据外商要求选择适宜品种。应选择形状整齐端正、大小适中、无病虫、无伤口、无霉烂、当年收获的鳞茎作种薤。

将种薤晾晒1～2d后，播种前用40％的禾枯灵可湿性粉剂300倍液＋60％的乐果1000倍液或80％多菌灵可湿性粉剂500倍液浸种1min，取出晾干后即可播种。

三、种薤播种

栽种期在9月上旬为宜。种植方式有清种和套种。种植密度行株距为（20～25）cm×（10～15）cm。栽前翻耕整地，施腐熟灰肥作基肥，亩施2500kg，配施过磷酸钙25～30kg和氯化钾5～7.5kg或三元复合肥30kg。做成1.2～1.5m宽的畦，打孔或开挖种植沟，种球选用形状整齐、中等大小、无病虫害的，种薤入土后顶部覆盖一层焦泥灰。为防止薤头露出土面而生青绿色，味变苦，栽种时将种球斜种在种植沟里，以后长成植株，荞头叶片之间有一个弯曲的颈部，使薤头不会因雨水冲刷露出土面，保证薤头洁白不苦。头年内生长缓慢，可套种其他生长期短的作物。

四、田间管理

1. 中耕除草培土

一般在播种前每亩用 50％乙草胺 300g 除去杂草，1 周后开始播种。每次追肥前应进行中耕除草，使土壤疏松，以利分蘖。生长期应中耕除草 2～3 次，在 10～11 月进行中耕除草，翌年 2 月底 3 月初时再进行第 2 次中耕除草，在 5 月如田间杂草太多仍需做一次锄草工作。苗生长前期可选择乙草胺、都尔等进行化学除草，后期以人工除草为好。视田间具体情况适时中耕培土，防止因雨水冲刷鳞茎出土而变绿。

2. 水肥管理

（1）生长期间追肥 3 次　①12 月中旬至翌年 1 月下旬，有 1～2 个分蘖时结合中耕除草，一般每亩施腐熟人畜粪肥 1000～1500kg 或尿素 15kg。使薤头安全越季，并保持充足的养分。②翌年 2 月底 3 月初，气温回升后，进入旺盛生长和鳞茎形成期，需肥量较大，一般每亩施尿素 20kg、硫酸钾 15kg（不可用氯化钾），主要起壮苗作用，迅速提高薤头的光合面积和光合作用能力，旺盛的地上部生长为之后的地下鳞茎膨大奠定基础。③翌年 5 月上中旬，每亩施碳酸氢铵 30kg，主要是为了促进地下鳞茎生长，每次施肥可根据长势适量增减，适当增施钾肥。

（2）水分管理　薤头根系不发达，吸水能力较弱，因此在播种后如遇高温或干旱少雨天气，必须进行沟灌，以保持土壤湿润，促薤头发根发叶。其他生长季节，一般不需单独浇水。梅雨季节，特别是 4 月下旬至 5 月中下旬要特别注意排水，做到薤头地"三沟"相通，不渍水，防地下根系和茎腐烂。

五、主要生理障碍诊断及防控技术

薤头生理障碍指薤头在生长发育期间，遭遇水、农药、病虫等外界因素不良影响所产生的渍害、肥药害、病虫害等。

1. 渍害

指在多雨时段薤头地遭受淹浸，呼吸作用受到抑制而引起的生理障碍。一般在雨后初晴表现薤叶萎蔫，下部叶片黄化，披垂，根系变褐、变黑等症状，低洼处受害严重、症状明显；薤头成熟期受淹，常自薤心开始水渍状腐烂，失去商品价值。

渍害防控：选择地势高燥爽水、排灌方便的沙地或沙性壤地种植；按 1.8～2m 宽分畦作厢（含 30～40cm 宽厢沟）。播前根据地块大小和宽窄开好围沟、"十"字沟或"井"字沟，做到沟沟相连，逐级加深，排灌自如；雨季或雨后及时清沟沥水，确保雨止田干。

2. 肥害

指因施肥不当，而引起薤苗灼伤、坏死、畸形，或僵苗不发等现象。

（1）油顶　因施用未腐熟的人畜肥或施肥浓度过高，不匀，而引起的薤头生理障碍。主要表现为：植株僵苗不发，暗绿，筒叶皱缩，分株少或不分株，生长点或新叶叶尖坏死；根系不发达，新根发生少，根尖有接触性黄色坏死点或腐蚀伤害。

（2）腐烂　在下雨或露水未干时追施尿素等颗粒状商品肥不匀、浓度过高。因尿素分解而引起薤头基部假茎受害、腐烂或苗叶灼伤后坏死的现象。

（3）灼伤　因追施碳铵、氯化钾等速效商品肥局部浓度过高而引起的地上部薤苗灼伤或坏死现象。初期表现有水渍状烫伤或萎蔫，继而发展成坏死斑点，最后变褐变黄枯死。此类生理障碍具有明显的点片性。钾肥伤害斑点较小，褐白色，病健组织界限分明；碳铵伤害斑点较大，褐黄色，病健组织界限模糊。

肥害防控应坚持施用充分腐熟的有机肥，忌用受污染的垃圾肥；选用含硫专用复合（混）肥，忌用含氯化肥；有机肥与复合（混）肥宜结合整地全层施入，磷肥宜植薤时近根施用；尿素、碳铵、硫酸钾等作追肥时宜早，一般在冬前或次年 2 月底以前，薤苗尚未封行前少量多次兑水浇施或抢在大雨前撒施于行间；后期叶面追肥宜单独进行，忌与农药混用，以免造成意外损害。

3. 药害

指在使用农药过程中，因选用品种不当或施用时期不宜或使用浓度过大，而引起的薤头僵苗、畸形发育甚至死苗的现象。

（1）除草剂药害　常表现为薤叶凋萎，下部叶片黄化，新叶畸形或不能抽生，根系由鳞茎基部至根尖逐渐脱水萎缩，新根抽生困难。

（2）油剂类农药药害　常在使用浓度过高时发生，表现为薤叶失绿，呈现哑绿或锈褐色，叶上被覆一层油膜状物，僵苗，新叶抽生困难，新叶长度短于老叶，根系基本不受影响。

（3）铜制剂类农药药害　铜制剂类农药本身对薤头无害，但在与碱性药剂或活性金属产品混配时，常发生化学反应生成新的有害物质伤害薤头，常在几小时内出现点、片状灼伤斑点，严重时状若火燎般枯叶，晴朗高温天气症状表现快而明显。

药害防控：防治薤头病、虫、草害时，正确选用正规大型农药生产企业生产、标签标识完整的对口药剂，严格控制施药量和施药浓度；各类农药分门别类存放，特别是除草剂与农药分开存放，防止误拿误用；不宜混用或不太了解的农药要单独使用。忌盲目混用。

六、主要病虫害的诊断及防控技术

薤头冬季种植后，为害重的主要是鼠害，病虫为害极轻。入春后，随幼叶出土，病虫害逐渐加重。在防治过程中坚持"预防为主，综合防治"的方针。以农业防治为基础，做到深沟高畦，合理密植，清除田园病残体，注意轮作。薤头主要病害有根腐病、炭疽病、病毒病、疫病，虫害有葱蓟马、韭蛆、蚜虫等。一般种植 10d 后由于气温高，田间空气湿度大，可能会出现蚜虫等，到翌年的 2 月底 3 月初气温回升到 12℃以上时，会出现螨类、炭疽病等。根据病虫害出现的情况，采用相应的防治措施进行治理。收获前一个月地下部分已进入成熟阶段，要保持田地不渍、不旱，尽量不用农药。以保持薤头的品质，下面就主要病虫害做详细阐述。

1. 根腐病

（1）症状　薤头根腐病又称烂根、烂蔸。薤头在土中生长到鳞茎开始膨大期，从基部叶片变黄到倒折，发病初期呈水渍状，然后鳞茎开始变褐色或黑色腐烂坏死，病株很容易拔起，散发出一股恶臭味。地上造成一片一片枯死绝收。

（2）病原 该病病原为薤头腐皮镰孢菌，属半知菌亚门真菌。分生孢子呈镰刀形、弯曲，具 2～3 个隔膜，两端较钝。生育适温为 24～33℃。

（3）传播方式与发病条件 此菌为土栖菌，能在土壤中存活多年，而且还能在病残体和带菌的薤种上越冬，到来年气温适宜时通过施肥、灌水或雨水传播。特别是时晴时雨天气病菌更易传播。另外红壤、土质黏性重易发此病。该病很容易与枯萎病混淆。据调查，部分省市薤头根腐病的发生与线虫也有关系，线虫为害根造成伤口，病菌从伤口侵染而发病。

（4）防治方法

① 轮作。水旱轮作或与其他旱作物轮作，但不能与百合科葱、蒜之类作物轮作。

② 土壤消毒杀菌。亩（1 亩＝1/15 公顷）施生石灰 75～100kg。

③ 高温闷土杀菌。薤头收完即翻耕，然后用农膜覆盖，在高温时暴晒 10d 左右，使土温高达 60℃ 以上，可杀灭土壤中的病原菌和一些地下害虫。

④ 药剂防治。种子消毒，可用 95％绿亨一号 3000 倍液或 98％恶霉灵 3000 倍液浸薤头种 3～5min，捞起晾干药水即可种植。发病初期用 70％代森锰锌可湿性粉剂 800 倍液或 80％M-45 大生 1000 倍液浇蔸。也可以用碘制剂菌立停 1500 倍液浇蔸。每隔 10d 左右 1 次，连防 2～3 次。如发病较严重可适当加大药剂浓度。如有线虫病，要用 48％乐斯本或 52.5％农地乐 800 倍液灌蔸。发病中心一定要浇足药水才能达到防治的目的。

2. 炭疽病

（1）症状 主要危害薤头叶和鳞茎。初发病时叶上长出许多淡灰色至褐色不规则的小斑点，逐渐转变成许多小黑点，严重时叶尖发黄枯死；鳞茎上感染病，先是外层鳞片长出暗绿色或黑色圆形斑点，扩散后连成片，在病斑上着生很多小黑点。

（2）病原 属半知菌亚门真菌，称葱刺盘孢。分生孢子成纺锤形，单孢无色，弯曲度大，分生孢子梗单胞，无色，棍棒状。孢子萌发最适温度为 20～26℃。

（3）传播途径 主要以分生孢子盘和菌丝体在土壤的病残体上越冬，到翌年，遇到适宜的气候，分生孢子盘产生分生孢子，随雨水流落到薤头鳞茎或叶上侵染发病，然后病部又产生出大量分生孢子，借风雨和施肥、灌水进行重复侵染传播。

（4）发病条件 一般气温达 10～30℃ 都能发病，当气温高于 32℃ 以上、湿度低于 50％，发病就很轻或不发病。地势低洼，排水不良或氮肥过多，重茬地发病就更为严重。如遇天气闷热，时晴时雨容易发生急性炭疽病。

（5）防治方法

① 轮作 一般 3 年 1 轮作，因炭疽病菌在土壤中可成活 2 年，最好水旱轮作或与大豆、绿豆、花生、芝麻等作物轮作。

② 土壤消毒 亩用生石灰 150～200kg 撒施。也可在薤头刚种下去时，结合浇定根水，采用 50％炭疽福美或 50％退菌特 500 倍液浇足。

③ 薤种消毒 可选用 95％绿亨一号或 98％恶霉灵 3000 倍液或 50％炭疽福美可湿性粉剂 500 倍液浸种 3～5min，捞出晾干即可种植。

④ 田间防治 在薤头发病前用 80％炭疽福美 400～600 倍液或 50％多菌灵可湿

性粉剂 500 倍液喷雾予以防治。每 7～10d 喷 1 次，连续 2 次。治疗用碘制剂菌立停 1000 倍液喷雾或灌蔸，也可用 80％大生可湿性粉剂 600 倍液或 10％世高水分散颗粒剂 1000～1500 倍液喷雾。

3. 病毒病

（1）症状　感染上病毒病的薤头株型矮缩，叶子扭曲，皱缩，有的出现黄色斑纹呈花叶状，全株表现矮小、分蘖减少，地下的鳞茎细小，致使薤头减产。

（2）病原　洋葱黄矮病毒、大蒜花叶病毒、黄瓜花叶病毒和烟草花叶病毒等多种病毒复合侵染而引起的。

（3）传播途径　①薤头种（鳞茎）带毒传播。②蚜虫传毒。因氮肥施得多，叶子长势旺而嫩绿容易引诱带病毒的蚜虫危害传毒。病毒病土壤不会传播。

（4）防治方法　①选留健壮无病虫的薤头留种。②根据当地气候，掌握蚜虫迁飞时间，抓住机遇在蚜虫迁飞前打药消灭蚜虫。③药剂防治蚜虫。可用 10％高兴龙大功臣可湿性粉剂每亩 20～30g，10％蚜虱净可湿性粉剂每亩 30～40g，5％蚜虱一遍净 1500～2000 倍液喷雾或 25％阿克泰 2g 兑水 30kg 喷雾，以上防蚜虫农药要交替使用，一般同一种药最多只能用 2 次。同时在薤头病毒病初发期亩用 20％病毒 A 50g 兑水 30kg，每隔 10d 喷 1 次，连续 2～3 次。

4. 薤头虫害防治

薤头田主要害虫是葱蓟马、韭蛆和蚜虫。蚜虫发生期早，2 月 15 日百株虫量为 225 头，3 月中旬至 4 月中旬平均百株虫量 45～80 头，5 月下旬百株虫量 197 头，2 月下旬和 5 月下旬为防治关键时期。韭蛆 3 月上旬开始发生，5 月中旬达到高峰，平均百株虫量 68 头，随后下降。葱蓟马 3 月上旬开始发生，3 月中旬至 4 月下旬百株虫量 21～46 头。随着雨季来临，若虫死亡率高，发生危害减轻（见图 13-5）。

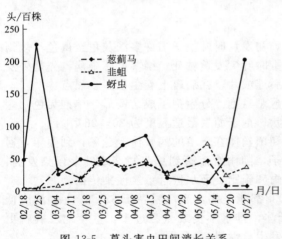

图 13-5　薤头害虫田间消长关系
（李一平等，2003）

为了减小薤头病虫损失，提高薤头产量和品质，降低农药残留，使薤头达到无公害农产品的要求，在薤头病虫害的防治上，必须以农业和生物防治为主，以高效低毒低残留药剂防治为辅，以利天敌蜘蛛的保护利用。

调查结果表明，薤头田天敌蜘蛛种类多，数量大，主要有拟环纹豹蛛、稻水狼蛛、拟水狼蛛、食虫沟瘤蛛、草间小黑蛛、八斑球腹蛛、肖蛸、跳蛛等。据 2002 年系统调查，2 月份薤头田百丛蛛量 50～75 头，以后随着温度和食料的增加，蜘蛛数量迅速上升，百丛蛛量 3 月份为 165～215 头，4 月份为 204～305 头，5 月达 360～447 头。蜘蛛种群数量因施农药的干扰而有所波动，但种群消长呈逐步上升趋势。蜘蛛的保护利用措施是：在薤头成熟收获后，薤头田灌水翻耕种植单季晚稻前，于田埂上放置草堆以便蜘蛛顺利迁移，实现种群安全转移。田埂放置草堆的田块，5d 后调查，蜘蛛种群数量安全迁移率达 85.7％。另外，藠头田免耕种植大白菜等蔬菜，更有利于蜘蛛种群的发展。

根据主要病虫发生规律，掌握好防治时期，做到适时用药。病害在发病初期出现病株时要及时施药，每隔 7～10d 喷施 1 次，连续喷施 2～3 次，重点控制中心病株的发展和蔓延。根据农药安全使用准则和无公害蔬菜生产技术标准，严格控制剧毒农药在藠头上的使用，推广应用生物制剂和高效、低毒、低残留农药。防治霜霉病可用 53％金雷多米尔可湿性粉剂 800 倍液，或 25％甲霜灵可湿性粉剂 700 倍液喷雾；防治基腐病可用 77％可杀得可湿性粉剂 600 倍液或农用链霉素 400 倍液喷雾；防治紫斑病可用 75％达科宁（百菌清）可湿性粉剂 60 倍液或 64％杀毒矾 500 倍液喷雾。防治鳞翅目幼虫每亩可单用 5％锐劲特 30～40mL 或混用锐劲特 10～15mL 加 Bt 粉 1 包兑水 50kg 喷雾；防治葱蓟马可用 25％阿克泰水分散粒剂或锐劲特 25mL 兑水 50kg 喷雾；防治韭蛆每亩用 48％乐斯本 20mL 兑水 50kg 浇灌；防治蚜虫每亩可选用吡虫啉系列 10～20g 兑水 50kg 喷雾。在杂草防除上，前期一般掌握在藠头播种后 5～10d，每亩用 96％金都尔乳油 60mL 兑水 60kg 喷雾于土表，可保持药后 50d 无杂草生长；中、后期结合中耕培土进行人工除草。

第六节　采收、贮藏与加工

一、采收

藠头在大田生育时间长达 300 多天。作鲜菜食用的，在 2～4 月采收，此时叶片充分长成，质地鲜嫩。采收时整株挖起，割去根系后清洗干净，连叶带鳞茎一起上市。以加工为目的的可于 6 月上旬收获，过早则水分多，易烂，过迟易形成 2 心或 3 心，且鳞茎会发青，影响其腌制品质，收获期约 20d。此时藠头的地上部干枯，鳞茎停止膨大。收获时选择晴天进行田间挖掘。采收后剪去枯叶，立即装袋，尽量减少光照。种用鳞茎应适当迟收，宜在 7 月中下旬采收，于地上部干枯，地下部成熟后选晴天挖掘。

二、储存

藠头要做到适时收获，过早或过晚对产量和品质均有明显影响。6 月上旬，当植株地上部叶片枯黄、假茎松软时收获，然后按加工要求趁鲜整理出售。收获后选无破损、无病虫、鳞瓣的大小较均匀，单瓣重 4～5g 的鳞茎作种。选好后的种瓣稍作晾晒后即可贮藏。选择背阴、干燥处贮藏种瓣，按 1 层湿沙（5～10cm）1 层鳞茎（30cm 厚）的方式分层堆放，最上层和四周用沙封好，并喷洒 500 倍辛硫磷药液，以防虫蛀。亦可将采挖后的藠头轻轻抖掉泥土，不必洗涤，并剪除地上部分，在阳光下暴晒 2～3d，使其含水量降低至表皮松软即可。然后搬进室内，不要任意堆放在地上，将藠头平放在架空篱笆上面，厚度不超过 20cm。要求室内通风透气，干燥凉爽。

薤头以鳞茎繁殖，种瓣在越夏贮藏过程中容易腐烂和虫蛀。所以，留种时必须选择无病虫害的薤头田留种。留种方法有以下三种。

第一种是就地留种法，在薤头即将收获时选择无病虫，生长良好的地段，就地留种，在田间越夏，到下半年临种时掘起，选中等大小的鳞茎种植。该法由于生长期延长，鳞茎饱满，养分充足，有利于种后植株健壮生长。但要占用土地，1 亩留种田的鳞茎种 $\frac{1}{3}$ hm²。

第二种是集中假植留种法，薤头收获时，选择生长良好植株作留种用，把留种植株集中种植作种球。

第三种是挂藏法，将留种用的薤头，收获后连叶捆扎成束，挂藏于通风处。该法节约土地，费劳力，种后植株生长不如前两种方法好。

三、加工

腌制方法有传统的干腌法、湿腌法，少量盐腌法和批量腌制法。初腌后的薤头发酵完全，无辛辣冲气味，组织脆嫩，呈芽白色，且有光泽。

1. 干腌法

加工时用自来水或井水将薤头洗干净，滤水后下池腌制，按 100kg 新鲜薤头加盐 6.5～7.0kg，可加入适量的明矾（明矾磨成粉末状和盐混均后进行腌制），一层薤头放一层盐，不要凸凹，腌满池后，用无毒塑料薄膜将池内腌制的薤头盖好，并留一定的空隙，放竹垫垫好，再均匀压上重石。使薤头在卫生的条件下自然发酵，腌制时间为 30～50d（无辛辣冲气为止）。

2. 湿腌法

新鲜、色白的薤头，用清水冲洗后，先加 10％食盐水溶液至液面超过薤头层20cm 左右进行腌制，7～10d 后补加食盐至溶液浓度为 20％，腌制至无辛辣味为止。

3. 少量腌制法

薤头收获后，剪除地上部分和须根，用清水洗净、沥干。5kg 薤头加食盐 250g，水 2～2.5kg，以浸没为度，上压石块，腌 30d 左右成熟，装入坛中成咸薤头。如将咸薤头用 2％盐水洗净沥干后再用盐水加白糖 200～250g（每 5kg），即成甜薤头。如再加 200～250g 米醋即成糖醋薤头。

4. 批量腌制法

剪除地上部分和须根，洗净、沥干，用 2.5％～3％盐水腌 5～7d，每天在池或缸内脚踏一次，待池或缸边水渗出，放盐 1％～1.5％，前后腌制 20 余天成熟。也可将洗净薤头直接入池腌制，用盐量为 10％，中下层撒盐 1/2，上层撒盐 1/2，在腌制过程中要抽出池底水，淋到原池薤头上面，每天 1 次，逐日加少许食盐使其浓度到 15波美度，发酵 8～10d。把腌制成熟的咸薤头，剪净两端，剔除青头，用竹筛分粒，大粒为每粒 3.4g 以上，中粒为 2.2～3.4g，小粒为 1.5～2.2g，1.5g 以下另行处理。用 2％盐水清洗装坛。用箬壳包口或木板水泥封口即成咸薤头商品。配上糖精即为甜薤头；加上糖精、米醋即成糖醋薤头。料水配比：水 50kg、醋 3kg、盐 2.5kg、糖精50g。也可用冰醋酸配成 3％～5％醋酸溶液 20L，加入丁香、生姜等辅料少许，一起加热至 80～82℃，时间 1h，再加入砂糖 5kg，溶解，待冷后过滤 1 次，将藠头坯放入糖醋液中，浸泡 15d，即为成品。

参考文献

[1] 程智慧．蔬菜栽培学各论：薤菜．北京：科学出版社，2010．

[2] 陈学军．薤（藠头）生长动态与分蘖观察．中国蔬菜，2010，(16)：42-46．

[3] 陈学军．绿色食品藠头栽培技术规程．江西农业学报，2009，21 (8)：97～98．

[4] 方荣．藠头施肥试验及种藠消毒试验初报．江西农业学报，2010，22 (8)：29-31．

[5] 傅德明．提高藠头加工成品率和品质的关键栽培技术．西南园艺，2005，35 (5)：45-46．

[6] 傅德明．藠头优质高产技术．长江蔬菜，2005，(10)：18-19．

[7] 何运智．藠加工方法的现状与展望．江西农业学报，2007，19 (12)：91-92．

[8] 胡江．藠头的栽培技术．江西农业学报，2009，21 (4)：50-52．

[9] 焦阳，尹海波，董双双．藠头的本草考证．辽宁中医药大学学报，2010，12 (7)：186-188．

[10] 李明章，甘觉．一季稻—藠头水旱轮作栽培技术．作物研究，2009，23 (1)：57-58．

[11] 李一平．藠头主要病虫草害发生动态及生态调控技术．湖南农业科学，2003，(5)：50-52．

[12] 麻成金．藠头真空冷冻干燥工艺研究．中国食物与营养，2006，(7)：38-40．

[13] 任华中．薤葱蒜类蔬菜栽培技术问答．北京：中国农业出版社，2008．

[14] 史公军．神奇的葱蒜类蔬菜．营养与保健，2001，(1)：36-37．

[15] 熊水平，钱月霞等．藠头根腐病的发生及综合防治．现代农业科技，2008，(21)：140．

[16] 徐亚真．藠头高产栽培技术．江西园艺，2004，(6)：76-77．

[17] 杨泽敏．藠头高产栽培技术．杭州农业科技，2006，(2)：33-37．

[18] 姚国富．薤植物学形态观察及生长动态初步分析研究．农业科技通讯，2010，01：77-79．

[19] 余松溪．藠头优质高产栽培技术．现代农业科技，2006，(4)：44-45．

[20] 张可祯．出口腌渍藠头产品加工技术与标准．湖南农业科学，2007，(4)：176-179．

[21] 郑长安，陈胜强等．薤生产中钾肥的增产效益．中国蔬菜，1995，(5)：43-44．

[22] 中国农业科学院蔬菜花卉研究所．中国蔬菜栽培学．第 2 版．北京：中国农业出版社，2010．

[23] 周向荣．我国藠头腌制加工技术研究现状．现代食品科技，2006，(3)：269-271．